觅我游踪五十年

汪曾祺 著
汪朝 编

中国出版集团公司
华文出版社

汪曾祺画作

1987年,在家中

1987年，在美国作家海明威出生地

出版说明

汪曾祺在中国当代文学史上有着独特的地位,近些年来,对汪曾祺的研究也进入了新的阶段,甚至形成了"汪学"热。虽然他已经去世二十多年了,但其作品却以各种形式一印再印,受到越来越多"汪迷"的喜爱。汪曾祺被誉为"能和鲁迅共同承包语文课本的扛把子"。随着汪曾祺的作品被不断收入中小学教科书,以及选入中考、高考的试卷,广大中小学生也加入了"汪迷"的队伍。汪曾祺的作品饱含历史人文气息,在厚重的同时又含有纯真和友善,充满人文关怀和生活情趣,和谐与美是其作品的主旋律。用汪曾祺自己的话说,"我追求的不是深刻,而是和谐。""我写的是美,是健康的人性。"

我们策划出版的这部《觅我游踪五十年》,篇目由汪曾祺之女汪朝精选。汪曾祺的创作开始于20世纪40年代,80年代成名,所以,沈从文称其"大器晚成"。因其创作时间跨度长,其作品有自己的语言特色,我们尽量尊重初刊本,对标点和文字少做改动,以保持作品的原汁原味,同时以最新版《汪曾祺全集》、汪曾祺手稿和作者生前编订出版的作品集为参照,更正文章中的错讹,保留原有注释,编者新增注释标有"编者注"字样。

本书共精选汪曾祺散文62篇,总计27万字,以游踪为线索,分为五部分:故乡之念、昆明之忆、北京与坝上、旅痕处处、出关散记。汪曾祺19岁离开家乡，来到云南，再回故乡时已经61岁，71岁再到云南时写下《觅我游踪五十年》。50多个春秋，38座城市，记录了不同地域的风土人情、饮食文化、草木虫鱼，足迹从家乡高邮到昆明、北京、张家口、西安、成都、合肥、重庆、岳阳、菏泽、厦门、伊犁等，也应邀访问香港，赴美参加写作活动等。这些游踪是汪曾祺求学、工作、生活的人生轨迹，真实记录了他的所见所闻。

"故乡之念"部分，细腻精彩，故园趣事、故乡习俗、故乡美食、故乡野菜、故乡名人、故乡古迹、历史典故，一一在作者笔下展现，故乡"那座小花园是我们家最亮的地方"。

"昆明之忆"部分，脚踏实地，作者在昆明求学、工作了七年，这里有对西南联大生活的回忆，有对街巷人情的展示，有对昆明草木的描写，更有对昆明美食的记录。这里是作者的第二故乡。

"北京与坝上"部分，恬淡平和，这里长城、国子监、午门、玉渊潭、胡同、果园并存，日常劳作与下放劳动并举。忆往昔，聊往事，种葡萄、采蘑菇、画马铃薯，这里的日子过得很快。

"旅痕处处"部分，天然不俗，这里是大自然了不起的艺术，天山、泰山、火焰山、花果山、武夷山、兵马俑、岳阳楼、大足石刻、赛里木湖、严子陵钓台、菏泽牡丹、滇南草木，照出每个人的价值。

"出关散记"部分，五光十色，这里比较无处不在，作者将香港北京的遛鸟做对比，将香港北京的树做对比，将中美文化、中美草木做对比，不同文化、不同态度。

怀念一个人最好的方式是阅读他的作品，我们在这里读经典，品作者原汁原味的语言，从作品中感悟汪曾祺的思想和文采。

目　录

故乡之念

1991年在高邮运河上

002	花　园
012	下大雨
014	三圣庵
017	冬　天
020	故乡的食物
037	故乡的野菜
043	故乡的元宵
048	他乡寄意
054	文游台
060	草巷口
065	我的家乡

昆明之忆

1991年春在云南石林

074	昆明草木
079	翠湖心影
086	泡茶馆
096	昆明的雨
101	跑警报
110	昆明的果品
117	昆明的花
123	昆明菜
134	昆明的吃食
144	白马庙
147	观音寺
152	觅我游踪五十年
160	七载云烟

北京与坝上

1964年在颐和园

176	冬天的树
184	下水道和孩子
187	国子监
198	星期天
202	午门忆旧
207	玉渊潭的传说

211	胡同文化
216	果园杂记
220	葡萄月令
227	坝　上
230	沽　源
235	沙岭子
243	长城漫忆
247	果园的收获

旅痕处处

70年代末在泰山

252	旅途杂记
260	天山行色
282	湘行二记
292	菏泽游记
300	人间幻境花果山
304	隆中游记
307	索溪峪
310	滇游新记
322	建文帝的下落
326	杨慎在保山
330	严子陵钓台

334	手把羊肉
337	四川杂忆
352	罗　汉
356	泰山片石
372	皖南一到
381	初访福建
391	初识楠溪江
403	草木春秋

出 关 散 记

1987 年在美国

414	香港的鸟
416	香港的高楼和北京的大树
419	林肯的鼻子
423	野鸭子是候鸟吗？
426	美国短简
435	编后记

—— *故乡之念* ——

花　园[①]

在任何情形之下，那座小花园是我们家最亮的地方。虽然它的动人处不是，至少不仅在于这点。

每当家像一个概念一样浮现于我的记忆之上，它的颜色是深沉的。

祖父年青时建造的几进，是灰青色与褐色的。我自小养育于这种安定与寂寞里。报春花开放在这种背景前是好的。它不至被晒得那么多粉，固然报春花在我们那儿很少见，也许没有，不像昆明。

曾祖留下的则几乎是黑色的，一种类似眼圈上的黑色，（不要说它是青的）里面充满了影子。这些影子足以使供在神龛前的花消失。晚间点上灯，我们常觉那些布灰布漆的大柱子一直伸拔到无穷高处。神堂屋里总挂一只鸟笼，我相信即是现在也挂一只的。那只青裆子永远眯着眼假寐，（我想它做个哲学家，

[①] 本篇原载昆明《文聚》1945年第二卷第三期。

似乎身子太小了。)只有巳时将尽,它唱一会,洗个澡,抖下一团小雾在伸展到廊内片刻的夕阳光影里。

一下雨,甚么颜色都重郁起来,屋顶,墙,壁上花纸的图案,甚至鸽子:铁青子,瓦灰,点子,霞白。宝石眼的好处这时才显出来。于是我们,等斑鸠叫单声,在我们那个园里叫。等着一棵榆梅稍经一触,落下碎碎的瓣子,等着重新着色后的草。

我的脸上若有从童年带来的红色,它的来源是那座花园。

我的记忆有菖蒲的味道。然而我们的园里可没有菖蒲呵?它是哪儿来的,是那些草?这是一个无法解决的问题。但是我此刻把它们没有理由的纠在一起。

"巴根草,绿阴阴,唱个唱,把狗听。"每个小孩子都这么唱过吧。有时甚么也不做,我躺着,用手指绕住它的根,用一种不露锋芒的力量拉,听顽强的根胡一处一处断了。这种声音只有拔草的人自己才听得见。当然我嘴里是含着一根草了。草根的甜味和它的似有若无的水红色是一种自然的巧合。

草被压倒了。有时我的头动一动,倒下的草又慢慢站起来。我静静的注视它,很久很久,看它的努力快要成功时,又把头枕上去,嘴里叫一声"嗯!"有时,不在意,怜惜它的苦心,就算了。这种性格呀!那些草有时会吓我一跳的,它在我的耳根伸起腰来了,当我看天上的云。

我的鞋底是滑的,草磨得它发了光。

莫碰臭芝麻,沾惹一身,嗐,难闻死人。沾上身了,不要用手指去拈，用刷子刷。这种籽儿有带钩儿的毛，讨嫌死了。至今我不能忘记它：因为我急于要捉住那个"都溜"（一种蝉，叫得最好听），我举着我的网，蹑手蹑脚，抄近路过去，循它的声音找着时，拍，得了。可是回去，我一身都是那种臭玩意。想想我捉过多少"都溜"！

我觉得虎耳草有一种腥味。

紫苏的叶子上的红色呵，暑假快过去了。

那棵大垂柳上常常有天牛，有时一个，两个的时候更多。它们总像有一桩事情要做，六只脚不停的运动，有时停下来，那动着的便是两根有节的触须了。我们以为天牛触须有一节它就有一岁。捉天牛用手，不是如何困难工作，即使它在树枝上转来转去，你等一个合适地点动手，常把脖子弄累了，但是失望的时候很少。这小小生物完全如一个有教养惜身份的绅士，行动从容不迫，虽有翅膀可从不想到飞；即是飞，也不远。一捉住，它便吱吱纽纽的叫，表示不同意，然而行为依然是温文尔雅的。黑地白斑的天牛最多，也有极瑰丽颜色的。有一种还似乎带点玫瑰香味。天牛的玩法是用线扣在颈子上看它走。令人想起……不说也好。

蟋蟀已经变成大人玩意了。但是大人的兴趣在斗，而我们对于捉蟋蟀的兴趣恐怕要更大些。我看过一本秋虫谱，上面除了苏东坡米南宫，还有许多济颠和尚说的话，都神乎其神的不大好懂。捉到一个蟋蟀，我不能看出它颈子上的细毛是瓦青还是朱砂，它的牙是米牙还是菜牙，但我仍然是那么欢喜。听，瞿瞿瞿瞿，哪里？这儿是的，这儿了！用草掏，手扒，水灌，嚯，蹦出来了。顾不得螺螺藤拉了手，扑，追着扑。有时正在外面玩得很好，忽然想起我的蟋蟀还没喂呐，于是赶紧回家。我每吃一个梨，一段藕，吃石榴吃菱，都要分给它一点。正吃着晚饭，我的蟋蟀叫了。我会举着筷子听半天，听完了对父亲笑笑，得意极了。一捉蟋蟀，那就整个园子都得翻个身。我最怕翻出那种软软的鼻涕虫。可是堂弟有的是办法，撒一点盐，立刻它就化成一滩水了。

有的蝉不会叫，我们称之为哑巴。捉到哑巴比捉到"红娘"更坏。但哑巴也有一种玩法。用两个马齿苋的瓣子套起它的眼睛，那是刚刚合适的，仿佛马齿苋的瓣子天生就为了这种用处才长成么个小口袋样子，一放手，哑巴就一直向上飞，决不偏斜转弯。

蜻蜓一个个选定地方息下，天就快晚了。有一种通身铁色的蜻蜓，翅膀较窄，称"鬼蜻蜓"。看它款款的飞在墙角花阴，不知甚么道理，心里有一种说不出来的难过。

好些年看不到土蜂了。这种蠢头蠢脑的家伙，我觉得它也在花朵上把屁股撅来撅去的，有点不配，因此常常愚弄它。土蜂是在泥地上掘洞当作窠的。看它从洞里把个有绒毛的小脑袋钻出来（那神气像个东张西望的近视眼），嗡，飞出去了，我便用一点点湿泥把那个洞封好，在原来的旁边给它重掘一个，等着，一会儿，它拖着肚子回来了，找呀找，找到我掘的那个洞，钻进去，看看，不对，于是在四近大找一气。我会看着它那副急像笑个半天。或者，干脆看它进了洞，用一根树枝塞起来，看它从别处开了洞再出来。好容易，可重见天日了，它老先生于是坐在新大门旁边息息，吹吹风。神情中似乎是生了一点气，因为到这时已一声不响了。

祖母叫我们不要玩螳螂，说是它吃了土谷蛇的脑子，肚里会生一种铁线蛇，缠到马脚脚就断，甚么东西一穿就过去了，穿到皮肉里怎么办？

它的眼睛如金甲虫，飞在花丛里五月的夜。

故乡的鸟呵。

我每天醒在鸟声里。我从梦里就听到鸟叫，直到我醒来。我听得出几种极熟悉的叫声，那是每天都叫的，似乎每天都在那个固定的枝头。

有时一只鸟冒冒失失飞进那个花厅里，于是大家赶紧关门，关窗子，吆喝，拍手，用书扔，竹竿打，甚把自己帽子向空中摔去。可怜的东西这一来完全没了主意，只横冲直撞的乱飞，碰在玻璃上，弄得一身蜘蛛网，最后大概都是从两椽之间空隙脱走。

园子里时时晒米粉，晒灶饭，晒碗儿糕。怕鸟来吃，都放一片红纸。为了这个警告，鸟儿照例就不来，我有时把红纸拿掉让它们大吃一阵，到觉得它们太不知足时，便大喝一声赶去。

我为一只鸟哭过一次。那是一只麻雀或是癞花。也不知从甚么人得来的,欢喜的了不得,把父亲不用的细篾笼子挑出一个最好的来给它住,配一个最好的雀碗,在插架上放了一个荸荠,安了两根凤藤跳棍,整整忙了一半天。第二天起得格外早,把它挂在紫藤架下。正是花开的时候,我想是那全园最好的地方了。一切弄得妥妥当当后,独自还欣赏了好半天,我上学去了。一放学,急急回来,带着书便去看我的鸟。笼子掉在地下,碎了,雀碗里还有半碗水,"我的鸟,我的鸟呐!"父亲正在给碧桃花接枝,听见我的声音,忙走过来,把笼子拿起来看看,说:"你挂得太低了,鸟在大伯的玳瑁猫肚子里了。"哇的一声,我哭了。父亲推着我的头回去,一面说"不害羞,这么大人了"。

有一年,园里忽然来了许多夜哇子。这是一种鹭鸶属的鸟,灰白色,据说它们头上那根毛能破天风。所以有那么一种名,大概是因为它的叫声如此吧。故乡古话说这种鸟常带来幸运。我见它们吃吃喳喳做窠了,我去告诉祖母,祖母去看了看,没有说甚么话。我想起它们来了,也有一天会像来了一样又去了的。我尽想,从来处来,从去处去,一路走,一路望着祖母的脸。

园里甚么花开了,常常是我第一个发现。祖母的佛堂里那个铜瓶里的花常常是我换新。对于这个孝心的报酬是有须掐花供奉时总让我去,父亲一醒来,一股香气透进帐子,知道桂花开了,他常是坐起来,抽支烟,看着花,很深远的想着甚么。冬天,下雪的冬天,一早上,家里谁也还没有起来,我常去园里摘一些冰心腊梅的朵子，再掺着鲜红的天竺果，用花丝穿成几柄，清水养在白磁碟子里放在妈（我的第一个继母）和二伯母妆台上，再去上学。我穿花时，服伺我的女佣人小莲子，常拿着掸帚在旁边看，她头上也常戴着我的花。

我们那里有这么个风俗，谁拿着掐来的花在街上走，是可以抢的，表姐姐们每带了花回去，必是坐车。她们一来，都得上园里看看，有甚么花开的正好，有时竟是特地为花来的。掐花的自然又是我。我乐于干这项差事。爬在海棠树上，梅树上，碧桃树上，丁香树上，听她们在下面说"这枝，唉，这枝这枝，再过来一点，弯过去的，喏，唉，对了，对了！"冒一点险，用一点力，总给办到。有时我也贡献一点意见，以为某枝已经盛开，不两天就全落在台布上了，某枝花虽不多，样子却好。有时我陪花跟她们一道回去，路上看见有人看过这些花一眼，心里非常高兴。碰到熟人同学，路上也会分一点给她们。

想起绣球花，必连带想起一双白缎子绣花的小拖鞋，这是一个小姑姑房中东西。那时候我们在一处玩，从来只叫名字，不叫姑姑。只有时写字条时如此称呼，而且写到这两个字时心里颇有种近于滑稽的感觉。我轻轻揭开门帘，她自己若是不在，我便看到这两样东西了。太阳照进来，令人明白感觉到花在吸着水，仿佛自己真分享到吸水的快乐。我可以坐在她常坐的椅子上，随便找一本书看看，找一张纸写点甚么，或有心无意的画一个枕头花样，把一切再恢复原来样子不留甚么痕迹，又自去了。但她大都能发觉谁过来过了。那第二天碰到，必指着手说"还当我不知道呢。你在我绷子上戳了两针，我要拆下重来了！"那自然是吓人的话。那些绣球花，我差不多看见它们一点一点的开，在我看书作事时，它会无声的落两片在花梨木桌上。绣球花可由人工着色。在瓶里加一点颜色，它便会吸到花瓣里。除了大红的之外，别种颜色看上去都极自然。我们常以骗人说是新得的异种。这只是一种游戏，姑姑房里常供的仍是白的。为甚么我把花跟拖鞋画在一起呢？真不可解。——姑姑已经嫁了，听说日子极不如意。绣球快开花了，昆明渐渐暖起来。

花园里旧有一间花房，由一个花匠管理。那个花匠仿佛姓夏。关于他的机伶促狭，和女人方面的恩怨，有些故事常为旧日佣仆谈起，但我只看到他常来要钱，样子十分狼狈，局局促促，躲避人的眼睛，尤其是说他的故事的人的。花匠离去后，花房也跟着改造园内房屋而拆掉了。那时我认识花名极少，只记得黄昏时，夹竹桃特别红，我忽然又害怕起来，急急走回去。

我爱逗弄含羞草。触遍所有叶子，看都合起来了，我自低头看我的书，偷眼瞧它一片片的开张了，再猝然又来一下。他们都说这是不好的，有甚么不好呢。

荷花像是清明栽种。我们吃吃螺蛳，抹抹柳球，便可看佃户把马粪倒在几口大缸里盘上藕秧，再盖上河泥。我们在泥里找蚬子，小虾，觉得这些东西搬了这么一次家，是非常奇怪有趣的事。缸里泥晒干了，便加点水，一次又一次，有一天，紫红色的小觜子冒出来了水面,夏天就来了。赞美第一朵花。荷叶上花拉花响了,母亲便把雨伞寻出来,小莲子会给我送去。

大雨忽然来了。一个青色的闪照在枫树上,我赶紧跑到柴草房里去。那是距我所在处最近的房屋。我爬上堆近屋顶的芦柴上,听水从高处流下来,响极了,訇——,空心的老桑树倒了,葡萄架塌了,我的四近越来越黑了,雨点在我头上乱跳。忽然一转身,墙角两个碧绿的东西在发光!哦,那是我常看见的老猫。老猫又生了一群小猫了。原来它每次生养都在这里。我看它们攒着吃奶,听着雨,雨慢慢小了。

那棵龙爪槐是我一个人的。我熟悉它的一切好处,知道哪个枝子适合哪种姿势。云从树叶间过去。壁虎在葡萄上爬。杏子熟了。何首乌的藤爬上石笋了,石笋那么黑。蜘蛛网上一只苍蝇。蜘蛛呢?花天牛半天吃了一片叶子,这叶子有点甜么,那么嫩。金雀花那儿好热闹,多少蜜蜂!波——,金鱼吐出一个泡,破了,下午我们去捞金鱼虫。香橼花蒂的黄色仿佛有点忧郁,别的花是飘下,香橼花是掉下的,花落在草叶上,草稍微低头又弹起。大伯母掐了枝珠兰戴上,回去了。大伯母的女儿,堂姐姐看金鱼,看见了自己。石榴花开,玉兰花开,祖母来了,"莫掐了,回去看看,瓶里是甚么?""我下来了,下来扶您。"

槐树种在土山上,坐在树上可看见隔壁佛院。看不见房子,看到的是关着的那两扇门,关在门外的一片菜园。门里是甚么岁月呢？钟鼓整日敲，那么悠徐，那么单调，门开时，小尼姑来抱一捆草，打两桶水，随即又关上了。水东东的滴回井里。那边有人看我，我忙把书放在眼前。

家里宴客，晚上小方厅和花厅有人吃酒打牌。（我记得有个人吹得极好的笛子。）灯光照到花上，树上，令人极欢喜也十分忧愁。点一个纱灯，从家里到园里，又从园里到家里，我一晚上总不知走了无数趟。有亲戚来去，多是我照路，说哪里高，哪里低，哪里上阶，哪里下坎。若是姑妈舅母，则多是扶着我肩膀走。人影人声都如在梦中。但这样的时候并不多。平日夜晚园子是锁上的。

小时候胆小害怕，黑魆魆的，树影风声，令人却步。而且相信园里有个"白胡子老头子"，一个土地花神，晚上会出来，在那个土山后面，花树下，冉冉的转圈子，见人也不避让。

有一年夏天，我已经像个大人了，天气郁闷，心上另外又有一点小事使我睡不着，半夜到园里去。一进门，我就停住了。我看见一个火星。咳嗽一声，招我前去。原来是我的父亲。他也正因为睡不着觉在园中徘徊。他让我抽一支烟，（我刚会抽烟）我搬了一张藤椅坐下，我们一直没有说话。那一次，我感觉我跟父亲靠得近极了。

四月二日。月光清极，夜气大凉。似乎该再写一段作为收尾，但又似无须了。便这样吧，日后再说。逝者如斯。

下大雨[1]

雨真大。下得屋顶上起了烟。大雨点落在天井的积水里砸出一个一个丁字泡。我用两手捂着耳朵,又放开,听雨声:呜——哇;呜——哇。下大雨,我常这样听雨玩。

雨打得荷花缸里的荷叶东倒西歪。

在紫薇花上采蜜的大黑蜂钻进了它的家。它的家是在橡子上用嘴咬出来的圆洞,很深。大黑蜂是一个"人"过的。

紫薇花湿透了,然而并不被雨打得七零八落。

麻雀躲在檐下,歪着小脑袋。

蜻蜓倒吊在树叶的背面。

哈,你还在呀!一只乌龟。这只乌龟是我养的。我在龟甲边上钻了一个洞,用麻绳系住了它,拴在柜橱脚上。有一天,不见了。它不知怎么跑出去了。原来它藏在老墙下面一块断砖的洞里。下大雨,它出来了。它昂起脑袋看雨,慢慢地爬到天井的水里。

---

[1] 本篇原载《收获》1998 年第一期。

下大雨

汪曾祺

雨真大。下得屋顶上起了烟。大雨点落在天井的积水里砸出一个一个丁冬泡。我用两手捂着耳朵,又放开,听雨声:呜——哇,呜——哇。下大雨,我常这样听雨玩。

雨打得荷花缸里的荷叶东倒西歪。

在紫薇花上采蜜的大黑蜂钻进了它的家。它的家是在椽子上用嘴嚼出来的圆洞,很深。大黑蜂是一个"人"过雨。

紫薇花湿透了,然而并不被雨打得稀里哗啦。

麻雀躲在檐下,歪着小圆脑袋。

蜻蜓倒挂在树叶的背面。

唔,你也在呀!一只乌龟。这只乌龟是我养的。我在龟甲边上钻了一个洞,用麻绳系住了它。有一天,不见了。它不知怎么跑出来了。原来它藏在老墙下的一块断砖的洞里。下大雨,它出来了。它昂起脑袋看雨,慢慢地爬到天井的水里。

◇《下大雨》手稿

三圣庵[1]

祖父带我到三圣庵去,去看一个老和尚指南。

很少人知道三圣庵。

三圣庵在大淖西边。这是一片很荒凉的地方,长了一些野树和稀稀拉拉的芦苇,有一条似有若无的小路。

三圣庵是一个小庵,几间矮矮的砖房,没有大殿,只有一个佛堂。也没有装金的佛像。供案上有一尊不大的铜佛,一个青花香炉,清清爽爽,干干净净。

指南是个戒行严苦的高僧。他曾在香炉里烧掉两个食指,自号八指头陀。

他原来是善因寺的方丈。善因寺是全城最大的佛寺,殿宇庄严,佛像高大。善因寺有很多庙产。指南早就退居,——"退居"是佛教的说法,即离开方丈的位置,不再管事。接替他当善因寺的方丈的,是他的徒弟铁桥。指南退居后就住进三圣

---

[1] 本篇原载《收获》1998年第一期。

庵,和尘世完全隔绝了。

指南相貌清癯,神色恬静。

祖父和他说了一会话,——他们谈了一些什么,我已经没有印象,就告辞出庵了。

他的徒弟铁桥和指南可是完全不一样。他是一个风流和尚,相貌堂堂,双目有光。他会写字,会画画,字写石鼓文,画法吴昌硕,兼学任伯年,在我们县里可以说是数一数二。他曾在苏州一个庙里当过住持,作画题铁桥,有时题邓尉山僧。他所来往的都是高门名士。善因寺有素菜名厨,铁桥时常办斋宴客,所用的都是猴头、竹荪之类的名贵材料。很多人都知道,他有一个相好的女人。这个女人我见过,是个美人,岁数不大。铁桥和我的父亲是朋友。父亲年轻时刻过一套《陋室铭》印谱,就是铁桥题的签。父亲续娶,新房里挂的是一条铁桥的画,泥金地,画的是桃花双燕,设色鲜艳,题的字是:"淡如仁兄嘉礼　弟铁桥敬贺"。父亲在新房里挂一幅和尚画的画,铁桥和俗家人称兄道弟,他们都真是不拘礼法。我有时到善因寺去玩,铁桥知道我是汪淡如的儿子,就领我到他的方丈里吃枣子栗子之类的东西。我的小说里所写的石桥,就是以铁桥作原型的。

高邮解放,铁桥被枪毙了,什么罪行,没有什么人知道。

前几年我回家乡,翻看旧县志,发现志载东乡有一条灌溉长渠,是铁桥出头修的。那么铁桥也还做过一点对家乡有益的事。

我不想对铁桥这个人作出评价。不过我倒觉得铁桥的字画如果能搜集得到，可以保存在县博物馆里。

由三圣庵想到善因寺，又由指南想到铁桥，我这篇文章真是信马由缰了。为什么要写这篇文章呢？我只是想说：和尚和和尚不一样，和尚有各式各样的和尚，正如人有各式各样的人。

我直到现在还不明白我的祖父为什么要带我到三圣庵，去看指南和尚。我想他只是想要一个孙子陪陪他，而我是他喜欢的孙子。

冬　天[1]

天冷了，堂屋里上了槅子。槅子，是春暖时卸下来的，一直在厢屋里放着。现在，搬出来，刷洗干净了，换了新的粉连纸，雪白的纸。上了槅子，显得严紧，安适，好像生活中多了一层保护。家人闲坐，灯火可亲。

床上拆了帐子，铺了稻草。洗帐子要拣一个晴朗的好天，当天就晒干。夏布的帐子，晾在院子里，夏天离得远了。稻草装在一个布套里，粗布的，和床一般大。铺了稻草，暄腾腾的，暖和，而且有稻草的香味，使人有幸福感。

不过也还是冷的。南方的冬天比北方难受，屋里不升火。晚上脱了棉衣，钻进冰凉的被窝里，早起，穿上冰凉的棉袄棉裤，真冷。

放了寒假，就可以睡懒觉。棉衣在铜炉子上烘过了，起来就不是很困难了。尤其是，棉鞋烘得热热的，穿进去真是舒服。

我们那里生烧煤的铁火炉的人家很少。一般取暖，只是铜

---

[1] 本篇原载《中国作家》1998年第一期。

炉子，脚炉和手炉。脚炉是黄铜的，有多眼的盖。里面烧的是粗糠。粗糠装满，铲上几铲没有烧透的芦柴火（我们那里烧芦苇，叫做"芦柴"）的红灰盖在上面。粗糠引着了，冒一阵烟，不一会，烟尽了，就可以盖上炉盖。粗糠慢慢延烧，可以经很久。老太太们离不开它。闲来无事，抹抹纸牌，每个老太太脚下都有一个脚炉。脚炉里粗糠太实了，空气不够，火力渐微，就要用"拨火板"沿炉边挖两下，把粗糠拨松，火就旺了。脚炉暖人。脚不冷则周身不冷。焦糠的气味也很好闻。仿日本俳句，可以作一首诗："冬天，脚炉焦糠的香。"手炉较脚炉小，大都是白铜的，讲究的是银制的。炉盖不是一个一个圆窟窿，大都是镂空的松竹梅花图案。手炉有极小的，中置炭墼（煤炭研为细末，略加蜜，筑成饼状），以纸煤头引着。一个炭墼能经一天。

冬天吃的菜，有乌青菜、冻豆腐、咸菜汤。乌青菜塌棵，平贴地面，江南谓之"塌苦菜"，此菜味微苦。我的祖母在后园辟小片地，种乌青菜，经霜，菜叶边缘作紫红色，味道苦中泛甜。乌青菜与"蟹油"同煮，滋味难比。"蟹油"是以大螃蟹煮熟剔肉，加猪油"炼"成的，放在大海碗里，凝成蟹冻，久贮不坏，可吃一冬。豆腐冻后，不知道为什么是蜂窝状。化开，切小块，与鲜肉、咸肉、牛肉、海米或咸菜同煮，无不佳。冻豆腐宜放辣椒、青蒜。我们那里过去没有北方的大白菜，只有"青菜"。大白菜是从山东运来的，美其名曰"黄芽菜"，很贵。"青菜"似油菜而大，高二尺，是一年四季都有的，家家都吃的菜。咸菜即是用青菜腌的。阴天下雪，喝咸菜汤。

冬天的游戏：踢毽子，抓子儿，下"逍遥"。"逍遥"是在一张正方的白纸上，木版印出螺旋的双道，两道之间印出八仙、马、兔子、鲤鱼、虾……；每样都是两个，错落排列，不依次序。玩的时候各执铜钱或象棋子为子儿，掷骰子，如果骰子是五点，自"起马"处数起，向前走五步，是兔子，则可向内圈寻找另一个兔子，以子儿押在上面。下一轮开始，自里圈兔子处数起，如是六点，进六步，也许是铁拐李，就寻另一个铁拐李，把子儿押在那个铁拐李上。如果数数至里圈的什么图上，则到外圈去找，退回来。点数够了，子儿能进入终点（终点是一座宫殿式的房子，不知是月宫还是龙门），就算赢了。次后进入的为"二家"、"三家"。"逍遥"两个人玩也可以，三个四个人玩也可以。不知道为什么叫做"逍遥"。

早起一睁眼，窗户纸上亮晃晃的，下雪了！雪天，到后园去折腊梅花、天竺果。明黄色的腊梅、鲜红的天竺果，白雪，生意盎然。腊梅开得很长，天竺果尤为耐久，插在胆瓶里，可经半个月。

舂粉子。有一家邻居，有一架碓。这架碓平常不大有人用，只在冬天由附近的一二十家轮流借用。碓屋很小，除了一架碓，只有一些筛子、箩。踩碓很好玩，用脚一踏，吱扭一声，碓嘴扬了起来，嘭的一声，落在碓窝里。粉子舂好了，可以蒸糕，做"年烧饼"（糯米粉为蒂，包豆沙白糖，作为饼，在锅里烙熟），搓圆子（即汤团）。舂粉子，就快过年了。

一九八八年十二月二十二日

故乡的食物[1]

炒米和焦屑

小时读《板桥家书》:"天寒岁暮,穷亲戚朋友到门,先泡一大碗炒米送手中,佐以酱姜一小碟,最是××××(此四字失记,待查)之具"[2],觉得很亲切。郑板桥是兴化人,我的家乡是高邮,风气相似。这样的感情,是外地人们不易领会的。炒米是各地都有的。但是很多地方都做成了炒米糖。这是很便宜的食品。孩子买了,咯咯地嚼着。四川有"炒米糖开水",车站码头都有得卖,那是泡着吃的。但四川的炒米糖似也是专业的作坊做的,不像我们那里。我们那里也有炒米糖,像别处一样,切成长方形的一块一块。也有搓成圆

---

[1] 本篇原载《雨花》1986年第五期。
[2] 此句出自《郑板桥家书·范县署中寄舍弟墨第四书》,文中失记待查之处为"暖老温贫"。"天寒岁暮"郑板桥家书原文为"天寒冰冻时"。——编者注

球的,叫做"欢喜团"。那也是作坊里做的。但通常所说的炒米,是不加糖粘结的,是"散装"的;而且不是作坊里做出来,是自己家里炒的。

说是自己家里炒,其实是请了人来炒的。炒炒米也要点手艺,并不是人人都会的。入了冬,大概是过了冬至吧,有人背了一面大筛子,手执长柄的铁铲,大街小巷地走,这就是炒炒米的。有时带一个助手,多半是个半大孩子,是帮他烧火的。请到家里来,管一顿饭,给几个钱,炒一天。或二斗,或半石;像我们家人口多,一次得炒一石糯米。炒炒米都是把一年所需一次炒齐,没有零零碎碎炒的。过了这个季节,再找炒炒米的也找不着。一炒炒米,就让人觉得,快要过年了。

装炒米的坛子是固定的,这个坛子就叫"炒米坛子",不作别的用途。舀炒米的东西也是固定的,一般人家大都是用一个香烟罐头。我的祖母用的是一个"柚子壳"。柚子,——我们那里柚子不多见,从顶上开一个洞,把里面的瓤掏出来,再塞上米糠,风干,就成了一个硬壳的钵状的东西。她用这个柚子壳用了一辈子。

我父亲有一个很怪的朋友,叫张仲陶。他很有学问,曾教我读过《项羽本纪》。他薄有田产。不治生业,整天在家研究《易经》,算卦。他算卦用蓍草。全城只有他一个人用蓍草算卦。据说他有几卦算得极灵。有一家,丢了一只金戒指,怀疑是女佣人偷了。这女佣人蒙了冤枉,来求张先生算一卦。张先生算了,说戒指没有丢,在你们家炒米坛盖子上。一找,果然。我

故乡之念

小时就不大相信，算卦怎么能算得这样准，怎么能算得出在炒米坛盖子上呢？不过他的这一卦说明了一件事，即我们那里炒米坛子是几乎家家都有的。

炒米这东西实在说不上有什么好吃。家常预备，不过取其方便。用开水一泡，马上就可以吃。在没有什么东西好吃的时候，泡一碗，可代早晚茶。来了平常的客人，泡一碗，也算是点心。郑板桥说"穷亲戚朋友到门，先泡一大碗炒米送手中"，也是说其省事，比下一碗挂面还要简单。炒米是吃不饱人的。一大碗，其实没有多少东西。我们那里吃泡炒米，一般是抓上一把白糖。如板桥所说"佐以酱姜一小碟"，也有，少。我现在岁数大了，如有人请我吃泡炒米，我倒宁愿来一小碟酱生姜，——最好滴几滴香油，那倒是还有点意思的。另外还有一种吃法，用猪油煎两个嫩荷包蛋——我们那里叫做"蛋瘪子"，抓一把炒米和在一起吃。这种食品是只有"惯宝宝"才能吃得到的。谁家要是老给孩子吃这种东西，街坊就会有议论的。

我们那里还有一种可以急就的食品，叫做"焦屑"。糊锅巴磨成碎末，就是焦屑。我们那里，餐餐吃米饭，顿顿有锅巴。把饭铲出来，锅巴用小火烘焦，起出来，卷成一卷，存着。锅巴是不会坏的，不发馊，不长霉。攒够一定的数量，就用一具小石磨磨碎，放起来。焦屑也像炒米一样。用开水冲冲，就能吃了。焦屑调匀后成糊状，有点像北方的炒面，但比炒面爽口。

我们那里的人家预备炒米和焦屑，除了方便，原来还有一层意思，是应急。在不能正常煮饭时，可以用来充饥。这很有点像古代行军用的"糗"。有一年,记不得是哪一年,总之是我还小,还在上小学,党军(国民革命军)和联军(孙传芳的军队)在我们县境内开了仗,很多人都躲进了红十字会。不知道出于一种什么信念,大家都以为红十字会是哪一方的军队都不能打进去的,进了红十字会就安全了。红十字会设在炼阳观,这是一个道士观。我们一家带了一点行李进了炼阳观。祖母指挥着,特别关照,把一坛炒米或一坛焦屑带了去。我对这种打破常规的生活极感兴趣。晚上,爬到吕祖楼上去,看双方军队枪炮的火光在东北面不知什么地方一阵一阵地亮着,觉得有点紧张,也很好玩。很多人家住在一起,不能煮饭,这一晚上,我们是冲炒米、泡焦屑度过的。没有床铺,我把几个道士诵经用的蒲团拼起来,在上面睡了一夜。这实在是我小时候度过的一个浪漫主义的夜晚。

第二天,没事了,大家就都回家了。

炒米和焦屑和我家乡的贫穷和长期的动乱是有关系的。

端午的鸭蛋

家乡的端午,很多风俗和外地一样。系百索子。五色的丝线拧成小绳,系在手腕上。丝线是掉色的,洗脸时沾了水,手腕上就印得红一道绿一道的。做香角子。丝线缠成小粽子,里头装了香面,一个一个串起来,挂在帐钩上。贴五毒。红纸剪成五毒,贴在门坎上。贴符。这符是城隍庙送来的。城隍庙的老道士还是我的寄名干爹。他每年端午节前就派小道士送符来，还有两把小纸扇。符送来了，就贴在堂屋的门楣上。一尺来长的黄色、蓝色的纸条，上面用朱笔画些莫名其妙的道道，这就能辟邪么？喝雄黄酒。用酒和的雄黄在孩子的额头上画一个王字，这是很多地方都有的。有一个风俗不知别处有不：放黄烟子。黄烟子是大小如北方的麻雷子的炮仗，只是里面灌的不是硝药，而是雄黄。点着后不响，只是冒出一股黄烟，能冒好一会。把点着的黄烟子丢在橱柜下面，说是可以熏五毒。小孩子点了黄烟子，常把它的一头抵在板壁上写虎字。写黄烟虎字笔划不能断，所以我们那里的孩子都会写草书的"一笔虎"。还有一个风俗，是端午节的午饭要吃"十二红"，就是十二道红颜色的菜。十二红里我只记得有炒红苋菜、油爆虾、咸鸭蛋，其余的都记不清，数不出了。也许十二红只是一个名目，不一定真凑足十二样。不过午饭的菜都是红的，这一点是我没有记错的，而且，苋菜、虾、鸭蛋，一定是有的。这三样，在我的家乡，都不贵，多数人家是吃得起的。

我的家乡是水乡，出鸭。高邮大麻鸭是著名的鸭种。鸭多，鸭蛋也多。高邮人也善于腌鸭蛋。高邮咸鸭蛋于是出了名。我在苏南、浙江，每逢有人问起我的籍贯，回答之后，对方就会肃然起敬："哦！你们那里出咸鸭蛋！"上海的卖腌腊的店铺里也卖咸鸭蛋，必用纸条特别标明："高邮咸蛋"。高邮还出双黄鸭蛋。别处鸭蛋也偶有双黄的，但不如高邮的多，可以成批输出。双黄鸭蛋味道其实无特别处，还不就是个鸭蛋！只是切开之后，里面圆圆的两个黄，使人惊奇不已。我对异乡人称道高邮鸭蛋，是不大高兴的，好像我们那穷地方就出鸭蛋似的！不过高邮的咸鸭蛋，确实是好，我走的地方不少，所食鸭蛋多矣，但和我家乡的完全不能相比！曾经沧海难为水，他乡咸鸭蛋，我实在瞧不上。袁枚的《随园食单·小菜单》有"腌蛋"一条。袁子才这个人我不喜欢，他的《食单》好些菜的做法是听来的，他自己并不会做菜。但是"腌蛋"这一条我看后却觉得很亲切，而且"餐有荣焉"。文不长，录如下：

腌蛋以高邮为佳，颜色细而油多。高文端公最喜食之。席间，先夹取以敬客，放盘中。总宜切开带壳，黄白兼用；不可存黄去白，使味不全，油亦走散。

高邮咸蛋的特点是质细而油多。蛋白柔嫩，不似别处的发干、发粉，入口如嚼石灰。油多尤为别处所不及。鸭蛋的吃法，如袁子才所说，带壳切开，是一种，那是席间待客的办法。平常食用，一般都是敲破"空头"，用筷子挖着吃。筷子头一扎下去，吱——红油就冒出来了。高邮咸蛋的黄是通红的。苏北有一道名菜，叫做"朱砂豆腐"，就是用高邮鸭蛋黄炒的豆腐。我在北京吃的咸鸭蛋，蛋黄是浅黄色的，这叫什么咸鸭蛋呢！

端午节，我们那里的孩子兴挂"鸭蛋络子"。头一天，就由姑姑或姐姐用彩色丝线打好了络子。端午一早，鸭蛋煮熟了，由孩子自己去挑一个。鸭蛋有什么可挑的呢？有！一要挑淡青壳的。鸭蛋壳有白的和淡青的两种。二要挑形状好看的。别说鸭蛋都是一样的,细看却不同。有的样子蠢,有的秀气。挑好了,装在络子里,挂在大襟的纽扣上。这有什么好看呢?然而它是孩子心爱的饰物。鸭蛋络子挂了多半天,什么时候孩子一高兴,就把络子里的鸭蛋掏出来,吃了。端午的鸭蛋,新腌不久,只有一点淡淡的咸味,白嘴吃也可以。

孩子吃鸭蛋是很小心的,除了敲去空头,不把蛋壳碰破。蛋黄蛋白吃光了,用清水把鸭蛋里面洗净,晚上捉了萤火虫来,装在蛋壳里,空头的地方糊一层薄罗。萤火虫在鸭蛋壳里一闪一闪地亮,好看极了!

小时读囊萤映雪故事,觉得东晋的车胤用练囊盛了几十只萤火虫,照了读书,还不如用鸭蛋壳来装萤火虫。不过用萤火虫照亮来读书,而且一夜读到天亮,这能行么?车胤读的是手写的卷子;字大;若是读现在的新五号字,大概是不行的。

咸菜茨菇汤

一到下雪天,我们家就喝咸菜汤,不知是什么道理。是因为雪天买不到青菜?那也不见得。除非大雪三日,卖菜的出不了门,否则他们总还会上市卖菜的。这大概只是一种习惯。一早起来,看见飘雪花了,我就知道:今天中午是咸菜汤!

咸菜是青菜腌的。我们那里过去不种白菜,偶有卖的,叫做"黄芽菜",是外地运去的,很名贵。一盘黄芽菜炒肉丝,是上等菜。平常吃的，都是青菜。青菜似油菜，但高大得多。入秋，腌菜，这时青菜正肥。把青菜成担的买来，洗净，晾去水气，下缸。一层菜，一层盐，码实，即成。随吃随取，可以一直吃到第二年春天。

腌了四五天的新咸菜很好吃，不咸，细、嫩、脆、甜，难可比拟。

咸菜汤是咸菜切碎了煮成的。到了下雪的天气，咸菜已经腌得很咸了，而且已经发酸。咸菜汤的颜色是暗绿的。没有吃惯的人，是不容易引起食欲的。

咸菜汤里有时加了茨菇片，那就是咸菜茨菇汤。或者叫茨菇咸菜汤，都可以。

我小时候对茨菇实在没有好感。这东西有一种苦味。民国二十年，我们家乡闹大水，各种作物减产，只有茨菇却丰收。那一年我吃了很多茨菇，而且是不去茨菇的嘴子的，真难吃。

我十九岁离乡，辗转漂流，三四十年没有吃到茨菇，并不想。

前好几年，春节后数日，我到沈从文老师家去拜年，他留我吃饭，师母张兆和炒了一盘茨菇肉片。沈先生吃了两片茨菇，说："这个好！格比土豆高。"我承认他这话。吃菜讲究"格"的高低，这种语言正是沈老师的语言。他是对什么事物都讲"格"的，包括对于茨菇、土豆。

因为久违，我对茨菇有了感情。前几年，北京的菜市场在春节前后有卖茨菇的。我见到，必要买一点。回来加肉炒了。

◇ 1961年，汪曾祺与沈从文先生在中山公园

家里人都不怎么爱吃。所有的茨菇，都由我一个人"包圆儿"了。

北方人不识茨菇。我买茨菇，总要有人问我："这是什么？"——"茨菇。"——"茨菇是什么？"这可不好回答。

北京的茨菇卖得很贵，价钱和"洞子货"（温室所产）的西红柿、野鸡脖韭菜差不多。

我很想喝一碗咸菜茨菇汤。

我想念家乡的雪。

虎头鲨、昂嗤鱼、砗螯、螺蛳、蚬子

苏州人特重塘鳢鱼。上海人也是，一提起塘鳢鱼，眉飞色舞。塘鳢鱼是什么鱼？我向往之久矣。到苏州，曾想尝尝塘鳢鱼，未能如愿。后来我知道：塘鳢鱼就是虎头鲨，嘻！

塘鳢鱼亦称土步鱼。《随园食单》："杭州以土步鱼为上品，而金陵人贱之，目为虎头蛇，可发一笑。"虎头蛇即虎头鲨。这种鱼样子不好看，而且有点凶恶。浑身紫褐色，有细碎黑斑，头大而多骨，鳍如蝶翅。这种鱼在我们那里也是贱鱼，是不能上席的。苏州人做塘鳢鱼有清炒、椒盐多法。我们家乡通常的吃法是氽汤，加醋、胡椒。虎头鲨氽汤，鱼肉极细嫩，松而不散，汤味极鲜，开胃。

昂嗤鱼的样子也很怪，头扁嘴阔，有点像鲇鱼，无鳞，皮色黄，有浅黑色的不规整的大斑。无背鳍，而背上有一根很硬的尖锐的骨刺。用手捏起这根骨刺，它就发出昂嗤昂嗤小小的声音。这声音是怎么发出来的，我一直没弄明白。这种鱼是由这种声音得名的。它的学名是什么，只有去问鱼类学专家了。这种鱼没有很大的，七八寸长的，就算难得的了。这种鱼也很贱，连乡下人也看不起。我的一个亲戚在农村插队，见到昂嗤鱼，买了一些，农民都笑他："买这种鱼干什么！"昂嗤鱼其实是很好吃的。昂嗤鱼通常也是氽汤。虎头鲨是醋汤，昂嗤鱼不加醋，汤白如牛乳，是所谓"好汤"。昂嗤也极细嫩，鳃边的两块蒜瓣肉有大拇指大，堪称至味。有一年，北京一家鱼店不知从哪里运来一些昂嗤鱼，无人问津。顾客都不识这是啥鱼。有一位卖鱼的老师傅倒知道："这是昂嗤。"我看到，高兴极了，买了十来条。回家一做，满不是那么一回事！昂嗤要吃活的（虎头鲨也是活杀）。长途转运，又在冷库里冰了一些日子，肉质变硬，鲜味全失，一点意思都没有！

砗螯我的家乡叫馋螯，砗螯是扬州人的叫法。我在大连见到花蛤，我以为就是砗螯。不是。形状很相似，入口全不同。花蛤肉粗而硬，咬不动。砗螯极柔软细嫩。砗螯好像是淡水里产的，但味道却似海鲜。有点像蛎黄，但比蛎黄味道清爽。比青蛤、蚶子味厚。砗螯可清炒，烧豆腐，或与咸肉同煮。砗螯烧乌青菜（江南人叫塌苦菜），风味绝佳。乌青菜如是经霜而现拔的，尤美。我不食砗螯四十五年矣。

砗螯壳稍呈三角形，质坚，白如细瓷，而有各种颜色的弧形花斑，有浅紫的，有暗红的，有赭石，墨蓝的，很好看。家里买了砗螯，挖出砗螯肉，我们就从一堆砗螯壳里去挑选，挑到好的，洗净了留起来玩。砗螯壳的铰合部有两个突出的尖嘴子，把尖嘴子在糙石上磨磨，不一会就磨出两个小圆洞，含在嘴里吹，呜呜地响，且有细细颤音，如风吹窗纸。

螺蛳处处有之。我们家乡清明吃螺蛳，谓可以明目。用五香煮熟螺蛳，分给孩子，一人半碗，由他们自己用竹签挑着吃。孩子吃了螺蛳，用小竹弓把螺蛳壳射到屋顶上，喀拉喀拉地响。夏天"检漏"，瓦匠总要扫下好些螺蛳壳。这种小弓不作别的用处，就叫做螺蛳弓。我在小说《戴车匠》里对螺蛳弓有较详细的描写。

蚬子是我所见过的贝类里最小的了，只有一粒瓜子大。蚬子是剥了壳卖的。剥蚬子的人家附近堆了好多蚬子壳，像一个坟头。蚬子炒韭菜,很下饭。这种东西非常便宜,为小户人家的恩物。

有一年修运河堤。按工程规定,有一段堤面应铺碎石。包工的贪污了款子,在堤面铺了一层蚬子壳。前来验收的委员,坐在汽车里,向外一看,白花花的一片,还抽着雪茄烟,连说:"很好!很好!"

我的家乡富水产。鱼之中名贵的是鳊鱼、白鱼(尤重翘嘴白)、鳜花鱼(即桂鱼),谓之"鳊、白、鳜"。虾有青虾、白虾。蟹极肥。以无特点,故不及。

野鸭、鹌鹑、斑鸠、鵽

过去我们那里野鸭子很多。水乡,野鸭子自然多。秋冬之际,天上有时"过"野鸭子,黑乎乎的一大片。在地上可以听到它们鼓翅的声音,呼呼的,好像刮大风。野鸭子是枪打的(野鸭肉里常常有很细的铁砂子,吃时要小心),但打野鸭子的人自己不进城来卖。卖野鸭子有专门的摊子。有时卖鱼的也卖野鸭子,把一个养活鱼的木盆翻过去,野鸭一对一对地摆在盆底。卖野鸭子是不用秤约的,都是一对一对地卖。野鸭子是有一定分量的。依分量大小,有一定的名称,如"对鸭"、"八鸭"。哪一种有多大分量,我现在已经记不清了。卖野鸭子都是带毛的。卖野鸭子的可以代客当场去毛。拔野鸭毛是不能用开水烫的。野鸭子皮薄,一烫,皮就破了。干拔。卖野鸭子的把一只鸭子放入一个麻袋里，一手提鸭，一手拔毛，一会儿就拔净了。——放在麻袋里拔，是防止鸭毛飞散。代客拔毛，不另收费，卖野鸭子的只要那一点鸭毛。——野鸭毛是值钱的。

野鸭的吃法通常是切块红烧。清炖大概也可以吧，我没有吃过。野鸭子肉的特点是：细、"酥"，不像家鸭每每肉老。野鸭烧咸菜是我们那里的家常菜。里面的咸菜尤其是佐粥的妙品。

现在我们那里的野鸭子很少了。前几年我回乡一次，偶有，卖得很贵。原因据说是因为县里对各乡水利作了全面综合治理，过去的水荡子、荒滩少了，野鸭子无处栖息。而且，野鸭子过去是吃收割后遗撒在田里的谷粒的，现在收割得很干净，颗粒归仓，野鸭子没有什么可吃的，不来了。

鹌鹑是网捕的。我们那里吃鹌鹑的人家少，因为这东西只有由乡下的亲戚送来，市面上没有卖的。鹌鹑大都是用五香卤了吃。也有用油炸了的。鹌鹑能斗，但我们那里无斗鹌鹑的风气。

我看见过猎人打斑鸠。我在读初中的时候。午饭后，我到学校后面的野地里去玩。野地里有小河，有野蔷薇，有金黄色的茼蒿花，有苍耳（苍耳子有小钩刺，能挂在衣裤上，我们管它叫"万把钩"），有才抽穗的芦荻。在一片树林里，我发现一个猎人。我们那里猎人很少，我从来没有见过猎人，但是我一看见他，就知道：他是一个猎人。这个猎人给我一个非常猛厉的印象。他穿了一身黑，下面却缠了鲜红的绑腿。他很瘦。他的眼睛黑,而冷。他握着枪。他在干什么?树林上面飞过一只斑鸠。他在追逐这只斑鸠。斑鸠分明已经发现猎人了。它想逃脱。斑鸠飞到北面,在树上落一落,猎人一步一步往北走。斑鸠连忙往南面飞,猎人扬头看了一眼。斑鸠落定了,猎人又一步一步往南走,非常冷静。这是一场无声的,然而非常紧张的,坚持的较量。斑鸠来回飞,猎人来回走。我很奇怪,为什么斑鸠不往树林外面飞。这样几个来回,斑鸠慌了神了,它飞得不稳了,歪歪倒倒的,失去了原来均匀的节奏。忽然,砰,——枪声一响,斑鸠应声而落。猎人走过去,拾起斑鸠,看了看,装在猎袋里。他的眼睛很黑,很冷。

我在小说《异秉》里提到王二的熏烧摊子上,春天,卖一种叫做"鹨"的野味。鹨这种东西我在别处没看见过。"鹨"这个字很多人也不认得。多数字典里不收。《辞海》里倒有这个字,标音为(duò 又读 zhuā)。zhuā 与我乡读音较近,但我们那里是读入声的,这只有用国际音标才标得出来。即使用国际音标标出,在不知道"短促急收藏"的北方人也是读不出来的。《辞海》"鹨"字条下注云"见鹨鸠",似以为"鹨"即"鹨鸠"。而在"鹨鸠"条下注云:"鸟名。雉属。即'沙鸡'。"这就不对了。沙鸡我是见过的,吃过的。内蒙、张家口多出沙鸡。《尔雅·释鸟》郭璞注:"出北方沙漠地",不错。北京冬季偶尔也有卖的。沙鸡嘴短而红,腿也短。我们那里的鹨却是水鸟,嘴长,腿也长。鹨的滋味和沙鸡有天渊之别。沙鸡肉较粗,略有酸味;鹨肉极细,非常香。我一辈子没有吃过比鸡更香的野味。

蒌蒿、枸杞、荠菜、马齿苋

小说《大淖记事》："春初水暖，沙洲上冒出很多紫红色的芦芽和灰绿色的蒌蒿，很快就是一片翠绿了。"我在书页下方加了一条注："蒌蒿是生于水边的野草，粗如笔管，有节，生狭长的小叶，初生二寸来高，叫做'蒌蒿薹子'，加肉炒食极清香。……"蒌蒿的蒌字，我小时不知怎么写，后来偶然看了一本什么书，才知道的。这个字音"吕"。我小学有一个同班同学，姓吕，我们就给他起了个外号，叫"蒌蒿薹子"（蒌蒿薹子家开了一爿糖坊，小学毕业后未升学，我们看见他坐在糖坊里当小老板，觉得很滑稽）。但我查了几本字典，"蒌"都音"楼"，我有点恍惚了。"楼"、"吕"一声之转。许多从"娄"的字都读"吕"，如"屡"、"缕"、"褛"……这本来无所谓，读"楼"读"吕"，关系不大。但字典上都说蒌蒿是蒿之一种，即白蒿，我却有点不以为然了。我小说里写的蒌蒿和蒿其实不相干。读苏东坡《惠崇春江晚景》诗："竹外桃花三两枝，春江水暖鸭先知。蒌蒿满地芦芽短，正是河豚欲上时。"此蒌蒿生于水边，与芦芽为伴，分明是我的家乡人所吃的蒌蒿，非白蒿。或者"即白蒿"的蒌蒿别是一种，未可知矣。深望懂诗、懂植物学，也懂吃的博雅君子有以教我。

我的小说注文中所说的"极清香",很不具体。嗅觉和味觉是很难比方,无法具体的。昔人以为荔枝味似软枣,实在是风马牛不相及。我所谓"清香",即食时如坐在河边闻到新涨的春水的气味。这是实话,并非故作玄言。

枸杞到处都有。开花后结长圆形的小浆果,即枸杞子,我们叫它"狗奶子",形状颇像。本地产的枸杞子没有入药的,大概不如宁夏产的好。枸杞是多年生植物。春天,冒出嫩叶,即枸杞头。枸杞头是容易采的。偶尔也有近城的乡村的女孩子采了,放在竹篮里叫卖:"枸杞头来!……"枸杞头可下油盐炒食;或用开水焯了,切碎,加香油、酱油、醋,凉拌了吃。那滋味,也只能说"极清香"。春天吃枸杞头,云可以清火,如北方人吃苣荬菜一样。

"三月三,荠菜花赛牡丹",俗谓是日以荠菜花置灶上,则蚂蚁不上锅台。

北京也偶有荠菜卖。菜市上卖的是园子里种的,茎白叶大,颜色较野生者浅淡,无香气。农贸市场间有南方的老太太挑了野生的来卖,则又过于细瘦,如一团乱发,制熟后强硬扎嘴。总不如南方野生的有味。

江南人惯用荠菜包春卷,包馄饨,甚佳。我们家乡有用来包春卷的,用来包馄饨的没有,——我们家乡没有"菜肉馄饨"。一般是凉拌。荠菜焯熟剁碎,界首茶干切细丁,入虾米,同拌。这道菜是可以上酒席作凉菜的。酒席上的凉拌荠菜都用手抟成一座尖塔,临吃推倒。

马齿苋现在很少有人吃。古代这是相当重要的菜蔬。苋分人苋、马苋。人苋即今苋菜，马苋即马齿苋。我们祖母每于夏天摘肥嫩的马齿苋晾干，过年时作馅包包子。她是吃长斋的，这种包子只有她一个人吃。我有时从她的盘子里拿一个，蘸了香油吃，挺香。马齿苋有点淡淡的酸味。

马齿苋开花，花瓣如一小囊。我们有时捉了一个哑巴知了，——知了是应该会叫的，捉住一个哑巴，多么扫兴！于是就摘了两个马齿苋的花瓣套住它的眼睛，——马齿苋花瓣套知了眼睛正合适，一撒手，这知了就拼命往高处飞，一直飞到看不见！

三年自然灾害，我在张家口沙岭子吃过不少马齿苋。那时候，这是宝物！

故乡的野菜[①]

荠菜。荠菜是野菜,但在我的家乡却是可以上席的。我们那里,一般的酒席,开头都有八个凉碟,在客人入席前即已摆好。通常是火腿、变蛋(松花蛋)、风鸡、酱鸭、油爆虾(或呛虾)、蚶子(是从外面运来的,我们那里不产)、咸鸭蛋之类。若是春天,就会有两样应时凉拌小菜:杨花萝卜(即北京的小水萝卜)切细丝拌海蜇,和拌荠菜。荠菜焯过,碎切,和香干细丁同拌,加姜米,浇以麻酱油醋,或用虾米,或不用,均可。这道菜常抟成宝塔形,临吃推倒,拌匀。拌荠菜总是受欢迎的,吃个新鲜。凡野菜,都有一种园种的蔬菜所缺少的清香。

荠菜大都是凉拌,炒荠菜很少人吃。荠菜可包春卷,包圆子(汤团)。江南人用荠菜包馄饨,称为菜肉馄饨,亦称"大馄饨"。我们那里没有用荠菜包馄饨的。我们那里的面店中所卖的馄饨都是纯肉馅的馄饨,即江南所说的"小馄饨"。没有

[①] 本篇原载《钟山》1992年第三期。

"大馄饨"。我在北京的一家有名的家庭餐馆吃过这一家的一道名菜：翡翠蛋羹。一个汤碗里一边是蛋羹，一边是荠菜，一边嫩黄，一边碧绿，绝不混淆，吃时搅在一起。这种讲究的吃法，我们家乡没有。

枸杞头。春天的早晨，尤其是下了一场小雨之后，就可听到叫卖枸杞头的声音。卖枸杞头的多是附郭近村的女孩子，声音很脆，极能传远："卖枸杞头来！"枸杞头放在一个竹篮子里，一种长圆形的竹篮，叫做元宝篮子。枸杞头带着雨水，女孩子的声音也带着雨水。枸杞头不值什么钱，也从不用秤约，给几个钱，她们就能把整篮子倒给你。女孩子也不把这当做正经买卖，卖一点钱，够打一瓶梳头油就行了。

自己去摘，也不费事。一会儿工夫，就能摘一堆。枸杞到处都是。我的小学的操场原是祭天地的空地，叫做"天地坛"。天地坛的四边围墙的墙根，长的都是这东西。枸杞夏天开小白花，秋天结很多小红果子，即枸杞子，我们小时候叫它"狗奶子"，因为很像狗的奶子。

枸杞头也都是凉拌，清香似尤甚于荠菜。

蒌蒿。小说《大淖记事》："春初水暖，沙洲上冒出很多紫红色的芦芽和灰绿色的蒌蒿，很快就是一片翠绿了。"我在书页下面加了一条注："蒌蒿是生于水边的野草，粗如笔管，有节，生狭长的小叶，初生二寸来高，叫做'蒌蒿薹子'，加肉炒食极清香。……"蒌蒿，字典上都注"蒌"音楼，蒿之一种，即白蒿。我以为蒌蒿不是蒿之一种，蒌蒿掐断，没有那种蒿子气，倒是有一种水草气。苏东坡诗："蒌蒿满地芦芽短"，以蒌蒿与芦芽并举，证明是水边的植物，就是我的家乡所说"蒌蒿薹子"。"蒌"字我的家乡不读楼，读吕。蒌蒿好像都是和瘦猪肉同炒，素炒好像没有。我小时候非常爱吃炒蒌蒿薹子。桌上有一盘炒蒌蒿薹子，我就非常兴奋，胃口大开。蒌蒿薹子除了清香，还有就是很脆，嚼之有声。

荠菜、枸杞我在外地偶尔吃过，蒌蒿薹子自十九岁离乡后从未吃过，非常想念。去年我的家乡有人开了汽车到北京来办事，我的弟妹托他们带了一塑料袋蒌蒿薹子来，因为路上耽搁，到北京时已经焐坏了。我挑了一些还不太烂的，炒了一盘，还有那么一点意思。

马齿苋。中国古代吃马齿苋是很普遍的，马苋与人苋（即红白苋菜）并提。后来不知怎么吃的人少了。我的祖母每年夏天都要摘一些马齿苋，晾干了，过年包包子。我的家乡普通人家平常是不包包子的，只有过年才包，自己家里人吃，有客人来蒸一盘待客。不是家里人包的，一般的家庭妇女不会包，都是备了面、馅，请包子店里的师傅到家里做，做一上午，就够正月里吃了。我的祖母吃长斋，她的马齿苋包子只有她自己吃。我尝过一个，马齿苋有点酸酸的味道，不难吃，也不好吃。

马齿苋南北皆有。我在北京的甘家口住过，离玉渊潭很近，玉渊潭马齿苋极多。北京人叫做马苋儿菜，吃的人很少。养鸟的拔了喂画眉。据说画眉吃了能清火。画眉还会有"火"么？

莼菜。第一次喝莼菜汤是在杭州西湖的楼外楼，1948年4

月。这以前我没有吃过莼菜，也没有见过。我的家乡人大都不知莼菜为何物。但是秦少游有《以莼姜法鱼糟蟹寄子瞻》诗，则高邮原来是有莼菜的。诗最后一句是"泽居备礼无麋鹿"，秦少游当时盖在高邮居住，送给苏东坡的是高邮的土产。高邮现在还有没有莼菜，什么时候回高邮，我得调查调查。

明朝的时候，我的家乡出过一个散曲作家王磐。王磐字鸿渐，号西楼，散曲作品有《西楼乐府》。王磐当时名声很大，与散曲大家陈大声并称为"南曲之冠"。王西楼还是画家。高邮现在还有一句歇后语："王西楼嫁女儿——画（话）多银子少。"王西楼有一本有点特别的著作：《野菜谱》。《野菜谱》收野菜五十二种。五十二种中有些我是认识的，如白鼓钉（蒲公英）、蒲儿根、马栏头、青蒿儿（即茵陈蒿）、枸杞头、野菉豆、蒌蒿、荠菜儿、马齿苋、灰条。江南人重马栏头。小时读周作人的《故乡的野菜》，提到儿歌："荠菜马栏头，姐姐嫁在后门头"，很是向往，但是我的家乡是不大有人吃的。灰条的"条"字，正字应是"藋"，通称灰菜。这东西我的家乡不吃。我第一次吃灰菜是在一个山东同学的家里，蘸了稀面，蒸熟，就烂蒜，别具滋味。后来在昆明黄土坡一中学教书，学校发不出薪水，我们时常断炊，就捋了灰菜来炒了吃。在北京我也摘过灰菜炒食。有一次发现钓鱼台国宾馆的墙外长了很多灰菜，极肥嫩，就弯下腰来摘了好些，装在书包里。门卫发现，走过来问："你干什么？"他大概以为我在埋定时炸弹。我把书包里的灰菜抓出来给他看，他没有再说什么，走开了。灰菜有点碱味，我很喜欢这种味道。王西楼《野菜谱》中有一些，我不但没有吃过，见过，连听都没听说过，如："燕子不来香"、"油灼灼"……

《野菜谱》上图下文。图画的是这种野菜的样子，文则简单地说这种野菜的生长季节，吃法。文后皆系以一诗，一首近似谣曲的小乐府，都是借题发挥，以野菜名起兴，写人民疾苦。如：

眼子菜

眼子菜，如张目，年年盼春怀布谷，犹向秋来望时熟。何事频年俭不开，愁看四野波漂屋。

猫耳朵

猫耳朵，听我歌，今年水患伤田禾，仓廪空虚鼠弃窝，猫兮猫兮将奈何！

江荠

江荠青青江水绿，江边挑菜女儿哭。爷娘新死兄趁熟，止存我与妹看屋。

抱娘蒿

抱娘蒿，结根牢，解不散，如漆胶。君不见昨朝儿卖客船上，儿抱娘哭不肯放。

这些诗的感情都很真挚，读之令人酸鼻。我的家乡本是个穷地方，灾荒很多，主要是水灾，家破人亡，卖儿卖女的事是常有的。我小时就见过。现在水利大有改进，去年那样的特大洪水，也没死一个人，王西楼所写的悲惨景象不复存在了。想到这一点，我为我的家乡感到欣慰。过去，我的家乡人吃野菜主要是为了度荒，现在吃野菜则是为了尝新了。喔，我的家乡的野菜！

一九九二年四月十四日

故乡的元宵[1]

故乡的元宵是并不热闹的。

没有狮子、龙灯,没有高跷,没有跑旱船,没有"大头和尚戏柳翠",没有花担子、茶担子。这些都在七月十五"迎会"——赛城隍时才有,元宵是没有的。很多地方兴"闹元宵",我们那里的元宵却是静静的。

有几年,有送麒麟的。上午,三个乡下的汉子,一个举着麒麟,——一张长板凳,外面糊纸扎的麒麟,一个敲小锣,一个打镲,咚咚哐哐敲一气,齐声唱一些吉利的歌。每一段开头都是"格炸炸":

格炸炸,格炸炸,
麒麟送子到你家……

---

[1] 本篇原载 1993 年 3 月 18 日《武汉晚报》。

故乡的元宵

汪曾祺

故乡的元宵是并不热闹的。

没有狮子、龙灯，没有高跷，没有跑旱船，没有"大头和尚戏柳翠"，没有花担子，茶担子。这些都在七月十五"迎会"——实城隍时才有，元宵是没有的。很多地方兴"闹元宵"，我们那里的元宵却是静静的。

有几年，有送麒麟的。上午。三个乡下的汉子，一个举着麒麟，——一张专板凳，外面糊着纸扎的麒麟，一个敲小锣，一个打钹，哐哐哐之敲一气，齐声唱一些吉利的歌。曲调很简单。每一段开头都是"格炸炸"。

格炸炸，格炸炸？

麒麟送子到你家……

我对这"格炸炸"印象很深。这是什么意思呢？这是状声词还状的什么声呢？送麒麟的没有表演，没有动作，曲调也很简单。送麒麟的来了，一点也不叫人兴奋，只听得一连串

◇《故乡的元宵》手稿

我对这"格炸炸"印象很深。这是什么意思呢？这是状声词？状的什么声呢？送麒麟的没有表演，没有动作，曲调也很简单。送麒麟的来了，一点也不叫人兴奋，只听得一连串的"格炸炸"。"格炸炸"完了，祖母就给他们一点钱。

街上掷骰子"赶老羊"的赌钱的摊子上没有人。六颗骰子静静地在大碗底卧着。摆赌摊的坐在小板凳上抱着膝盖发呆。年快过完了，准备过年输的钱也输得差不多了，明天还有事，大家都没有赌兴。

草巷口有个吹糖人的。孙猴子舞大刀、老鼠偷油。

北市口有捏面人的。青蛇、白蛇、老渔翁。老渔翁的蓑衣是从药店里买来的夏枯草做的。

到天地坛看人拉"天嗡子"——即抖空竹，拉得很响，天嗡子蛮牛似的叫。

到泰山庙看老妈妈烧香。一个老妈妈鞋底有牛屎，干了。

一天快过去了。

不过元宵要等到晚上，上了灯，才算。元宵元宵嘛。我们那里一般不叫元宵，叫灯节。灯节要过几天，十三上灯，十七落灯。"正日子"是十五。

各屋里的灯都点起来了。大妈（大伯母）屋里是四盏玻璃方灯。二妈屋里是画了红寿字的白明角琉璃灯，还有一张珠子灯。我的继母屋里点的是红琉璃泡子。一屋子灯光，明亮而温柔，显得很吉祥。

上街去看走马灯。连万顺家的走马灯很大。"乡下人不识走马灯，——又来了。"走马灯不过是来回转动的车、马、人（兵）的影子，但也能看它转几圈。后来我自己也动手做了一个，点了蜡烛，看着里面的纸轮一样转了起来，外面的纸屏上一样映出了影子，很欣喜。乾陞和的走马灯并不"走"，只是一个长方的纸箱子，正面白纸上有一些彩色的小人，小人连着一根头发丝，烛火烘热了发丝，小人的手脚会上下动。它虽然不"走"，我们还是叫它走马灯。要不，叫它什么灯呢？这外面的小人是唐僧、孙悟空、猪八戒、沙和尚。整个画面表现的是《西游记》唐僧取经。

孩子有自己的灯。兔子灯、绣球灯、马灯……兔子灯大都是自己动手做的。下面安四个轱辘，可以拉着走。兔子灯其实不大像兔子，脸是圆的，眼睛是弯弯的，像人的眼睛，还有两道弯弯的眉毛！绣球灯、马灯都是买的。绣球灯是一个多面的纸扎的球，有一个篾制的架子，架子上有一根竹竿，架子下有两个轱辘，手执竹竿，向前推移，球即不停滚动。马灯是两段，一个马头，一个马屁股，用带子系在身上。西瓜灯、虾蟆灯、鱼灯，这些手提的灯，是小小孩玩的。

有一个习俗可能是外地所没有的：看围屏。硬木长方框，约三尺高，尺半宽，镶绢，上画工笔的演义小说人物故事，灯节前装好，一堂围屏约三十幅，屏后点蜡烛。这实际上是照得透亮的连环画。看围屏有两处，一处在炼阳观的偏殿，一处在附设在城隍庙里的火神庙。炼阳观画的是《封神榜》，火神庙画的是《三国》。围屏看了多少年，但还是年年看。好像不看围屏就不算过灯节似的。

街上有人放花。

有人放高升（起火），不多的几枝。起火升到天上，嗤——灭了。

天上有一盏红灯笼。竹篾为骨，外糊红纸，一个长方的筒，里面点了蜡烛，放到天上。灯笼是很好放的，连脑线都不用，在一个角上系上线，就能飞上去。灯笼在天上微微飘动，不知道为什么，看了使人有一点薄薄的凄凉。

年过完了，明天十六，所有店铺就"大开门"了。我们那里，初一到初五，店铺都不开门。初六打开两扇排门，卖一点市民必需的东西，叫做"小开门"。十六把全部排门卸掉，放一挂鞭，几个炮仗，叫做"大开门"，开始正常营业。年，就这样过去了。

一九九三年二月十二日

他乡寄意[1]

抗日战争时期，昆明重庆流传一则谜语：航空信——打一地名。谜底是：高邮。这说明知道我的家乡的人还是不少的。但是多数人对我的家乡的所知，恐怕只限于我们那里出咸鸭蛋，而且有双黄的。我遇到很多外地人问过我：你们那里为什么出双黄鸭蛋？我也回答过，说这和鸭种有关；我们那里水多，小鱼小虾多，鸭吃多了小鱼小虾，爱下双黄蛋。其实这是想当然耳。直到现在，我也说不清这是什么道理。敝乡真是"小地方"，经济、文化都比较落后，只落得以产双黄鸭蛋而出名，悲哉！

我的家乡过去是相当穷的。穷的原因是多水患。我们那里是水乡。人家多傍水而居，出门就得坐船。秦少游诗云："菰蒲深处疑无地，忽有人家笑语声"，大抵里下河一带都是如此。县城的西面是运河，运河西堤外便是高邮湖。运河河身

---

[1] 本篇原载 1986 年 9 月 17 日《新华日报》。

高，几乎是一条"悬河"，而县境的地势低，据说运河的河底和县城的城墙一般高。这可能有一点夸张。但我们小时候到运河堤上去玩，站在河堤上，是可以俯瞰下面人家的屋顶的。城里的孩子放风筝，风筝飘在堤上人的脚底下。这样，全县就随时处在水灾的威胁之中。民国二十年的大水我是亲历的。湖水侵入运河，运河堤破，洪水直灌而下，我家所住的东大街成了一条激流汹涌的大河。这一年水灾，毁坏田地房屋无数，死了几万人。我在外面这些年，经常关心的一件事，是我的家乡又闹水灾了没有？前几年，我的一个在江苏省水利厅当总工程师的初中同班同学到北京开会，来看我。他告诉我：高邮永远不会闹水灾了。我于是很想回去看看。我19岁离乡，在外面已40多年了。

苏北水灾得到根治，主要是由于修建了江都水利枢纽和苏北灌溉总渠。这是两项具有全国意义的战略性的水利工程，我的初中同班同学是参与这两项工程的主要设计者之一。我参观了江都水利枢纽，对那些现代化的机械一无所知，只觉得很壮观。但是我知道，从此以后，运河水大，可以泄出；水少，可以从长江把水调进来，不但旱涝无虞，而且使多少万人的生命得到了保障。呜呼，厥功伟矣！

我在家乡住了约一个星期。每天早起，我都要到运河堤上走一趟。运河拓宽了。小时候我们过运河去玩，由东堤到西堤，两篙子就到了。现在西门宝塔附近的河面宽得像一条江。我站在平整坚实的河堤上，看着横渡的轮船，拉着汽笛，悠然驶过，心里说不出的感动。

县境内的河也都经过统一规划，综合治理了，交通、灌溉都很方便。很多地方都实现了电力灌溉。我看了几份材料，都说现在是"要水一声喊，看水穿花鞋"。这两句话有点大跃进的味道，而且现在的妇女也很少穿花鞋的。不过过去到处可见的长到32轧的水车和凉亭似的牛车棚确实看不到了。我倒建议保留一架水车，放在博物馆里，否则下一辈人将不识水车为何物。

由于水利改善，粮食大幅度地增产了。过去我们那里的田，打500斤粮食，就算了不起了；现在亩产千斤，不成问题。不少地方已达"吨粮"——亩产两千斤。因此，农民的生活大大提高了。很多人家盖起了新房子，砖墙、瓦顶、玻璃窗，门外种着西番莲、洋菊花。农村姑娘的衣着打扮也很入时，烫发、皮鞋，吓！

不过粮食增产有到头的时候。两千斤粮食又能卖多少钱呢？单靠农业，我们那个县还是富不起来的。希望还在发展工业上。我希望地方的有识之士动动脑筋。也可以把在外面工作的内行请回去出出主意。到2000年，我的故乡应当会真正变个样子，成为一个开放型的城市。这样，故乡人民的心胸眼界才有可能开阔起来，摆脱小家子气。

我们那个县从来很难说是人文荟萃之邦。不但和扬州、仪征不能比，比兴化、泰州也不如。宋代曾以此地为高邮军，大概繁盛过一阵，不少文人都曾在高邮湖边泊舟，宋诗里提及高邮的地方颇多。那时出过鼎鼎大名,至今为故人引为骄傲的秦少游,还有一位孙莘老。明代出过一个散曲家兼画家的王西楼(磐)。清代出过王氏父子——王念孙、王引之。还有一位古文家夏之蓉。此外,再也数不出多少名人了。而且就是这几位名人,也没有在我的家乡产生多大的影响。秦少游没有留下多少遗迹。原来的文游台下有一个秦少游读书处,后来也倒塌了。连秦少游老家在哪里,也都搞不清楚,实在有点对不起这位绝代词人。听说近年发现了秦氏宗谱,那么这个问题可能有点线索了吧。更令人遗憾的是历代研究秦少游的故乡人颇少。我上次回乡看到一部《淮海集》,是清版。我们县应该有一部版本较好的《淮海集》才好。近年有几位青年有志于研究秦少游,地方上应该予以支持。王西楼过去知道的人更少。我小时候在家乡就没有读过一首王西楼的散曲,只是现在还流传一句有地方特点的歇后语:"王西楼嫁女儿——话(画)多银子少。"《王西楼乐府》最初是在高邮刻印的,最好能找到较早的版本。我希望家乡能出一两个王西楼专家。散曲的谱不是很难找到,能不能把王西楼的某些散曲,比如那首有名的《唢呐》,翻成简谱在县里唱一唱?如果能组织一场王西楼散曲演唱晚会,那是会很叫人兴奋的。王念孙父子在清代训诂学界影响很大,号称"高邮王氏之学"。但是我的很多家乡人只知道"独旗杆王家",至于王家是怎么回事,就不大了然了。我也希望故乡有人能继承光大王氏之学。前年高邮在王氏旧宅修建了高邮王氏纪念馆,让我写字,我寄去一副对联:"一代宗师,千秋绝学;二王馀韵,百

◇ 1991年10月，汪曾祺和夫人回高邮，参观王念孙父子纪念馆

里书声"，下联实是我对于乡人的期望。

以上说的是传统文化。对于现代科学，我们高邮人做出贡献的也有。比如孙云铸，是世界有名的古生物学家、地层学家。他的《中国北方寒武纪动物化石》是我国第一部古生物学专著。我初到昆明时，曾到他家去过。他家桌上、窗台上，到处都是三叶虫化石。这是一位很纯正的学者。可是故乡人知道他的不多。高邮拟修县志，我希望县志里有孙云铸的传。我也希望故乡的后辈能继承老一辈严谨的治学精神。

我们县是没有多少名胜古迹的。过去年代较久，建筑上有特点的，是几座庙：承天寺、天王寺、善因寺。现在已经拆得一点不剩了。西门宝塔还在，但只是孤伶伶的一座塔，周围是一片野树。高邮的"刮刮老叫"的古迹是文游台,这是苏东坡、秦少游等名士文酒雅集之地,我们小时候春游远足,总是上文游台。登高四望,烟树帆影、豆花芦叶,确实是可以使人胸襟一畅的。文游台在敌伪时期,由一个姓王的本地人县长重修了一次,搞得不像样子。重修后的奎楼、公园也都不理想。请恕我说一句直话:有点俗。听说文游台将重修,不修便罢,修就修好。文游台既是宋代的遗迹,建筑上要有点宋代的特点。比如:大斗拱、素朴的颜色。千万不要因陋就简,或者搞得花花绿绿的。

我离乡日久,鬓毛已衰,对于故乡一无贡献,很惭愧。《新华日报》约我为"故乡情"写稿,略抒芹意,希望我的乡人不要见怪。

一九八六年八月二十八日北京

文游台[1]

文游台是我们县首屈一指的名胜古迹。台在泰山庙后。

泰山庙前有河，曰澄河。河上有一道拱桥，桥很高，桥洞很大。走到桥上，上面是天，下面是水，觉得体重变得轻了，有凌空之感。拱桥之美，正在使人有凌空感。我们每年清明节后到东乡上坟都要从桥上过（乡俗，清明节前上新坟，节后上老坟）。这正是杂花生树，良苗怀新的时候，放眼望去，一切都使人心情极为舒畅。

澄河产瓜鱼，长四五寸，通体雪白，莹润如羊脂玉，无鳞，无刺，背部有细骨一条，烹制后骨亦酥软可吃。极鲜美。这种鱼别处其实也有，有的地方叫水仙鱼，北京偶亦有卖，叫面条鱼，但我的家乡人认定这种鱼只有我的家乡有，而且只有文游台前面澄河里有！家乡人爱家乡，只好由着他说。不过别处的这种鱼不似澄河的产的味美，倒是真的，因为都经过冷藏转运，

---

[1] 本篇原载《散文天地》1993年第五期。

不新鲜了。为什么叫"瓜鱼"呢？据说是因黄瓜开花时鱼始出，到黄瓜落架时就再捕不到了，故又名"黄瓜鱼"。是不是这么回事，谁知道。

泰山庙亦名东岳庙，差不多每个县里都有的，其普遍的程度不下于城隍庙。所祀之神称为东岳大帝。泰山庙的香火是很盛的，因为好多人都以为东岳大帝是管人的生死的。每逢香期，初一十五，特别是东岳大帝的生日（中国的神佛都有一个生日，不知道是从什么档案里查出来的）来烧香的善男信女（主要是信女）络绎不绝。一进庙门就闻到一股触鼻的香气。从门楼到甬道，两旁排列的都是乞丐，大都伪装成瞎子、哑巴、烂腿的残废（烂腿是用蜡烛油画的），来烧香的总是要准备一两吊铜钱施舍给他们的。

正面是大殿，神龛里坐着大帝，油白脸，疏眉细目，五绺长须，颇慈祥的样子。穿了一件簇新的大红蟒袍，手捧一把摺扇。东岳大帝何许人也？据说是《封神榜》上的黄飞虎！

正殿两旁，是"七十二司"，即阴间的种种酷刑，上刀山、下油锅、锯人、磨人……这是对活人施加的精神威慑：你生前做坏事，死后就是这样！

我到泰山庙是去看戏。

正殿的对面有一座戏台。戏台很高，下面可以走人。这倒也好，看戏的不会往前头挤，因为太靠近，看不到台上的戏。

戏台与正殿之间是观众席。没有什么"席"，只是一片空场，看戏的大都是站着。也有自己从家里扛了长凳来坐着看的。

没有什么名角，也没有什么好戏。戏班子是"草台班子"，因为只在里下河一带转，亦称"下河班子"。唱的是京戏，但有些戏是徽调。不知道为什么，哪个班子都有一出《杨松下书》。这出戏剧情很平淡，我小时最不爱看这出戏。到了生意不好，没有什么观众的时候（这种戏班子，观众入场也还要收一点钱），就演《三本铁公鸡》，再不就演《九更天》、《杀子报》。演《杀子报》是要加钱的，因为下河班子的闻太师勾的是金脸。下河班子演戏是很随便的，没有准纲准词。只有一年，来了一个叫周素娟的女演员，是个正工青衣，在南方的科班时坐科学过戏，唱戏很规矩，能唱《武家坡》、《汾河湾》这类的戏，甚至能唱《祭江》、《祭塔》……我的家乡真懂京戏的人不多，但是在周素娟唱大段慢板的时候，台下也能鸦雀无声，听得很入神。周素娟混得到里下河来搭班，是"卖了胰子"落魄了。有一个班子有一个大花脸，嗓子很冲，姓颜，大家就叫他颜大花脸。有一回，我听他在戏台旁边的廊子上对着烧开水的"水锅"大声嚷嚷："打洗脸水！"我从他的声音里听出了一腔悲愤，满腹牢骚。我一直对颜大花脸的喊叫不能忘。江湖艺人，吃这碗开口饭，是充满辛酸的。

泰山庙正殿的后面，即属于文游台范围，沿砖路北行，路东有秦少游读书台。更北，地势渐高即文游台。台基是一个大土墩。墩之一侧为四贤祠。四贤名字，说法不一。这本是一个"淫祠"，是一位蒲圻"先生"把它改造了的。蒲圻先生姓胡，字尧元。明代张绽《谒文游台四贤祠》诗云："迩来风流文澌烬，文游名在无遗踪。虽有高台可游眺，异端丹碧徒穹窿。嘉禾不植稂莠盛，邦人奔走如狂朦。蒲圻先生独好古，一扫陋俗隆高风。长绳倒拽淫象出，易以四子衣冠容。"这位蒲圻先生实在是多事，把"淫象"留下来让我们看看也好。我小时到文游台，不但看不到淫象，连"四子衣冠容"也没有，只有四个蓝地金字的牌位。墩之正面为盍簪堂。"盍簪"之名，比较生僻。出处在《易经》。《易·豫》："勿疑，朋盍簪。"王弼注："盍，合也；簪，疾也。"孔颖达疏："群朋合聚而疾来也。"如果用大白话说，就是"快来堂"。我觉得"快来堂"也挺不错。我们小时候对盍簪堂的兴趣比四贤祠大得多，因为堂的两壁刻着《秦邮帖》。小时候以为帖上的字是这些书法家在高邮写的。不是的。是把各家的书法杂凑起来的（帖都是杂凑起来的）。帖是清代嘉庆年间一个叫师亮采的地方官属钱梅溪刻的。钱泳《履园丛话》："二十年乙亥……是年秋八月为韩城师禹门太守刻《秦邮帖》四卷，皆取苏东坡、黄山谷、米元章、秦少游诸公书，而殿以松雪、华亭二家。"曾有人考证，帖中书颇多"赝鼎"，是假的，我们不管这些，对它还是很有感情。我们用薄纸蒙在帖上，用铅笔来回磨蹭，把这些字"拓"下来带回家。有时翻出来看看，觉得字都很美。

盍簪堂后是一座木结构的楼，是文游台的主体建筑。楼颇宏大，东西两面都是大窗户。我读小学时每年"春游"都要上文游台，趴在两边窗台上看半天。东边是农田，碧绿的麦苗，油菜、蚕豆正在开花，很喜人。西边是人家，鳞次栉比。最西可看到运河堤上的杨柳，看到船帆在树头后面缓缓移动。缓缓移动的船帆叫我的心有点酸酸的，也甜甜的。

文游台的出名，是因为这是苏东坡、秦少游、王定国、孙莘老聚会的地方，他们在楼上饮酒、赋诗、倾谈、笑傲。实际上文游诸贤之中，最牵动高邮人心的是秦少游。苏东坡只是在高邮停留一个很短的时期。王定国不是高邮人。孙莘老不知道为什么给人一个很古板的印象，使人不大喜欢。文游台实际上是秦少游的台。

秦少游是高邮人的骄傲，高邮人对他有很深的感情，除了因为他是大才子，"国士无双"，词写得好，为人正派，关心人民生活（著过《蚕书》）……还因为他一生遭遇很不幸。他的官位不高，最高只做到"正字"，后半生一直在迁谪中度过。46岁"坐党籍"改馆阁校勘，出为杭州通判。这一年由于御史刘拯给他打了小报告，说他增损《实录》，贬监处州酒税。叫一个才子去管酒税，真是令人啼笑皆非。48岁因为有人揭发他写佛书，削秩徙郴州。50岁，迁横州。51岁迁雷州。几乎每年都要调动一次，而且越调越远。后来朝廷下了赦令，廷臣多内徙，少游启程北归，至藤州，出游光华亭，索水欲饮，水至，笑视之而卒，终年53岁。

迁谪生活，难以为怀，少游晚年诗词颇多伤心语，但他还是很旷达，很看得开的，能于颠沛中得到苦趣。明陶宗仪《说郛》卷八十二：

秦观南迁，行次郴道遇雨，有老仆滕贵者，久在少游家，随以南行，管押行李在后，泥泞不能进，少游留道旁人家以候，久之方盘跚策杖而至，视少游叹曰："学士，学士！他们取了富贵，做了好官，不枉了恁地，自家做甚来陪奉他们！波波地打闲官，方落得甚声名！"怒而不饭。少游再三勉之，曰："没奈何。"其人怒犹未已，曰："可知是没奈何！"少游后见邓博文言之，大笑，且谓邓曰："到京见诸公，不可不举似以发大笑也。"

我以为这是秦少游传记资料中写得最生动的一则。而且是可靠的。这样如闻其声的口语化的对白是伪造不来的。这也是白话文学史中很珍贵的资料，老仆、少游，都跃然纸上。我很希望中国的传记文学、历史题材的小说戏曲都能写成这样。然而可遇而不可求。现在的传记历史题材的小说，都空空廓廓，有事无人，而且注入许多"观点"，使人搔痒不着，吞蝇欲吐。历史连续电视剧则大多数是胡说八道！

东坡闻少游凶信，叹曰："少游已矣，虽万人何赎"，呜呼哀哉。

一九九三年四月十九日

草巷口[1]

过去，我们那里的民间常用燃料不是煤。除了炖鸡汤、熬药，也很少烧柴。平常煮饭、炒菜，都是烧草，——烧芦柴。这种芦柴秆细而叶多，除了烧火，没有什么别的用处。草都是由乡下——主要是北乡用船运来，在大淖靠岸。要买草的，到岸边和草船上的人讲好价钱，卖草的即可把草用扁担挑了，送到这家，一担四捆，前两捆，后两捆，水桶粗细一捆，六七尺长。送到买草的人家，过了秤，直接送到堆草的屋里。给我们家过秤的是一个本家叔叔抡元二叔。他用一杆很大的秤约了分量，用一张草纸记上"苏州码子"。我是从抡元二叔的"草纸账"上才认识苏州码子的。现在大家都用阿拉伯数字，认识苏州码子的已经不多了。我们家后花园里有三间空屋，是堆草的。一次买草，数量很多，三间屋子装得满满的，可以烧很多时候。

从大淖往各家送草，都要经过一条巷子，因此这条巷子叫

---

[1] 本篇原载《雨花》1995 年第一期。

做草巷口。

草巷口在"东头街上"算是比较宽的巷子。像普通的巷子一样，是砖铺的，——我们那里的街巷都是砖铺的，但有一点和别的巷子不同，是巷口嵌了一个相当大的旧麻石磨盘。这是为了省砖，废物利用，还是有别的什么原因，就不知道了。

磨盘的东边是一家油面店，西边是一个烟店。严格说，"草巷口"应该指的是油面店和烟店之间，即麻石磨盘所在处的"口"，但是大家把由此往北，直到大淖一带都叫做"草巷口"。

"油面店"，也叫"茶食店"，即卖糕点的铺子，店里所卖糕点也和别的茶食店差不多，无非是：兴化饼子、鸡蛋糕。兴化饼子带椒盐味，大概是从兴化传过来的；羊枣，也叫京果，分大小两种，小京果即北京的江米条，大京果似北京蓼花而稍小；八月十五前当然要做月饼；过年前做蜂糖糕，像一个锅盖，蜂糖糕是送礼用的；夏天早上做一种"潮糕"，米面蒸成，潮糕做成长长的一条，切开了一片一片是正方的，骨牌大小，但是切时断而不分，吃时一片一片揭开吃，潮糕有韧性，口感很好；夏天的下午做一种"酒香饼子"，发面，以糯米和面，烤熟，初出锅时酒香扑鼻。

吉陛的糕点多是零块地卖，如果买得多（是为了送礼的），则用苇篾编的"撇子"装好，一底一盖，中衬一张长方形的红纸，印黑字：

本店开设东大街草巷口坐北朝南惠顾诸君请认明吉陛字

号庶不致误

源昌烟店主要是卖旱烟,也卖水烟——皮丝烟。皮丝烟中有一种,颜色是绿的,名曰"青条",抽起来劲头很冲。一般烟店不卖这种烟。

源昌有一点和别家店铺不同。别的铺子过年初一到初五都不开门,破五以前是不做生意的。源昌却开了一半铺搭子门,靠东墙有一个卖"耍货"的摊子。可能卖耍货的和源昌老板是亲戚,所以留一块空地供他摆摊子。"耍货"即卖给小孩子玩意:"捻捻转"、"地嗡子"(陀螺)……卖得最多的是"洋泡"。一个薄薄橡皮做的小囊,上附小木嘴。吹气后就成了氢气球似的圆泡,撒手后,空气振动木嘴里的一个小哨,哇的一声。还卖一些小型的花炮,起火,"猫捉老鼠"……最便宜的是"滴滴金",——皮纸制成麦秆粗细的小管,填了一点硝药,点火后就会嗤嗤地喷出火星,故名"滴滴金"。

进巷口,过麻石磨盘,左手第一家是一家"茶炉子"。茶炉子是卖开水的,即上海人所说的"老虎灶"。店主名叫金大力。金大力只管挑水,烧茶炉子的是他的女人。茶炉子四角各有一口大汤罐,当中是火口。烧的是粗糠。一簸箕粗糠倒进火口,呼的一声,火头就蹿了上来,水马上呱呱地就开了。茶炉子卖水不收现钱,而是事前售出很多"茶筹子"——一个一个小竹片,上面用烙铁烙了字:"十文"、"二十文",来打开水的,交几个茶筹子就行。这大概是一种古制。

往前走两步，茶炉子斜对面，是一个澡塘子。不大。但是东街上只有这么一个澡塘子，这条街上要洗澡的只有上这家来。澡塘子在巷口往西的一面墙上钉了一个人字形小木棚，每晚在小棚下挂一个灯笼，算是澡塘的标志（不在澡塘的门口）。过年前在木棚下贴一条黄纸的告白，上写：

正月初六日早有菊花香水

那就是说初一到初五澡塘子是不开业的。

为什么是"菊花香水"而不是兰花香水、桂花香水？我在这家澡塘洗过多次澡，从来没有闻到过"菊花香水"味儿，倒是一进去，就闻到一股浓重的澡塘子味儿。这种澡塘子味道，是很多人愿意闻的。他们一闻这味道，就觉得：这才是洗澡！

有些人烫了澡（他们不怕烫，不烫不过瘾），还得擦背、捏脚、修脚，这叫"全大套"。还要叫小伙计去叫一碗虾子、猪油、葱花面来，三扒两口吃掉。然后咕咚咕咚喝一壶浓茶，脑袋一歪，酣然睡去。洗了"全大套"的澡，吃一碗滚烫的虾子汤面，来一觉，真是"快活似神仙"。

由澡塘往北，不几步，是一个卖香烛的小店。这家小店只有一间门面。除香烛纸祃之外，还卖"箱子"。苇秆为骨，外糊红纸，四角贴了"云头"。这是人家买去，内装纸钱，到冥祭时烧给亡魂的。小香烛店的老板（他也算是"老板"），人物猥琐，个儿矮小，而且是个"齉鼻子"，"齉"得非常厉害，说起话来瓮声瓮气，谁也听不清他说什么。他的媳妇可是一个很"刷括"（即干净利索）的小媳妇，她每天除了操持家务，做针线，就是糊"箱子"。一街的人都为这小媳妇感到很不平，——嫁了这么个小矮个齉鼻子丈夫。但是她就是这样安安静静地过了好多年。

由香烛店往北走几步，就闻到一股骡粪的气味。这是一家碾坊。这家碾坊只有一头骡子（一般碾坊至少有两头骡子，轮流上套）。碾坊是个老碾房。这头骡子也老了，看到这头老骡子低着脑袋吃力地拉着碾子，总叫人有些不忍心。骡子的颜色是豆沙色的，更显得没有精神。

碾坊斜对面有一排比较整齐高大的房子，是连万顺酱园的住家兼作坊。作坊主要制品是萝卜干。萝卜条揉盐之后，晾晒在门外的芦席上，过往行人，可以抓几个吃。新腌的萝卜干，味道很香。

再往北走，有几户人家。这几家的女人每天打芦席。她们盘腿坐着，压过的芦苇片在她们的手指间跳动着，延展着，一会儿的功夫就能织出一片。

再往北还零零落落有几户人家。这几户人家都是干什么的，我就不知道了，我很少到那边去。

我的家乡[1]

法国人安妮·居里安女士听说我要到波士顿,特意退了机票,推迟了行期,希望和我见一面。她翻译过我的几篇小说。我们谈了约一个小时,她问了我一些问题。其中一个是,为什么我的小说里总有水?即使没有写到水,也有水的感觉。这个问题我以前没有意识到过。是这样。这是很自然的。我的家乡是一个水乡,我是在水边长大的,耳目之所接,无非是水。水影响了我的性格,也影响了我的作品的风格。

我的家乡高邮在京杭大运河的下面。我小时候常常到运河堤上去玩(我的家乡把运河堤叫做"上河堆"或"上河埫"。"埫"字一般字典上没有,可能是家乡人造出来的字,音淌。"堆"当是"堤"的声转)。我读的小学的西面是一片菜园,穿过菜园就是河堤。我的大姑妈(我们那里对姑妈有个很奇怪的叫法,叫"摆摆",别处我从未听过有此叫法)的家,出门西望,就

---

[1] 本篇原载《作家》1991年第十期。

看见爬上河堤的石级。这段河堤有石级，因为地名"御码头"，康熙或乾隆曾在此泊舟登岸（据说御码头夏天没有蚊子）。运河是一条"悬河"，河底比东堤下的地面高，据说河堤和墙垛子一般高，站在河堤上，可以俯瞰堤下街道房屋。我们几个同学，可以指认哪一处的屋顶是谁家的。城外的孩子放风筝，风筝在我们脚下飘。城里人家养鸽子，鸽子飞起来，我们看到的是鸽子的背。几只野鸭子贴水飞向东，过了河堤，下面的人看见野鸭子飞得高高的。

我们看船。运河里有大船。上水的大船多撑篙。弄船的脱光了上身，使劲把篙子梢头顶上肩窝处，在船侧窄窄的舷板上，从船头一步一步走到船尾。然后拖着篙子走回船头，欻的一声把篙子投进水里，扎到河底，又顶着篙子，一步一步走向船尾。如是往复不停。大船上用的船篙甚长而极粗，篙头如饭碗大，有锋利的铁尖。使篙的通常是两个人，船左右舷各一人；有时只一个人，在一边。这条船的水程，实际上是他们用脚一步一步走出来的。这种船多是重载，船帮吃水甚低，几乎要漫到船上来。这些撑篙男人都极精壮，浑身作古铜色。他们是不说话的，大都眉棱很高，眉毛很重。因为长年注视着流动的水，故目光清明坚定。这些大船常有一个舵楼，住着船老板的家眷。船老板娘子大都很年轻，一边扳舵，一边敞开怀奶孩子，态度悠然。舵楼大都伸出一支竹竿，晾晒着衣裤，风吹着拍拍作响。

看打鱼。在运河里打鱼的多用鱼鹰。一般都是两条船，一船八只鱼鹰。有时也会有三条、四条，排成阵势。鱼鹰栖在木架上，精神抖擞，如同临战状态。打鱼人把篙子一挥，这些鱼鹰就劈劈啪啪，纷纷跃进水里。只见它们一个猛子扎下去，眨眼工夫，有的就叼了一条鳜鱼上来——鱼鹰似乎专逮鳜鱼。打鱼人解开鱼鹰脖子上的金属的箍（鱼鹰脖子上都有一道箍，否则它就会把逮到的鱼吞下去），把鳜鱼扔进船里，奖给它一条小鱼，它就高高兴兴，心甘情愿地转身又跳进水里去了。有时两只鱼鹰合力抬起一条大鳜鱼上来，鳜鱼还在挣蹦，打鱼人已经一手捞住了。这条鳜鱼够四斤！这真是一个热闹场面。看打鱼的，鱼鹰都很兴奋激动，倒是打鱼人显得十分冷静，不动声色。

远远地听见嘣嘣嘣嘣的响声，那是在修船、造船。嘣嘣的声音是斧头往船板上敲钉。船体是空的，故声音传得很远。待修的船翻扣过来，底朝上。这只船辛苦了很久，它累了，它正在休息。一只新船造好了，油了桐油，过两天就要下水了。看看崭新的船，叫人心里高兴——生活是充满希望的。船场附近照例有打船钉的铁匠炉，叮叮当当。有碾石粉的碾子，石粉是填船缝用的。有卖牛杂碎的摊子。卖牛杂碎的是山东人。这种摊子上还卖锅盔（一种很厚很大的面饼）。

我们有时到西堤去玩。我们那里的人都叫它西湖，湖很大，一眼望不到边，很奇怪，我竟没有在湖上坐过一次船。湖西是还有一些村镇的。我知道一个地名，菱塘桥，想必是个大镇子。我喜欢菱塘桥这个地名，引起我的向往，但我不知道菱塘桥是什么样子。湖东有的村子，到夏天，就把耕牛送到湖西去歇伏。我所住的东大街上，那几天就不断有成队的水牛在大街上慢慢地走过。牛过后，留下很大的一堆一堆牛屎。听说是湖西凉快，而且湖西有茭草，牛吃了会消除劳乏，恢复健壮。我于是想象湖西是一片碧绿碧绿的茭草。

高邮湖中，曾有神珠。沈括《梦溪笔谈》载：

> 嘉祐中，扬州有一珠甚大，天晦多见，初出于天长县陂泽中，后转入甓射湖，又后乃在新开湖中，凡十余年，居民行人常常见之。余友人书斋在湖上，一夜忽见其珠甚近，初微开其房，光自吻中出，如横一金线，俄顷忽张壳，其大如半席，壳中白光如银，珠大如拳，灿然不可正视，十余里间林木皆有影，如初日所照，远处但见天赤如野火，倏然远去，其行如飞，浮于波中，杳杳如日。古有明月之珠，此珠色不类月，荧荧有芒焰，殆类日光。崔伯易尝为《明珠赋》。伯易高邮人，盖常见之。近岁不复出，不知所往。樊良镇正当珠往来处，行人至此，往往维船数宵以待观，名其亭为"玩珠"。

这就是"秦邮八景"的第一景"甓射珠光"。沈括是很严肃的学者，所言凿凿，又生动细微，似乎不容怀疑。这是个什么东西呢？是一颗大珠子？嘉祐到现在也才九百多年，已经不可究诘了。高邮湖亦称珠湖，以此。我小时学刻图章，第一块刻的就是"珠湖人"，是一块肉红色的长方形图章。

湖通常是平静的，透明的。这样一片大水，浩浩淼淼（湖上常常没有一只船），让人觉得有些荒凉，有些寂寞，有些神秘。

黄昏了。湖上的蓝天渐渐变成浅黄，橘黄，又渐渐变成紫色，很深很浓的紫色。这种紫色使人深深感动。我永远忘不了这样的紫色的长天。

闻到一阵阵炊烟的香味，停泊在御码头一带的船上正在烧饭。

一个女人高亮而悠长的声音：

"二丫头……回来吃晚饭来……"

像我的老师沈从文常爱说的那样，这一切真是一个圣境。

高邮湖也是一个悬湖。湖面，甚至有的地方的湖底，比运河东面的地面都高。

湖是悬湖，河是悬河，我的家乡随时处在大水的威胁之中。翻开县志，水灾接连不断。我所经历过的最大的一次水灾，是民国二十年。

这次水灾是全国性的。事前已经有了很多征兆。连降大雨，西湖水位增高，运河水平了漕，坐在河堤上可以"踢水洗脚"。有许多很"瘆人"的不祥的现象。天王寺前，虾蟆爬在柳树顶上叫。老人们说：虾蟆在多高的地方叫，大水就会涨得多高。我们在家里的天井里躺在竹床上乘凉，忽然拨剌一声，从阴沟里蹦出一条大鱼！运河堤上，龙王庙里香烛昼夜不熄。七公殿也是这样。大风雨的黑夜里，人们说是看见"耿庙神灯"了。耿七公是有这个人的，生前为人治病施药，风雨之夜，他就在家门前高旗杆上挂起一串红灯，在黑暗的湖里打转的船，奋力向红灯划去，就能平安到岸。他死后，红灯还常在浓云密雨中出现，这就是耿庙神灯——"秦邮八景"中的一景。耿七公是渔民和船民的保护神，渔民称之为七公老爷，渔民每年要做会，谓之七公会。神灯是美丽的，但同时也给人一种神秘的恐怖感。阴历七月，西风大作。店铺都预备了高挑灯笼——长竹柄，一头用火烤弯如钩状，上悬一个灯笼，轮流值夜巡堤。告警锣声不绝。本来平静的水变得暴怒了。一个浪头翻上来，会把东堤石工的丈把长的青石掀起来。看来堤是保不住了。终于，我记得是七月十三（可能记错），倒了口子。我们那里把决堤叫做倒口子。西堤四处，东堤六处。湖水涌入运河，运河水直灌堤东。顷刻之间，高邮成为泽国。

我们家住进了竺家巷一个茶馆的楼上（同时搬到茶馆楼上的还有几家），巷口外的东大街成了一条河，"河"里翻滚着箱箱柜柜，死猪死牛。"河"里行了船，会水的船家各处去救人（很多人家爬在屋顶上、树上）。

约一星期后，水退了。

水退了，很多人家的墙壁上留下了水印，高及屋檐。很奇怪，水印怎么擦洗也擦洗不掉。全县粮食几乎颗粒无收。我们这样的人家还不致挨饿，但是没有菜吃。老是吃慈姑汤，很难吃。比慈姑汤还要难吃的是芋头梗子做的汤。日本人爱喝芋梗汤，我觉得真不可理解。大水之后，百物皆一时生长不出，唯有慈姑芋头却是丰收！我在小学的教务处地上发现几个特大的蚂蟥，缩成一团，有拳头大，踩也踩不破！

我小时候，从早到晚，一天没有看见河水的日子，几乎没有。我上小学，倘不走东大街而走后街，是沿河走的。上初中，如果不从城里走，走东门外，则是沿着护城河。出我家所在的巷子南头，是越塘。出巷北，往东不远，就是大淖。我在小说《异秉》中所写的老朱，每天要到大淖去挑水，我就跟着他一起去玩。老朱真是个忠心耿耿的人，我很敬重他。他下水把水桶弄满（他两腿都是筋疙瘩——静脉曲张），我就拣选平薄的瓦片打水漂。我到一沟、二沟、三垛，都是坐船。到我的小说《受戒》所写的庵赵庄去，也是坐船。我第一次离家乡去外地读高中，也是坐船——轮船。

水乡极富水产。鱼之类，乡人所重者为鳊、白、鯮（鯮花鱼即鳜鱼）。虾有青白两种。青虾宜炒虾仁，呛虾（活虾酒醉生吃）则用白虾。小鱼小虾，比青菜便宜，是小户人家佐餐的恩物。小鱼有名"罗汉狗子"、"猫杀子"者，很好吃。高邮湖蟹甚佳，以作醉蟹，尤美。高邮的大麻鸭是名种。我们那里八月中秋兴吃鸭，馈送节礼必有公母鸭成对。大麻鸭很能生蛋。腌制后即为著名的高邮咸蛋。高邮鸭蛋双黄者甚多。江浙一带人见面问起我的籍贯，答云高邮，多肃然起敬，曰："你们那里出咸鸭蛋。"好像我们那里就只出咸鸭蛋似的！

我的家乡不只出咸鸭蛋。我们还出过秦少游，出过散曲作家王磐，出过经学大师王念孙、王引之父子。

县里的名胜古迹最出名的是文游台。这是秦少游、苏东坡、孙莘老、王定国文酒游会之所。台基在东山（一座土山）上，登台四望，眼界空阔，我小时常凭栏看西面运河的船帆露着半截，在密密的杨柳梢头后面，缓缓移过，觉得非常美。有一座镇国寺塔，是个唐塔，方形。这座塔原在陆上，运河拓宽后，为了保存这座塔，留下塔的周围的土地，成了运河当中的一个小岛。镇国寺我小时还去玩过，是个不大的寺。寺门外有一堵紫色的石制的照壁，这堵照壁向前倾斜，却不倒。照壁上刻着海水，故名水照壁。寺内还有一尊肉身菩萨的坐像，是一个和尚坐化后漆成的。寺不知毁于何时。另外还有一座净土寺塔，明代修建。我们小时候记不住什么镇国寺、净土寺，因其一在西门，名之为西门宝塔；一在东门，便叫它东门宝塔。老百姓都是这么叫的。

全国以邮字为地名的，似只高邮一县。为什么叫做高邮？因为秦始皇曾在高处建邮亭。高邮是秦王子婴的封地，到今还有一条河叫子婴河，旧有子婴庙，今不存。高邮为秦代始建，故又名秦邮。外地人或以为这跟秦少游有什么关系，没有。

一九九一年六月二十日

―― *昆明之忆* ――

昆明草木①

序

  昆明一住七年，始终未离开一步，有人问起，都要说一声"佩服佩服"。虽然让我再去住个几年，也仍然是愿意的，但若问昆明究竟有甚么，却是说不上来。也许是一草一木，无不相关，拆下来不成片段，无由拈出，更可能是本来没有甚么，地方是普通地方，生活是平凡生活，有时提起是未能遣比而已。不见大家箱箧中几全是新置的东西。翻遍所带几册旧书中也找不出一片残叶碎瓣了么。独坐无聊，想跟人谈谈，而没有人可以谈谈，写不出东西却偏要写一点。时方近午，小室之中已经暮气沉沉。雨下得连天连地是一个阴暗，是一种教拜伦脾气变坏的气候，我这里又无一分积蓄的阳光，只好随便抓一个题目扯一顿，算是对付外面呜呜拉拉焦急的汽车，吱吱吜吜不安的无线电罢了。我倒宁愿找这样一本书或

---

① 本篇原载 1946 年 12 月 27《文汇报》，署名"方栢臣"。

一篇文章看看，自己来写是全无资格的。

十二月十三日记

一、草

到昆明，正是雨季。在家里关不住，天雨之下各处乱跑。但回来脱了湿透的鞋袜，坐下不久，即觉得不知闷了多少时候了，只有袖了手到廊下看院子里的雨脚。一抬头，看见对面黑黑的瓦屋顶上全是草，长得很深，凄凄的绿。这真是个古怪地方，屋顶上长草！不止一家如此，家家如此。荒宫废庙，入秋以后，屋顶白蒙蒙一片。因为托根高，受风多，叶子细长如发，在暗淡的金碧之上萧萧的飘动，上头的天极高极蓝。

二、仙人掌

昆明人家门。有几件带巫术性的玩意。门坎上贴红纸剪成的剪刀，锁。门上一个大木瓢，画一个青面鬼脸。一对未漆羊角生在羊头上似的生在门头上。角底下多悬仙人掌一片。不知这究竟是甚么意思，也问过几个本地人，说不出所以然，若是乡下人家则在炊烟薰得黑沉沉的土墙上还要挂一长串通红通红的辣椒，是家常吃的，与厌胜辟邪无关，但越显出仙人掌的绿，造成一种难忘的强烈印象。

仙人掌这东西真是贱，一点点水气即可以浓浓的绿下来，且茁出新的一片，即使是穿了洞又倒挂在门上。

心急的，坐怕担心费事，栽花木活，糟塌花罪过，而又喜欢自己种一点甚么出来看看的，你来插一片仙人掌吧，仙人掌有小刺毛，轻软得刺进手里还不知道，等知道时则一手都是了。一手都是你仍可以安然作事。你可以写信告诉人了，找种了一棵仙人掌，告诉人弄了一手刺。就像这个雨天，正好。你披上雨衣。

仙人掌有花，花极简单，花片如金箔，如蜡。没有花柄，直接生在掌片上，像是做假安上去的。从来没见过那么蠢那么可笑的花。它似乎一点不知道自己是个甚么样子，不怕笑。哦唷，听说还要结果子呢，叫做甚么"仙桃"，能好吃么？它甚么都不管，只找个地方把多余的生命冒出来就完事，根本就没想到出果子。这是个不大可解的事，我没见过一头牛一匹羊嚼过一片仙人掌。我总以为这么又厚又长的大绿烧饼应当很对它们的胃口的。它们简直连看也不看一眼！

英国领事馆花园后墙外有仙人掌一大片，上多银青色长脚蜘蛛，这种蜘蛛一定有毒，样子多可怕。墙下有路，平常一天没有两三人走过。

三、报春花

虽然我们那里的报春花很少，也许没有，不像昆明。

——《花园》

我不知怎么知道这是报春花的。我老告诉人"这种小花有个好名字，报春花"，也许根本是我造的谣。它该是草紫紫云英，或者紫花苜蓿，或者竟是报春花，不管它，反正就是那么一种微贱的淡紫色小花。花五六瓣，近心处晕出一点白，花心淡黄。一种野菜之类的东西，叶子大概如小青菜，有缺刻，但因为花太多，叶子全不重要了。花梗极其伶仃，怯怯的升出一丛丛细碎的花，花开得十分欢。茎上叶上花上全沁出许多茸茸的粉。塍头田边密密的一片又一片，远看如烟，如雾，如云。

　　我有个石鼓形小绿瓷缸子，满满的插了一缸。下午我们常去采报春花，晒太阳。搬家了，一马车，车上冯家的猫，王家的鸡，松与我轮流捧着那一缸花。我们笑。

　　那个缸子有时也插菜花，当报春花没有的时候。昆明冬天都有菜花。在霜里黄。菜花上有蜜蜂。

四、百合的遗像

　　想到孟处要延命菊去，延命菊已经少了，他屋里烧瓶中插了两枝百合，说是"已经好些天了。"

　　下着雨，没有甚么事情，纱窗外蒙蒙绿影，屋里极其静谧，坐了半天。看看烧瓶里水已黄了，问"怎么不换换水？"孟说"由它罢。"桌上有他批卷子的红钢笔，抽出一张纸画了两朵花。心里不烦躁，竟画得还好。松和孟在肩后看我画，看看画，又看看花，错错落落谈着话。

画画完了，孟收在一边，三个人各端了一杯茶谈他桌上台路易士那几句诗，"保卫那比较坏的，为了击退更坏的，"现代人的逻辑阿，正谈着，一朵花谢了，一瓣一瓣的掉下来，大家看看它落。离画好不到五分钟。

看看松腕上表，拿起笔来写了几个字：

"遗像　某月日下午某时分，一朵百合谢了。"

其后不久，孟离开昆明，便极少有机会去他屋前看没有主人的花了。又不久，松与我也同时离开昆明又分了手，隔得很远。到上海三月，孟自家乡北上，经过此地，曾来我这个暮色沉沉的破屋里住了一宿，谈了几次，我们都已经走了不少路了，真亏他，竟还把我给他写的一条字并那张画好好的带着？

这教我有了一点感慨。走了那么多路，甚么都不为的贸然来到这个大地方，我所得的是甚么，操持的是甚么，凋落的，抛去的可就多了。我不能完全离开这朵百合，可自动的被迫的日益远了，而且连眺望一下都不大有时候，也想不起。孟倒是坚贞的抱着做一个"爱月亮，爱北极星的孩子"的志气，虽然也正在比较坏与更坏的选择之中。松远在南方将无法尽知我如今接受的是一种甚么教育。阿，我说这些干甚么，是寂寞了？"雨打梨花深闭门"，收了吧。——这又令我想起昆明的梨花来了。

翠湖心影[①]

有一个姑娘,牙长得好。有人问她:

"姑娘,你多大了?"

"十七。"

"住在哪里?"

"翠湖西。"

"爱吃什么?"

"辣子鸡。"

过了两天,姑娘摔了一跤,磕掉了门牙。人问她:

"姑娘多大了?"

"十五。"

"住在哪里?"

"翠湖。"

"爱吃什么?"

"麻婆豆腐。"

---

① 本篇原载《滇池》1984年第八期。

这是我在四十四年前听到的一个笑话。当时觉得很无聊（是在一个座谈会上听一个本地才子说的）。现在想起来觉得很亲切。因为它让我想起翠湖。

昆明和翠湖分不开，很多城市都有湖。杭州西湖、济南大明湖、扬州瘦西湖。然而这些湖和城的关系都还不是那样密切。似乎把这些湖挪开，城市也还是城市。翠湖可不能挪开。没有翠湖，昆明就不成其为昆明了。翠湖在城里，而且几乎就挨着市中心。城中有湖，这在中国，在世界上，都是不多的。说某某湖是某某城的眼睛，这是一个俗得不能再俗的比喻了。然而说到翠湖，这个比喻还是躲不开。只能说：翠湖是昆明的眼睛。有什么办法呢，因为它非常贴切。

翠湖是一片湖，同时也是一条路。城中有湖，并不妨碍交通。湖之中，有一条很整齐的贯通南北的大路。从文林街、先生坡、府甬道，到华山南路、正义路，这是一条直达的捷径。——否则就要走翠湖东路或翠湖西路，那就绕远多了。昆明人特意来游翠湖的也有，不多。多数人只是从这里穿过。翠湖中游人少而行人多。但是行人到了翠湖，也就成了游人了。从喧嚣扰攘的闹市和刻板枯燥的机关里，匆匆忙忙地走过来，一进了翠湖，即刻就会觉得浑身轻松下来；生活的重压、柴米油盐、委屈烦恼，就会冲淡一些。人们不知不觉地放慢了脚步，甚至可以停下来，在路边的石凳上坐一坐，抽一支烟，四边看看。即使仍在匆忙地赶路，人在湖光树影中，精神也很不一样了。翠湖每天每日，给了昆明人多少浮世的安慰和精神的疗养啊。因此，昆明人——包括外来的游子，对翠湖充满感激。

翠湖这个名字起得好！湖不大，也不小，正合适。小了，不够一游；太大了，游起来怪累。湖的周围和湖中都有堤。堤边密密地栽着树。树都很高大。主要的是垂柳。"秋尽江南草未凋"，昆明的树好像到了冬天也还是绿的。尤其是雨季，翠湖的柳树真是绿得好像要滴下来。湖水极清。我的印象里翠湖似没有蚊子。夏天的夜晚，我们在湖中漫步或在堤边浅草中坐卧，好像都没有被蚊子咬过。湖水常年盈满。我在昆明住了七年，没有看见过翠湖干得见了底。偶尔接连下了几天大雨，湖水涨了，湖中的大路也被淹没，不能通过了。但这样的时候很少。翠湖的水不深。浅处没膝，深处也不过齐腰。因此没有人到这里来自杀。我们有一个广东籍的同学，因为失恋，曾投过翠湖。但是他下湖在水里走了一截，又爬上来了。因为他大概还不太想死，而且翠湖里也淹不死人。翠湖不种荷花，但是有许多水浮莲。肥厚碧绿的猪耳状的叶子，开着一望无际的粉紫色的蝶形的花，很热闹。我是在翠湖才认识这种水生植物的。我以后也再也没看到过这样大片大片的水浮莲。湖中多红鱼，很大，都有一尺多长。这些鱼已经习惯于人声脚步，见人不惊，整天只是安安静静地，悠然地浮沉游动着。有时夜晚从湖中大路上过，会忽然拨刺一声，从湖心跃起一条极大的大鱼，吓你一跳。湖水、柳树、粉紫色的水浮莲、红鱼，共同组成一个印象：翠。

一九三九年的夏天，我到昆明来考大学，寄住在青莲街的同济中学的宿舍里，几乎每天都要到翠湖。学校已经发了榜，还没有开学，我们除了骑马到黑龙潭、金殿，坐船到大观楼，就是到翠湖图书馆去看书。这是我这一生去过次数最多的一个图书馆，也是印象极佳的一个图书馆。图书馆不大，形制有一点像一个道观。非常安静整洁。有一个侧院，院里种了好多盆白茶花。这些白茶花有时整天没有一个人来看它，就只是安安静静地欣然地开着。图书馆的管理员是一个妙人。他没有准确的上下班时间。有时我们去得早了，他还没有来，门没有开，我们就在外面等着。他来了，谁也不理，开了门，走进阅览室，把壁上一个不走的挂钟的时针"喀拉拉"一拨，拨到八点，这就上班了，开始借书。这个图书馆的藏书室在楼上。楼板上挖出一个长方形的洞，从洞里用绳子吊下一个长方形的木盘。借书人开好借书单，——管理员把借书单叫做"飞子"，昆明人把一切不大的纸片都叫做"飞子"，——买米的发票、包裹单、汽车票，都叫"飞子"，——这位管理员看一看，放在木盘里，一拽旁边的铃铛，"铛啷啷"，木盘就从洞里吊上去了。——上面大概有个滑车。不一会，上面拽一下铃铛，木盘又系了下来，你要的书来了。这种古老而有趣的借书手续我以后再也没有见过。这个小图书馆藏书似不少，而且有些善本。我们想看的书大都能够借到。过了两三个小时，这位干瘦而沉默的有点像陈老莲画出来的古典的图书管理员站起来，把壁上不走的挂钟的时针"喀拉拉"一拨，拨到十二点：下班！我们对他这种以意为之的计时方法完全没有意见。因为我们没有一定要看完的书，到这里来只是享受一点安静。我们的看书,是没有目的的,从《南诏国志》到福尔摩斯,逮什么看什么。

翠湖图书馆现在还有么？这位图书管理员大概早已作古了。不知道为什么,我会常常想起他来,并和我所认识的几个孤独、贫穷而有点怪僻的小知识分子的印象掺和在一起,越来越鲜明。总有一天,这个人物的形象会出现在我的小说里的。

翠湖的好处是建筑物少。我最怕风景区挤满了亭台楼阁。除了翠湖图书馆,有一簇洋房,是法国人开的翠湖饭店。这所饭店似乎是终年空着的。大门虽开着,但我从未见过有人进去,不论是中国人还是法国人。此外,大路之东,有几间黑瓦朱栏的平房,狭长的,按形制似应该叫做"轩"。也许里面是有一方题作什么轩的横匾的,但是我记不得了。也许根本没有。轩里有一阵曾有人卖过面点,大概因为生意不好,停歇了。轩内空荡荡的,没有桌椅。只在廊下有一个卖"糠虾"的老婆婆。"糠虾"是只有皮壳没有肉的小虾。晒干了,卖给游人喂鱼。花极少的钱,便可从老婆婆手里买半碗,一把一把撒在水里,一尺多长的红鱼就很兴奋地游过来,抢食水面的糠虾,唼喋有声。糠虾喂完,人鱼俱散,轩中又是空荡荡的,剩下老婆婆一个人寂然地坐在那里。

路东伸进湖水,有一个半岛。半岛上有一个两层的楼阁。阁上是个茶馆。茶馆的地势很好,四面有窗,入目都是湖水。夏天,在阁子上喝茶,很凉快。这家茶馆,夏天,是到了晚上还卖茶的（昆明的茶馆都是这样,收市很晚）,我们有时会一直坐到十点多钟。茶馆卖盖碗茶,还卖炒葵花子、南瓜子、花生米,都装在一个白铁敲成的方碟子里,昆明的茶馆计账的方法有点特别:瓜子、花生,都是一个价钱,按碟算。喝完了茶,"收茶钱!"堂倌走过来,数一数碟子,就报出个钱数。我们的同学有时临窗饮茶,嗑完一碟瓜子,随手把铁皮碟往外一扔,"pia——",碟子就落进了水里。堂倌算账,还是照碟算。这些堂倌们晚上清点时,自然会发现碟子少了,并且也一定会知道这些碟子上哪里去了。但是从来没有一次收茶钱时因此和顾客吵起来过;并且在提着大铜壶用"凤凰三点头"手法为客人续水时也从不拿眼睛"贼"着客人。把瓜子碟扔进水里,自然是不大道德。不过堂倌不那么斤斤计较的风度却是很可佩服的。

除了到昆明图书馆看书,喝茶,我们更多的时候是到翠湖去"穷遛"。这"穷遛"有两层意思,一是不名一钱地遛,一是无穷无尽地遛。"园日涉以成趣",我们遛翠湖没有个够的时候。尤其是晚上,踏着斑驳的月光树影,可以在湖里一遛遛好几圈。一面走,一面海阔天空,高谈阔论。我们那时都是二十岁上下的人,似乎有很多话要说,可说,我们都说了些什么呢?我现在一句都记不得了!

我是一九四六年离开昆明的。一别翠湖,已经三十八年了,时间过得真快!

我是很想念翠湖的。

前几年,听说因为搞什么"建设",挖断了水脉,翠湖没有水了。我听了,觉得怅然,而且,愤怒了。这是怎么搞的！谁搞的？翠湖会成了什么样子呢？那些树呢？那些水浮莲呢？那些鱼呢？

最近听说，翠湖又有水了，我高兴！我当然会想到这是三中全会带来的好处。这是拨乱反正。

但是我又听说，翠湖现在很热闹，经常举办"蛇展"什么的，我又有点担心。这又会成了什么样子呢？我不反对翠湖游人多，甚至可以有游艇，甚至可以设立摊篷卖破酥包子、焖鸡米线、冰激凌、雪糕，但是最好不要搞"蛇展"。我希望还我一个明爽安静的翠湖。我想这也是很多昆明人的希望。

一九八四年五月九日

泡茶馆[1]

"泡茶馆"是联大学生特有的语言。本地原来似无此说法,本地人只说"坐茶馆"。"泡"是北京话,其含义很难准确地解释清楚。勉强解释,只能说是持续长久地沉浸其中,像泡泡菜似的泡在里面。"泡蘑菇"、"穷泡",都有长久的意思。北京的学生把北京的"泡"字带到了昆明,和现实生活结合起来,便创造出一个新的语汇。"泡茶馆",即长时间地在茶馆里坐着。本地的"坐茶馆"也含有时间较长的意思。到茶馆里去,首先是坐,其次才是喝茶(云南叫吃茶)。不过联大的学生在茶馆里坐的时间往往比本地人长,长得多,故谓之"泡"。

有一个姓陆的同学,是一怪人,曾经骑自行车旅行半个中国。这人真是一个泡茶馆的冠军。他有一个时期,整天在一家熟识的茶馆里泡着。他的盥洗用具就放在这家茶馆里。一起来

---

[1] 本篇原载《滇池》1984年第九期。

就到茶馆里去洗脸刷牙,然后坐下来,泡一碗茶,吃两个烧饼,看书。一直到中午,起身出去吃午饭。吃了饭,又是一碗茶,直到吃晚饭。晚饭后,又是一碗,直到街上灯火阑珊,才挟着一本很厚的书回宿舍睡觉。

昆明的茶馆共分几类,我不知道。大别起来,只能分为两类,一类是大茶馆,一类是小茶馆。

正义路原先有一家很大的茶馆,楼上楼下,有几十张桌子。都是荸荠紫漆的八仙桌,很鲜亮。因为在热闹地区,坐客常满,人声嘈杂。所有的柱子上都贴着一张很醒目的字条:"莫谈国事"。时常进来一个看相的术士,一手捧一个六寸来高的硬纸片,上书该术士的大名(只能叫做大名,因为往往不带姓,不能叫"姓名";又不能叫"法名"、"艺名",因为他并未出家,也不唱戏),一只手捏着一根纸媒子,在茶桌间绕来绕去,嘴里念说着"送看手相不要钱!""送看手相不要钱"——他手里这根媒子即是看手相时用来指示手纹的。

这种大茶馆有时唱围鼓。围鼓即由演员或票友清唱。我很喜欢"围鼓"这个词。唱围鼓的演员、票友好像是不取报酬的。只是一群有同好的闲人聚拢来唱着玩。但茶馆却可借来招揽顾客,所以茶馆里便于闹市张贴告条:"某月日围鼓"。到这样的茶馆里来一边听围鼓,一边吃茶,也就叫做"吃围鼓茶"。"围鼓"这个词大概是从四川来的,但昆明的围鼓似多唱滇剧。我在昆明七年,对滇剧始终没有入门。只记得不知什么戏里有一句唱词"孤王头上长青苔"。孤王的头上如何会长青苔呢?这个设想实在是奇绝，因此一听就永不能忘。

我要说的不是那种"大茶馆"。这类大茶馆我很少涉足，而且有些大茶馆，包括正义路那家兴隆鼎盛的大茶馆，后来大都陆续停闭了。我所说的是联大附近的茶馆。

从西南联大新校舍出来，有两条街，凤翥街和文林街，都不长。这两条街上至少有不下十家茶馆。

从联大新校舍，往东，折向南，进一座砖砌的小牌楼式的街门，便是凤翥街。街角头右手第一家便是一家茶馆。这是一家小茶馆，只有三张茶桌，而且大小不等，形状不一的茶具也是比较粗糙的，随意画了几笔蓝花的盖碗。除了卖茶，檐下挂着大串大串的草鞋和地瓜（即湖南人所谓的凉薯），这也是卖的。张罗茶座的是一个女人。这女人长得很强壮，皮色也颇白净。她生了好些孩子。身边常有两个孩子围着她转，手里还抱着一个。她经常敞着怀，一边奶着那个早该断奶的孩子，一边为客人冲茶。她的丈夫，比她大得多，状如猿猴，而目光锐利如鹰。他什么事情也不管，但是每天下午却捧了一个大碗喝牛奶。这个男人是一头种畜。这情况使我们颇为不解。这个白晳强壮的妇人，只凭一天卖几碗茶，卖一点草鞋、地瓜，怎么能喂饱了这么多张嘴，还能供应一个懒惰的丈夫每天喝牛奶呢？怪事！中国的妇女似乎有一种天授的惊人的耐力，多大的负担也压不垮。

由这家往前走几步，斜对面，曾经开过一家专门招徕大学生的新式茶馆。这家茶馆的桌椅都是新打的，涂了黑漆。堂倌系着白围裙。卖茶用细白瓷壶,不用盖碗(昆明茶馆卖茶一般都用盖碗)。除了清茶,还卖沱茶、香片、龙井。本地茶客从门外过,伸头看看这茶馆的局面,再看看里面坐得满满的大学生,就会挪步另走一家了。这家茶馆没有什么值得一记的事,而且开了不久就关了。联大学生至今还记得这家茶馆是因为隔壁有一家卖花生米的。这家似乎没有男人,站柜卖货是姑嫂两人,都还年轻,成天涂脂抹粉。尤其是那个小姑子,见人走过,辄作媚笑。联大学生叫她花生西施。这西施卖花生米是看人行事的。好看的来买,就给得多。难看的给得少。因此我们每次买花生米都推选一个挺拔英俊的"小生"去。

再往前几步,路东,是一个绍兴人开的茶馆。这位绍兴老板不知怎么会跑到昆明来,又不知为什么在这条小小的凤翥街上来开一爿茶馆。他至今乡音未改。大概他有一种独在异乡为异客的情绪,所以对待从外地来的联大学生异常亲热。他这茶馆里除了卖清茶,还卖一点芙蓉糕、萨其玛、月饼、桃酥,都装在一个玻璃匣子里。我们有时觉得肚子里有点缺空而又不到吃饭的时候,便到他这里一边喝茶一边吃两块点心。有一个善于吹口琴的姓王的同学经常在绍兴人茶馆喝茶。他喝茶,可以欠账。不但喝茶可以欠账,我们有时想看电影而没有钱,就由这位口琴专家出面向绍兴老板借一点。绍兴老板每次都是欣然地打开钱柜,拿出我们需要的数目。我们于是欢欣鼓舞,兴高采烈,迈开大步,直奔南屏电影院。

再往前,走过十来家店铺,便是凤翥街口,路东路西各有一家茶馆。

路东一家较小,很干净,茶桌不多。掌柜的是个瘦瘦的男人,有几个孩子。掌柜的事情多,为客人冲茶续水,大都由一个十三四岁的大儿子担任,我们称他这个儿子为"主任儿子"。街西那家又脏又乱,地面坑洼不平,一地的烟头、火柴棍、瓜子皮。茶桌也是七大八小,摇摇晃晃,但是生意却特别好。从早到晚,人坐得满满的。也许是因为风水好。这家茶馆正在凤翥街和龙翔街交接处,门面一边对着凤翥街,一边对着龙翔街,坐在茶馆两条街上的热闹都看得见。到这家吃茶的全部是本地人,本街的闲人、赶马的"马锅头",卖柴的、卖菜的。他们都抽叶子烟。要了茶以后,便从怀里掏出一个烟盒——圆形,皮制的,外面涂着一层黑漆,打开来,揭开覆盖着的菜叶,拿出剪好的金堂叶子,一枝一枝地卷起来。茶馆的墙壁上张贴、涂抹得乱七八糟。但我却于西墙上发现了一首诗,一首真正的诗:

> 记得旧时好,
> 跟随爹爹去吃茶。
> 门前磨螺壳,
> 巷口弄泥沙。

是用墨笔题写在墙上的。这使我大为惊异了。这是什么人写的呢?

每天下午，有一个盲人到这家茶馆来说唱。他打着扬琴，说唱着。照现在的说法，这应是一种曲艺，但这种曲艺该叫什么名称，我一直没有打听着。我问过"主任儿子"，他说是"唱扬琴的"，我想不是。他唱的是什么？我有一次特意站下来听了一会，是：

……
良田美地卖了，
高楼大厦拆了，
娇妻美妾跑了，
狐皮袍子当了……

我想了想，哦，这是一首劝戒鸦片的歌，他这唱的是鸦片烟之为害。这是什么时候传下来的呢？说不定是林则徐时代某一忧国之士的作品。但是这个盲人只管唱他的，茶客们似乎都没有在听，他们仍然在说话，各人想自己的心事。到了天黑，这个盲人背着扬琴，点着马杆，踽踽地走回家去。我常常想：他今天能吃饱么？

进大西门，是文林街，挨着城门口就是一家茶馆。这是一家最无趣味的茶馆。茶馆墙上的镜框里装的是美国电影明星的照片，蓓蒂·黛维丝、奥丽薇·德·哈芙兰、克拉克·盖博、泰伦·宝华……除了卖茶，还卖咖啡、可可。这家的特点是：进进出出的除了穿西服和麂皮夹克的比较有钱的男同学外，还有把头发卷成一根一根香肠似的女同学。有时到了星期六,还开舞会。茶馆的门关了,从里面传出《蓝色的多瑙河》和《风流寡妇》舞曲,里面正在"嘣嚓嚓"。

和这家斜对着的一家,跟这家截然不同。这家茶馆除卖茶,还卖煎血肠。这种血肠是牦牛肠子灌的,煎起来一街都闻见一种极其强烈的气味,说不清是异香还是奇臭。这种西藏食品,那些把头发卷成香肠一样的女同学是绝对不敢问津的。

由这两家茶馆,往东,不远几步,面南,便可折向钱局街。街上有一家老式的茶馆,楼上楼下,茶座不少。说这家茶馆是"老式"的,是因为茶馆备有烟筒,可以租用。一段青竹,旁安一个粗如小指半尺长的竹管,一头装一个带爪的莲蓬嘴,这便是"烟筒"。在莲蓬嘴里装了烟丝,点以纸媒,把整个嘴埋在筒口内,尽力猛吸,筒内的水咚咚作响,浓烟便直灌肺腑,顿时觉得浑身通泰。吸烟筒要有点功夫,不会吸的吸不出烟来。茶馆的烟筒比家用的粗得多,高齐桌面,吸完就靠在桌腿边,吸时尤需底气充足。这家茶馆门前,有一个小摊,卖酸角(不知什么树上结的,形状有点像皂荚,极酸,入口使人攒眉)、拐枣(也是树上结的,应该算是果子,状如鸡爪,一疙瘩一疙瘩的,有的地方即叫做鸡脚爪,味道很怪,像红糖,又有点像甘草),和泡梨(糖梨泡在盐水里。梨味本是酸甜的,昆明人却偏于盐水内泡而食之。泡梨仍有梨香,而梨肉极脆嫩)。过了春节则有人于门前卖葛根。葛根是药,我过去只在中药铺见过,切成四方的棋子块儿,是已经经过加工的了。原物是什么样子，我是在昆明才见到的。这种东西可以当零食来吃，我也是在昆明才知道。一截葛根，粗如手臂，横放在一块板上，外包一块湿布。给很少的钱，卖葛根的便操起有点像北京切涮羊肉的肉片用的那种薄刃长刀，切下薄薄的几片给你。雪白的。嚼起来有点像干瓢的生白薯片，而有极重的药味。据说葛根能清火。联大的同学大概很少人吃过葛根。我是什么奇奇怪怪的东西都要买一点尝一尝的。

大学二年级那一年，我和两个外文系的同学经常一早就坐到这家茶馆靠窗的一张桌边，各自看自己的书，有时整整坐一上午，彼此不交一语。我这时才开始学写作，我的最初几篇小说，即是在这家茶馆里写的。茶馆离翠湖很近，从翠湖吹来的风里，时时带有水浮莲的气味。

回到文林街。文林街中，正对府甬道，后来新开了一家茶馆。这家茶馆的特点一是卖茶用玻璃杯，不用盖碗，也不用壶。不卖清茶，卖绿茶和红茶。红茶色如玫瑰，绿茶苦如猪胆。第二是茶桌较少，且覆有玻璃桌面。在这样桌子上打桥牌实在是再合适不过了，因此到这家茶馆来喝茶的，大都是来打桥牌的，这茶馆实在是一个桥牌俱乐部。联大打桥牌之风很盛。有一个姓马的同学每天到这里打桥牌。解放后，我才知道他是老地下党员，昆明学生运动的领导人之一。学生运动搞得那样热火朝天，他每天都只是很闲在，很热衷地在打桥牌，谁也看不出他和学生运动有什么关系。

文林街的东头，有一家茶馆，是一个广东人开的，字号就叫"广发茶社",——昆明的茶馆我记得字号的只有这一家。原因之一,是我后来住在民强巷,离广发很近,经常到这家去。原因之二是——经常聚在这家茶馆里的,有几个助教、研究生和高年级的学生。这些人多多少少有一点玩世不恭。那时联大同学常组织什么学会,我们对这些俨乎其然的学会微存嘲讽之意。有一天,广发的茶友之一说:"咱们这也是一个学会,——广发学会!"这本是一句茶余的笑话。不料广发的茶友之一,解放后,在一次运动中被整得不可开交,胡乱交待问题,说他曾参加过"广发学会"。这就惹下了麻烦。几次有人,专程到北京来外调"广发学会"问题。被调查的人心里想笑,又笑不出来,因为来外调的政工人员态度非常严肃。广发茶馆代卖广东点心。所谓广东点心,其实只是包了不同味道的甜馅的小小的酥饼,面上却一律贴了几片香菜叶子。这大概是这一家饼师的特有的手艺。我在别处吃过广东点心,就没有见过面上贴有香菜叶子的——至少不是每一块都贴。

或问:泡茶馆对联大学生有些什么影响?答曰:第一,可以养其浩然之气。联大的学生自然也是贤愚不等,但多数是比较正派的。那是一个污浊而混乱的时代,学生生活又穷困得近乎潦倒,但是很多人却能自许清高,鄙视庸俗,并能保持绿意葱茏的幽默感,用来对付恶浊和穷困,并不颓丧灰心,这跟泡茶馆是有些关系的。第二,茶馆出人才。联大学生上茶馆,并不只是穷泡,除了瞎聊,大部分时间都是用来读书的。联大图书馆座位不多,宿舍里没有桌凳,看书多半在茶馆里。联大同学上茶馆很少不挟着一本乃至几本书的。不少人的论文、读书报告,都是在茶馆写的。有一年一位姓石的讲师的《哲学概论》期终考试,我就是把考卷拿到茶馆里去答好了再交上去的。联大八年,出了很多人才。研究联大校史,搞"人才学",不能不了解了解联大附近的茶馆。第三,泡茶馆可以接触社会。我对各种各样的人、各种各样的生活都发生兴趣,都想了解了解,跟泡茶馆有一定关系。如果我现在还算一个写小说的人,那么我这个小说家是在昆明的茶馆里泡出来的。

一九八四年五月十三日

昆明的雨[1]

宁坤要我给他画一张画,要有昆明的特点。我想了一些时候,画了一幅:右上角画了一片倒挂着的浓绿的仙人掌,末端开出一朵金黄色的花;左下画了几朵青头菌和牛肝菌。题了这样几行字:

> 昆明人家常于门头挂仙人掌一片以辟邪,仙人掌悬空倒挂,尚能存活开花。于此可见仙人掌生命之顽强,亦可见昆明雨季空气之湿润。雨季则有青头菌、牛肝菌,味极鲜腴。

我想念昆明的雨。

我以前不知道有所谓雨季。"雨季",是到昆明以后才有了具体感受的。

---

[1] 本篇原载《滇池》1984年第十期。

我不记得昆明的雨季有多长,从几月到几月,好像是相当长的。但是并不使人厌烦。因为是下下停停、停停下下,不是连绵不断,下起来没完。而且并不使人气闷。我觉得昆明雨季气压不低,人很舒服。

昆明的雨季是明亮的、丰满的,使人动情的。城春草木深,孟夏草木长。昆明的雨季,是浓绿的。草木的枝叶里的水分都到了饱和状态,显示出过分的、近于夸张的旺盛。

我的那张画是写实的。我确实亲眼看见过倒挂着还能开花的仙人掌。旧日昆明人家门头上用以辟邪的多是这样一些东西:一面小镜子,周围画着八卦,下面便是一片仙人掌,——在仙人掌上扎一个洞,用麻线穿了,挂在钉子上。昆明仙人掌多,且极肥大。有些人家在菜园的周围种了一圈仙人掌以代替篱笆。——种了仙人掌,猪羊便不敢进园吃菜了。仙人掌有刺,猪和羊怕扎。

昆明菌子极多。雨季逛菜市场,随时可以看到各种菌子。最多,也最便宜的是牛肝菌。牛肝菌下来的时候,家家饭馆卖炒牛肝菌,连西南联大食堂的桌子上都可以有一碗。牛肝菌色如牛肝,滑,嫩,鲜,香,很好吃。炒牛肝菌须多放蒜,否则容易使人晕倒。青头菌比牛肝菌略贵。这种菌子炒熟了也还是浅绿色的,格调比牛肝菌高。菌中之王是鸡㙡,味道鲜浓,无可方比。鸡㙡是名贵的山珍,但并不真的贵得惊人。一盘红烧鸡㙡的价钱和一碗黄焖鸡不相上下,因为这东西在云南并不难得。有一个笑话:有人从昆明坐火车到呈贡,在车上看到地上有一棵鸡㙡,他跳下去把鸡㙡捡了,紧赶两步,还能爬上火车。这笑话用意在说明昆明到呈贡的火车之慢,但也说明鸡㙡随处可见。有一种菌子,中吃不中看,叫做干巴菌。乍一看那样子,真叫人怀疑:这种东西也能吃?!颜色深褐带绿,有点像一堆半干的牛粪或一个被踩破了的马蜂窝。里头还有许多草茎、松毛、乱七八糟!可是下点功夫,把草茎松毛择净,撕成蟹腿肉粗细的丝,和青辣椒同炒,入口便会使你张目结舌:这东西这么好吃?!还有一种菌子,中看不中吃,叫鸡油菌。都是一般大小,有一块银圆那样大,滴溜圆,颜色浅黄,恰似鸡油一样。这种菌子只能做菜时配色用,没甚味道。

雨季的果子,是杨梅。卖杨梅的都是苗族女孩子。戴一顶小花帽子,穿着扳尖的绣了满帮花的鞋,坐在人家阶石的一角,不时吆唤一声:"卖杨梅——",声音娇娇的。她们的声音使得昆明雨季的空气更加柔和了。昆明的杨梅很大,有一个乒乓球那样大,颜色黑红黑红的,叫做"火炭梅"。这个名字起得真好,真是像一球烧得炽红的火炭!一点都不酸!我吃过苏州洞庭山的杨梅、井冈山的杨梅,好像都比不上昆明的火炭梅。

雨季的花是缅桂花。缅桂花即白兰花,北京叫做"把儿兰"(这个名字真不好听)。云南把这种花叫做缅桂花,可能最初这种花是从缅甸传入的,而花的香味又有点像桂花,其实这跟桂花实在没有什么关系。——不过话又说回来,别处叫它白兰、把儿兰，它和兰花也挨不上呀，也不过是因为它很香，香得像兰花。我在家乡看到的白兰多是一人高，昆明的缅桂是大树！我在若园巷二号住过，院里有一棵大缅桂，密密的叶子，把四周房间都映绿了。缅桂盛开的时候，房东（是一个五十多岁的寡妇）就和她的一个养女，搭了梯子上去摘，每天要摘下来好些，拿到花市上去卖。她大概是怕房客们乱摘她的花，时常给各家送去一些。有时送来一个七寸盘子，里面摆得满满的缅桂花！带着雨珠的缅桂花使我的心软软的，不是怀人，不是思乡。

雨，有时是会引起人一点淡淡的乡愁的。李商隐的《夜雨寄北》是为许多久客的游子而写的。我有一天在积雨少住的早晨和德熙从联大新校舍到莲花池去。看了池里的满池清水，看了作比丘尼装的陈圆圆的石像（传说陈圆圆随吴三桂到云南后出家，暮年投莲花池而死），雨又下起来了。莲花池边有一条小街，有一个小酒店，我们走进去，要了一碟猪头肉，半斤市酒（装在上了绿釉的土瓷杯里），坐了下来。雨下大了。酒店有几只鸡，都把脑袋反插在翅膀下面，一只脚着地，一动也不动地在檐下站着。酒店院子里有一架大木香花。昆明木香花很多。有的小河沿岸都是木香。但是这样大的木香却不多见。一棵木香，爬在架上，把院子遮得严严的。密匝匝的细碎的绿叶，数不清的半开的白花和饱涨的花骨朵，都被雨水淋得湿透了。我们走不了，就这样一直坐到午后。四十年后，我还忘不了那天的情味。写了一首诗：

莲花池外少行人,

野店苔痕一寸深。

浊酒一杯天过午,

木香花湿雨沉沉。

我想念昆明的雨。

一九八四年五月十九日

跑警报①

西南联大有一位历史系的教授，——听说是雷海宗先生，他开的一门课因为讲授多年，已经背得很熟，上课前无需准备；下课了，讲到哪里算哪里，他自己也不记得。每回上课，都要先问学生："我上次讲到哪里了？"然后就滔滔不绝地接着讲下去。班上有个女同学，笔记记得最详细，一句不落。雷先生有一次问她："我上一课最后说的是什么？"这位女同学打开笔记夹，看了看，说："您上次最后说：'现在已经有空袭警报，我们下课。'"

这个故事说明昆明警报之多。我刚到昆明的头二年，三九、四〇年，三天两头有警报。有时每天都有，甚至一天有两次。昆明那时几乎说不上有空防力量，日本飞机想什么时候来就来。有时竟至在头一天广播：明天将有二十七架飞机来昆明轰炸。日本的空军指挥部还真言而有信，说来准来！

---

① 本篇原载《滇池》1985 年第三期。

一有警报,别无他法,大家就都往郊外跑,叫做"跑警报"。"跑"和"警报"联在一起,构成一个语词,细想一下,是有些奇特的,因为所跑的并不是警报。这不像"跑马"、"跑生意"那样通顺。但是大家就这么叫了,谁都懂,而且觉得很合适。也有叫"逃警报"或"躲警报"的,都不如"跑警报"准确。"躲",太消极;"逃"又太狼狈。唯有这个"跑"字于紧张中透出从容,最有风度,也最能表达丰富生动的内容。

有一个姓马的同学最善于跑警报。他早起看天,只要是万里无云,不管有无警报,他就背了一壶水,带点吃的,夹着一卷温飞卿或李商隐的诗,向郊外走去。直到太阳偏西,估计日本飞机不会来了,才慢慢地回来。这样的人不多。

警报有三种。如果在四十多年前向人介绍警报有几种,会被认为有"神经病",这是谁都知道的。然而对今天的青年,却是一项新的课题。一曰"预行警报"。

联大有一个姓侯的同学,原系航校学生,因为反应迟钝,被淘汰下来,读了联大的哲学心理系。此人对于航空旧情不忘,曾用黄色的"标语纸"贴出巨幅"广告",举行学术报告,题曰《防空常识》。他不知道为什么对"警报"特别敏感。他正在听课,忽然跑了出去,站在"新校舍"的南北通道上,扯起嗓子大声喊叫:"现在有预行警报,五华山挂了三个红球!"可不!抬头望南一看,五华山果然挂起了三个很大的红球。五华山是昆明的制高点,红球挂出,全市皆见。我们一直很奇怪:他在教室里,正在听讲,怎么会"感觉"到五华山挂了红球呢？——教室的门窗并不都正对五华山。

一有预行警报，市里的人就开始向郊外移动。住在翠湖迤北的，多半出北门或大西门，出大西门的似尤多。大西门外，越过联大新校舍门前的公路，有一条由南向北的用浑圆的石块铺成的宽可五六尺的小路。这条路据说是古驿道，一直可以通到滇西。路在山沟里。平常走的人不多。常见的是驮着盐巴、碗糖或其他货物的马帮走过。赶马的马锅头侧身坐在木鞍上，从齿缝里咝咝地吹出口哨（马锅头吹口哨都是这种吹法，没有撮唇而吹的），或低声唱着呈贡"调子"：

> 哥那个在至高山那个放呀放放牛，
> 妹那个在至花园那个梳那个梳梳头。
> 哥那个在至高山那个招呀招招手，
> 妹那个在至花园点那个点点头。

这些走长道的马锅头有他们的特殊装束。他们的短褂外都套了一件白色的羊皮背心，脑后挂着漆布的凉帽，脚下是一双厚牛皮底的草鞋状的凉鞋，鞋帮上大都绣了花，还钉着亮晶晶的"鬼眨眼"亮片。——这种鞋似只有马锅头穿，我没见从事别种行业的人穿过。马锅头押着马帮，从这条斜阳古道上走过，马项铃哗棱哗棱地响，很有点浪漫主义的味道，有时会引起远客的游子一点淡淡的乡愁……

有了预行警报，这条古驿道就热闹起来了。从不同方向来的人都涌向这里，形成了一条人河。走出一截，离市较远了，就分散到古道两旁的山野，各自寻找一个合适的地方呆下来，心平气和地等着，——等空袭警报。

联大的学生见到预行警报，一般是不跑的，都要等听到空袭警报：汽笛声一短一长，才动身。新校舍北边围墙上有一个后门，出了门，过铁道（这条铁道不知起讫地点，从来也没见有火车通过），就是山野了。要走，完全来得及。——所以雷先生才会说"现在已经有空袭警报"。只有预行警报，联大师生一般都是照常上课的。

跑警报大都没有准地点，漫山遍野。但人也有习惯性，跑惯了哪里，愿意上哪里。大多是找一个坟头，这样可以靠靠。昆明的坟多有碑，碑上除了刻下坟主的名讳，还刻出"×山×向"，并开出坟茔的"四至"。这风俗我在别处还未见过。这大概也是一种古风。

说是漫山遍野，但也有几个比较集中的"点"。古驿道的一侧，靠近语言研究所资料馆不远，有一片马尾松林，就是一个点。这地方除了离学校近，有一片碧绿的马尾松，树下一层厚厚的干了的松毛，很软和，空气好，——马尾松挥发出很重的松脂气味，晒着从松枝间漏下的阳光，或仰面看松树上面的蓝得要滴下来的天空，都极舒适外，是因为这里还可以买到各种零吃。昆明做小买卖的，有了警报，就把担子挑到郊外来了。五味俱全，什么都有。最常见的是"丁丁糖"。"丁丁糖"即麦芽糖，也就是北京人祭灶用的关东糖，不过做成一个直径一尺多，厚可一寸许的大糖饼，放在四方的木盘上，有人掏钱要买，糖贩即用一个刨刀形的铁片楔入糖边，然后用一个小小铁锤，一击铁片，丁的一声，一块糖就震裂下来了，——所以叫做"丁丁糖"，其次是炒松子。昆明松子极多，个大皮薄仁饱，很香，也很便宜。我们有时能在松树下面捡到一个很大的成熟了的生的松球，就掰开鳞瓣，一颗一颗地吃起来。——那时候，我们的牙都很好，那么硬的松子壳，一嗑就开了！

另一个集中点比较远，得沿古驿道走出四五里，驿道右侧较高的土山上有一横断的山沟（大概是哪一年地震造成的），沟深约三丈，沟口有二丈多宽，沟底也宽有六七尺。这是一个很好的天然防空沟，日本飞机若是投弹，只要不是直接命中，落在沟里，即便是在沟顶上爆炸，弹片也不易蹦进来。机枪扫射也不要紧，沟的两壁是死角。这道沟可以容数百人。有人常到这里，就利用闲空，在沟壁上修了一些私人专用的防空洞，大小不等，形式不一。这些防空洞不仅表面光洁，有的还用碎石子或破瓷片嵌出图案，缀成对联。对联大都有新意。我至今记得两副，一副是：

　　人生几何
　　恋爱三角

一副是：

> 见机而作
> 入土为安

对联的嵌缀者的闲情逸致是很可叫人佩服的。前一副也许是有感而发，后一副却是记实。

警报有三种。预行警报大概是表示日本飞机已经起飞。拉空袭警报大概是表示日本飞机进入云南省境了，但是进云南省不一定到昆明来。等到汽笛拉了紧急警报：连续短音，这才可以肯定是朝昆明来的。空袭警报到紧急警报之间，有时要间隔很长时间，所以到了这里的人都不忙下沟——沟里没有太阳，而且过早地像云冈石佛似的坐在洞里也很无聊，大都先在沟上看书、闲聊、打桥牌。很多人听到紧急警报还不动，因为紧急警报后日本飞机也不定准来，常常是折飞到别处去了。要一直等到看见飞机的影子了，这才一骨碌站起来，下沟，进洞。联大的学生，以及住在昆明的人，对跑警报太有经验了，从来不仓惶失措。

上举的前一副对联或许是一种泛泛的感慨，但也是有现实意义的。跑警报是谈恋爱的机会。联大同学跑警报时，成双作对的很多。空袭警报一响，男的就在新校舍的路边等着，有时还提着一袋点心吃食，宝珠梨、花生米……他等的女同学来了，"嗨！"于是欣然并肩走出新校舍的后门。跑警报说不上是同生死,共患难,但隐隐约约有那么一点危险感,和看电影、遛翠湖时不同。这一点危险感使两方的关系更加亲近了。女同学乐于有人伺候,男同学也正好殷勤照顾,表现一点骑士风度。正如孙悟空在高老庄所说:"一来医得眼好,二来又照顾了郎中,这是凑四合六的买卖。"从这点来说,跑警报是颇为罗漫蒂克的。有恋爱,就有三角,有失恋。跑警报的"对儿"并非总是固定的,有时一方被另一方"甩"了,两人"吹"了,"对儿"就要重新组合。写(姑且叫做"写"吧)那副对联的,大概就是一位被"甩"的男同学。不过,也不一定。

　　警报时间有时很长,长达两三个小时,也很"腻歪"。紧急警报后,日本飞机轰炸已毕,人们就轻松下来。不一会,"解除警报"响了:汽笛拉长音,大家就起身拍拍尘土,络绎不绝地返回市里。也有时不等解除警报,很多人就往回走:天上起了乌云,要下雨了。一下雨,日本飞机不会来。在野地里被雨淋湿,可不是事!一有雨,我们有一个同学一定是一马当先往回奔,就是前面所说那位报告预行警报的姓侯的。他奔回新校舍,到各个宿舍搜罗了很多雨伞,放在新校舍的后门外,见有女同学来,就递过一把。他怕这些女同学挨淋。这位侯同学长得五大三粗,却有一副贾宝玉的心肠。大概是上了吴雨僧先生的《红楼梦》的课,受了影响。侯兄送伞,已成定例。警报下雨,一次不落。名闻全校,贵在有恒。——这些伞,等雨住后他还会到南院女生宿舍去敛回来,再归还原主的。

　　跑警报,大都要把一点值钱的东西带在身边。最方便的是金子，——金戒指。有一位哲学系的研究生曾经作了这样的逻辑推理：有人带金子，必有人会丢掉金子，有人丢金子，就会有人捡到金子，我是人，故我可以捡到金子。因此，他跑警报时，特别是解除警报以后，他每次都很留心地巡视路面。他当真两次捡到过金戒指！逻辑推理有此妙用，大概是教逻辑学的金岳霖先生所未料到的。

联大师生跑警报时没有什么可带，因为身无长物，一般大都是带两本书或一册论文的草稿。有一位研究印度哲学的金先生每次跑警报总要提了一只很小的手提箱。箱子里不是什么别的东西，是一个女朋友写给他的信——情书。他把这些情书视如性命，有时也会拿出一两封来给别人看。没有什么不能看的，因为没有卿卿我我的肉麻的话，只是一个聪明女人对生活的感受，文字很俏皮，充满了英国式的机智，是一些很漂亮的 Essay，字也很秀气。这些信实在是可以拿来出版的。金先生辛辛苦苦地保存了多年，现在大概也不知去向了，可惜。我看过这个女人的照片，人长得就像她写的那些信。

联大同学也有不跑警报的，据我所知，就有两人。一个是女同学，姓罗。一有警报，她就洗头。别人都走了，锅炉房的热水没人用，她可以敞开来洗，要多少水有多少水！另一个是一位广东同学，姓郑。他爱吃莲子。一有警报，他就用一个大漱口缸到锅炉火口上去煮莲子。警报解除了，他的莲子也烂了。有一次日本飞机炸了联大，昆明北院、南院，都落了炸弹，这位郑老兄听着炸弹乒乒乓乓在不远的地方爆炸，依然在新校舍大图书馆旁的锅炉上神色不动地搅和他的冰糖莲子。

抗战期间，昆明有过多少次警报，日本飞机来过多少次，无法统计。自然也死了一些人，毁了一些房屋。就我的记忆，大东门外，有一次日本飞机机枪扫射，田地里死的人较多。大西门外小树林里曾炸死了好几匹驮木柴的马。此外似无较大伤亡。警报、轰炸，并没有使人产生血肉横飞，一片焦土的印象。

日本人派飞机来轰炸昆明，其实没有什么实际的军事意义，用意不过是吓唬吓唬昆明人，施加威胁，使人产生恐惧。他们不知道中国人的心理是有很大的弹性的，不那么容易被吓得魂不附体。我们这个民族，长期以来，生于忧患，已经很"皮实"了，对于任何猝然而来的灾难，都用一种"儒道互补"的精神对待之。这种"儒道互补"的真髓，即"不在乎"。这种"不在乎"精神，是永远征不服的。

为了反映"不在乎"，作《跑警报》。

一九八四年十二月六日

昆明的果品[1]

梨

我们刚到昆明的时候,满街都是宝珠梨。宝珠梨形正圆,——"宝珠"大概即由此得名,皮色深绿,肉细嫩无渣,味甜而多汁,是梨中的上品。我吃过河北的鸭梨、山东的莱阳梨、烟台的茄梨……宝珠梨的味道和这些梨都不相似。宝珠梨有宝珠梨的特点。只是因为出在云南,不易远运,外省人知道的不多,名不甚著。

昆明卖梨的办法颇为新鲜,论"十",不论斤,"几文一十",一次要买就是十个;三个、五个,不卖。据说这是因为卖梨的不会算账,零买,他不知道要多少钱。恐怕也不见得,这只是一种古朴的习惯而已。宝珠梨大小都差不多,很"匀溜",没有太大和很小的,论十要价,倒也公道。我们那时的胃口也

---

[1] 本篇原载《滇池》1984年第四期。

很惊人,一次吃下十只梨不算一回事。现在这种"论十"的办法大概已经改变了,想来已经都用磅秤约斤了。

还有一种梨叫"火把梨",即北方的红绡梨,所以名为火把,是因为皮色黄里带红,有的竟是通红的。这种梨如果挂在树上,太阳一照,就更像是一个一个点着了的小火把了。火把梨味道远不如宝珠梨,——酸!但是如果走长路,带几个在身上,到中途休憩时,嚼上两个,是很能"杀渴"的。

我曾和几个朋友骑马到金殿。下马后,买了十个火把梨。赶马的(昆明租马,马的主人大都要随在马后奔跑)也买了十个。我们买梨是自己吃,赶马的却是给马吃。他把梨托在手里,马就掀动嘴唇,把梨咬破,咯吱咯吱嚼起来。看它一边吃,一边摇脑袋,似乎觉得梨很好吃。我从来没见过马吃梨。看见过马吃梨的人大概不多。吃过梨的马大概也不多。

石　榴

河南石榴,名满天下。"白马甜榴,一实值牛",北魏以来,即有口碑。我在北京吃过河南石榴,觉得盛名之下,其实难副。粒小、色淡、味薄,比起昆明的宜良石榴差得远了。宜良石榴都很大,个个开裂,颗粒甚大,色如红宝石,——有一种名贵的红宝石即名为"石榴米",味道很甜。苏东坡曾谓读贾岛诗如食小鱼,"所得不偿劳",我小时吃石榴,觉得吃得一嘴籽儿,而咂不出多少味道,真是"所得不偿劳",在昆明吃宜良石榴即无此感,觉得很满足,很值得。

昆明有石榴酒,乃以石榴米于白酒中泡成,酒色透明,略带浅红,稍有甜味,仍极香烈。

不知道为什么,昆明人把宜良叫成米良。

桃

昆明桃大别为离核和"面核"两种。桃甚大,一个即可吃饱。我曾在暑假中,在桃子下来的时候,买一个很大的离核黄桃当早点。一掰两半,紫核黄肉,香甜满口,至今难忘。

杨　梅

昆明杨梅名火炭梅,极大极甜,颜色黑紫,正如炽炭。卖杨梅的苗族女孩常用鲜绿的树叶衬着,炎炎熠熠,数十步外,摄人眼目。

木　瓜

此所谓木瓜非华南的番木瓜。

《辞海》:"木瓜,植物名。……亦称'榠樝'。蔷薇种。落叶灌木或小乔木。树皮常作片状剥落,痕迹鲜明。叶椭圆状卵形,有锯齿,嫩叶背面被绒毛。春末夏初开花,花淡红色。果实秋

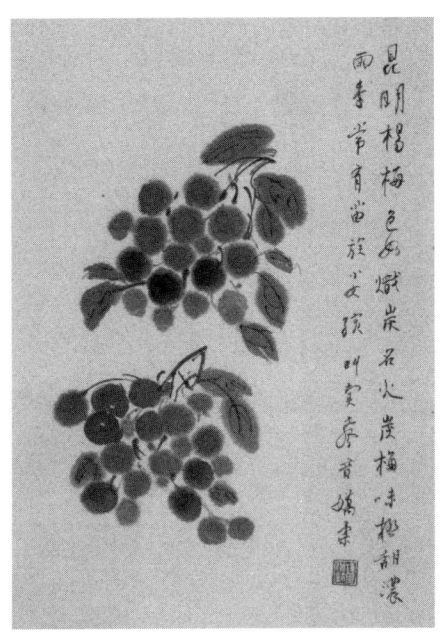

◇汪曾祺画作：杨梅

季成熟，长椭圆形，长 10—15 厘米，淡黄色，味酸涩，有香气。……"

木瓜我是很熟悉的，我的家乡有。每当炎暑才退，菊绽蟹肥之际，即有木瓜上市。但是在我的家乡，木瓜只是用来闻香的。或放在瓷盘里，作为书斋清供；或取其体小形正者于手中把玩，没有吃的。且不论其味酸涩，就是那皮肉也是硬得咬不动的。至于木瓜可以入药，那我是知道的。

我到昆明，才第一次知道木瓜可以吃。昆明人把木瓜切成薄片，浸泡在水里（水里不知加了什么东西），用一个桶形的玻璃罐子装着，于水果店的柜台上出卖。我吃过，微酸，不涩。香脆爽口，别有风味。

中国古代大概是吃木瓜的。唐以前我不知道。宋代人肯定是吃的。《东京梦华录·是月巷陌杂卖》有"药木瓜、水木瓜"。《梦粱录·果之品》："木瓜，青色而小，土人劚片爆熟，入香药货之；或糖煎，名䭕木瓜。"《武林旧事·果子》有"䭕木瓜"，《凉水》有"木瓜汁。"看来昆明市上所卖的木瓜当是"水木瓜"。浸泡木瓜的水即当是"木瓜汁"。至于"䭕木瓜"则我于昆明尚未见过，这大概是以药物泡制，如广东的陈皮梅、泉州的霉姜一类的东西，木瓜的本味已经保存不多了。

我觉得昆明吃木瓜的方法可以在全国推广。吃木瓜，从某种意义上，也可以说是我们国家的一项文化遗产。

地　瓜

地瓜不是水果，但对吃不起水果的穷大学生来说，它也就算是水果了。

地瓜，湖南、四川叫做凉薯或良薯。它的好处是可以不用刀削皮，用手指即可沿藤茎把皮撕净，露出雪白的薯肉。甜，多水。可以解渴，也可充饥。这东西有一股土腥气。但是如果没有这点土腥气，地瓜也就不成其为地瓜了，它就会是另外一种什么东西了。正是这点土腥气让我想起地瓜，想起昆明，想起我们那一段穷日子，非常快乐的穷日子。

胡萝卜

联大的女同学吃胡萝卜成风。这是因为女同学也穷，而且馋。昆明的胡萝卜也很好吃。昆明的胡萝卜是浅黄色的，长至一尺以上，脆嫩多汁而有甜味，胡萝卜味儿也不是很重。胡萝卜有胡萝卜素，含维生素C，对身体有益，这是大家都知道的。不知道是谁提出，胡萝卜还含有微量的砒，吃了可以驻颜。这一来，女同学吃胡萝卜的就更多了。她们常常一把一把地买来吃。一把有十多根。她们一边谈着克列斯丁娜·罗赛蒂的诗、布朗底的小说，一边咯吱咯吱地咬胡萝卜。

核桃糖

昆明的核桃糖是软的，不像稻香村卖的核桃粘或椒盐胡桃。把蔗糖熬化，倾在瓷盆里，和核桃肉搅匀，反扣在木板上，就成了。卖的时候用刀沿边切块卖，就跟北京卖切糕似的。昆明核桃糖极便宜，便宜到令人不敢相信。华山南路口，青莲街拐角，直对逼死坡，有一家，高台阶门脸，卖核桃糖。我们常常从市里回联大，路过这一家，花极少的钱买一大块，边吃边走，一直走进翠湖，才能吃完。然后在湖水里洗洗手，到茶馆里喝茶。核桃在有些地方是贵重的山果，在昆明不算什么。

糖炒栗子

昆明的糖炒栗子，天下第一。第一，栗子都很大。第二，炒得很透，颗颗裂开，轻轻一捏，外壳即破，栗肉迸出，无一颗"护皮"。第三，真是"糖炒栗子"，一边炒，一边往锅里倒糖水，甜味透心。在昆明吃炒栗子，吃完了非洗手不可，——指头上粘得都是糖。

呈贡火车站附近，有一片大栗树林，方圆数里。树皆合抱，枝叶浓密，树上无虫蚁，树下无杂草，干净之极，我曾几次骑马过栗树林，如入画境。

昆明的花[1]

茶　花

张岱的文章里不止一次提到"滇茶一本"，云南茶花驰名久矣。茶花曾被选为云南省花。曾见过一本《云南茶花》照相画册，印制得很精美，大概就是那一年编印的。茶花品种很多，颜色、花形各异。滇茶为全国第一，在全世界也是有数的。这大概是因为云南的气候土壤都于茶花特别相宜。

西山某寺（偶忘寺名）有一棵很大的红茶花。一棵茶花，占了大雄宝殿前的院子的一多半，——寺庙的庭院都是很大的。花开时，至少有上百朵，花皆如汤碗口大。碧绿的厚叶子，通红的花头，使人不暇仔细观赏，只觉得烈烈轰轰的一大片，真是壮观。寺里的和尚怕树身负担不了那么多花头的重量，用杉木搭了很大的架子，支撑着四面的枝条。我一生没有看见过

---

[1] 本篇原载《滇池》1986年第三期。

这样高大的茶花。

茶花的花期很长。我似乎没有见过一朵凋败在树上的茶花。这也是茶花的可贵处。

汤显祖把他的居室名为"玉茗堂"。俞平伯先生在一篇文章里说，玉茗是一种名贵的白茶花。我在《云南茶花》那本画册里好像没有发现"玉茗"这一名称。不过我相信云南是一定有玉茗的，也许叫做什么别的名字。

樱　花

春雨既足，风和日暖，圆通公园樱花盛开。花开时，游人很多，蜜蜂也很多。圆通公园多假山，樱花就开在假山的上上下下。樱花无姿态，花形也平常，不耐细看，但是当得一个"盛"字。那么多的花，如同明霞绛雪，真是热闹！身在耀眼的花光之中，满耳是嗡嗡的蜜蜂声音，使人觉得有点晕晕忽忽的。此时人与樱花已经融为一体。风和日暖，人在花中，不辨为人为花。

兰　花

曾到一位绅士家作客，——他的女儿是我们的同学。这位绅士曾经当过一任教育总长，多年闲居在家，每天除了看看报纸，研究在很远的地方进行的战争，谈谈中国的线装书和法国小说，剩下的嗜好是种兰花。他的客厅里摆着几十盆兰花。这间屋子仿佛已为兰花的香气所窨透，纱窗竹帘，无不带有淡淡的清香。屋里屋外都静极了。坐在这间客厅里，用细瓷盖碗喝着"滇绿"，看看披拂的兰叶，清秀素雅的兰花箭子，闻嗅着兰花的香气，真不知身在何世。

我的一位老师曾在呈贡桃园住过几年。他的房东也是爱种兰花的。隔了差不多四十年，这位先生还健在，已经是一位老者了。经过"文化大革命"，他的兰花居然能保存了下来。他的女儿要到北京来玩，劝说她父亲也到北京走走，老人不同意，他说："我的这些兰花咋个整？"

缅桂花

昆明缅桂花多，树大，叶茂，花繁。每到雨季，一城都是缅桂花的浓香，我已于《昆明的雨》中说及，不复赘。

粉团花

粉团花即绣球。昆明人谓之"粉团"，亦有理致。

云南民歌："阿妹好像粉团花"，用绣球花来比拟少女，别处的民歌里好像还未见过。于此可见云南绣球甚多，遍布城乡，所以歌手们能近取譬。

康乃馨·菖兰·夜来香

康乃馨昆明人谓之洋牡丹,菖兰即剑兰,夜来香在有的地方叫做晚香玉。这都是插瓶的花。康乃馨有红的、粉的、白的。菖兰的颜色更多,粉色的,白色的,黄色的,紫得发黑的。夜来香洁白如玉。昆明近日楼有一个很大的花市,卖花人把水灵灵的鲜花摊在一片芭蕉叶上卖。鲜花皆烂贱,买一大把鲜花和称二斤青菜的价钱差不多。

美人蕉和波斯菊

波斯菊叶子极细碎轻柔。花粉紫色,单瓣;瓣极薄。微风吹拂,花叶动摇,如梦如烟。

我原以为波斯菊只有南方有,后来在张家口坝上沽源县的街头也看见了这种花,只是塞北少雨水,花开得不如昆明滋润。在沽源看见波斯菊使我非常惊喜,因为它使我一下子想起了昆明。

波斯菊真是从波斯传来的么?那么你是一位远客了。

昆明的美人蕉皆极壮大,花也大,浓红如鲜血。红花绿叶,对比鲜明。我曾到郊区一中学去看一个朋友,未遇。学校已经放了暑假,一个人没有,安安静静的,校园的花圃里一大片美人蕉赫然地开着鲜红鲜红的大花。我感到一种特殊的,颜色强烈的寂寞。

叶子花

叶子花别处好像是叫做三角梅,昆明人就老是不客气地叫它叶子花,因为它的花瓣和叶子完全一样,只是长条的顶端的十几撮花的颜色是紫红的,而下边的叶子是深绿的。青莲街拐角有一家很大的公馆,围墙的墙头上种的都是叶子花。墙头上种花,少有!

报春花

我想查一查报春花的资料。家里只有一本《辞海》。我相信《辞海》里是不会收这一条的。报春花不是名花。但我还是抱着姑且查查看的心情翻开了《辞海》,不料竟有!

报春花……一年生草本。叶基生,长卵形,顶端圆钝,基部楔形或心形,边缘有不整齐缺裂,缺裂具细锯齿,上面被纤毛,下面有白粉或疏毛。秋季开花,花高脚碟状,红色或淡紫色,伞形花序2—4轮,蒴果球形。多生于荒野、田边。原产我国云南、贵州。各地栽培,供观赏。

不错,不错!就是它,就是它!难得是它把报春花描写得这样仔细。尤其使我欢喜的,是它告诉我云南是报春花的老家。

我在北京的一家花店里重遇报春花,栽在花盆里,标价一元一盆。我不禁冷笑了:这种东西也卖钱!我们在昆明市,到田边散步,一扯就是一大把!

一九八五年六月九日

昆明菜[1]

我这篇东西是写给外地人看的,不是写给昆明人看的。和昆明人谈昆明菜,岂不成了笑话!其实不如说是写给我自己看的。我离开昆明整四十年了,对昆明菜一直不能忘。

昆明菜是有特点的。昆明菜——云南菜不属于中国的八大菜系。很多人以为昆明菜接近四川菜,其实并不一样。四川菜的特点是麻、辣。多数四川菜都要放郫县豆瓣、泡辣椒,而且放大量的花椒,——必得是川椒。中国很多省的人都爱吃辣,如湖南、江西,但像四川人那样爱吃花椒的地方不多。重庆有很多小面馆,门面的白墙上多用黑漆涂写三个大字"麻、辣、烫",老远的就看得见。昆明菜不像四川菜那样既辣且麻。大抵四川菜多浓厚强烈,而昆明菜则比较清淡纯和。四川菜调料复杂,昆明菜重本味。比较一下怪味鸡和汽锅鸡,便知二者区别所在。

---

[1] 本篇原载《滇池》1987年第一期。

汽锅鸡

中国人很会吃鸡。广东的盐焗鸡,四川的怪味鸡,常熟的叫花鸡,山东的炸八块,湖南的东安鸡,德州的扒鸡……。如果全国各种做法的鸡来一次大奖赛,哪一种鸡该拿金牌?我以为应该是昆明的汽锅鸡。

是什么人想出了这种非常独特的吃法?估计起来,先得有汽锅,然后才有汽锅鸡。汽锅以建水所制者最佳。现在全国出陶器的地方都能造汽锅,如江苏的宜兴。但我觉得用别处出的汽锅蒸出来的鸡,都不如用建水汽锅做出的有味。这也许是我的偏见。汽锅既出在建水,那么,昆明的汽锅鸡也可能是从建水传来的吧?

原来在正义路近金碧路的路西有一家专卖汽锅鸡。这家不知有没有店号,进门处挂了一块匾,上书四个大字:"培养正气"。因此大家就径称这家饭馆为"培养正气"。过去昆明人一说:"今天我们培养一下正气",听话的人就明白是去吃汽锅鸡。"培养正气"的鸡特别鲜嫩,而且屡试不爽。没有哪一次去吃了,会说"今天的鸡差点事!"所以能永远保持质量,据说他家用的鸡都是武定肥鸡。鸡瘦则肉柴,肥则无味。独武定鸡极肥而有味。揭盖之后:汤清如水,而鸡香扑鼻。

听说"培养正气"已经没有了。昆明饭馆里卖的汽锅鸡已经不是当年的味道,因为用的不是武定鸡,什么鸡都有。

恢复"培养正气",重新选用武定鸡,该不是难事吧?

昆明的白斩鸡也极好。玉溪街卖馄饨的摊子的铜锅上搁一个细铁条篦子,上面都放两三只肥白的熟鸡。随要,即可切一小盘。昆明人管白斩鸡叫"凉鸡"。我们常常去吃,喝一点酒,因为是坐在一张长板凳上吃的,有一个同学为这种做法起了一个名目,叫"坐失(食)良(凉)机(鸡)"。玉溪街卖的鸡据说是玉溪鸡。

华山南路与武成路交界处从前有一家馆子叫"映时春",做油淋鸡极佳。大块鸡生炸,十二寸的大盘,高高地堆了一盘。蘸花椒盐吃。二十几岁的小伙子,七八个人,人得三五块,顷刻瓷盘见底矣。如此吃鸡,平生一快。

昆明旧有卖燎鸡杂的,挎腰圆食盒,串街唤卖。鸡肫鸡肝皆用篾条穿成一串,如北京的糖葫芦。鸡肠子盘紧如素鸡,买时旋切片。耐嚼,极有味,而价甚廉,为佐茶下酒妙品。估计昆明这样的小吃已经没有了。曾与老昆明谈起,全似孟元老《东京梦华录》中所纪了也。

火　腿

云南宣威火腿与浙江金华火腿齐名,难分高下。金华火腿知道的人多,有许多品级。比较著名的是"雪舫蒋腿"。更高级的,以竹叶熏成的,谓之"竹叶腿"。宣威火腿似没有这么多讲究，只是笼统地叫做火腿。火腿出在宣威，据说宣威家家腌制，而集中销售地则在昆明。正义路牌坊东侧原来有一家火腿庄，除了卖整只、零切的火腿，还卖火腿骨、火腿油。上海卖金华火腿的南货店有时卖"火腿脚爪"，单卖火腿油，却没有听说过。火腿骨熬汤，火腿油炖豆腐，想来一定很好吃。

火腿作为提味的配料时多，单吃，似只有一种吃法，蒸熟了切片。从前有蜜炙火腿，不知好吃否。金华火腿按部位分油头、上腰、中腰，——再以下便是脚爪。昆明人吃火腿特重小腿至肘棒的那一部分，谓之"金钱片腿"，因为切开作圆形，当中是精肉，周围是肥肉，带着一圈薄皮。大西门外有一家本地饭馆，不大，很不整洁，但是菜品不少，金钱片腿是必备的。因为赶马的马锅头最爱吃这道菜，——这家饭馆的主要顾客是马锅头。马锅头兄弟一进门，别的菜还没有要，先叫："切一盘金钱片腿！"

一道昆明菜，不是以火腿为主料，但离开火腿却不成的，是"锅贴乌鱼"。这是东月楼的名菜。乃以乌鱼两片（乌鱼必活杀，鱼片须旋批），中夹兼肥带瘦的火腿一片，在平底铛上，以文火烙成，不加任何别的作料。鲜嫩香美，不可名状。

东月楼在护国路，是一家地道的昆明老馆子。除锅贴乌鱼外，尚有酱鸡腿，也极好。听说东月楼现在也没有了。

昆明吉庆祥的火腿月饼甚佳。今年中秋，北京运到一批，买来一尝，滋味犹似当年。

牛　肉

我一辈子没有吃过昆明那样好的牛肉。

昆明的牛肉馆的特别处是只卖牛肉一样，——外带米饭、酒，不卖别的菜肴。这样的牛肉馆，据我所知，有三家。有一家在大西门外凤翥街，因为离西南联大很近，我们常去。我是由这家"学会"吃牛肉的。一家在小东门。而以小西门外马家牛肉馆为最大。楼上楼下，几十张桌子。牛肉馆的牛肉是分门别类地卖的。最常见的是汤片和冷片。白牛肉切薄片，浇滚烫的清汤，为汤片。冷片也是同样旋切的薄片，但整齐地码在盘子里，蘸甜酱油吃（甜酱油为昆明所特有）。汤片、冷片皆极酥软，而不散碎。听说切汤片冷片的肉是整个一边牛蒸熟了的，我有点不相信：哪里有这样大的蒸笼，这样大的锅呢？但切片的牛肉确是很大的大块的。牛肉这样酥软，火候是要很足。有人告诉我，得蒸（或煮？）一整夜。其次是"红烧"。"红烧"不是别的地方加了酱油焖煮的红烧牛肉，也是清汤的，不过大概牛肉曾用红曲染过，故肉呈胭脂红色。"红烧"是切成小块的。这不用牛身上的"好"肉，如胸肉腿肉，带一些"筋头巴脑"，和汤、冷片相较，别是一种滋味。还有几种牛身上的特别部位，也分开卖。却都有代用的别名，不"会"吃的人听不懂，不知道这是什么东西。如牛肚叫"领肝"；牛舌叫"撩青"。很多地方卖舌头都讳言"舌"字，因为"舌"与"蚀"同音。无锡陆稿荐卖猪舌改叫"赚头"。广东饭馆把牛舌叫"牛脷"，其实本是"牛利",只是加了一个肉月偏旁,以示这是肉食。这都是反"蚀"之意而用之,讨个吉利。把舌头叫成"撩青",别处没有听说过。稍想一下,是有道理的。牛吃青草,都是用舌头撩进嘴里的。这一别称很形象,但是太费解了。牛肉馆还有牛大筋卖。我有一次同一个女同学去吃马家牛肉馆,她问我:"这是什么?"我实在不好回答。我在昆明吃过不少次牛大筋,只是因为它好吃,不是为了壮阳。"领肝"、"撩青"、"大筋"都是带汤的。牛肉馆不卖炒菜。上牛肉馆其实主要是来喝汤的,——汤好。

昆明牛肉馆用的牛都是小黄牛,老牛、废牛是不用的。

吃一次牛肉馆是花不了多少钱的,比下一般小饭馆便宜,也好吃,实惠。

马家牛肉馆常有人托一搪瓷茶盘来卖小菜,藠头、腌蒜、腌姜、糟辣椒……有七八样。两三分钱即可买一小碟,极开胃。

马家牛肉店不知还有没有?如果没有了,就太可惜了。

昆明还有牛干巴,乃将牛肉切成长条,腌制晾干。小饭馆有炒牛干巴卖。这东西据说生吃也行。马锅头上路,总要带牛干巴,用刀削成薄片,酒饭均宜。

蒸　菜

昆明尚食蒸菜。正义路原来有一家。蒸鸡、蒸骨、蒸肉,都放在直径不到半尺的小蒸笼中蒸熟。小笼层层相叠,几十笼为一摞,一口大蒸锅上蒸着好几摞。蒸菜都酥烂,蒸鸡连骨头都能嚼碎。蒸菜有衬底。别处蒸菜衬底多为红薯、洋芋、白萝卜,昆明蒸菜的衬底却是皂角仁。皂角仁我是认识的。我们那里的少女绣花,常用小瓷碟蒸十数个皂角仁,用来"光"绒,取其滑润,并增光泽。我没有想到这东西能吃,且好吃。样子也好看,莹洁如玉。这么多的蒸菜,得用多少皂角仁,得多少皂角才能剥出这样多的仁呢?玉溪街里有一家也卖蒸菜。这家所卖蒸菜中有一色 rang 小瓜:小南瓜,挖出瓤,塞入肉蒸熟,很别致。很多地方都有 rang 菜,rang 冬瓜,rang 茄子,都是塞肉蒸熟的菜。rang 不知道怎么写,一般字典查不到这个字。或写成"酿",则音义都不对。我到北京后曾做过 rang 小瓜,终不似玉溪街的味道。大概这家因为是和许多其他蒸菜摆在一起蒸的,鸡、骨、肉的蒸气透入蒸小瓜的笼,故小瓜里的肉有瓜香,而包肉的瓜则带鲜味。单 rang 一瓜,不能腴美。

诸　菌

有朋友到昆明开会,我告诉他到昆明一定要吃吃菌子。他住在一旧交家里,把所有的菌子都吃了。回北京见到我,说:"真是好!"

鸡㙡为菌中之王。甬道街有一家专做鸡㙡的馆子。这家还卖苦菜汤,是熬在一口大锅里,非常便宜,好吃。外省人说昆明有三怪:姑娘叫老太,芥菜叫苦菜,还有一"怪"我不记得了。听昆明人说苦菜不是芥菜,别是一种。

前月有一直住在昆明的老同学来,说鸡㙡出在富民。有一次他们开会,从富民拉了一汽车鸡㙡来,吃得不亦乐乎。鸡㙡各处皆有,富民可能出得多一些。

青头菌、牛肝菌、干巴菌、鸡油菌,我在别的文章里已写过,不重复。昆明诸菌总宜鲜吃。鸡㙡可制成油鸡㙡,干巴菌可晾成干,可致远,然而风味减矣。

乳扇、乳饼

乳扇是晾干的奶皮子,乳饼即奶豆腐。这种奶制品我颇怀疑是元朝的蒙古兵传入云南的。然而蒙古人的奶制品只是用来佐奶茶,云南则作为菜肴。这两样其实只能"吃着玩",不下饭的。

炒鸡蛋

炒鸡蛋天下皆有。昆明的炒鸡蛋特泡。一颠翻面,两颠出锅,动锅不动铲。趁热上桌,鲜亮喷香,逗人食欲。

番茄炒鸡蛋,番茄炒至断生,仍有清香,不疲软,鸡蛋成大块,不发死。番茄与鸡蛋相杂,颜色仍分明,不像北方的西红柿炒鸡蛋,炒得"一塌胡涂"。

映时春有雪花蛋,乃以鸡蛋清、温熟猪油于小火上,不住地搅拌，猪油与蛋清相入，油蛋交融。嫩如鱼脑，洁白而有亮光。入口即已到喉，齿舌都来不及辨别是何滋味，真是一绝。另有桂花蛋，则以蛋黄以同法制成。雪花蛋、桂花蛋上都洒了一层瘦火腿末，但不宜多，多则掩盖鸡蛋香味。鸡蛋这样的做法，他处未见。我在北京曾用此法作一盘菜待客，吹牛说"这是昆明做法"。客人尝后，连说"不错！不错！"且到处宣传。其实我做出的既不是雪花蛋，也不是桂花蛋，简直有点像山东的"假螃蟹"了！

炒青菜

袁子才《随园食单》指出：炒青菜须用荤油，炒荤菜当用素油，很有道理。昆明炒青菜都用猪油。昆明的青菜炒得好，因为：菜新鲜，油多，火暴，慎用酱油，起锅时一般不烹水或烹水极少，不盖锅，（饭馆里炒青菜多不盖锅）或盖锅时间至短。这样炒出来的青菜不失菜味，且不变色，视之犹如从园中初摘出来的一样。

菜花昆明叫椰花菜。北京炒菜花先以水焯过，再炒。这样就不如干脆加水煮成奶油菜花汤了。昆明炒椰花菜皆生炒，脆而不梗，干干净净。如加火腿，尤妙。

炒包谷只有昆明有。每年北京嫩玉米上市时，我都买一些回来抠出玉米粒加瘦肉末炒了吃。有亲戚朋友来，觉得很奇怪："玉米能做菜？"尝了两筷子，都说"好吃"。炒包谷做法简单，在北京的一个很小的范围内已经推广。有一个西南联大的校友请几个老同学上家里聚一聚，特别声明："今天有一道昆明菜！"端上来，是炒包谷。包谷既老，放了太多的肉，大量酱油，还加了很多水咕嘟了！我跟他说："你这样的炒包谷，能把昆明人气死。"

临离昆明前我和朱德熙在一家饭馆里吃了一盘肉炒菠菜，当时叫绝，至今不忘。菠菜极嫩（北京人爱吃长成小树一样的菠菜，真不可解），油极大，火甚匀，味极鲜。炒菠菜要尽量少动铲子。频频翻锅，菠菜就会发黑，且有涩味。

黑芥·韭菜花·茄子酢

昆明谓黑大头菜为黑芥。袁子才以为大头菜偏宜肉炒，很对。大头菜得肉，香味才能发出。我们有时几个人在昆明饭馆里吃饭，一看菜不够了，就赶紧添叫一盘黑芥炒肉。一则这个菜来得快；二则极下饭，且经吃。

韭菜花出曲靖。名为韭菜花，其实主料是切得极细晾干的萝卜丝。这是中国咸菜里的"神品"。这一味小菜按说不用多少成本，但价钱却颇贵，想是因为腌制很费工。昆明人家也有自己腌韭菜花的。这种韭菜花和北京吃涮羊肉作调料的韭菜花不是一回事，北京人万勿误会。

茄子酢是茄子切细丝，风干，封缸，发酵而成。我很怀疑这属于古代的菹。菹，郭沫若以为可能是泡菜。《说文解字》

"菹"字下注云："酢菜也"，我觉得可能就是茄子酢一类的东西。中国以酢为名的小菜别处也有，湖南有"酢辣子"。古书里凡从酉的字都跟酒有点关系。茄子酢和酢辣子都是经过酒化了的，吃起来带酒香。

昆明的吃食[1]

几家老饭馆

东月楼。东月楼在护国路,这是一家地道的云南饭馆。其名菜是锅贴乌鱼。乌鱼两片,去其边皮,大小如云片糕,中夹宣威火腿一片,于平铛上文火烙熟,极香美。宜酒宜饭,也可作点心。我在别处未吃过,在昆明别家饭馆也未吃过,信是人间至味。

东月楼另一名菜是酱鸡腿。入味,而鸡肉不"柴"。

映时春。映时春在武成路东口,这是一家不大不小的饭馆。最受欢迎的菜是油淋鸡。生鸡剁为大块,以热油反复浇灼,至熟,盛以一尺二寸的大盘,蘸花椒盐吃,皮酥肉嫩。一盘上桌,顷刻无余。

---

[1] 本篇原载《随笔》1993年第三期。

映时春还有两道菜为别家所无。一是雪花蛋。乃以温油慢炒鸡蛋清，上洒火腿细末。雪花蛋比北方饭馆的芙蓉鸡片更为细嫩。然无宣腿细末则无以发其香味。如用蛋黄，以同法炒之，则名桂花蛋。

这是一个两层楼的饭馆。楼下散座，卖冷荤小菜，楼上卖热炒。楼上有两张圆桌，六张大八仙桌，座位经常总是满的。招呼那么多客人，却只有一个堂倌。这位堂倌真是能干。客人点了菜，他记得清清楚楚（从前的饭馆是不记菜单的），随即向厨房里大声报出菜名。如果两桌先后点了同一样菜，就大声追加一句："番茄炒鸡蛋一作二"（一锅炒两盘）。听到厨房里锅铲敲炒的声音，知道什么菜已经起锅，就飞快下楼，（厨房在楼下，在店堂之里，菜炒得了，由墙上一方窗口递出）转眼之间，又一手托一盘菜，飞快上楼，脚踩楼梯，登登登登，麻溜之至。他这一天上楼下楼，不知道有多少趟。累计起来，他一天所走的路怕有几十里。客人吃完了，他早已在心里把账算好，大声向楼下账桌报出钱数：下来几位，几十元几角。他的手、脚、嘴、眼一刻不停，而头脑清晰灵敏，从不出错，这真是个有过人精力的堂倌。看到一个精力旺盛的人，是叫人高兴的。

过桥米线·汽锅鸡

这似乎是昆明菜的代表作，但是今不如昔了。

原来卖过桥米线最有名的一家，在正义路近文庙街拐角处,一个牌楼的西边。这一家的字号不大有人知道,但只要说去吃过桥米线,就知道指的是这一家,好像"过桥米线"成了这家的店名。这一家所以有名,一是汤好。汤面一层鸡油,看似毫无热气,而汤温在一百度以上。据说有一个"下江人"司机不懂吃过桥米线的规矩,汤上来了,他咕咚喝下去,竟烫死了。二是片料讲究,鸡片、鱼片、腰片、火腿片,都切得极薄,而又完整无残缺,推入汤碗,即时便熟,不生不老,恰到好处。

专营汽锅鸡的店铺在正义路近金碧路处。这家的字号也不大有人知道,但店堂里有一块匾,写的是"培养正气",昆明人碰在一起,想吃汽锅鸡,就说:"我们去培养一下正气。"中国人吃鸡之法有多种,其最著者有广州盐焗鸡、常熟叫花鸡,而我以为应数昆明汽锅鸡为第一。汽锅鸡的好处在哪里?曰:最存鸡之本味。汽锅鸡须少放几片宣威火腿,一小块三七,则鸡味越"发"。走进"培养正气",不似走进别家饭馆,五味混杂,只是清清纯纯,一片鸡香。

为什么现在的汽锅鸡和过桥米线不如从前了?从前用的鸡不是一般的鸡,是"武定壮鸡"。"壮"不只是肥壮而已,这是经过一种特殊的技术处理的鸡。据说是把母鸡骟了。我只听说过公鸡有骟了的,没有听说母鸡也能骟。母鸡骟了,就使劲长肉,"壮"了。这种手术只有武定人会做。武定现在会做的人也不多了,如不注意保存,可能会失传的。我对母鸡能骟,始终有点将信将疑。不过武定鸡确实很好。前年在昆明,佤伍族女作家董秀英的爱人,特意买到一只武定壮鸡,做出汽锅鸡来,跟我五十年前在昆明吃的还是一样。

甬道街鸡㙡。鸡㙡之名甚怪。为什么叫"鸡㙡",到现在还没有人解释清楚。这是一种菌子,它生长的地方也怪,长在田野间的白蚁窝上。为什么专在白蚁窝上生长,到现在也还没有人解释清楚。鸡㙡的菌盖不大,而下面的菌把甚长而粗。一般菌子中吃的部分多在菌盖,而鸡㙡好吃的地方正在菌把。鸡㙡可称菌中之王。鸡菌的味道无法比方。不得已,可以说这是"植物鸡"。味似鸡,而细嫩过之,入口无渣,甚滑,且有一股清香。如果用一个字形容鸡㙡的口感,可以说是:腴。甬道街有一家中等本地饭馆,善做鸡㙡,极有名。

这家还有一个特别处,用大锅煮了一锅苦菜汤。这苦菜汤是奉送的,顾客可以自己拿了大碗去盛。汤甚美,因为加了一些洗净的小肠同煮。

昆明是菌类之乡。除鸡㙡外,干巴菌、牛肝菌、青头菌,都好吃。

小西门马家牛肉馆。马家牛肉馆只卖牛肉一种,亦无煎炒烹炸,所有牛肉都是头天夜里蒸煮熟了的,但分部位卖。净瘦肉切薄片,整齐地在盘子里码成两溜,谓之"冷片",蘸甜酱油吃。甜酱油我只在云南见过,别处没有。冷片盛在碗里浇以热汤,则为"汤片",也叫"汤冷片"。牛肉切成骨牌大的块,带点筋头巴脑,以红曲染过,亦带汤,为"红烧"。有的名目很奇怪,外地人往往不知道这是什么部位的。牛肚叫做"领肝",

牛舌叫"撩青"。"撩青"之名甚为形象。牛舌头的用处可不是撩起青草往嘴里送么？不大容易吃到的是"大筋"，即牛鞭也。有一次我陪一位女同学上马家牛肉馆，她问："这是什么东西？"我真没法回答她。

马家隔壁是一家酱园。不时有人托了一个大搪瓷盘，摆七八样酱菜，放在小碟子里，藠头、韭菜花、腌姜……供人下饭（马家是卖白米饭的）。看中哪几样，即可点要，所费不多。这颇让人想起《东京梦华录》之类的书上所记的南宋遗风。

护国路白汤羊肉。昆明一般饭馆里是不卖羊肉的。专卖羊肉的只有不多的几家，也是按部位卖，如"拐骨"（带骨腿肉）、"油腰"（整羊腰，不切）、"灯笼"（羊眼）……都是用红曲染了的。只有护国路一家卖白汤羊肉，带皮，汤白如牛乳，蘸花椒盐吃。

奎光阁面点。奎光阁在正义路，不卖炒菜米饭，只卖面点，昆明似只此一家。卖葱油饼（直径五寸，葱甚多，猪油煎，两面焦黄）、锅贴、片儿汤（白菜丝、蛋花、下面片）。

玉溪街蒸菜。玉溪街有一家玉溪人开的饭馆，只卖蒸菜，不卖别的。好几摞小笼，一屋子热气腾腾。蒸鸡、蒸骨、蒸肉……"瓤（读去声）小瓜"甚佳。小南瓜挖去瓤（此读平声），塞入切碎的猪肉，蒸熟去笼盖，瓜香扑鼻。这家蒸菜的特点是衬底不用洋芋、白薯，而用皂角仁。皂角仁这东西，我的家乡女人绣花时用来"光"（去声）绒，绒沾皂仁粘液，则易入针，且绣出的花有光泽。云南人都拿来吃，真是闻所未闻。皂仁吃起来细腻软糯，很有意思。皂角仁不可多吃。我们过腾冲时，宴会上有一道皂角仁做的甜菜，一位河北老兄一勺又一勺地往下灌。我警告他：这样吃法不行，他不信。结果是这位老兄才离座席，就上厕所。皂角仁太滑了，到了肠子里会飞流直下。

米线饵块

米线属米粉一类。湖南米粉、广东的沙河粉，都是带状，扁而薄。云南的米线是圆的，粗细如线香，是用压饸饹似的办法压出来的。这东西本来就是熟的，临吃加汤及配料，煮两开即可。昆明讲究"小锅米线"。小铜锅，置炭火上，一锅煮两三碗，甚至只煮一碗。

米线的配料最常见的是"焖鸡"。焖鸡其实不是鸡，而是加酱油花椒大料煮出的小块净瘦肉（可能过油炒过）。本地人爱吃焖鸡米线。我们刚到昆明时，昆明的电影院里放的都是美国电影，有一个略懂英语的人坐在包厢（那时的电影院都有包厢）的一角以意为之的加以译解，叫做"演讲"。有一次在大众电影院，影片中有一个情节，是约翰请玛丽去"开餐"，"演讲"的人说："玛丽呀，你要哪样？"楼下观众中有一个西南联大的同学大声答了一句："两碗焖鸡米线！"这本来是开开玩笑，不料"演讲"人立即把电影停住，把全场的灯都开了，厉声问："是哪个说的？哪个说的！"差一点打了一次群架。"演讲"人认为这是对云南人的侮辱。其实焖鸡米线是很好吃的。

另一种常见的米线是"爨肉米线"，即在米线锅中放入肉末。这个"爨"字实在难写。但是昆明的米线店的价目表上都是这样写的。大概云南有《爨宝子》、《爨龙颜》两块名碑，云南人对它很熟悉，觉得这样写很亲切。

巴金先生在写怀念沈从文先生的文章中，说沈先生请巴老吃了两碗米线，加一个鸡蛋，一个西红柿，就算一顿饭。这家卖米线的铺子，就在沈先生住的文林街宿舍的对面。沈先生请我吃过不止一次。他们吃的大概是"爨肉米线"。

米线也还有别的配料。文林街另一家卖米线的就有：鳝鱼米线，鳝鱼切片，酱油汤煮，加很多蒜瓣；叶子米线，猪肉皮晾干油炸过，再用温水发开，切成长片，入汤煮透，这东西有的地方叫"响皮"，有的地方叫"假鱼肚"，昆明叫"叶子"。

苠忠寺坡有一家卖"㸆肉米线"。大块肥瘦猪肉，煮极烂，置大磁盘中，用竹片刮下少许，置米线上，浇以滚开的白汤。

青莲街有一家卖羊血米线。大锅煮羊血，米线煮开后，舀半生羊血一大勺，加芝麻酱、辣椒、蒜泥。这种米线吃法甚"野"，而鄙人照吃不误。

护国路有一家卖炒米线。小锅，放很多猪油，少量的汤汁，加大量辣椒炒。甚咸而极辣。

凉米线。米线加一点绿豆芽之类的配菜，浇作料。加作料前堂倌要问："吃酸醋吗甜醋？"一般顾客都说："酸甜醋。"即两样醋都要。甜醋别处未见过。

米粉揉成小枕头状的一坨，蒸熟，是为饵块。切成薄片，可加肉丝青菜同炒，为炒饵块；加汤煮，为煮饵块。云南人认为腾冲饵块最好。腾冲人把炒饵块叫做"大救驾"。据说明永历帝被吴三桂追赶，将逃往缅甸，至腾冲，没吃的，饿得走不动了，有人给他送了一盘炒饵块，万岁爷狼吞虎咽，吃得精光，连说："这可救了驾了！"我在腾冲吃过大救驾，没吃出所以然，大概我那天也不太饿。

饵块切成火柴棍大小的细丝，叫做饵丝。饵丝缅甸也有。我曾在中缅交界线上吃过一碗饵丝。那地方的国界没有山，也没有河，只是在公路上用白粉画一道三寸来宽的线，线以外是缅甸，线以内是中国。紧挨着国境线，有一个缅甸人摆的饵丝摊子。这边把钱（人民币）递过去，那边就把饵丝递过来。手过国界没关系，只要脚不过去，就不算越境。缅甸饵丝与中国饵丝味道一样！

还有一种饵块是米面的饼，形状略似北方的牛舌饼，但大一些，有一点像鞋底子。用一盆炭火，上置铁算子，将饵块饼摊在算子上烤，不停地用油纸扇扇着，待饵块起泡发软，用竹片涂上芝麻酱、花生酱、甜酱油、油辣子，对折成半月形，谓之"烧饵块"。入夜之后，街头常见一盆红红的炭火，听到一声悠长的吆唤:"烧饵块!"给不多的钱,一"块"在手,边走边吃,自有一种情趣。

点心和小吃

火腿月饼。昆明吉庆祥火腿月饼天下第一。因为用的是"云腿"(宣威火腿),做工也讲究。过去四个月饼一斤,按老秤说是四两一个,称为"四两砣"。前几年有人从昆明给我带了两盒"四两砣"来,还能保持当年的质量。

破酥包子。油和的发面做的包子。包子的名称中带一个"破"字,似乎不好听。但也没有办法,因为蒸得了皮面上是有一些小小裂口。糖馅肉馅皆有,吃是很好吃的,就是太"油"了。你想想,油和的面,刚揭笼屉,能不"油"么?这种包子,一次吃不了几个,而且必须喝很浓的茶。

玉麦粑粑。卖玉麦粑粑的都是苗族的女孩。玉麦即包谷。昆明的汉人叫包谷,而苗人叫玉麦。新玉麦,才成粒,磨碎,用手拍成烧饼大,外裹玉麦的籉片(粑粑上还有手指的印子),蒸熟,放在漆木盆里卖,上覆杨梅树叶。玉麦粑粑微有咸味,有新玉麦的清香。苗族女孩子吆唤:"玉麦粑粑……"声音娇娇的,很好听。如果下点小雨,尤有韵致。

洋芋粑粑。洋芋学名马铃薯,山西、内蒙叫山药,东北、河北叫土豆,上海叫洋山芋,云南叫洋芋。洋芋煮烂,捣碎,入花椒盐、葱花,于铁勺中按扁,放在油锅里炸片时,勺底洋芋微脆，粑粑即漂起，捞出，即可拈吃。这是小学生爱吃的零食，我这个大学生也爱吃。

摩登粑粑。摩登粑粑即烤发面饼，不过是用松毛（马尾松的针叶）烤的，有一种松针的香味。这种面饼只有凤翥街一家现烤现卖。西南联大的女生很爱吃。昆明人叫女大学生为"摩登"，这种面饼也就被叫成"摩登粑粑"，而且成了正式的名称。前几年我到昆明，提起这种粑粑，昆明人说：现在还有，不过不在凤翥街了，搬到另外一条街上去了，还叫做"摩登粑粑"。

一九九三年一月十三日

白马庙[1]

我教的中学从观音寺迁到白马庙,我在白马庙住过一年。白马庙没有庙。这是由篆塘到大观楼之间一个镇子。我们住的房子形状很特别,像是卡通电影上面的房子,我们就叫它卡通房子。先前日本飞机常来轰炸,有钱的人多在近郊盖了房子,躲警报。后来日本飞机不来了,这些房子都空了下来,学校就租了当教员宿舍。这些房子的设计都有点别出心裁,而以我们住的卡通房子最显眼,老远就看得见。

卡通房子门前有一条土路,通到马路。三面都是农田,不挨人家。我上课之余,除了在屋里看看书,常常伏在窗台上看农民种田。看插秧,看两个人用一个戽斗戽水。看一个十五六岁的孩子用一个长柄的锄头挖地。这个孩子挖几锄头就要停一停,唱一句歌。他的歌有音无字,只有一句,但是很好听。长日悠悠,一片安静。我那时正在读《庄子》。在这样的环境中

---

[1] 本篇原载《大家》1994 年第一期。

读《庄子》，真是太合适了。

这样的不挨人家的"独立家屋"有一点不好，是招小偷。曾有小偷光顾过一次。发觉之后，几位教员拿了棍棒到处搜索，闹腾了一阵无所得。我和松卿有一次到城里看电影，晚上回来，快到大门时，从路旁沟里窜出一条黑影，跑了。是一个伺机翻墙行窃的小偷。

小偷不少。教导主任老杨曾当美军译员，穿了一条美军将军呢的毛料裤子，晚上睡觉，盖在被窝上压脚。那天闹小偷，他醒来，拧开电灯看看，将军呢裤子没了。他翻了个身，接碴儿睡他的觉。我们那时教师都是这样，得、失无所谓，而可失之物亦不多，只要不是真的赤条条来去无牵挂，怎么着也能混得过去。——这位老兄从美军复员，领到一笔复员费，崭新的票子放在夹克上衣口袋里，打了一夜沙蟹，几乎全部输光。

学校的教员有的在校内住，也有住在城里，到这里来兼课的。坐马车来，很方便。朱德熙有一次下了马车，被马咬了一口！咬在胸脯上，胸上落了马的牙印衣服却没有破。

镇上有一个卖油盐酱醋香烟火柴的杂货铺，一家猪肉案子，还有一个做饵块的作坊。我去看过工人做饵块，小枕头大的那么一碗，不知道怎么竟能蒸熟。

饵块作坊门前有一道砖桥，可以通到河南边。桥南是菜地，我们随时可以吃到刚拔起来的新鲜蔬菜。临河有一家菜馆，茶客不少。靠窗而坐，可以看见河里的船，船上的人，风景很好。

使我惊奇的是东壁粉墙上画了一壁茶花，画得满满的。墨线勾边,涂了很重的颜色,大红花,鲜绿的叶子,画得很工整,花、叶多对称,很天真可爱。这显然不是文人画。我问冲茶的堂倌这画是谁画的?——"哑巴。——他就爱画,哪样上头都画。他画又不要钱,自己贴颜色,就叫他画吧!"

过两天,我看见一个挑粪的,粪桶是新的,粪桶近桶口处画了一周遭串枝莲,深墨勾线,笔如铁线,匀匀净净。不用问,这又是那个哑巴画的。粪桶上描花,真是少见。

听说哑巴岁数不大,二十来岁。他没有跟谁学过,就是自己画。

我记得白马庙,主要就是因为这里有一个画画的哑巴。

一九九三年三月二十九日

观音寺[1]

  我在观音寺住过一年。观音寺在昆明北郊,是一个荒村,没有什么寺。——从前也许有过。西南联大有几个同学,心血来潮,办了一所中学。他们不知通过什么关系,在观音寺找了一处校址。这原是资源委员会存放汽油的仓库,废弃了。我找不到工作,闲着,跟当校长的同学说一声,就来了。这个汽油仓库有几间比较大的屋子,可以当教室,有几排房子可以当宿舍,倒也像那么一回事。房屋是简陋的,瓦顶、土墙,窗户上没有玻璃。——那些五十三加仑的汽油桶是不怕风雨的。没有玻璃有什么关系!我们在联大新校舍住了四年,窗户上都没有玻璃。在窗格上糊了桑皮纸,抹一点清桐油,亮堂堂的,挺有意境。教员一人一间宿舍,室内床一、桌一、椅一。还要什么呢?挺好。每个月还有一点微薄的薪水,饿不死。

  这地方是相当野的。我来的前一学期,有一天,薄暮,有一个赶马车的被人捅了一刀,——昆明市郊之间通马车,马车形制古朴,一个有篷的车箱,箱内两边各有一条木板,可以坐

---

[1] 本篇原载《滇池》1987 年第六期。

八个人，马车和身上的钱都被抢去了，他手里攥着一截突出来的肠子，一边走，一边还问人："我这是什么？我这是什么？"

因此这个中学里有几个校警，还有两枝老旧的七九步枪。

学校在一条不宽的公路边上，大门朝北。附近没有店铺，也不见有人家。西北围墙外是一个孤儿院。有二三十个孩子，都挺瘦。有一个管理员。这位管理员不常出来，不知道是什么样子，但是他的声音我们很熟悉。他每天上午、下午都要教这些孤儿唱戏。他大概是云南人，教唱的却是京戏。而且老是那一段：《武家坡》。他唱一句，孤儿们跟着唱一句。"一马离了西凉界，"——"一马离了西凉界"；"不由人一阵阵泪洒胸怀，"——"不由人一阵阵泪洒胸怀"。听了一年《武家坡》，听得人真想泪洒胸怀。

孤儿院的西边有一家小茶馆，卖清茶，葵花子，有时也有两块芙蓉糕。还卖市酒。昆明的白酒分升酒（玫瑰重升）和市酒。市酒是劣质白酒。

再往西去，有一个很奇怪的单位，叫做"灭虱站"。这还是一个国际性的机构，是美国救济总署办的，专为国民党的士兵消灭虱子。我们有时看见一队士兵开进大门，过了一会，在我们附近散了一会步之后，又看见他们开了出来。听说这些兵进去，脱光衣服，在身上和衣服上喷一种什么药粉，虱子就灭干净了。这有什么用呢？过几天他们还不是浑身又长出虱子来了么？

我们吃了午饭、晚饭常常出去散步。大门外公路对面是一大片农田。田里种的不是稻麦,却是胡萝卜。昆明的胡萝卜很好,浅黄色,粗而且长,细嫩多水分,味微甜。联大学生爱买了当水果吃,因为很便宜。女同学尤其爱吃,因为据说这种胡萝卜含少量的砒,吃了可以驻颜。常常看见几个女同学一人手里提了一把胡萝卜。到了宿舍里,嘎吱嘎吱地嚼。胡萝卜田是很好看的。胡萝卜叶子琐细,颜色浓绿,密密地,把地皮盖得严严的,说它是"堆锦积绣",毫不为过。再往北,有一条水渠。渠里不常有水。渠沿两边长了很多木香花。开花的时候白灿灿的耀人眼目,香得不得了。

学校后面——南边是一片丘陵。山上有一口池塘。这池塘下面大概有泉眼,所以池水常满,很干净。这样的池塘按云南人的习惯应该叫做"龙潭"。龙潭里有鱼,鲫鱼。我们有时用自制的鱼竿来钓鱼。这里的鱼未经人钓过,很易上钩。坐在这样的人迹罕到的池边,仰看蓝天白云,俯视钓丝,不知身在何世。

东面是坟。昆明人家的坟前常有一方平地,大概是为了展拜用的。有的还有石桌石凳,可以坐坐。这里有一些矮柏树,到处都是蓝色的野菊花和报春花。这种野菊花非常顽强,连根拔起来养在一个破钵子里,可以开很长时间的花。这里后来成了美国兵开着吉普带了妓女来野合的场所。每到月白风清的夜晚,就可以听到公路上不断有吉普车的声音。美国兵野合,好像是有几个集中的地方的,并不到处撒野。他们不知怎么看中了这个地方。他们扔下了好多保险套,白花花的,到处都是。后来我们就不大来了。这个玩意,总是不那么雅观。

我们的生活很清简。教书、看书。打桥牌，聊大天。吃野菜、吃灰菜、野苋菜。还吃一种叫做豆壳虫的甲虫。我在小说《老鲁》里写的，都是真事。喔，我们还演过话剧，《雷雨》，师生合演。演周萍的叫王惠。这位老兄一到了台上简直是晕头转向。他站错了地位，导演着急，在布景后面叫他："王惠，你过来！"他以为是提词，就在台上大声嚷嚷："你过来！"弄得同台的演员莫名其妙。他忘了词，无缘无故在台上大喊："鲁贵！"我演鲁贵，心说：坏了，曹禺的剧本里没有这一段呀！没法子，只好上去，没话找话："大少爷，您明儿到矿上去，给您预备点什么早点？煮几个鸡蛋吧！"他总算明白过来了："好，随便，煮鸡蛋！去吧！"

生活清贫，大家倒没有什么灾病。王惠得了一次破伤风，——打篮球碰破了皮，感染了。有一个姓董的同学和另一个同学搭一辆空卡车进城。那个同学坐在驾驶仓里，他靠在卡车后面的挡板上，挡板的铁闩松开了，他摔了下去，等找到他的时候，坏了，他不会说中国话了，只会说英语，而且只有两句："I am cold, I am hungry"（我冷，我饿）。翻来覆去，说个不停。这二位都治好了。我们那时都年轻，很皮实，不太容易被疾病打倒。

炮仗响了。日本投降那天，昆明到处放炮仗，昆明人就把抗战胜利叫做"炮仗响了"。这成了昆明人计算时间的标记，如："那会炮仗还没响"，"这是炮仗响了之后一个月的事情"。大后方的人纷纷忙着"复员"，我们的同学也有的联系汽车，计划着"青春作伴好还乡"。有些因为种种原因，一时回不去，不免有点悾悾惶惶。有人抄了一首唐诗贴在墙上：

> 故园东望路漫漫，
> 双袖龙钟泪不干。
> 马上相逢无纸笔，
> 凭君传语报平安。

诗很对景，但是心情其实并不那样酸楚。昆明的天气这样好，有什么理由急于离开呢？这座中学后来迁到篆塘到大观楼之间的白马庙，我在白马庙又接着教了一年，到一九四六年八月，才走。

觅我游踪五十年[1]

将去云南,临走前的晚上,写了三首旧体诗。怕到了那里,有朋友叫写字,临时想不出合适的词句。一九八七年去云南,一路写了不少字,平地抠饼,现想词儿,深以为苦。其中一首是:

羁旅天南久未还,故乡无此好湖山。
长堤柳色浓如许,觅我游踪五十年。

我在西南联大读书时,曾两度租了房子住在校外。一度在若园巷二号,一度在民强巷五号一位姓王的老先生家的东屋。民强巷五号的大门上刻着一副对联:

圣代即今多雨露
故乡无此好湖山

---

[1] 本篇原载《女声》1991年第八期。

我每天进出，都要看到这副对子。印象很深。这副对联是集句。上联我到现在还没有查到出处①，意思我也不喜欢。我们在昆明的时候，算什么"圣代"呢！下联是苏东坡的诗。王老先生原籍大概不是昆明，这里只是他的寓庐。他在门上刻了这样的对联，是借前人旧句，抒自己情怀。我在昆明呆了七年。除了高邮、北京，在这里的时间最长，按居留次序说，昆明是我的第二故乡。少年羁旅，想走也走不开，并不真的是因为留恋湖山，写诗（应是偷诗）时不得不那样说而已。但是，昆明的湖山是很可留恋的。

　　我在民强巷时的生活，真是落拓到了极点。一贫如洗。我们交给房东的房租只是象征性的一点，而且常常拖欠。昆明有些人家也真是怪，愿意把闲房租给穷大学生住，不计较房租。这似乎是出于对知识的怜惜心理。白天，无所事事，看书，或者搬一个小板凳，坐在廊檐下胡思乱想。有时看到庭前寂然的海棠树有一小枝轻轻地弹动，知道是一只小鸟离枝飞去了。或是无目的地到处游逛，联大的学生称这种游逛为Wandering。晚上，写作，记录一些印象、感觉、思绪，片片段段，近似A·纪德的《地粮》。毛笔，用晋人小楷，写在自己订成的一个很大的白绵纸本子上。这种习作是不准备发表的，也没有地方发表。不停地抽烟，扔得满地都是烟蒂。有

---

① "圣代即今多雨露"出自高适《送李少府贬峡中，王少府贬长沙》。此诗最末两句为"圣代即今多雨露，暂时分手莫踌躇。"——编者注

时烟抽完了，就在地下找找，拣起较长的烟蒂，点了火再抽两口。睡得很晚。没有床，我就睡在一个高高的条几上，这条几也就是一尺多宽。被窝的里面都已不知去向，只剩下一条棉絮。我无论冬夏，都是拥絮而眠。条几临窗，窗外是隔壁邻居的鸭圈，每天都到这些鸭子呷呷叫起来，天已薄亮时，才睡。有时没钱吃饭，就坚卧不起，同学朱德熙见我到十一点多钟还没有露面，——我每天都要到他那里聊一会的，就夹了一本字典来，叫："起来，去吃饭！"把字典卖掉，吃了饭，Wandering，或到"英国花园"（英国领事馆的花园）的草地上躺着，看天上的云，说一些"没有两片树叶长在一个空间"之类的虚无缥缈的胡话。

有一次替一个小报约稿，去看闻一多先生，闻先生看了我的颓废的精神状态，把我痛斥了一顿。我对他的参与政治活动也不以为然，直率地提出了意见。回来后，我给他写了一封短信，说他对我俯冲了一通。闻先生回信说："你也对我高射了一通。今天晚上你不要出去，我来看你。"当天，闻先生来看了我。他那天说了什么，我已经不记得了。看了我，他就去闻家驷先生家了，——闻家驷先生也住在民强巷。闻先生是很喜欢我的。

若园巷二号的房东是一个上了年纪的寡妇，她没有儿女，只和一个又像养女又像使女的女孩子同住楼下的正屋，其余两进房屋都租给联大学生。我和王道乾同住一屋，他当时正在读蓝波的诗，写波特莱尔式的小散文，用粉笔到处画普希金的侧面头像，把宝珠梨切成小块用线穿成一串喂养果蝇。后来到了

◇西南联大期间。左起：李荣、汪曾祺、朱德熙

法国，在法国入了党，成了专译马克思主义文艺理论的翻译家。他的转折，我一直不了解。若园巷的房客还有何炳棣、吴讷孙，他们现在都在美国，是美籍华人了，一个是历史学家，一个是美学和美术史专家。有一年春节，吴讷孙写了一副春联，贴在大门上：

人斗南唐金叶子

街飞北宋闹蛾儿

这副对联很有点富贵气,字也写得很好。闹蛾儿自然是没有的,昆明过年也只是放鞭炮。"金叶子"是指扑克牌。联大师生打桥牌成风,这位 Nelson 先生就是一个桥牌迷。吴讷孙写了一本反映联大生活的长篇小说《未央歌》,在台湾多次再版。一九八七年我在美国见到他,他送了我一本。

若园巷二号院里有一棵很大的缅桂花(即白兰花)树,枝叶繁茂,坐在屋里,人面一绿。花时,香出巷外。房东老太太隔两三天就搭了短梯,叫那个女孩子爬上去,摘下很多半开的花苞,裹在绿叶里,拿到花市上去卖。她怕我们乱摘她的花,就主动用白磁盘码了一盘花,洒一点清水,给各屋送去。这些缅桂花,我们大都转送了出去。曾给萧珊、王树藏送了两次。今萧珊、树藏都已去世多年,思之怅怅。

我们这次到昆明,当天就要到玉溪去,哪里也顾不上去看看,只和冯牧陪凌力去找了找逼死坡。路,我还认得,从青莲街上去,拐个弯就是。一九三九年,我到昆明考大学,在青莲街的同济大学附中寄住过。青莲街是一个相当陡的坡,原来铺的是麻石板;急雨时雨水从五华山奔泻而下,经陡坡注入翠湖,水流石上,哗哗作响,很有气势。现在改成了沥青路面。昆明城里再找一条麻石板路,大概没有了。逼死坡还是那样。路边立有一碑:"明永历帝殉国处",我记得以前是没有的,大概是后来立的。凌力将写南明历史,自然要来看看遗迹。我无感触,只想起坡下原来有一家铺子卖核桃糖，装在一个玻璃匣子里，很好吃，也很便宜。

我们一行的目标是滇西，原以为回昆明后可以到处走走，不想到了玉溪第二天就崴了脚，脚上敷了草药，缠了绷带，拄杖跛行了瑞丽、芒市、保山等地，人很累了。脚伤未愈，来访客人又多，懒得行动。翠湖近在咫尺，也没有进去，只在宾馆门前，眺望了几回。

即目可见的景物品，一是湖中的多孔石桥，一是近西岸的圆圆的小岛。

这座桥架在纵贯翠湖的通路上，是我们往来市区必经的。我在昆明七年，在这座桥上走过多少次，真是无法计算了。我记得这条通路的两侧原来是有很高大的柳树的。人行路上，柳条拂肩，溶溶柳色，似乎透入体内。我诗中所说"长堤柳色浓如许"，主要即指的是这条通路上的垂柳。柳树是有的，但是似乎颇矮小，也稀疏，想来是重栽的了。

那座圆形的小岛，实是个半岛，对面是有小径通到陆上的。我曾在一个月夜和两个女同学到岛上去玩。岛上别无景点，平常极少游客，夜间更是阒无一人，十分安静。不料幽赏未已，来了一队警备司令部的巡逻兵，一个班长，把我们骂了一顿："半夜三更，你们到这点来整哪样？你们呐校长，就是这样教育你们呐！"语气非常粗野。这不但是煞风景，而且身为男子，受到这样的侮辱，却还不出一句话来，实在是窝囊。我送她们回南院（女生宿舍），一路沉默。这两个女学生现在大概都已经当了祖母,她们大概已经不记得那晚上的事了。隔岸看小岛,杂树蓊郁,还似当年。

本想陪凌力去看看莲花池,传说这是陈圆圆自沉的地方。凌力要到图书馆去抄资料,听说莲花池已经没有水(一说有水,但很小),我就没有单独去的兴致。

《滇池》编辑部的三位同志来看我,再三问我想到哪里看看,我说脚疼,哪里也不想去。他们最后建议:有一个花鸟市场,不远,乘车去,一会就到,去看看。盛情难却,去了。看了出售的花、鸟、猫、松鼠、小猴子、新旧银器……我问:"这条街原来是什么街?"——"甬道街"。甬道街!我太熟了,我告诉他们,这里原来有一家馆子,鸡㙡做得很好,昆明人想吃鸡㙡,都上这家来。这家饭馆还有个特点,用大锅熬了一锅苦菜汤,苦菜汤是不收钱的,可以用大碗自己去舀。现在已经看不出痕迹了。

甬道街的隔壁,是文明街,过去都叫"文明新街"。一眼就看出来,两边的店铺都是两层楼木结构,楼上临街是栏杆,里面是隔扇。这些房子竟还没有坏!文明新街是卖旧货的地方。街两边都是旧货摊。一到晚上,点了电石灯,满街都是电石臭气。什么旧货都有,玛瑙翡翠、铜佛瓷瓶、破铜烂铁。沿街浏览,蹲下来挑选问价,也是个乐趣。我们有个同班的四川同学,姓李,家里寄来一件棉袍,他从邮局取出来,拆开包裹线,到了文明街,把棉袍搭在胳臂上:"哪个要这件棉袍!"当时就卖掉了,伙同几个同学,吃喝了一顿。街右有几家旧书店，收集中外古今旧书。联大学生常来光顾，买书，也卖书。最吃香的是工具书。有一个同学，发现一家旧书店收购《辞源》的收价，比订价要高不少。出街口往西不远，就是商务印书馆。这位老兄于是到商务印书馆以原价买出一套崭新的《辞源》，拿到旧书店卖掉。文明街有三家磁器店，都是桐城人开的。昆明的操磁器业者多为桐城帮。朱德熙的丈人家所开的磁器店即在街的南头。德熙婚后，我常随他到他丈人家去玩，和孔敬（德熙的夫人）到后面仓库里去挑好玩的小酒壶、小花瓶。桐城人请客，每个菜都带汤，谓之"水碗"，桐城人说："我们吃菜，就是这样汤汤水水的。"美国在广岛扔了原子弹后，一天，有两个美国兵来买磁器，德熙伏在柜台上和他们谈了一会。这两个美国兵一定很奇怪：磁器店怎么会有一个能说英语的伙计，而且还懂原子物理！

这文明街为文庙西街，再西，即为正义路。这条路我走过多次，现在也还认得出来。

我十九岁到昆明，今年七十一岁，说游踪五十年，是不错的。但我这次并没有去寻觅。朋友建议我到民强巷和若园巷看看，已经到了跟前，不知道为什么，我不怎么想去。

昆明我还是要来的！昆明是可依恋的。当然，可依恋的不止是五十年前的旧迹。

记住：下次再到云南，不要崴脚！

一九九一年五月十一日，北京

七载云烟[1]

天地一瞬

我在云南住过七年，1939—1946。准确地说，只能说在昆明住了七年。昆明以外，最远只到过呈贡，还有滇池边一片沙滩极美、柳树浓密的叫做斗南村的地方，连富民都没有去过。后期在黄土坡、白马庙各住过年把二年，这只能算是郊区。到过金殿、黑龙潭、大观楼，都只是去游逛，当日来回。我们经常活动的地方是市内。市内又以正义路及其旁出的几条横街为主。正义路北起华山南路，南至金马碧鸡牌坊，当时是昆明的贯通南北的干线，又是市中心所在。我们到南屏大戏院去看电影，——演的都是美国片子。更多的时间是无目的地闲走，闲看。

我们去逛书店。当时书店都是开架售书，可以自己抽出书

---

[1] 本篇原载《中国作家》1994年第四期。

一

七载云烟

汪曾祺

天池一瞬

我在云南共进七年，1939——1946。准确地说，我都是在昆明住了七年。昆明以外，最远只到过呈贡，还有滇池边一片沙滩极美柳树潇洒的叫做"海南村"的地方，连富民都没有去过。长期在黄土坡、白马庙去住过车家壁二年，这只能算是郊区。到过金殿、黑龙潭、大观楼，都只是去游逛，当日来回。我们经常活动的地方是市内。市内又以正义路及其东西的几条横街为主。正义路北起华山南路，南至金马碧鸡牌坊，当时是昆明市交通南北的干线，又是市中心所在。我们到南屏大戏院去看电影，演的都是美国片子。更多的时间是无目的的闲走，闲看。

我们去逛书店。当时书店都是开架售书，可以自己把书抽来看。有时穷大学生会靠在柜台

◇《七载云烟》手稿

◇ 1997年初汪曾祺在云南

来看。有的穷大学生会靠在柜台一边,看一本书,一看两三个小时。

逛裱画店。昆明几乎家家都有钱南园的写得四方四正的颜字对联。还有一个吴忠荩老先生写的极其流利但用笔扁如竹篾的行书四扇屏。慰情聊胜无,看看也是享受。

武成路后街有两家做锡箔的作坊。我每次经过,都要停下来看做锡箔的师傅在一个木墩上垫了很厚的粗草纸,草纸间衬了锡片,用一柄很大的木槌,使劲夯砸那一垛草纸。师傅浑身是汗,于是锡箔就槌成了。没有人愿意陪我欣赏这种槌锡箔艺术,他们都以为:"这有什么看头!"

逛茶叶店。茶叶店有什么逛头?有!华山西路有一家茶叶店,一壁挂了一副嵌在镜框里的米南宫体的小对联。字写得好,联语尤好:

> 静对古碑临黑女
> 闲吟绝句比红儿

我觉得这对得很巧,但至今不知道这是谁的句子。尤其使我不明白的,是这家茶叶店为什么要挂这样一副对子?

我们每天经过,随时往来的地方,还是大西门一带。大西门里的文林街,大西门外的凤翥街、龙翔街。"凤翥"、"龙翔",不知道是哪位擅于辞藻的文人起下的富丽堂皇的街名,其实这只是两条丁字形的小小的横竖街。街虽小,人却多,气味浓稠。这是来往滇西的马锅头卸货、装货、喝酒、吃饭、抽鸦片、睡女人的地方。我们在街上很难"深入"这种生活的里层,只能切切实实地体会到:这是生活!我们在街上闲看。看卖木柴的,卖木炭的,卖粗瓷碗、卖砂锅的,并且常常为一点细节感动不已。

但是我生活得最久,接受影响最深,使我成为这样一个人,这样一个作家,——不是另一种作家的地方,是西南联大,新校舍。

骑了毛驴考大学

> 万里长征,
>
> 辞却了五朝宫阙。
>
> 暂驻足,
>
> 衡山湘水,
>
> 又成离别。
>
> 绝徼移栽桢干质,
>
> 九州遍洒黎元血。
>
> 尽笳吹弦诵在山城,
>
> 情弥切……
>
> ——西南联大校歌

日寇侵华,平津沦陷,北大、清华、南开被迫南迁,组成一个大学,在长沙暂住,名为"临时大学"。后迁云南,改名"国立西南联合大学",简称"西南联大"。这是一座战时的,临时性的大学,但却是一个产生天才,影响深远,可以彪炳于世界大学之林,与牛津、剑桥、哈佛、耶鲁平列而无愧色的,窳陋而辉煌的,奇迹一样的,"空前绝后"的大学。喔,我的母校,我的西南联大!

像蜜蜂寻找蜜源一样飞向昆明的大学生,大概有几条路径。

一条是陆路。三校部分同学组成"西南旅行团",由长沙出发,走向大西南。一路夜宿晓行,埋锅造饭,过的完全是军旅生活。他们的"著装"是短衣，打绑腿，布条编的草鞋，背负薄薄的一卷行李，行李卷上横置一把红油纸伞，有点像后来的大串联的红卫兵。除了摆渡过河外，全是徒步。自长沙至昆明，全程三千五百里，算得是一个壮举。旅行团有部分教授参加，闻一多先生就是其中之一。闻先生一路画了不少铅笔速写。其时闻先生已经把胡子留起来了，——闻先生曾发愿：抗战不胜，誓不剃须！

另一路是海程。由天津或上海搭乘怡和或太古轮船，经香港，到越南海防，然后坐滇越铁路火车，由老街入境，至昆明。

有意思的是，轮船上开饭，除了白米饭之外，还有一箩高粱米饭。这是给东北学生预备的。吃高粱米饭，就咸鱼、小虾，可以使"我的家在东北松花江上"的流亡学生得到一点安慰，这种举措很有人情味。

我们在上海就听到滇越路有瘴气，易得恶性疟疾，沿路的水不能喝，于是带了好多瓶矿泉水。当时的矿泉水是从法国进口的，很贵。

没有想到恶性疟疾照顾上了我！到了昆明，就发了病，高烧超过四十度，进了医院，医生就给我打了强心针（我还跟护士开玩笑，问"要不要写遗书？"）。用的药是606，我赶快声明：我没有生梅毒！

出了院，晕晕惚惚地参加了全国统一招生考试。上帝保佑，竟以第一志愿被录取，我当时真是像做梦一样。

当时到昆明来考大学的，取道各有不同。

有一位历史系姓刘的同学是自己挑了一担行李,从家乡河南一步一步走来的。这人的样子完全是一个农民,说话乡音极重,而且四年不改。

有一位姓应的物理系的同学,是在西康买了一头毛驴,一路骑到昆明来的。此人精瘦,外号"黑鬼",宁波人。

这样一些莘莘学子,不远千里,从四面八方奔到昆明来,考入西南联大,他们来干什么,寻找什么?

大部分同学是来寻找真理,寻找智慧的。

也有些没有明确目的,糊里糊涂的。我在报考申请书上填了西南联大,只是听说这三座大学,尤其是北大的学风是很自由的,学生上课、考试,都很随便,可以吊儿郎当。我就是冲着吊儿郎当来的。

我寻找什么?

寻找潇洒。

斯是陋室

西南联大的校舍很分散,很多处是借用昆明原有的房屋、学校、祠堂。自建的,集中,成片的校舍叫"新校舍"。

新校舍大门南向,进了大门是一条南北大路。这条路是土路,下雨天滑不留足,摔倒的人很多。这条土路把新校舍划分成东西两区。

西边是学生宿舍。土墙,草顶。土墙上开了几个方洞,方洞上竖了几根不去皮的树棍，便是窗户。挨着土墙排了一列双人木床，一边十张，一间宿舍可住四十人，桌椅是没有的。两个装肥皂的大箱摞起来，既是书桌，也是衣柜。昆明不知道哪里来的那么多肥皂箱，很便宜，男生女生多数都有这样一笔"财产"。有的同学在同一宿舍中一住四年不挪窝，也有占了一个床位却不来住的。有的不是这个大学的，却住在这里。有一位，姓曹，是同济大学的，学的是机械工程，可是他从来不到同济大学去上课，却从早到晚趴在木箱上写小说。有些同学成天在一起，乐数晨夕，堪称知己。也有老死不相往来，几乎等于不认识的。我和那位姓刘的历史系同学就是这样，我们俩同睡一张木床，他住上铺，我住下铺，却很少见面。他是个很守规矩，很用功的人，每天按时作息。我是个夜猫子，每天在系图书馆看一夜书，到天亮才回宿舍。等我回屋就寝时，他已经在校园树下苦读英文了。

大路的东侧，是大图书馆。这是新校舍惟一的一座瓦顶的建筑。每天一早，就有人等在门外"抢图书馆"，——抢位置，抢指定参考书。大图书馆藏书不少，但指定参考书总是不够用的。

每月月初要在这里开一次"国民精神总动员月会"，简称"国民月会"。把图书馆大门关上，钉了两面交叉的党国旗，便是会场。所谓月会，就是由学校的负责人讲一通话。讲的次数最多的是梅贻琦，他当时是主持日常校务的校长（北大校长蒋梦麟、南开校长张伯苓）。梅先生相貌清癯，人很严肃，但讲话有时很幽默。有一个时期昆明闹霍乱，梅先生告诫学生不要在外面乱吃，说："有同学说'我在外面乱吃了好多次，也没有得一次霍乱'，同学们！这种事情是不能有第二次的。"

更东，是教室区。土墙，铁皮屋顶（涂了绿漆）。下起雨来，铁皮屋顶被雨点打得乒乒乓乓地响，让人想起王禹偁的《黄冈竹楼记》。

这些教室方向不同，大小不一，里面放了一些一边有一块平板，可以在上面记笔记的木椅，都是本色，不漆油漆。木椅的设计可能还是从美国传来的，我在爱荷华、耶鲁都看见过。这种椅子的好处是不固定，可以从这个教室到那个教室任意搬来搬去。吴宓（雨僧）先生讲《红楼梦》，一看下面有女生还站着，就放下手杖，到别的教室去搬椅子。于是一些男同学就也赶紧到别的教室去搬椅子。到宝姐姐、林妹妹都坐下了，吴先生才开始讲。

这样的陋室之中，却培养了很多优秀的人才。

联大五十周年校庆时，校友从各地纷纷返校。一位从国外赶回来的老同学（是个男生），进了大门就跪在地下放声大哭。

前几年我重回昆明，到新校舍旧址（现在是云南师范大学）看了看，全都变了样，什么都没有了，只有东北角还保存了一间铁皮屋顶的教室，也岌岌可危了。

不衫不履

联大师生服装各异，但似乎又有一种比较一致的风格。

女生的衣着是比较整洁的。有的有几件华贵的衣服,那是少数军阀商人的小姐。但是她们也只是参加 Party 时才穿,上课时不会穿得花里胡哨的。一般女生都是一身阴丹士林旗袍,上身套一件红毛衣。低年级的女生爱穿"工裤",——劳动布的长裤,上面有两条很宽的带子,白色或浅花的衬衫。这大概本是北京的女中学生流行的服装,这种风气被贝满等校的女生带到昆明来了。

男同学原来有些西装革履,裤线笔直的,也有穿麂皮夹克的,后来就日渐少了,绝大多数是蓝布衫,长裤。几年下来,衣服破旧,就想各种办法"弥补",如贴一张橡皮膏之类。有人裤子破了洞,不会补,也无针线,就找一根麻筋,把破洞结了一个疙瘩。这样的疙瘩名士不止一人。

教授的衣服也多残破了。闻一多先生有一个时期穿了一件一个亲戚送给他的灰色夹袍,式样早就过时,领子很高,袖子很窄。朱自清先生的大衣破得不能再穿,就买了一件云南赶马人穿的深蓝氆氇的一口钟(大概就是彝族察尔瓦)披在身上,远看有点像一个侠客。有一个女生从南院(女生宿舍)到新校舍去,天已经黑了,路上没有人,她听到后面有梯里突鲁的脚步声,以为是坏人追了上来,很紧张,回头一看,是化学教授曾昭抡。他穿了一双空前(露着脚趾)绝后鞋(后跟烂了,提不起来,只能半趿着),因此发出梯里突鲁的声音。

联大师生破衣烂衫,却每天孜孜不倦地做学问,真是穷且益坚,不坠青云之志,这种精神,人天可感。

当时"下海"的，也有。有的学生跑仰光、腊戍，趸卖"玻璃丝袜"、"旁氏口红"；有一个华侨同学在南屏街开了一家很大的咖啡馆，那是极少数。

采　薇

大学生大都爱吃，食欲很旺，有两个钱都吃掉了。

初到昆明，带来的盘缠尚未用尽，有些同学和家乡邮汇尚通，不时可以得到接济，一到星期天就出去到处吃馆子。汽锅鸡、过桥米线、新亚饭店的过油肘子、东月楼的锅贴乌鱼、映时春的油淋鸡、小西门马家牛肉馆的牛肉、厚德福的铁锅蛋、松鹤楼的乳腐肉、"三六九"（一家上海面馆）的大排骨面，全都吃了一个遍。

钱逐渐用完了，吃不了大馆子，就只能到米线店里吃米线、饵块。当时米线的浇头很多，有焖鸡（其实只是酱油煮的小方块瘦肉，不是鸡）、爨肉（即肉末，音川，云南人不知道为什么爱写这样一个笔画繁多的怪字）、鳝鱼、叶子（油炸肉皮煮软，有的地方叫"响皮"，有的地方叫"假鱼肚"）。米线上桌，都加很多辣椒，——"要解馋，辣加咸"。如果不吃辣，进门就得跟堂倌说："免红！"

到连吃米线、饵块的钱也没有的时候，便只有老老实实到新校舍吃大食堂的"伙食"。饭是"八宝饭"，通红的糙米，里面有砂子、木屑、老鼠屎。菜，偶尔有一碗回锅肉、炒猪血（云南谓之"旺子"），常备的菜是盐水煮芸豆，还有一种叫"魔芋豆腐"的紫灰色的，烂糊糊的淡而无味的奇怪东西。有一位姓郑的同学告诫同学：饭后不可张嘴——恐怕飞出只鸟来！

　　1944年，我在黄土坡一个中学教了两个学期。这个中学是联大同学办的，没有固定经费，薪水很少，到后来连一点极少的薪水也发不出来，校长（也是同学）只能设法弄一点米来，让教员能吃上饭。菜，对不起，想不出办法。学校周围有很多野菜，我们就吃野菜。校工老鲁是我们的技术指导。老鲁是山东人，原是个老兵，照他说，可吃的野菜简直太多了，但我们吃得最多的是野苋菜（比园种的家苋菜味浓）、灰菜（云南叫做灰藋菜，"藋"字见于《庄子》，是个很古的字），还有一种样子像一根鸡毛掸子的扫帚苗。野菜吃得我们真有些面有菜色了。

　　有一个时期附近小山下柏树林里飞来很多硬壳昆虫，黑色，形状略似金龟子。老鲁说这叫豆壳虫，是可以吃的，好吃！他捉了一些，撕去硬翅，在锅里干爆了，撒了一点花椒盐，就起酒来。在他的示范下，我们也爆了一盘，闭着眼睛尝了尝，果然好吃。有点像盐爆虾，而且有一股柏树叶的清香，——这种昆虫只吃柏树叶，别的树叶不吃。于是我们有了就酒的酒菜和下饭的荤菜。这玩意多得很，一会儿的工夫就能捉一大瓶。

　　要写一写我在昆明吃过的东西，可以写一大本，撮其大要写了一首打油诗。怕读者看不明白，加了一些注解，诗曰：

重升肆里陶杯绿[①],

饵块摊头炭火红[②]。

正义路边养正气[③],

小西门外试撩青[④]。

人间至味干巴菌[⑤],

世上馋人大学生。

尚有灰藋堪漫吃[⑥],

[①] 昆明的白酒分市酒和升酒。市酒是普通白酒,升酒大概是用市酒再蒸一次,谓之"玫瑰重升",似乎有点玫瑰香气。昆明酒店都是盛在绿陶的小碗里,一碗可盛二小两。

[②] 饵块分两种,都是米面蒸熟了的。一种状如小枕头,可做汤饵块、炒饵块。一种是椭圆的饼,犹如鞋底,在炭火上烤得发泡,一面用竹片涂了芝麻酱、花生酱、甜酱油、油辣子,对合而食之,谓之"烧饵块"。

[③] 汽锅鸡以正义路牌楼旁一家最好。这家无字号,只有一块匾,上书大字:"培养正气",昆明人想吃汽锅鸡,就说:"我们今天去培养一下正气。"

[④] 小西门马家牛肉极好。牛肉是蒸或煮熟的,不卖炒菜,分部位,如"冷片"、"汤片"……有的名称很奇怪,如大筋(牛鞭)、"领肝"(牛肚)。最特别的是"撩青"(牛舌),牛的舌头可不是撩青草的么?但非懂行人会觉得这很费解。"撩青"很好吃。

[⑤] 昆明菌子种类甚多,如"鸡㙡",这是菌中之王。但有一点我至今不明白它为什么只在白蚁窝上长"牛肝菌"(色如牛肝,生时熟后都像牛肝,有小毒,不可多吃,且须加大量的蒜,否则会昏倒。有个女同学吃多了牛肝菌,竟至休克)。"青头菌",菌盖青绿,菌丝白色,味较清雅。味道最为隽永深长,不可名状的是干巴菌。这东西中吃不中看,颜色紫褐,不成模样,简直像一堆牛屎,里面又夹杂了一些松毛、杂草。可是收拾干净了,撕成蟹腿状的小片,加青辣椒同炒,一箸入口,酒兴顿涨,饭量猛开。这真是人间至味!

[⑥] "藋"字云南读平声。

更循柏叶捉昆虫。

一半光阴付苦茶

昆明的大学生（男生）不坐茶馆的大概没有。不可一日无此君，有人一天不喝茶就难受。有人一天喝到晚，可称为"茶仙"。茶仙大抵有两派。一派是固定茶座。有一位姓陆的研究生，每天在一家茶馆里喝三遍茶，早，午，晚。他的牙刷、毛巾、洗脸盆就放这家茶馆里，一起来就上茶馆。另一派是流动茶客。有一姓朱的，也是研究生，他爱到处溜，腿累了就走进一家茶馆，坐下喝一气茶。全市的茶馆他都喝遍了。他不但熟悉每一家茶馆，并且知道附近哪是公共厕所，喝足了茶可以小便，不至被尿憋死。

关于喝茶，我写过一篇《泡茶馆》，已经发表过，写得相当详细，不再重复，有诗为证：

水厄囊空亦可赊[1]，
枯肠三碗嗑葵花[2]。
昆明七载成何事？
一半光阴付苦茶。

---

[1] 我们和凤翥街几家茶馆很熟，不但喝茶，吃芙蓉糕可以欠账，甚至可以向老板借钱去看电影。

[2] 茶馆常有女孩子来卖炒葵花子，绕桌轻唤："瓜子瓜，瓜子瓜。"

水流云在

  云南人对联大学生很好,我们对云南、对昆明也很有感情。我们为云南做了一些什么事,留下一点什么?

  有些联大师生为云南做了一些有益的实事,比如地质系师生完成了《云南矿产普查报告》,生物系师生写出了《中国植物志·云南卷》的长编初稿。其他还有多少科研成果,我不大知道,我不是搞科研的。

  比较明显的,普遍的影响是在教育方面。联大学生在中学兼课的很多,连闻一多先生都在中学教过国文,这对昆明中学生学业成绩的提高,是有很大作用的。

  更重要的是使昆明学生接受了民主思想,呼吸到独立思考,学术自由的空气,使他们为学为人都比较开放,比较新鲜活泼。这是精神方面的东西,是抽象的,是一种气质,一种格调,难于确指,但是这种影响确实存在。如云如水,水流云在。

一九九四年二月十五日

北京与坝上

冬天的树[1]

冬天的树

冬天的树,伸出细细的枝子,像一阵淡紫色的烟雾。

冬天的树,像一些铜板蚀刻。

冬天的树,简练,清楚。

冬天的树,现出了它的全身。

冬天的树,落尽了所有的叶子,为了不受风的摇撼。

冬天的树,轻轻地,轻轻地呼吸着,树梢隐隐地起伏。

冬天的树在静静地思索。

(这是冬天了,今年真不算冷。空气有点潮湿起来,怕是要下一场小雨了吧。)

冬天的树,已经出了一些比米粒还小的芽苞,裹在黑色的鞘壳里,偷偷地露出一点娇红。

---

[1] 本篇原载《人民文学》1957年第三期。

冬天的树，很快就会吐出一朵一朵透明的，嫩绿的新叶，像一朵一朵火焰，飘动在天空中。

很快，就会满树都是繁华的，丰盛的浓密的绿叶，在丽日和风之中，兴高采烈，大声地喧哗。

标　语

游行过去了。已经有多少天了？……

下午一点钟游行，现在，可以走了。把墨水瓶盖起来，椅子推到桌子底下，摸一摸钥匙，走。立刻，这个城市变了样子。人走到街上来，变成了队伍。沉静、平稳的，然而凝炼的，湍急的队伍。人们从自己身上感觉到别人的紧张的肌肉和饱满的肺，从别人的眼睛里看到自己的发光的眼睛。于是，队伍密集起来，汇总起来，成了一片海。海的力量，海的声音，震动着全城的扩音器和收音机的喇叭，哗啦，哗啦……

一直到晚上，人们才回来，在暮色中，在每天在一定的时候亮起来的路灯底下，一群一群，一阵一阵，走在马路边上，带着没有消散的兴奋和卷得整整齐齐的旗子……

游行过去了……

现在，这里是日常生活。人来，人往。公共汽车斜驶过来，轻巧地进了站。冰糖葫芦。邮筒。鲜花厂的玻璃上结着水气，一朵红花清晰地突现出来，从恍惚的绿影的后面。狐皮大衣，铜鼓。炒栗子的香气。十二月上午的阳光……

但是有标语。标语留下来，标语贴在墙上，贴在日常生活里面。标语一天一天地变得更加切实，更加深刻：

我们坚决支援埃及人民。

公共汽车

去年，在公共汽车上，我的孩子问我："小驴子有舅舅吗？"他在路上看到一只小驴子；他自己的舅舅前两天刚从桂林来，开了几天会，又走了。

今年，在公共汽车上，我的孩子告诉我："这是洒水车，这是载重汽年，这是老雕车……我会画大卡车。我们托儿所有个小朋友，他画得棒极了，他什么都会画，他……"

我的孩子跟我说了不止一次了："我长大了开公共汽车！"我想了一想，我没有意见。不过，这一来，每次上公共汽车，我就只好更得顺着他了。从前，一上公共汽车，我总是向后面看看，要是有座位，能坐一会也好嘛。他可不，一上来就往前面钻。钻到前面干什么呢？站在那里看司机叔叔开汽车。起先他问我为什么前面那个表旁边有两个扣子大的小灯，一个红的，一个黄的？为什么亮了——又慢慢地灭了？我以为他发生兴趣的也就是这两个小灯；后来，我发现并不是的，他对那两个小灯已经颇为冷淡了，但还是一样一上车就急忙往前面钻，站在那里看。我知道吸引住他的早就已经不是小红灯小黄灯，是人开汽车。我们曾经因为意见不同而发生过不愉快。有一两次因为我不很了解，没有尊重他的愿望，一上车就抱着他到后面去坐下了，及至发觉，则已经来不及了，前面已经堵得严严的，怎么也挤不过去了。于是他跟我吵了一路。"我说上前面，你定要到后面来！"——"你没有说呀！"——"我说了！我说了！"——他是没有说，不过他在心里是说了。"现在去也不行啦，这么多人！"——"刚才没有人！刚才没有人！"这以后，我就尊重他了，甭想再坐了。但是我"从思想里明确起来"，则还在他宣布了他的志愿以后。从此，一上车，我就立刻往右拐，几乎已经成了本能，简直比他还积极。有时前面人多，我也带着他往前挤："劳驾，劳驾，我们这孩子，唉！要看开汽车，咳……"

开公共汽车，这实在也不坏。

开公共汽车，这是一桩复杂的，艰巨的工作。开公共汽车，这不是开普通的汽车。你知道，北京的公共汽车有多挤。在公共汽车上工作，这是对付人的工作，不是对付机器。

在北京的公共汽车上工作的，开车的，售票的，绝大部分是一些有本事的，精干的人。我看过很多司机，很多售票员。有一些，确乎是不好的。我看过一个面色苍白的，萎弱的售票员，他几乎一早上出车时就打不起精神来。他含含糊糊地，口齿不清地报着站名，吃力地点着钱，划着票；眼睛看也不看，带着淡淡的怨气呻吟着："不下车的往后面走走，下面等车的人很多……"也有的司机，在车子到站，上客下客的时候就休息起来，或者看他手上的表，驾驶台后面的事他满不关心。但是我看过很多精力旺盛的，机敏灵活的，不疲倦的售票员。我看到过一个长着浅浅的兜腮胡子和一对乌黑的大眼睛的角色，他在最挤的一趟车快要到达终点站的时候还是声若洪钟。一付配在最大的演出会上报幕的真正漂亮的嗓子。大声地说了那么多话而能一点不声嘶力竭，气急败坏，这不只是个嗓子的问题。我看到过一个家伙，他每次都能在一定的地方，用一定的速度报告下车之后到什么地方该换乘什么车，他的声音是比较固定的，但是保持着自然的语调高低，咬字准确清楚，没有像有些售票员一样把许多字音吃了，并且因为把两个字音搭起来变成一种特殊的声调，没有变成一种过分职业化的有点油气的说白，没有把这个工作变成一种仅具形式的玩弄——而且，每一次他都是恰好把最后一句话说完，车也就到了站，他就在最后一个字的尾音里拉开了车门，顺势弹跳下车。我看见过一个总是高高兴兴而又精细认真的小伙子。那是夏天，他穿一件背心，已经完全汗湿了而且弄得颇有点污脏了，但是他还是笑嘻嘻的。我看见他很亲切地请一位乘客起来，让一位怀孕的女同志坐，而那位女同志不坐，说她再有两站就下车了。"坐两站也好嘛！"她竟然坚持不坐，于是他只好无可奈何地笑一笑；车上的人也都很同情他的笑，包括那位刚刚站起来的乘客，这个座位终于只是空着，尽管车上并不是不挤。车上的人这时想到的不是自己要不要坐下，而是想的另外一类的事情。有那样的售票员，在看见有孕妇、老人、孩子上车的时候也说一声："劳驾来，给孕妇、抱小孩的让个座吧！"说完了他就不管了。甚至有的说过了还急忙离孕妇老人远一点,躲开抱着孩子的母亲向他看着的眼睛,他怕真给找起座位来麻烦,怕遇到蛮横的乘客惹起争吵,他没有诚心,在困难面前退却了。他不。对于他所提出的给孕妇、老人、孩子让座的请求是不会有人拒绝,不会不乐意的,因为他确是在关心着老人、孕妇和孩子,不只是履行职务,他是要想尽办法使他们安全,使他们比较舒适的,不只是说两句话。他找起座位来总是比较顺利,用不了多少时候,所以耽误不了别的事。这不是很奇怪么?是的,了解一个人的品德并不很难,只要看看他的眼睛。我看见,在车里人比较少一点的时候,在他把票都卖完了的时候,他和一个学生模样的女孩子在闲谈,好像谈她的姨妈怎么怎么的,看起来,这女孩子是他一个邻居。而,当车快到站的时候,他立刻很自然地结束了谈话,扬声报告所到的站名和转乘车辆的路线,打开车门,稳健而灵活地跳下去。我看见,他的背心上印着字:一九五五年北京市公共汽车公司模范售票员;底下还有一个号码,很抱歉,我把它忘了。当时我是记住的,我以为我不会忘,可是我把它忘了。我对记数目字太没有本领了——是225?是不是?现在是六点一刻,他就要交班了。他到了家,洗一个澡,一定会换一身干干净净的,雪白的衬衫,还会去看一场电影。会的,他很愉快,他不感到十分疲倦。是和谁呢?是刚才车上那个女孩子么?这小伙子有一副招人喜欢的体态:文雅。多么漂亮,多有出息的小伙子!祝你幸福……

我看到过一个司机。就是跟那个苍白的,疲乏的售票员在一辆车上的司机。这是一个沉默寡言的,冷静的人,有四十多岁,一张瘦瘦的黑黑的脸,脸上没有什么表情。这个人,车是开得好的;在路上遇到什么人乱跑或者前面的自行车把不住方向,情况颇为紧急时,从不大惊小怪,不使得一车的人都急忙伸出头来往外看,也不大声呵斥骑车行路的人。这个人,一到站,就站起来,转身向后,偶尔也伸出手来指点一下:"那位穿蓝制服的,你要到西单才下车,请你往后走走。拿皮包的那位同志,请你偏过身子来,让这位老太太下车。车下有一个孕妇,坐专座的同志,请你站起来。往后走,往后走,后面还有地方,还可以再往后走。"很奇怪,车上的人就在他的这样的简单的,平淡的话的指挥之下,变得服服贴贴,很有秩序。他从来不呼吁,不请求,不道"劳驾",不说"上下班的时候,人多,大家挤挤!""大礼拜六的,谁不想早点回家呀,挤挤,挤挤,多上一个好一个!""外边下着雨,互相多照顾照顾吧,都上来了最好!""上不来了!后边车就来啦!我不愿意多上几个呀!我愿意都上来才好哩,也得挤得下呀!"他不说这些!这个人身上有一种奇特的东西,那就是:坚定、自信。我看了看车上钉着的"公共汽车司机售票员守则",有一条,是"负责疏导乘客","疏导",这两个字是谁想出来的?这实在很好,这用在他身上是再恰当也没有了。于此可见,语言,是得要从生活里来的。我再看看"公约","公约"的第一条是:"热爱乘客。"我想了想,像他这样,是"热爱"么?我想,是的,是热爱,这样的冷静,坚定,也是热爱,正如同那225号的小伙子的开朗的笑容是热爱一样……

　　人，是有各色各样的人的。

　　……我的孩子长大了要开公共汽车，我没有意见。

一九五六年十二月

下水道和孩子[1]

　　修下水道了。最初,孩子们不知道是怎么一回事,只看见一辆一辆的大汽车开过来,卸下一车一车的石子,鸡蛋大的石子,杏核大的石子,还有沙,温柔的,干净的沙。堆起来,堆起来,堆成一座一座山,把原来的一个空场子变得完全不认得了。(他们曾经在这里踢毽子,放风筝,在草窝里找那么尖头的绿蚱蜢——飞起来露出桃红色的翅膜,格格格地响,北京人叫做"卦大扁"……)原来挺立在场子中间的一棵小枣树只露出了一个头,像是掉到地底下去了。最后,来了一个一个巨大的,大得简直可以当做房子住的水泥筒子。这些水泥筒子有多重啊,它是那么滚圆的,可是放在地下一动都不动。孩子最初只是怯生生地,远远地看着。他们只好走一条新的,弯弯曲曲的小路进出了,不能从场子里的任何方向横穿过去了。没有几天,他们就习惯了。他们觉得这样很好。他们有时要故

---

[1] 本篇原载《诗刊》1957年第三期。

意到沙堆的边上去踩一脚,在滚落下来的石子上站一站。后来,从有一天起,他们就跑到这些山上去玩起来。这倒不只是因为在这些山旁边只有一个老是披着一件黄布面子的羊皮大衣的人在那里看着,并且总是很温和地微笑着看着他们,问他姓什么,住在哪一个门里,而是因为他们对这些石子和沙都熟悉了。他们知道这是可以上去玩的,这一点不会有什么妨碍。哦,他们站得多高呀,许多东西看起来都是另外一个样子了。他们看见了许多肩膀和头顶,看见头顶上那些旋。他们看见马拉着车子的时候脖子上的鬃毛怎样一耸一耸地动。他们看见王国俊家的房顶上的瓦楞里嵌着一个皮球。(王国俊跟他爸爸搬到新北京去了,前天他们在东安市场还看见过的哩。)他们隔着墙看见他们的妈妈往绳子上晒衣服,看见妈妈的手,看见……终于,有一天,他们跑到这些大圆筒里来玩了。他们在里面穿来穿去,发现、寻找着各种不同的路径。这是桥孔啊,涵洞啊,隧道啊,是地道战啊……他们有时伸出一个黑黑的脑袋来,喊叫一声,又隐没了。他们从薄暗中爬出来,爬到圆筒的顶上来奔跳。最初,他们从一个圆筒上跳到一个圆筒上,要等两只脚一齐站稳,然后再往另一个上面跳,现在,他们连续地跳着,他们的脚和身体已经习惯了这样的弧形的坡面,习惯了这样的运动的节拍,他们在上面飞一般地跳跃着……

(多给孩子们写一点神奇的,惊险的故事吧。)

他们跑着,跳着,他们的心开张着。他们也常常跑到那条已经掘得很深的大沟旁边,挨着木栏,看那些奇奇怪怪的木架子,看在黑洞洞的沟底活动着的工人,看他们穿着长过膝盖的胶皮靴子从里面爬上来,看他们吃东西,吃得那样一大口一大口的,吃得那样香。夜晚,他们看见沟边点起一盏一盏斜角形的红灯。他们知道,这些灯要一直在那里亮着,一直到很深很深的夜里,发着红红的光。他们会很久很久都记得这些灯……

孩子们跑着,跳着,在圆筒上面,在圆筒里面。忽然,有一个孩子在心里惊呼起来:"我已经顶到筒子顶了,我没有踮脚!"啊,不知不觉的,这些孩子都长高了!真快呀,孩子!而,这些大圆筒子也一个一个地安到深深的沟里去了,孩子们还来得及看到它们的浅灰色的脊背,整整齐齐地,长长地连成了一串,工人叔叔正往沟里填土。

现在,场子里又空了,又是一个新的场子,还是那棵小枣树,挺立着,摇动着枝条。

不久,沟填平了,又是平平的,宽广的,特别平,特别宽的路。但是,孩子们确定地知道,这下面,是下水道。

国子监[①]

《北京文艺》叫我写一写国子监。我到国子监去逛了一趟,不得要领。从首都图书馆抱了几十本书回来,看了几天,看得眼花气闷,而所得不多。后来,我去找了一个"老"朋友聊了两个晚上,倒像是明白了不少事情。我这朋友世代在国子监当差,"侍候"过翁同龢、陆润庠、王垿等祭酒,给新科状元打过"状元及第"的旗,国子监生人,今年七十三岁,姓董。

国子监,就是从前的大学。

这个地方原先是什么样子,没法知道了(也许是一片荒郊)。立为国子监,是在元代迁都北城以后,至元二十四年(1288),距今约已近七百年。

元代的遗迹,已经难于查考。给这段时间作证的,有两棵老树,一棵槐树,一棵柏树。一在彝伦堂前,一在大成殿阶

[①] 本篇原载《北京文艺》1957年三月号。

下。据说，这都是元朝的第一任国立大学校长——国子监祭酒许衡手植的。柏树至今仍颇顽健，老干横枝，婆娑弄碧，看样子还能再活个几百年。那棵槐树，约有北方常用二号洗衣绿盆粗细，稀稀疏疏的披着几根细瘦的枝条，干枯僵直，全无一点血气，已经老得不成样子了，很难断定它是否还活着。——它老早就已经死过一次，死了几十年，有一年不知道怎么又活了。这是乾隆年间的事，这年正赶上是慈宁太后的六十"万寿"，嗬，这是大喜事！于是皇上、大臣，赋诗作记，还给老槐树画了像，全都刻在石头上，着实地热闹了一通。这些石碑，至今犹在。

国子监是学校，除了一些大树，和石碑之外，主要的是一些作为大学校舍的建筑。这些建筑的规模大概是明朝的永乐所创建的（大体依据洪武帝在南京所创立的国子监，而规模似不如原来之大），清朝又改建或修改过。就中修建最多的，是那位站在大清帝国极盛的峰顶，喜武功亦好文事的乾隆。

一进国子监的大门——集贤门，是一个黄色琉璃牌楼。牌楼之里是一座十分庞大华丽的建筑，这就是辟雍。这是国子监最中心，最突出的一个建筑。这就是乾隆所创建的。辟雍者，天子之学也。天子之学，到底该是个什么样子，从汉朝以来就众说纷纭，谁也闹不清楚。照现在看起来，是在平地上开出一个正圆的池子，当中留出一块四方的陆地，上面盖起一座十分宏大的四方的大殿，重檐，有两层廊柱，盖黄色琉璃瓦，安一个巨大的镏金顶子，梁柱檐饰，皆朱漆描金，透刻敷彩，看起来像一顶大花轿子似的。辟雍殿四面开门，可以洞启。池上围以白石栏杆,四面有石桥通达。这样的格局是有许多讲究的,这里不必说它。辟雍,是乾隆以前的皇帝就想到要建筑一个的,但都因为没有水而作罢了。(据说天子之学必得有水!)到了乾隆,气魄果然是要大些,认为"北京为天下都会,教化所先也,大典缺如,非所以崇儒重道,古与稽而今与居也"(《御制国学新建辟雍园水工成碑记》)。没有水,那有什么关系?!下令打了四口井,从井里把水汲上来,从暗道里注入,通过四个龙头(螭首),喷到白石砌就的水池里,于是石池中涵空照影,泛着潋滟的波光了。二八月里,祀孔释奠之后,他来了,前面钟楼里撞钟,鼓楼里擂鼓,殿前四个大香炉里烧着檀香,他走入讲台,坐上宝座,讲《大学》或《孝经》一章,叫王公大臣和国子监的学生跪在石池的桥边听着,这个盛典,叫做"临雍"。

这"临雍"的盛典,道光嘉庆年间,似乎还举行过,到了光绪,据我那朋友老董说,就根本没有这档子事了。大殿里一年难得打扫两回,月牙河(老董管辟雍殿四边的池子叫做四个"月牙河")里整年是干的,只有在夏天大雨之后,各处的雨水一齐奔到这里面来。这水是死水,那光景是不难想像的。

然而辟雍殿确实是个美丽的,独特的建筑。北京的有名的建筑,除了天安门、天坛祈年殿那个蓝色的圆顶、九梁十八柱的角楼,应该数到这顶四方的大花轿。

辟雍之后,正面一间大厅,是彝伦堂,是校长——监酒和教务长——司业办公的地方。此外有"四厅六堂",敬一亭,东厢西厢。四厅是教职员办公室。六堂本来应该是教室,但清朝另于国子监斜对门盖了一些房子作为学生住宿进修之所,叫做"南学"(北方戏文动辄说"一到南学去攻书",指的即是这个地方),六堂作为考场时似更多些。学生的月考、季考在此举行,每科的乡会试也要先在这里考一天,然后才能到贡院下场。

六堂之中原来排列着一套世界上最重的书,这书一页有三四尺宽,七八尺长,一尺许厚,重不知几千斤。这是一套石刻的十三经,是一个老书生蒋衡一手写出来的。据老董说,这是他默出来的!他把这套书献给皇帝,皇帝接受了,刻在国子监中,作为重要的装点。这皇帝,就是高宗纯皇帝乾隆陛下。

国子监碑刻甚多,数量最多的,便是蒋衡所写的经。著名的,旧称有赵松雪临写的"黄庭"、"乐毅","兰亭定武本",颜鲁公"争座位",这几块碑不晓得现在还在不在,我这回未暇查考。不过我觉得最有意思,最值得一看的,是明太祖训示太学生的一通敕谕,这是值得写在胡适的《白话文学史》里面去的杰作:

> 恁学生每听着:先前那宋讷做祭酒呵,学规好生严肃,秀才每循规蹈矩,都肯向学,所以教出来的个个中用,朝廷好生得人。后来他善终了,以礼送他回乡安葬,沿路上著有司官祭他。
>
> 近年著那老秀才每做祭酒呵,他每都怀著异心,不肯教

诲,把宋讷的学规都改坏了,所以生徒全不务学,用著他呵,好生坏事。

如今著那年纪小的秀才官人每来署学事,他定的学规,怎每当依著行。敢有抗拒不服,撒泼皮,违犯学规的,若祭酒来奏著怎呵,都不饶!全家发向烟瘴地面去,或充军,或充吏,或做首领官。

今后学规严紧,若有无籍之徒,敢有似前贴没头帖子,诽谤师长的,许诸人出首,或绑缚将来,赏大银两个。若先前贴了票子,有知道的,或出首,或绑缚将来呵,也一般赏他大银两个。将那犯人凌迟了,枭令在监前,全家抄没,人口发往烟瘴地面。钦此!

这里面有一个血淋淋的故事:明太祖为了要"人才",对于办学校非常热心。他的办学的政策只有一个字:严。他所委任的第一任国子监祭酒宋讷,就秉承他的意旨,订出许多规条。待学生非常的残酷,学生可有饿死吊死的。学生受不了这样的迫害和饥饿,曾经闹过两次学潮。第二次学潮起事的是学生赵麟,出了一张壁报(没头帖子)。太祖闻知,龙颜大怒,把赵麟杀了,并在国子监立一长竿,把他的脑袋挂在上面示众(照明太祖的语言,是"枭令")。隔了十年,他还忘不了这件事,有一天又召集全体教职员和学生训话。碑上所刻,就是训话的原文。

这些本来是发生在南京国子监的事,怎么北京的国子监也有这么一块碑呢？想必是永乐皇帝觉得他老大人的这通话训得十分精彩，应该垂之久远，所以特在北京又刻了一个复本。是的，这值得一看。他的这篇白话训词比其历朝皇帝的"崇儒重道"之类的话都要真实得多，有力得多。

这块碑在国子监仪门外侧右手，很容易找到。碑分上下两截，下截是对工役膳夫的规矩，那更不得了："打五十竹篦"！"处斩"！"割了脚筋"！……

历代皇帝虽然都似乎颇为重视国子监，不断地订立了许多学规，但是不知道为什么，国子监出的人才并不是那样的多。《戴斗夜谈》一书中已说北京人把国子监打入"十可笑"之列：

> 京师相传有十可笑：光禄寺茶汤，太医院药方，神乐观祈禳，武库司刀枪，营缮司作场，养济院衣粮，教坊司婆娘，都察院宪纲，国子监学堂，翰林院文章。

国子监的课业历来似颇为稀松。学生主要的功课是读书、写字、作文。国子监学生——监生的肄业、待遇情况各时期都有变革。到清朝末叶据老董说，是每隔六日作一次文，每一年转堂（升级）一次，六年毕业，学生每月领助学金（膏火）八两。学生毕业之后，大都分发作为县级干部，或为县长（知县）副县长（县丞），或为教育科长（训导）。另外还有一种特殊的用途，是调到中央去写字。（清朝有一个时期光禄寺的面袋都是国子监学生的仿纸做的!)从明朝起就有调国子监善书学生去抄录"实录"的例。明朝的一部大丛书《永乐大典》,清朝的一部更大的丛书《四库全书》的底稿,那里面的端正严谨(也毫无个性)的馆阁体楷书,原来有些就是国子监的高材生的手笔。这种工作,叫做"在誊录上行走"。

国子监监生的身分不十分为人所看重。从明景帝开生员纳粟纳马入监之例以后,国子监的门槛就低了。迩后捐监之风大开,监生就更不值钱了。

国子监是个清高的学府,国子监祭酒是个清贵的官员——京官中,四品而掌印的,只有这么一个。作祭酒的,生活实在颇为清闲,每月只逢六逢一上班,去了之后,当差的在门口喝一声短道,沏上一碗盖碗茶,他到彝伦堂上坐了一阵,给学生出出题目,看看卷子;初一、十五带着学生上大成殿磕头,此外简直没有什么事情。清朝时他们还有两桩特殊任务,一是每年十月初一,率领属官到午门去祗领来年的黄历;一是遇到日蚀、月蚀,穿了素服到礼部和太常寺去"救护",但领黄历一年只一次,日蚀、月蚀,更是难得碰到的事。戴璐《藤阴杂记》说此官"清简恬静",这几个字是下得很恰当的。

但是一般作官的似乎都对这个差事不大发生兴趣。朝廷似乎也知道这种心理,所以除了特殊例外,祭酒不上三年就会迁调。这是为什么?因为这个差事没有油水。

查清朝的旧例,祭酒每月的俸银是一百零五两,一年一千二百六十两;外加办公费每月三两,一年三十六两,加在

北京与坝上　193

一起,实在不算多。国子监一没人打官司告状,二没有盐税河工可以承揽,没有什么外快。但是毕竟能够养住上上下下的堂官皂役的,赖有一宗相当稳定的银子,这就是每年捐监的手续费——

据朋友老董说,纳监的监生除了要向吏部交一笔钱,领取一张"护照"外,还需向国子监交钱领"监照"——就是大学毕业证书。照例一张监照,交银一两七钱。国子监旧例,积银二百八十两,算一个"字",按"千字文"数,有一个字算一个字,平均每年约收入五百字上下。我算了算,每年国子监收入的监照银约有十四万两,即每年有八十二三万不经过入学和考试只花钱向国家买证书而取得大学毕业资格——监生的人。这就怪不得《玉堂春》里春锦丫头私通的是一位监生,"定县秧歌"《借女吊孝》里的舅舅也是一位监生,原来这是一种比乌鸦还要多的东西!这十四万两银子照国家规定是不上缴的,由国子监官吏皂役按份摊分,祭酒每一"字"分十两,那么一年约可收入五千银子,比他的正薪要多得多。其余司业以下各有差。据老董说,连他一个"字"也分五钱八分,一年也从这一项上收入二百八九十两银子!

老董说,国子监还有许多定例。比如,像他,是典籍厅的刷印匠,管给学生"做卷"——印制作文用的红格本子,这事包给了他,每月例领十三两银子。他父亲在时还会这宗手艺,到他时则根本没有学过,只是到大栅栏口买一刀毛边纸,拿到琉璃厂找铺子去印,成本共花三两,剩下十两,是他的。所以,老董说，那年头，手里的钱花不清——烩鸭条才一吊四百钱一卖！至于那几位"堂皂"，就更不得了了！单是每科给应考的举子包"枪手"（这事值得专写一文），就是一笔大财。那时候，当差的都兴喝黄酒，街头巷尾都是黄酒馆，跟茶馆似的，就是专为当差的预备着的。所以，像国子监的差事也都是世袭。这是一宗产业，可以卖，也可以顶出去！

老董的记性极好，我的复述倘无错误，这实在是一宗未见载录的珍贵史料。我所以不惮其烦的缕写出来，用意是在告诉比我更年轻的人，封建时代的经济、财政、人事制度，是一个多么古怪的东西！

国子监的隔壁，是孔庙——先师庙，这叫做"左庙右学"，是历来的制度。其实这不能说是隔壁，因为当中是通着的。

孔庙主要的建筑是大成殿。大成殿里供着一些牌位，最大的一个是"至圣先师"，另外还有"四配"——颜（回）、曾（参）、（子）思、孟（轲），殿下的两庑则供着七十二贤和经过皇上批准的历代的儒臣。

大成殿经常是空闲着的，除了初一十五祭酒率领员生来跪拜一趟之外，一年只春秋大祭热闹两回。老董说：到时候（二八月第一个逢丁的日子的前一日），太常寺发来三十头牛，三十二口猪，一对鹿，四个小兔子，点验之后，洗剥了，先入库——旧例，由大兴县供应几十担冰，把汤猪汤牛全都冰在库房里，到了夜里十二点，喝令一声"上牲"！这就供起来。

孔夫子面前有一头整牛，一口整猪，都放在一个大木槽子里。七十二贤面前则是几个碟子，供点子牛肉片、猪肉片、鹿肉兔肉片，还有点子芹菜、榛子……到了后半夜，都上齐了，皇上照例要派一个人来检查一下，叫做"视迨豆"。他这一走，庙里的庙户（看孔庙的工役叫庙户）马上就拿刀，整块的拉牛肉，整块的拉猪油。到了第二天清早，皇上来祭祀了，那整猪、整牛就剩下一张空皮了，当中弄点子筷子什么的支着。皇上来了，奏乐，磕头！他哪儿会瞧得出来，猪啦牛啦的都是个空架子啊！

听说当贤人圣人，常常得吃冷猪肉。若照老董说起来，原来冷猪肉也是吃不着的，只有猪肉皮可以啃！从前不管多么庄重隆重的礼节，背后原来都是一塌胡涂。

关于孔庙，我知道的，只这些。

国子监，现在已经作为首都图书馆的馆址。全部房屋，包括辟雍，都已经修饰一新。原来的六堂，是阅览室和书库（蒋衡写的十三经只好请到馆右夹道中落脚），原来的四厅大都作为图书馆的办公室，彝伦堂则是一个相当理想的展览馆。图书馆大体已经筹措就绪，专题研究室已经开放，几排长桌上已经坐了不少同志在安静地用功；其余各室，只等暖气装齐或气候稍暖，即可开放——首都图书馆的老底子是头发胡同的北京市图书馆，即原先的通俗图书馆——由于鲁迅先生的倡议而成立，鲁迅先生曾经襄赞其事、并捐赠过书籍的图书馆；前曾移在天坛，因为天坛地点逼仄，又挪到这里了。首都图书馆藏书除原头发胡同的和解放后新买的之外，主要为原来孔德学校和法文图书馆的藏书。就中最具特色,在国内搜藏较富的,是鼓词俗曲。

辟雍,那个华丽宏伟的大花轿,据图书馆馆长刘德元同志告诉我,将作为群众活动的场所,四边的台阶石桥上准备卖茶。月牙河内要放上水,水里置盆栽荷花,养金鱼,安水泵,使成活水。现在是冬天,但是我完全同意刘馆长的话,这在夏天是个十分清凉舒适的地方。茶馆如果开了,我一定来坐上半天,一边把我看过的几十本关于国子监的书和老董的话再温习一次,一边看看在槐树柏树之下来往行走的我的同一代的人。我要想想历史,想想我的亲爱的国家。

星期天[1]

海绵球拍

郊区公共汽车站是热闹的。因为这里的乘客是怀着更明确、更热切的目的的,所以比市区车站更充满着生气。

什么时候盖起了这样的候车的回廊?这真好。这样乘客可以不受雨淋日晒,而且这设计得真有巧思,这不太像是个候车的地方,倒更像是个游览的地方,这可以减少或冲淡乘客的焦急,使他们觉得生活更为轻快。感谢这位通达人情的工程师。

在回廊的短栏上坐着一个小伙子,他手里握着一个全新的海绵球拍。他不看别的候车的人,也不打算买一份报。他的眼睛里有点恍惚,他的握着球拍的手指轻微地但是强烈的在拨动,甚至他的肢体也在隐约地展缩着。(他的坐定的身躯里透露出

---

[1] 本篇原载《人民文学》1957年第七期。

无穷的姿态）很显然,他完全浸沉在乒乓球的音乐和诗意里了,幸福的年轻人!

现在是九点半钟。你一定是一清早就爬起来,带好了钱,跳上公共汽车,一进城,马上奔到百货大楼:"要一个海绵球拍!"你拿到球拍,心里剧烈地跳着,出了门,撕下包拍子的纸,你急切地要用你的手抓住这个拍子,一转身,立刻又赶到汽车站——你今天将要跟谁赛一场呢?你要怎样来试用你这只崭新的拍子呢?

我问你,你赞成王传耀还是赞成姜永宁?我还是喜欢姜永宁,因为……

竹壳热水壶

这是一个可以入画的鞋匠。

我有一次拿了一只孩子的鞋去找他。他不在,可是他的摊子在。他的摊子设在街道凹进去的一小块平地的南墙之下,旁边有一个自来水站——有时,他代管水站的龙头。他不在。他的摊子后面的墙上一边挂着一只鸟笼,一只黄雀正在里面剔羽;一边挂着一个小木牌,黄纸黑字,干净鲜明:"××制鞋生产合作社第×服务站"。这个小木牌一定是他亲手粘好,亲手挂上去的,否则不会这样的平妥端正,这样挂得是地方。丰子恺先生曾经画过一幅画,画的正是这样一个鞋匠,挑了一付担子,担子的一头是一个鸟笼,题目是:"他的家属"。

这是一幅人道主义的，看了使人悲哀的画。这个鞋匠叫人想起这幅画。但是这个鞋匠跟那个鞋匠不同，他是欢快的，他没有排解不去的忧愁。他没有在，他的摊子在。他的摊子，前面一箱子修好的鞋，放得整整齐齐的，后面一个马扎子。箱子上面压着一张字条：

  鞋匠回家吃饭去了，
  取鞋同志请自己捡出拿走。

  他不在，我坐在他的马扎子上掏出一根烟来抽——今天是星期天，请容许我有这点悠闲。
  过了一会，他来了。我把鞋拿给他看：
  "前面绽了线。"
  "踢球踢的！明天取。"
  "哎，不行，今天下午我要送他回托儿所！"
  他想了一想，说：
  "下午四点钟——过了四点我就不在了。"
  这双鞋现在还穿在我儿子的脚上。
  每次经过这里时我总要向他那里看看。
  我从电车里看出去。他正在忙碌着，带着他那有条有理，从容不迫的神态。他放下手里的工作，欠起身来，从箱子旁边拿起一个竹壳热水壶，非常欣慰地，满足地，把水沏在一把瓷壶里。感谢你啊，制造竹壳热水壶的同志，感谢你造出这样轻便，经济，而且越来越精致好看的日用品，你不知道你给了人多少快乐，你给了他的，同时又给了我的。感谢我们这个充满温情的社会。

托儿所的星期天

托儿所的星期天，充满了阳光和安静。秋千索子静静地垂着，跷跷板停留在半空中，一对白蝴蝶在攀登架上绕来绕去。大妈把孩子们的衣裳洗出来了，晾满了一条一条长长的绳子。刚晾上去不大一会儿，绳子上分量挺沉——真热闹，多少种颜色呀！远远听见一声一声摔打和破裂的声音，炊事员老王在伙房门前劈劈柴。小桥旁边的桃花开了……

小二班隔离室里，李淑琴阿姨正在守着二玲。二玲病了。李淑琴阿姨一早上就守在这里了。窗纱掩着，屋里光线暗暗的，一个捷克小闹钟唧唧地走着。李淑琴阿姨一边看着二玲，一边轻手轻脚地做着事情。李淑琴阿姨觉得，二玲的烧大概是退了。李淑琴阿姨看看二玲，二玲平平地贴在床上，深深深深地呼吸着，睡得又累又舒服。李淑琴阿姨轻轻地走过去，轻轻地但是实在地按了按二玲的额头：没问题，完全退尽了。李淑琴阿姨直起身来（她也像二玲那样呼吸着），轻轻地走出房门。一看到满地鲜亮、强烈的阳光，她忽然非常想洗一个头。

午门忆旧[1]

北京解放前夕，一九四八年夏天到一九四九年春天，我曾在午门的历史博物馆工作过一段时间。

午门是紫禁城总体建筑的一个重要的组成部分。这是故宫的正门，是真正的"宫门"。进了天安门、端门，这只是宫廷的"前奏"，进了午门，才算是进了宫。有午门，没有午门，是不大一样的。没有午门，进天安门、端门，直接看到三大殿，就太敞了，好像一件衣裳没有领子。有午门当中一隔，后面是什么，都瞧不见，这才显得宫里神秘庄严，深不可测。

午门的建筑是很特别的。下面是一个凹形的城台。城台上正面是一座九间重檐庑殿顶的城楼；左右有重檐的方亭四座。城楼和这四座正方的亭子之间，有廊庑相连属，稳重而不笨拙，玲珑而不纤巧，极有气派，俗称为"五凤楼"。在旧戏里，五凤楼成了皇宫的代称。《草桥关》里姚期唱道："到明天陪王伴

---

[1] 本篇原载《北京文学》1986年第五期。

驾在那五凤楼",《珠帘寨》里程敬思唱道:"为千岁懒登五凤楼",指的就是这里。实际上姚期和程敬思都是不会登上五凤楼的。楼不但大臣上不去,就是皇帝也很少上去。

午门有什么用呢?旧戏和评书里常有一句话:"推出午门斩首!"哪能呢!这是编戏编书的人想象出来的。午门的用处大概有这么三项:一是逢什么大典时,皇上登上城楼接见外国使节。曾见过一幅紫铜的版刻,刻的就是这一盛典。外国使节、满汉官员,分班肃立,极为隆重。是哪一位皇上,庆的是何节日,已经记不清了。其次是献俘。打了胜仗(一般都是镇压了少数民族),要把俘虏(当然不是俘虏的全部,只是代表性的人物)押解到京城来。献俘本来应该在太庙。《清会典·礼部》:"解送俘囚至京师,钦天监择日献俘于太庙社稷。"但据熟悉掌故的同志说,在午门。到时候皇上还要坐到城楼亲自过过目。究竟在哪里,余生也晚,未能亲历,只好存疑。第三,大概是午门最有历史意义,也最有戏剧性的故实,是在这里举行廷杖。廷杖,顾名思义,是在朝廷上受杖。不过把一位大臣按在太和殿上打屁股,也实在不大像样子,所以都在午门外举行。廷杖是对廷臣的酷刑。据朱国桢《涌幢小品》,廷杖始于唐玄宗时。但是盛行似在明代。原来不过是"意思意思"。《涌幢小品》说,"成化以前,凡廷杖者不去衣,用厚棉底衣,毛毡迭帊,示辱而已。"穿了厚棉裤,又垫着几层毡子,打起来想必不会太疼。但就这样也够呛,挨打以后,要"卧床数日,而后得愈"。"正德初年,逆瑾(刘瑾)用事,恶廷臣,始去衣。"——那就说脱了裤子,露出屁股挨打了。"遂有杖死者。"掌刑的是"厂卫"。明朝宦官掌握的特务机关有东厂、西厂,后来又有中行厂。廷杖在午门外举行,抡杖的该是中行厂的锦衣卫。五凤楼下,血肉横飞,是何景象?

不知从什么时候起,五凤楼就很少有人上去。"马道"的门锁着。民国以后,在这里设立了历史博物馆。据历史博物馆的老工友说,建馆后,曾经修缮过一次,从城楼的天花板上扫出了一些烧鸡骨头、荔枝壳和桂元壳。他们说,这是"飞贼"留下来的。北京的"飞贼"做了案,就到五凤楼天花板上藏着,谁也找不着——那倒是,谁能搜到这样的地方呢?老工友们说,"飞贼"用一根麻绳,一头系一个大铁钩,一甩麻绳,把铁钩搭在城垛子上,三把两把,就"就"上来了。这种情形,他们谁也不会见过,但是言之凿凿。这种燕子李三式的人物引起老工友们美丽的向往,因为他们都已经老了,而且有的已经半身不遂。

"历史博物馆"名目很大,但是没有多少藏品,东边的马道里有两尊"将军炮",是很大的铜炮,炮管有两丈多长。一尊叫做"武威将军炮",另一尊叫什么将军炮,忘了。据说张勋复辟时曾起用过两尊将军炮,有的老工友说他还听到过军令:"传武威将军炮!"传"××将军炮!"是谁传?张勋,还是张勋的对立面?说不清。马道拐角处有一架李大钊烈士就义的绞刑机。据说这架绞刑机是德国进口的,只用过一次。为什么要把这东西陈列在这里呢?我们在写说明卡片时,实在不知道如何下笔。

城楼（我们习惯叫做"正殿"）里保留了皇上的宝座。两边铁架子上挂着十多件袁世凯祭孔用的礼服，黑缎的面料，白领子，式样古怪，道袍不像道袍。这一套服装为什么陈列在这里，也莫名其妙。

四个方亭子陈列的都是没有多大价值、也不值什么钱的文物：不知道来历的墓志、烧瘫在"匣"里的钧窑瓷碗、清代的"黄册"（为征派赋役编造的户口册）、殿试的卷子、大臣的奏折……西北角一间亭子里陈列的东西却有点特别，是多种刑具。有两把杀人用的鬼头刀，都只有一尺多长。我这才知道，杀头不是用力把脑袋砍下来，而是用"巧劲"把脑袋"切"下来。最引人注意的是一套凌迟用的刀具，装在一个木匣里，有一二十把，大小不一。还有一把细长的锥子。据说受凌迟的人挨了很多刀，还不会死，最后要用这把锥子刺穿心脏，才会气绝。中国的剐刑搞得这样精细而科学，真是令人叹为观止。

整天和一些价值不大、不成系统的文物打交道，真正是"抱残守阙"。日子过得倒是蛮清闲的。白天检查检查仓库，更换更换说明卡片，翻翻资料，都是可做可不做的事情。下班后，到左掖门外筒子河边看看算卦的算卦，——河边有好几个卦摊；看人叉鱼，——叉鱼的沿河走，捏着鱼叉，欻地一叉下去，一条二尺来长的黑鱼就叉上来了。到了晚上，天安门、端门、左右掖门都关死了，我就到屋里看书。我住的宿舍在右掖门旁边，据说原是锦衣卫——就是执行廷杖的特务值宿的房子。

四外无声，异常安静。我有时走出房门，站在午门前的石头坪场上，仰看满天星斗，觉得全世界都是凉的，就我这里一点是热的。

北平一解放，我就告别了午门，参加四野南下工作团南下了。

从此就再也没有到午门去看过，不知道午门现在是什么样子。

有一件事可以记一记。解放前一天，我们正准备迎接解放，来了一个人，说："你们赶紧收拾收拾，我们还要办事呢！"他是想在午门上登基。这人是个疯子。

一九八六年一月九日

玉渊潭的传说[1]

玉渊潭公园范围很大。东接钓鱼台，西到三环路，北靠白堆子、马神庙，南通军事博物馆。这个公园的好处是自然，到现在为止，还不大像个公园，——将来可不敢说了。没有亭台楼阁、假山花圃。就是那么一片水，好些树。绕湖中有长堤，转一圈得一个多小时。湖中有堤，贯通南北，把玉渊潭分为西湖和东湖。西湖可游泳，东湖可划船。湖边有很多人钓鱼，湖里有人坐了汽车内胎扎成的筏子兜圈。堤上有人遛鸟。有两三处是鸟友们"会鸟"的地方。画眉、百灵，叫成一片。有人打拳、做鹤翔桩、跑步。更多的人是遛弯儿的。遛弯有几条路线，所见所闻不同。常遛的人都深有体会。有一位每天来遛的常客，以为从某处经某处，然后出玉渊潭，最有意思。他说："这个弯儿不错。"

每天遛弯儿，总可遇见几位老人。常见，面熟了，见到总

---

[1] 本篇原载《北京文学》1986年第五期。

要点点头:"遛遛?"——"吃啦?"——"今儿天不错——没风!"……

几位老人都已经八十上下了。他们是玉渊潭的老住户,有的已经住了几辈子。他们原来都是种地的,退休了。身子骨都挺硬朗。早晨,他们都绕长堤遛弯儿。白天,放放奶羊、莳弄莳弄巴掌大的一块菜地、摘一点喂鸡的猪儿草。晚饭后大都聚在湖北岸水闸旁边聊天。尤其是夏天,常常聊到很晚。这地方凉快。

我听他们聊,不免问问玉渊潭过去的事。

他们说玉渊潭原本是一片荒地,没有什么人来。只有每年秋天,热闹几天。城里很多人到玉渊潭来吃烤肉,——北京人不是讲究"贴秋膘"吗?各处架起烤肉炙子,烧着柴火,烤肉的香味顺风飘得老远……

秋高气爽,到野地里吃烤肉,瞧瞧湖水,闻着野花野草的清香,确实是一件乐事。我倒愿意这种风气能够恢复。不过,很难了!

老人们说:这玉渊潭原本是私人的产业,是张××的(他们把这个姓张的名字叫得很真凿,我曾经记住,后来忘了)。那会玉渊潭就是当中有一条陆地,种稻子。土肥水好,每年收成不错,玉渊潭一带的人,种的都是张家的地。

他们说:不但玉渊潭,由打阜成门,一直到现在的三环路,都是张××的,他一个人的。

(这可能么?)

这张××是怎么发的家呢？他是做"供"的。早年间北京人订供，不是一次给钱，而是分期给、按时给，从正月给到腊月，年底下就能捧回去一盘供。这张××收了很多家的钱，全花了。到了年根，要面没面，要油没油，拿什么给人家呀！他着急呀，睡不着觉。迷迷糊糊地，着了。做了一个梦。梦里听见有人跟他说：张××，哪儿哪儿有你的油，你的面，你去拉吧！他醒来，到了那儿，有一所房，里面有油，有面。他就赶着车往外拉。怎么拉也拉不完。怎么拉，也拉不完。起那儿，他就发了大财了！

这个传说当然不可信，情节也比较一般化。不过也还有点意思。从这个传说让我了解了几件事。

第一，北京人家过年，家家都要有一盘供。南方人也许不知道什么是"供"。供，就是面擀成指头粗的条，在油里炸透，蘸了蜂蜜，堆成宝塔形，供在神案上的一种甜食。这大概本来是佛教的敬奉释迦牟尼的东西，而且本来可能是庙里制作的。《红楼梦》第一回写葫芦庙中炸供，和尚不小心，油锅火逸，造成火灾，可为旁证。不过《红楼梦》写炸供是在三月十五，而北京人家摆供则在大年初一，季节不同。到后来，就不只是敬给释迦牟尼了，天上地下，各教神仙都有份。似乎一切神佛都爱吃甜东西。其实爱吃这种甜食的是孩子。北京的孩子大概都曾乘大人看不见的时候，偷偷地掰过供尖吃。到了撤供的时候，一盘供就会矮了一截。现在过年的时候，没有人家摆供了，不过点心铺里还有"蜜供"卖，只是不复堆成宝塔形，而是一疙瘩一块的。很甜，有一点蜜香。

　　第二，我这才知道，北京人家订供，用的是这种"分期付款"的办法。分期付款，我原以为是外国传来的，殊不知中国，北京，古已有之。所不同的，现在的分期付款是先取了东西，再陆续付钱，订供则是先钱后货。小户人家，到年底一次拿出一笔钱来办供，有些费劲，这样零揪着按月交钱，就轻松多了；做供的呢，也可以攒了本钱，从容备料。买主卖主，两得其便。这办法不错！

　　第三，这几位老人对这传说毫不怀疑。他们是当真事儿说的。他们说张××实有其人，他们说他就住在三环路的南边。他们说北京人有一句话："你有钱！——你有钱能比得了张××吗！"这几位老人都相信：人要发财，这是天意，这是命。因此，他们都顺天而知命，与世无争，不作非分之想。他们勤劳了一辈子，恬淡寡欲，心平气和。因此，他们都长寿。

一九八六年一月十三日

胡同文化[1]
——摄影艺术集《胡同之没》序

北京城像一块大豆腐,四方四正。城里有大街,有胡同。大街、胡同都是正南正北,正东正西。北京人的方位意识极强。过去拉洋车的,逢转弯处都高叫一声"东去!""西去!"以防碰着行人。老两口睡觉,老太太嫌老头子挤着她了,说"你往南边去一点。"这是外地少有的。街道如是斜的,就特别标明是斜街,如烟袋斜街、杨梅竹斜街。大街、胡同,把北京切成一个又一个方块。这种方正不但影响了北京人的生活,也影响了北京人的思想。

胡同原是蒙古语,据说原意是水井,未知确否。胡同的取名,有各种来源。有的是计数的,如东单三条、东四十条。有的原是皇家储存物件的地方,如皮库胡同、惜薪司胡同(存放柴炭的地方)。有的是这条胡同里曾住过一个有名的人物,如无量大人胡同、石老娘(老娘是接生婆)胡同。大雅宝胡同原

---

[1] 本篇原载不详,又载《中国文学》1993年10月创刊号。

名大哑巴胡同,大概胡同里曾住过一个哑巴。王皮胡同是因为有一个姓王的皮匠。王广福胡同原名王寡妇胡同。有的是某种行业集中的地方。手帕胡同大概是卖手帕的。羊肉胡同当初想必是卖羊肉的。有的胡同是像其形状的。高义伯胡同原名狗尾巴胡同。小羊宜宾胡同原名羊尾巴胡同。大概是因为这两条胡同的样子有点像羊尾巴、狗尾巴。有些胡同则不知道何所取义,如大绿纱帽胡同。

胡同有的很宽阔,如东总布胡同、铁狮子胡同。这些胡同两边大都是"宅门",到现在房屋都还挺整齐。有些胡同很小,如耳朵眼胡同。北京到底有多少胡同?北京人说:有名的胡同三千六,没名的胡同数不清。通常提起"胡同",多指的是小胡同。

胡同是贯通大街的网络。它距离闹市很近,打个酱油,约二斤鸡蛋什么的,很方便,但又似很远。这里没有车水马龙,总是安安静静的。偶尔有剃头挑子的"唤头"(像一个大镊子,用铁棒从当中擦过,便发出嗡的一声)、磨剪子磨刀的"惊闺"(十几个铁片穿成一串,摇动作声)、算命的盲人(现在早没有了)吹的短笛的声音。这些声音不但不显得喧闹,倒显得胡同里更加安静了。

胡同和四合院是一体。胡同两边是若干四合院连接起来的。胡同、四合院,是北京市民的居住方式,也是北京市民的文化形态。我们通常说北京的市民文化,就是指的胡同文化。胡同文化是北京文化的重要组成部分,即便不是最主要的部分。

胡同文化是一种封闭的文化。住在胡同里的居民大都安土重迁，不大愿意搬家。有在一个胡同里一住住几十年的，甚至有住了几辈子的。胡同里的房屋大都很旧了，"地根儿"房子就不太好，旧房檩，断砖墙。下雨天常是外面大下，屋里小下。一到下大雨，总可以听到房塌的声音，那是胡同里的房子。但是他们舍不得"挪窝儿"，——"破家值万贯"。

四合院是一个盒子。北京人理想的住家是"独门独院"。北京人也很讲究"处街坊"。"远亲不如近邻"。"街坊里道"的，谁家有点事，婚丧嫁娶，都得"随"一点"份子"，道个喜或道个恼，不这样就不合"礼数"。但是平常日子，过往不多，除了有的街坊是棋友，"杀"一盘；有的是酒友，到"大酒缸"（过去山西人开的酒铺，都没有桌子，在酒缸上放一块规成圆形的厚板以代酒桌）喝两"个"（大酒缸二两一杯，叫做"一个"）；或是鸟友，不约而同，各晃着鸟笼，到天坛城根、玉渊潭去"会鸟"（会鸟是把鸟笼挂在一处，既可让鸟互相学叫，也互相比赛），此外，"各人自扫门前雪，休管他人瓦上霜"。

北京人易于满足，他们对生活的物质要求不高。有窝头，就知足了。大腌萝卜，就不错。小酱萝卜，那还有什么说的。臭豆腐滴几滴香油，可以待姑奶奶。虾米皮熬白菜，嘿！我认识一个在国子监当过差，伺候过陆润庠、王垿等祭酒的老人，他说："哪儿也比不了北京。北京的熬白菜也比别处好吃，——五味神在北京"。五味神是什么神？我至今考查不出来。但是北京人的大白菜文化却是可以理解的。北京人每个人一辈子吃的大白菜摞起来大概有北海白塔那么高。

北京人爱瞧热闹,但是不爱管闲事。他们总是置身事外,冷眼旁观。北京是民主运动的策源地,"民国"以来,常有学生运动。北京人管学生运动叫做"闹学生"。学生示威游行,叫做"过学生"。与他们无关。

北京胡同文化的精义是"忍"。安分守己,逆来顺受。老舍《茶馆》里的王利发说:"我当了一辈子的顺民",是大部分北京市民的心态。

我的小说《八月骄阳》里写到"文化大革命",有这样一段对话:

"还有个章法没有?我可是当了一辈子安善良民,从来奉公守法。这会儿,全乱了。我这眼面前就跟'下黄土'似的,简直的。分不清东西南北了。"

"您多余操这份儿心。粮店还卖不卖棒子面?"

"卖!"

"还是的。有棒子面就行。……"

我们楼里有个小伙子,为一点事,打了开电梯的小姑娘一个嘴巴。我们都很生气,怎么可以打一个女孩子呢!我跟两个上了岁数的老北京(他们是"搬迁户",原来是住在胡同里的)说,大家应该主持正义,让小伙子当众向小姑娘认错,这二位同志说:"叫他认错?门儿也没有!忍着吧!——'穷忍着,富耐着,睡不着眯着！'""睡不着眯着"这话实在太精彩了！睡不着，别烦躁，别起急，眯着，北京人，真有你的！

  北京的胡同在衰败，没落。除了少数"宅门"还在那里挺着，大部分民居的房屋都已经很残破，有的地基柱础甚至已经下沉，只有多半截还露在地面上。有些四合院门外还保存已失原形的拴马桩、上马石，记录着失去的荣华。有打不上水来的井眼、磨圆了棱角的石头棋盘，供人凭吊。西风残照，衰草离披，满目荒凉，毫无生气。

  看看这些胡同的照片，不禁使人产生怀旧情绪，甚至有些伤感。但是这是无可奈何的事。在商品经济大潮的席卷之下，胡同和胡同文化总有一天会消失的。也许像西安的虾蟆陵，南京的乌衣巷，还会保留一两个名目，使人怅望低徊。

  再见吧，胡同。

一九九三年三月十五日

果园杂记[①]

涂 白

一个孩子问我:干嘛把树涂白了?

我从前也非常反对把树涂白了,以为很难看。

后来我到果园干了两年活,知道这是为了保护树木过冬。

把牛油、石灰在一个大铁锅里熬得稠稠的,这就是涂白剂。我们拿了棕刷,担了一桶一桶的涂白剂,给果树涂白。要涂得很仔细,特别是树皮有伤损的地方、坑坑洼洼的地方,要涂到,而且要涂得厚厚的,免得来年存留雨水,窝藏虫蚁。

涂白都是在冬日的晴天。男的、女的,穿了各种颜色的棉衣,在脱尽了树叶的果林里劳动着。大家的心情都很开朗,很高兴。

涂白是果园一年最后的农活了。涂完白,我们就很少到果

[①] 本篇原载《新观察》1980年第五期。

园里来了。这以后,雪就落下来了。果园一冬天埋在雪里。

从此,我就不反对涂白了。

粉　蝶

我曾经做梦一样在一片盛开的茼蒿花上看见成千上万的粉蝶——在我童年的时候。那么多的粉蝶,在深绿的蒿叶和金黄的花瓣上乱纷纷地飞着,看得我想叫,想把这些粉蝶放在嘴里嚼,我醉了。

后来我知道这是一场灾难。

我知道粉蝶是菜青虫变的。

菜青虫吃我们的圆白菜。那么多的菜青虫!而且它们的胃口那么好,食量那么大。它们贪婪地、迫不及待地、不停地吃,吃得菜地里沙沙地响。一上午的工夫,一地的圆白菜就叫它们咬得全是窟窿。

我们用DDT喷它们,使劲地喷它们。DDT的激流猛烈地射在菜青虫身上,它们滚了几滚,僵直了,扑的一声掉在了地上,我们的心里痛快极了。我们是很残忍的,充满了杀机。

但是粉蝶还是挺好看的。在散步的时候,草丛里飞着两个粉蝶,我现在还时常要停下来看它们半天。我也不反对国画家用它们来点缀画面。

波尔多液

　　喷了一夏天的波尔多液,我的所有的衬衫都变成浅蓝色的了。

　　硫酸铜、石灰,加一定比例的水,这就是波尔多液。波尔多液是很好看的,呈天蓝色。过去有一种浅蓝的阴丹士林布,就是那种颜色。这是一个果园的看家的农药,一年不知道要喷多少次。不喷波尔多液,就不成其为果园。波尔多液防病,能保证水果的丰收。果农都知道,喷波尔多液虽然费钱,却是划得来的。

　　这是个细致的活。把喷头绑在竹竿上,把药水压上去,喷在梨树叶子上、苹果树叶子上、葡萄叶子上。要喷得很均匀,不多,也不少。喷多了,药水的水珠糊成一片,挂不住,流了;喷少了,不管用。树叶的正面、反面都要喷到。这活不重,但是干完了,眼睛、脖颈,都是酸的。

　　我是个喷波尔多液的能手。大家叫我总结经验。我说:一、我干不了重活,这活我能胜任;二、我觉得这活有诗意。

　　为什么叫个"波尔多液"呢?——中国的老果农说这个外国名字已经说得很顺口了。这有个故事。

　　波尔多是法国的一个小城,出马铃薯。有一年,法国的马铃薯都得了晚疫病,——晚疫病很厉害,得了病的薯地像火烧过一样,只有波尔多的马铃薯却安然无恙。大伙捉摸,这是什么道理呢?原来波尔多城外有一个铜矿,有一条小河从矿里流出来,河床是石灰石的。这水蓝蓝的,是不能吃的,农民用它来浇地。莫非就是这条河,使波尔多的马铃薯不得疫病?

于是世界上就有了波尔多液。

中国的老农现在说这个法国名字也说得很顺口了。

去年,有一个朋友到法国去,我问他到过什么地方,他很得意地说:波尔多!

我也到过波尔多,在中国。

葡萄月令[1]

一月,下大雪。

雪静静地下着。果园一片白。听不到一点声音。

葡萄睡在铺着白雪的窖里。

二月里刮春风。

立春后,要刮四十八天"摆条风"。风摆动树的枝条,树醒了,忙忙地把汁液送到全身。树枝软了。树绿了。

雪化了,土地是黑的。

黑色的土地里,长出了茵陈蒿。碧绿。

葡萄出窖。

把葡萄窖一锹一锹挖开。挖下的土,堆在四面。葡萄藤露出来了,乌黑的。有的梢头已经绽开了芽苞,吐出指甲大的苍白的小叶。它已经等不及了。

---

[1] 本篇原载《安徽文学》1981年第十二期。

把葡萄藤拉出来,放在松松的湿土上。

不大一会,小叶就变了颜色,叶边发红;——又不大一会,绿了。

三月,葡萄上架。

先得备料。把立柱、横梁、小棍,槐木的、柳木的、杨木的、桦木的,按照树棵大小,分别堆放在旁边。立柱有汤碗口粗的、饭碗口粗的、茶杯口粗的。一棵大葡萄得用八根,十根,乃至十二根立柱。中等的,六根、四根。

先刨坑,竖柱。然后搭横梁,用粗铁丝摽紧。然后搭小棍,用细铁丝缚住。

然后,请葡萄上架。把在土里趴了一冬的老藤扛起来,得费一点劲。大的,得四五个人一起来。"起!——起!"哎,它起来了。把它放在葡萄架上,把枝条向三面伸开,像五个指头一样的伸开,扇面似的伸开。然后,用麻筋在小棍上固定住。葡萄藤舒舒展展,凉凉快快地在上面呆着。

上了架,就施肥。在葡萄根的后面,距主干一尺,挖一道半月形的沟,把大粪倒在里面。葡萄上大粪,不用稀释,就这样把原汁大粪倒下去。大棵的,得三四桶。小葡萄,一桶也就够了。

四月,浇水。

挖窖挖出的土,堆在四面,筑成垄,就成一个池子。池里放满了水。葡萄园里水气泱泱，沁人心肺。

葡萄喝起水来是惊人的。它真是在喝哎！葡萄藤的组织跟别的果树不一样，它里面是一根一根细小的导管。这一点，中国的古人早就发现了。《图经》云："根苗中空相通。圃人将货之，欲得厚利，暮溉其根，而晨朝水浸子中矣，故俗呼其苗为木通。""暮溉其根，而晨朝水浸子中矣"，是不对的。葡萄成熟了，就不能再浇水了。再浇，果粒就会涨破。"中空相通"却是很准确的。浇了水，不大一会，它就从根直吸到梢，简直是小孩嘬奶似的拼命往上嘬。浇过了水，你再回来看看吧：梢头切断过的破口，就嗒嗒地往下滴水了。

是一种什么力量使葡萄拼命地往上吸水呢？

施了肥，浇了水，葡萄就使劲抽条、长叶子。真快！原来是几根根枯藤，几天功夫，就变成青枝绿叶的一大片。

五月，浇水，喷药，打梢，掐须。

葡萄一年不知道要喝多少水，别的果树都不这样。别的果树都是刨一个"树碗"，往里浇几担水就得了，没有像它这样的："漫灌"，整池子的喝。

喷波尔多液。从抽条长叶，一直到坐果成熟，不知道要喷多少次。喷了波尔多液，太阳一晒，葡萄叶子就都变成蓝的了。

葡萄抽条，丝毫不知节制，它简直是瞎长！几天功夫，就抽出好长的一节的新条。这样长法还行呀，还结不结果呀？因此，过几天就得给它打一次条。葡萄打条，也用不着什么技巧，是个人就能干，拿起树剪，劈劈啪啪，把新抽出来的一截都给它铰了就得了。一铰，一地的长着新叶的条。

葡萄的卷须，在它还是野生的时候是有用的，好攀附在别的什么树木上。现在，已经有人给它好好地固定在架上了，就一点用也没有了。卷须这东西最耗养分，——凡是作物，都是优先把养分输送到顶端，因此，长出来就给它掐了，长出来就给它掐了。

葡萄的卷须有一点淡淡的甜味。这东西如果腌成咸菜，大概不难吃。

五月中下旬，果树开花了。果园，美极了。梨树开花了，苹果树开花了，葡萄也开花了。

都说梨花像雪，其实苹果花才像雪。雪是厚重的，不是透明的。梨花像什么呢？——梨花的瓣子是月亮做的。

有人说葡萄不开花，哪能呢？只是葡萄花很小，颜色淡黄微绿，不钻进葡萄架是看不出的。而且它开花期很短。很快，就结出了绿豆大的葡萄粒。

六月，浇水、喷药、打条、掐须。

葡萄粒长了一点了，一颗一颗，像绿玻璃料做的纽子。硬的。

葡萄不招虫。葡萄会生病，所以要经常喷波尔多液。但是它不像桃，桃有桃食心虫；梨，梨有梨食心虫。葡萄不用疏虫果。——果园每年疏虫果是要费很多工的。虫果没有用，黑黑的一个半干的球,可是它耗养分呀!所以,要把它"疏"掉。

七月,葡萄"膨大"了。

掐须、打条、喷药,大大地浇一水。

追一次肥。追硫铵。在原来施粪肥的沟里撒上硫铵。然后,就把沟填平了,把硫铵封在里面。

汉朝是不会追这次肥的,汉朝没有硫铵。

八月,葡萄"著色"。

你别以为我这里是把画家的术语借用来了。不是的。这是果农的语言,他们就叫"著色"。

下过大雨,你来看看葡萄园吧,那叫好看!白的像白玛瑙,红的像红宝石,紫的像紫水晶,黑的像黑玉。一串一串,饱满、磁棒、挺括,璀璨琳琅。你就把《说文解字》里的玉字偏旁的字都搬了来吧,那也不够用呀!

可是你得快来!明天,对不起,你全看不到了。我们要喷波尔多液了。一喷波尔多液,它们的晶莹鲜艳全都没有了,它们蒙上一层蓝分分、白糊糊的东西,成了磨砂玻璃。我们不得不这样干。葡萄是吃的,不是看的。我们得保护它。

过不两天,就下葡萄了。

一串一串剪下来,把病果、瘪果去掉,妥妥地放在果筐里。果筐满了,盖上盖,要一个棒小伙子跳上去蹦两下、用麻筋缝的筐盖。——新下的果子,不怕压,它很结实,压不坏。倒怕是装不紧,逛里逛当的。那,来回一晃悠,全得烂!

葡萄装上车,走了。

去吧,葡萄,让人们吃去吧!

九月的果园像一个生过孩子的少妇,宁静、幸福,而慵懒。

我们还给葡萄喷一次波尔多液。哦,下了果子,就不管了?人,总不能这样无情无义吧。

十月,我们有别的农活。我们要去割稻子。葡萄,你愿意怎么长,就怎么长着吧。

十一月,葡萄下架。

把葡萄架拆下来。检查一下,还能再用的,搁在一边。糟朽了,只好烧火。立柱、横梁、小棍,分别堆垛起来。

剪葡萄条。干脆得很,除了老条,一概剪光。葡萄又成了一个大秃子。

剪下的葡萄条,挑有三个芽眼的,剪成二尺多长的一截,捆起来,放在屋里,准备明春插条。

其余的,连枝带叶,都用竹笤帚扫成一堆,装走了。

葡萄园光秃秃。

十一月下旬,十二月上旬,葡萄入窖。

这是个重活。把老本放倒,挖土把它埋起来。要埋得很厚实。外面要用铁锹拍平。这个活不能马虎。都要经过验收，才给记工。

葡萄窖，一个一个长方形的土墩墩。一行一行，整整齐齐的排列着。风一吹，土色发了白。

这真是一年的冬景了。热热闹闹的果园，现在什么颜色都没有了。眼界空阔，一览无余，只剩下发白的黄土。

下雪了。我们踏着碎玻璃碴似的雪，检查葡萄窖，扛着铁锹。

一冬天，要检查几次。不是怕别的。怕老鼠打了洞。葡萄窖里很暖和，老鼠爱往这里面钻。它倒是暖和了，咱们的葡萄可就受了冷啦！

坝　上[1]

风梳着莜麦沙沙地响，
山药花翻滚着雪浪。
走半天见不到一个人，
这就是俺们的坝上。

——旧作《旅途》

香港人知道坝上的大概不多，但是不少人知道口蘑。口蘑的集散地在张家口市，但是出产在张家口地区的坝上。

张家口地区分坝上、坝下两个部分。我原来以为"坝"是水坝，不是的。所谓坝是一溜大山，齐齐的，远看倒像是一座大坝。坝上坝下，海拔悬殊。坝下七百公尺，坝上一千四，几乎是直上直下。汽车从万全县起爬坡，爬得很吃力。一上坝，就忽然开得轻快起来，撒开了欢。坝上是台地，非常平。北方

[1] 本篇原载1987年9月27日《大公报》。

人形容地面之平,说是平得像案板一样。而且非常广阔,一望无际。坝上下,温度也极悬殊。我上坝在九月初,原来穿的是衬衫,一上坝就披起了薄棉袄。坝上冬天冷到零下四十度。冬天上坝,汽车站都要检查乘客有没有大皮袄,曾经有人冻死在车上过。

坝上的地块极大。多大?说是有人牵了一头黄牛去犁地,犁了一趟回来,黄牛带回一只小牛犊,已经三岁了!

坝上的农作物也和坝下不同,不种高粱、玉米,种莜麦、胡麻、山药。莜麦和西藏的青稞麦是一类的东西,有点像做麦片的燕麦。这种庄稼显得非常干净,看起来像洗过一样,梳过一样。胡麻开着蓝花,像打着一把一把小伞,很秀气。山药即马铃薯。香港人是见过马铃薯的,但是种在地里的马铃薯恐怕见过的人不多。马铃薯开了花,真是像翻滚着雪浪。

坝上有草原,多马、牛、羊。坝上的羊肉不膻,因为羊吃了野葱,自己已经把膻味解了。据说过去北京东来顺卖涮羊肉的羊都是从坝上赶了去的。——不是用车运,而是雇人成群地赶去的。羊一路走,一路吃草,到北京才不掉膘。

口蘑很奇怪,长在一定的地方,不是到处长。长蘑菇的地方叫做"蘑菇圈"。在草地上远远看去,有一圈草特别绿,那就是蘑菇圈。蘑菇圈是正圆的。蘑菇就长在这一圈草里。——圈里不长,圈外也不长。有人说这地方过去曾扎过蒙古包,蒙古人把吃剩的肉汤、骨头丢在蒙古包周围,这一圈土特别肥,所以长蘑菇。但据研究蘑菇的专家告诉我,兹说不可信。我采过蘑菇。下过雨，出了太阳，空气潮暖，蘑菇就出来了。从土里顶出一个小小的白帽，雪白的。哈，蘑菇！我第一次采到蘑菇，其惊喜不下于小时候第一次钓到一条鱼。

口蘑品种很多。伞盖背面菌丝作紫黑色的，叫"黑片蘑"，品最次。比较名贵的是青腿子、鸡腿子、白蘑。我曾亲自采到一个白蘑，晾干了，带回北京。一个白蘑做了一大碗汤，一家人都喝了，都说："鲜极了！"口蘑要干制了才好吃，鲜口蘑不好吃，不像云南的鸡𥔲或冬菇。我在井冈山吃过才摘的鲜冬菇，风味绝佳，无可比拟。

坝上还出百灵。过去有那种游手好闲，不好好种地的人，即靠采蘑菇和扣百灵为生。百灵为甚么要"扣"呢？因为它是落在地面上的。百灵的爪子不能拳曲，不能栖息在树上，——抓不住树枝。养百灵的笼里不要栖棍，只有一个"台"，百灵想唱歌，就登台表演。至于怎样"扣"，我则未闻其详。关里的百灵很多都是从"口外"去的。但是口外百灵到了关里得经过一段时间的调教，否则它叫起来带有口外的口音。咦，鸟还有乡音呀？

沽　源[①]

沙岭子农业科学研究所派我到沽源的马铃薯研究站去画马铃薯图谱。我从张家口一清早坐上长途汽车，近晌午时到沽源县城。

沽源原是一个军台。军台是清代在新疆和蒙古西北两路专为传递军报和文书而设置的邮驿。官员犯了罪，就会被皇上命令"发往军台效力"。我对清代官制不熟悉，不知道什么品级的官员，犯了什么样的罪名，就会受到这种处分，但总是很严厉的处分，和一般的贬谪不同。然而据龚定庵说，发往军台效力的官员并不到任，只是住在张家口，花钱雇人去代为效力。我这回来，是来画画的，不是来看驿站送情报的，但也可以说是"效力"来了，我后来在带来的一本《梦溪笔谈》的扉页上画了一方图章："效力军台"，这只是跟自己开开玩笑而已，并无很深的感触。我戴了右派分子的帽子，只身到塞外——这地

[①] 本篇原载1990年1月10日《消费时报》。

方在外长城北侧，可真正是"塞外"了——来画山药（这一带人都把马铃薯叫作"山药"），想想也怪有意思。

沽源在清代一度曾叫"独石口厅"。龚定庵说他"北行不过独石口"，在他看来，这是很北的地方了。这地方冬天很冷。经常到口外揽工的人说："冷不过独石口"。据说去年下了一场大雪，西门外的积雪和城墙一般高。我看了看城墙，这城墙也实在太矮了点，像我这样的个子，一伸手就能摸到城墙顶了。不过话说回来，一人多高的雪，真够大的。

这城真够小的。城里只有一条大街。从南门慢慢地蹓跶达着，不到十分钟就出北门了。北门外一边是一片草地，有人在套马；一边是一个水塘，有一群野鸭子自自在在地浮游。城门口游着野鸭子，城中安静可知。城里大街两侧隔不远种一棵树——杨树，都用土墼围了高高的一圈，为的是怕牛羊啃吃，也为了遮风，但都极瘦弱，不一定能活。在一处墙角竟发现了几丛波斯菊，这使我大为惊异了。波斯菊昆明是很常见的。每到夏秋之际，总是开出很多浅紫色的花。波斯菊花瓣单薄，叶细碎如小茴香，茎细长，微风吹拂，姗姗可爱。我原以为这种花只宜在土肥雨足的昆明生长，没想到它在这少雨多风的绝塞孤城也活下来了。当然，花小了，更单薄了，叶子稀疏了，它，伶仃萧瑟了。虽则是伶仃萧瑟，它还是竭力地放出浅紫浅紫的花来，为这座绝塞孤城增加了一分颜色，一点生气。谢谢你，波斯菊！

我坐了牛车到研究站去。人说世间"三大慢"：等人、钓鱼、坐牛车。这种车实在太原始了，车轱辘是两个木头饼子，本地人就叫它"二饼子车"。真叫一个慢。好在我没有什么急事，就躺着看看蓝天；看看平如案板一样的大地——这真是"大地"，大得无边无沿。

我在这里的日子真是逍遥自在之极。既不开会,也不学习，也没人领导我。就我自己，每天一早蹚着露水，掐两丛马铃薯的花，两把叶子，插在玻璃杯里，对着它一笔一笔地画。上午画花，下午画叶子——花到下午就蔫了。到马铃薯陆续成熟时，就画薯块，画完了，就把薯块放到牛粪火里烤熟了，吃掉。我大概吃过几十种不同样的马铃薯。据我的品评，以"男爵"为最大，大的一个可达两斤；以"紫土豆"味道最佳，皮色深紫，薯肉黄如蒸栗，味道也似蒸栗；有一种马铃薯可当水果生吃，很甜，只是太小，比一个鸡蛋大不了多少。

沽源盛产莜麦。那一年在这里开全国性的马铃薯学术讨论会，与会专家提出吃一次莜面。研究站从一个叫"四家子"的地方买来坝上最好的莜面，比白面还细，还白；请来几位出名的做莜面的媳妇来做。做出了十几种花样，除了"搓窝窝"、"搓鱼鱼"、"猫耳朵"，还有最常见的"压饸饹"，其余的我都叫不出名堂。蘸莜面的汤汁也极精彩，羊肉口蘑浠（这个字我始终不知道怎么写）子。这一顿莜面吃得我终生难忘。

夜雨初晴，草原发亮，空气闷闷的，这是出蘑菇的时候。我们去采蘑菇。一两个小时，可以采一网兜。回来，用线穿好，晾在房檐下。蘑菇采得，马上就得晾，否则极易生蛆。口蘑干了才有香味，鲜口蘑并不好吃，不知是什么道理。我曾经采到一个白蘑。一般蘑菇都是"黑片蘑"，菌盖是白的，菌摺是紫黑色的。白蘑则菌盖菌摺都是雪白的，是很珍贵的，不易遇到。年底探亲，我把这只亲手采的白蘑带到北京，一个白蘑做了一碗汤，孩子们喝了，都说比鸡汤还鲜。

一天，一个干部骑马来办事，他把马拴在办公室前的柱子上。我走过去看看这匹马，是一匹枣红马，膘头很好，鞍鞯很整齐。我忽然意动，把马解下来，跨了上去。本想走一小圈就下来，没想到这平平的细沙地上骑马是那样舒服，于是一抖缰绳，让马快跑起来。这马很稳，我原来难免的一点畏怯消失了，只觉得非常痛快。我十几岁时在昆明骑过马，不想人到中年，忽然作此豪举，是可一记。这以后，我再也没有骑过马。

有一次，我一个人走出去，走得很远。忽然变天了，天一下子黑了下来，云头在天上翻滚，堆着，挤着，绞着，拧着。闪电熠熠，不时把云层照透。雷声訇訇，接连不断，声音不大，不是劈雷，但是浑厚沉雄，威力无边。我仰天看看凶恶奇怪的云头，觉得这真是天神发怒了。我感觉到一种从未体验过的恐惧。我一个人站在广漠无垠的大草原上，觉得自己非常的小，小得只有一点。

我快步往回走。刚到研究站，大雨下来了，还夹有雹子。雨住了，却又是一个很蓝很蓝的天，阳光灿烂。草原的天气，真是变化莫测。

天凉了,我没有带换季的衣裳,就离开了沽源。剩下一些没有来得及画的薯块,是带回沙岭子完成的。

我这辈子大概不会再有机会到沽源去了。

沙岭子[1]

我曾在沙岭子农业科学研究所下放劳动过四个年头——一九五八年至一九六一年。

沙岭子是京包线宣化至张家口之间的一个小站。从北京乘夜车,到沙岭子,天刚刚亮。从车上下来十多个旅客,四散走开了。空气是青色的。下车看看,有点凄凉。我以后请假回北京,再返沙岭子,每次都是乘的这趟车,每次下车,都有凄凉之感。

这是一个极其普通的小车站。四年中,我看到它无数次了。它总是那样。四年不见一点变化。照例是涂成浅黄色的墙壁,灰色板瓦盖顶,冷清清的。

靠站的客车一天只有几趟。过境的货车比较多。往南去的最常见的是大兴安岭下来的红松。其次是牲口,马、牛,大概来自坝上或内蒙草原。这些牛马站在敞顶的车厢里,样子很温顺。往北去的常有现代化的机器,装在高大的木箱里,矗立着。

---

[1] 本篇原载《作家》1990年第三期。

有时有汽车，都是崭新的。小汽车的车头爬在前面小车的后座上，一辆搭着一辆，像一串甲虫。

运往沙岭子到站的货物不多。有时甩下一节车皮，装的是铁矿砂。附近有一个铁厂。铁矿砂堆在月台上。矿砂运走了，月台被染成了紫红色，有时卸一车石灰，月台就被染得雪白的。紫颜色、白颜色，被人们的鞋底带走了，过不几天，月台又恢复了原先的浅灰的水泥颜色。

从沙岭子起运的，只有石头。东边有一个采石场——当地叫做"片石山"，每天十一点半钟放炮崩山。山已经被削去一半了。

农科所原来的房子很好，疏疏朗朗，布置井然。迎面是一排青砖的办公室，整整齐齐。办公室后是一个空场。对面是种子仓库，房梁上挂了很多整株的作物良种。更后是食堂，再后是猪舍。东面是职工宿舍，有两间大的是单身合同工住的，每间可容三十人。我就在东边一间的一张木床上睡了将近三年，直到摘了右派帽子，结束劳动后，才搬到干部宿舍里，和一个姓陈的青年技术员合住一间。种子仓库西边有一条土路，略高出于地面。路之西，有一排矮矮的圆锥形的谷仓，状如蘑菇，工人们就叫它为"蘑菇仓库"，是装牲口饲料玉米豆的。蘑菇仓库以西，是马号。更西，是菜园、温室。农科所的概貌尽于此。此外，所里还有一片稻田，在沙岭子堡（镇）以南；有一片果园，在车站南。

头两年参加劳动，扎扎实实的劳动。大部分农活我差不多都干过。除了一些全所工人一齐出动的集中的突击性的活,如插秧、锄地、割稻子之外,我相对固定在果园干活。干得最多的是喷波尔多液。硫酸铜加石灰兑水,这就是波尔多液。果园一年不知道要喷多少次波尔多液,这是果树防病所必需的。梨树、苹果要喷,葡萄更是十天八天就得喷一回。果园有一本工作日记似的本本,记录每天干的活,翻开到处是"葡萄喷波尔多液"。这日记是由果园组组长填写的。不知道什么道理,这里的干部工人都把葡萄写成"芍芍"。两个字一样,为什么会

◇ 1958年,汪曾祺被补划成"右派",在张家口农业科学研究所下放劳动(右)

读出两个字音呢？因为我喷波尔多液喷得细致，到后来这活都交给了我。波尔多液是天蓝色的，很漂亮。因为喷波尔多液的次数太多，我的几件白衬衫都变成浅蓝的了。

　　结束劳动后暂时无法分配工作，我就留在所里打杂，主要是画画。我曾参加过张家口地区农业展览会的美术工作，在画布或三合板上用水粉画白菜、萝卜、大葱、大蒜、短角牛、张北马。布置过一个超声波展览馆——那年不知怎么兴起了超声波，很多单位都试验这东西，好像这是一种增产的魔术。超声波怎么表现呢？这东西又看不见。我于是画了许多动物、植物、水产，农林牧副渔，什么都有，而在所有的画面上一律加了很多同心圆，表示这是超声波的振幅！我画过一套颇有学术价值的画册：《中国马铃薯图谱》。沽源有个马铃薯研究站，集中了全国各地的，各种品种的马铃薯。研究站归沙岭子农科所领导。领导研究，要出版一套图谱，绘图的任务交给了我。在马铃薯花盛开的时候，我坐上二饼子牛车到了沽源研究站。每天蹚着露水到地里掐一把花，几枝叶子，拿回办公室，插在玻璃杯里，照着画。我的工作实在是舒服透顶，不开会，不学习，没人管，自由自在，也没有指标定额，画多少算多少。画起来是不费事的。马铃薯的花大小只有颜色的区别，花形都一样；叶片也都差不多，有的尖一点，有的圆一点。花和叶子画完，画薯块。一个整个的马铃薯，一个剖面。画完一种薯块，我就把它放进牛粪火里烤熟了，吃掉。这里的马铃薯不下七八十种，每一种我都尝过。中国吃过那么多种马铃薯的人，大概不多。天冷了，马铃薯块还没有画完,有一部分是运到沙岭子画的。还是那样的舒服。一个人一间屋子,升一个炉子,画一块,在炉子上烤烤,吃掉。我还画过一套口蘑图谱,钢笔画。口蘑都是灰白色,不需要著色。

我就这样在沙岭子度过了四个年头。

一九八三年,我应张家口市文联之邀,去给当地青年作家讲过一次课。市文联的两个同志是曾和我同时下放沙岭子农科所劳动过的,他们为我安排的活动,自然会有一项:到沙岭子看看。吉普车开到农科所门前,下车看看,可以说是面目全非。盖了一座办公楼,是灰绿色的。我没有进去,但是觉得在里面办公是不舒服的,不如原先的平房宽敞豁亮。楼上下来一个人,是老王,我们过去天天见。老王见我们很亲热。他模样未变,但是苍老了。他说起这些年的人事变化,谁得了癌症;谁受了刺激,变得胡涂了;谁病死了;谁在西边一棵树上上了吊死了。说不清是什么原因。他说起所里"文化大革命"的一些情况,说起我画的那套马铃薯图谱在"文化大革命"中毁了,很可惜。我在的时候,他是大学刚刚毕业,现在大概是室主任了。那时他还没有结婚,现在女儿已经上大学了。真是"昔别君未婚,儿女忽成行"。他原来是个很精神的小伙子,现在说话却颇有不胜沧桑之感。

老王领我们到后面去看看。原来的格局已经看不出多少痕迹。种子仓库没有了,蘑菇仓库没有了。新建了一些红砖的房屋,横七竖八。我们走到最后一排,是木匠房。一个木匠在干活,是小王!我住在工人集体宿舍的时候,小王的床挨着我的床。我在的时候,所里刚调他去学木匠,现在他已经是四级工,带两个徒弟了。小王已经有两个孩子。他说起他结婚的时候,碗筷还是我给他买的,锁门的锁也是我给他买的,这把锁他现在还在用着。这些,我可一点不记得了。

我们到果园看了看。果园可是大变样了。原来是很漂亮的,葱葱茏茏,蓬蓬勃勃。那么多的梨树。那么多的苹果。尤其是葡萄,一行一行,一架一架,整整齐齐,真是蔚为大观。葡萄有很多别处少见的名贵品种:白香蕉、柔丁香、秋紫、金铃、大粒白、白拿破仑、黑罕、巴勒斯坦……现在,全都不见了。果园给我的感觉,是荒凉。我知道果树老了,需要更新,但何至于砍伐成这样呢?有一些新种的葡萄,才一人高,挂了不多的果。

遇到一个熟人,在给葡萄浇水。我想不起他的名字了。他原来是猪倌,后来专管"下夜",即夜间在所内各处巡看。这是个窝窝囊囊的人,好像总没有睡醒,说话含糊不清,而且他不爱洗脸。他的老婆跟他可大不一样,身材颀长挺拔,而且出奇的结实,我们背后叫她阿克西尼亚。老婆对他"死不待见"。有一天,我跟他一同下夜,他走到自己家门口,跟我说:"老汪,你看着点,偃去闹渠一棰。"他是柴沟堡人。那里人说话很奇怪,保留了一些古音。"偃"即我(像客家话),"渠"即她(像广东话)。"闹渠一棰"是搞她一次。他进了屋,老婆先是不答应,直骂娘。后来没有声音了。呆了一会儿,他出来了,继续下夜。我见了他,不禁想起那回事,问老王:"他老婆还是不待见他吗?"老王说:"他们已经有了两个孩子了。"我很想见见阿克西尼亚,不知她现在是什么样子。

去看看稻田。

稻田挨着洋河。洋河相当宽,但是常常没有水,露出河底的大块卵石。水大的时候可以齐腰。不能行船,也无需架桥。两岸来往,都是徒涉。河南人过来,到河边,就脱了裤子,顶在头上,一步一步蹚着水。因此当地人揶揄之道:"河南汉,咯吱咯吱两颗蛋。"

河南地薄而多山。天晴时,在稻田场上可以看到河南的大山,山是干山,无草木,山势险峻,皱皱摺摺,当地人说:"像羊肚子似的。"形容得很贴切。

稻田倒还是那样。地块、田埂、水渠、渠上的小石桥、地边的柳树、柳树下一间土屋,土屋里有供烧开水用的锅灶,全都没有变。二十多年了,好像昨天我们还在这里插过秧,割过稻子。

稻田离所里比较远。到稻田干活,一般中午就不回所里吃饭了,由食堂送来。都是蒸莜面饸饹,疙瘩白熬山药,或是一人一块咸菜。我们就攥着饸饹狼吞虎咽起来。稻田里有很多青蛙。有一个同我们一起下放的同志,是浙江人。他捉了好些青蛙,撕了皮,烧一堆稻草火,烤田鸡吃。这地方的人是不吃田鸡的,有几个孩子问:"这东西好吃?"他们尝了一个:"好吃好吃!"于是七手八脚捉了好多,大家都来烤田鸡,不知是谁,从土屋里翻出一碗盐,烤田鸡蘸盐水,就莜面,真是美味。吃完了,各在柳荫下找个地方躺下,不大一会,都睡着了。

在水渠上看见渠对面走来两个女的,是张素花和刘美兰。我过去在果园经常跟她们一起干活。我大声叫她们的名字。刘美兰手搭凉棚望了一眼,问:"是不是老汪?"

"就是!"

"你咋会来了?"

"来看看。"

"一下来家吃饭。"

"不了,我要回张家口,下午有个会。"

"没事儿来!"

"来!——你和你丈夫还打架吗?"

刘美兰和丈夫感情不好,丈夫常打她,有一次把她的小手指都打弯了。

"俺都当了奶奶了!"

刘美兰和张素花不知道说了什么,两个人嘻嘻笑着,走远了。

重回沙岭子,我似乎有些感触,又似乎没有。这不是我所记忆、我所怀念的沙岭子。也不是我所希望的沙岭子。然而我所希望的沙岭子又应是什么样子的呢?我也说不出。我只是觉得这一代的人都胡里胡涂地老了。是可悲也。

长城漫忆[①]

我的家乡是苏北,和长城距离很远,但是我小时候即对长城很有感情,这主要是因为常唱李叔同填词的那首歌:

长城外,
古道边,
芳草碧连天。
晚风拂柳笛声残,
夕阳山外山……

长城给我一个很悲凉的印象。

到北京后曾参观了八达岭长城。这一段长城是新修过的,砖石过于整齐,使我觉得是一个假古董。长城变成了游览区,非复本来面目。

[①] 本篇原载《长城》1995 年第一期。

一九五八年我被错划成右派，下放张家口沙岭子劳动，这可真是出了长城了。

张家口一带农民把长城叫做"边墙"。我很喜欢这两个字。"边墙"者，防边之墙也。

长城内外各种方面是有区别的，但也不是那样截然不同。

长城外的平均气温比关里要低几度。我们冬天在沙岭子野外劳动，那天降温到零下39度，生产队长敲钟叫大家赶快回去，再降下去要冻死人的。零下39度在坝上不算什么，但在边墙附近可就是奇寒了。长城外昼夜温差大，当地人说："早穿皮袄午穿纱，抱着火炉吃西瓜。"这本是西北很多地方都有的俗谚，但是张家口人以为只有他们才是这样。再就是风大。有一天刮了一夜大风，山呼海啸。第二天一早我们到果园去劳动，在地下捡了二三十只石鸡子。这些石鸡子是在水泥电线杆上撞死的。它们被狂风刮得晕头转向、乱扑乱飞，想必以为落到电线杆上就可以安全了。这一带还爱下雹子。"蛋打一条线"（张家口一带把雹子叫做"冷蛋"），远远看见雹子云黑压压齐齐地来了，不到一会儿：砰里叭啦，劈里卜碌！有一场雹子，把我们的已熟透的葡萄打得稀烂。一年的辛苦，全部泡汤（真是泡了汤）！沽源有一天下了一个雹子，有马大！

塞外无霜期短，但关里有的农作物这里大都也能生长：稻粱菽麦黍稷。因为雨少，种麦多为"干寄子"，即把麦种先期下到地里等雨——"寄"字甚妙。为了争季节，有些地方种春小麦。春小麦可不好吃，蒸出馒头来发粘。坝下种莜麦的地方不多，坝上则主要的作物是莜麦。坝上土层薄，地块大，广种薄收。无水利灌溉，靠天收。如果一年有一点雨，打的莜麦可供河北省吃一年，故有人称坝上是"中国的乌克兰"。坝上的地块有多大？说是有一个农民牵了一头母牛去耕地，耕了一趟，回来时母牛带回一个小牛犊子，已经三岁了！

马牛羊鸡犬都有。坝上有的地方是半农半牧区。张北的张北马、短角牛都是有名的。长城外各村都养羊。一是为了吃肉，二是要羊皮。塞外人没有一件白茬老羊皮袄是过不了冬的。狗皮主要是为了做帽子。没有狐狸皮帽子的，戴了狗皮遮耳大三块瓦皮帽，也能顶得住无情的狂风。

塞外人的饮食结构和关里不同的是爱吃糕，吃莜面。"糕"是黄米面拍成烧饼大小的饼子，在涂了胡麻油的铛上烙熟。口外认为这是食物中的上品，经饿，"三十里的莜面四十里的糕，二十里的白面饿断腰"。过去地主请工锄地，必要吃糕："锄地不吃糕，锄了大大留小小！"张家口一带人吃莜面和山西雁北不同。雁北吃莜面只是蘸酸菜汤，加一点凉菜，张家口人则是蘸热的菜汤吃。锅里下一点油，把菜——山药（土豆）、西葫芦、疙瘩白（圆白菜）切成块，哗啦一声倒在油锅里，这叫"下搭油"，盖盖焖熟后，再在菜面上浇一点油，叫做"上搭油"。这一带人做菜用油很省。有农民见一个下放干部炒菜，往锅里倒了半碗油，说："你用这么多的油，炒石子儿也是好吃的！"在烩菜里放几块羊肉，那就是过年了！

他们也知道吃野味。"天鹅、地鹨、鸽子肉、黄鼠"，这是人间美味。石鸡子、半缺子,是很容易捉到手,但是,虽然他们也说:"宁吃飞禽四两,不吃走兽半斤",他们对石鸡子之类的兴趣其实并不是很大,远不如来一碗口蘑炖羊肉"解恨"。

长城内外不缺水果。杏树很多,果大而味浓。宣化葡萄,历史最久,味道最佳。

长城对我们这个民族到底起了什么作用?说法不一。有人说这是边防的屏障,对于抵御北方民族入侵,在当时是必不可少的。这使得中国完成统一,对民族心理凝聚力的形成,是有很大影响的。也有人说这使得我们的民族形成一种盲目的自大心理,造成文化的封闭乃至停滞,对中国的发展起了阻碍作用。我对这样深奥的问题没有研究过,没有发言权,但是我觉得它是伟大的。

一个美国的航天飞机的飞行员(忘其名)说过:在月球能看见地球上的中国的万里长城,那么长城是了不起的。

"文化大革命"后期,有一个中学的语文教员领着一班初一的学生去游长城,回来让学生都写一篇游记,一个学生只写了一句:

长城啊,
真他妈的长!

一九九四年四月二十一日

果园的收获[1]

这是一个地区性的综合的农业科学研究所的供实验研究用的果园,规模不大,但是水果品种颇多。有些品种是外面见不到的。

山西、张家口一带把苹果叫果子。不是所有的水果都叫果子,只有苹果叫果子。有个山西梆子唱"红"(即老生)的演员叫丁果仙,山西人称她为"果子红"(她是女的)。山西人非常喜爱果子红,听得过瘾,就大声喊叫"果果!",这真是有点特别,给演员喝彩,不是鼓鼓掌,或是叫一声"好"而是大叫"果果!",我还没有见过。叫"果果",大概因为丁果仙的嗓音唱法甜、美、浓、脆。

这个实验果园一般的苹果都有,有的品种,黄元帅、金皇后、黄魁、红香蕉……这些都比较名贵,但我觉得都有点贵族

---

[1] 本篇原载《汪曾祺全集》第六卷,北京师范大学出版社,1998年8月。

气，果肉过于细腻，而且过于偏甜。水果品种栽培各论，记录水果的特点，大都说是"酸甜合度"，怎么叫"合度"，很难捉摸。我比较喜欢的是国光、红玉，因为它有点酸头。我更喜欢国光，因为果肉脆，一口咬下去，嘎叭一声，而且耐保鲜，因为果皮厚，果汁不易蒸发。秋天收的国光，储存到过春节，从地窖里取出来，还是像新摘的一样。

我在果园劳动的时候，"红富士"还没有，后来才引进推广。"红富士"固自佳，现在已经高踞苹果的榜首。

有人警告过我，在太原街上，千万不能说果子红不好。只要说一句，就会招了一大群人围上来和你辩论。碰不得的！

果园品种最多的是葡萄，大概有四十几种。"柔丁香"、"白香蕉"是名种。"柔丁香"有丁香香味，"白香蕉"味如香蕉，这在市面上买不到，是每年留下来给"首长"送礼的。有些品种听名字就知道是从国外引进的："黑罕"、"巴勒斯坦"、"白拿破仑"……有些最初也是外来的（葡萄本都是外来的，但在中国落户已久，曹操就作文赞美过葡萄），日子长了，名字也就汉化了，如"大粒白"、"马奶子"、"玫瑰香"，甚至连它们的谱系也难于查考了。葡萄的果粒大小形状各异。"玫瑰香"的果枝长，显得披头散发；有一种葡萄，我忘记了叫什么名字了，果粒小而密集，一粒一粒挤得紧紧的，一穗葡萄像一个白马牙老玉米棒子。葡萄里我最喜欢的还是玫瑰香，确实有一股玫瑰花的香味，入口浓甜。现在市上能买到的"玫瑰香"已退化失真。

葡萄喜肥,喜水。施的肥是大粪。挨着葡萄根,在后面挖一个长槽,把粪倒入进去。一棵大葡萄得倒三四桶,小棵的一桶也够了。"农家肥"之外,还得下人工肥,硫铵。葡萄喝水,像小孩子喝奶一样,使劲地嘬。葡萄藤中通有小孔,水可从地面一直吮到藤顶,你简直可以听到它吸水的声音。喝足了水,用小刀划破它一点皮,水就从皮破处沁出滴下。一般果树浇水,都是在树下挖一个"树碗",浇一两担水就足矣,葡萄则是"漫灌"。这家伙,真能喝水!

有一年,结了一串特大的葡萄,"大粒白"。大粒白本来就结得多,多的可达七八斤。这串大粒白竟有二十四五斤。原来是一个技术员把两穗"靠接"在一起了。这串葡萄只能作展览用。大粒白果大如乒乓球,但不好吃。为了给这串葡萄增加营养,竟给它注射了葡萄糖!给葡萄注射葡萄糖,这简直是胡闹。这是"大跃进"那年的事。"大跃进"整个是一场胡闹。

葡萄一天一个样,一天一天接近成熟,再给它透透地浇一次水,喷一次波尔多液(葡萄要喷多次波尔多液,——硫酸铜兑石灰水,为了防治病害),给它喝一口"离娘奶",备齐了果筐、剪子,就可以收葡萄了。葡萄装筐,要压紧。得几个壮汉跳上去压。葡萄不怕压,怕压不紧,怕松。装筐装松了,一晃逛,就会破皮掉粒。水果装筐都是这样。

最怕葡萄收获的时候下雹子。有一年,正在葡萄透熟的时候下了一场很大的雹子,"蛋打一条线"——山西、张家口称雹子为"冷蛋",齐刷刷地把整园葡萄都打落下来,满地狼藉,不可收拾。干了一年,落得这样的结果,真是叫人伤心。

梨之佳种为"二十世纪明月",为"日面红"。"二十世纪明月"个儿不大,果皮玉色,果肉细,无渣,多汁,果味如蜜。"日面红"朝日的一面色如胭脂,背阳的一面微绿,入口酥脆。其他大部分是鸭梨。

杏树不甚为人重视,只于地头、"四基"、水边、路边种之。杏怕风。一树杏花开得正热闹,一阵大风,零落殆尽。农科所杏多为黄杏,"香白杏"、"杏儿——吧哒"没有。

我一九五八年在果园劳动,距今已经三十八年。前十年曾到农科所看了看,熟人都老了。在渠沿碰到张素花和刘美兰,我们以前是天天在一起劳动的。我叫她们,刘美兰手搭凉篷,眯了眼,问:"是不是个老汪?"问刘美兰现在还老跟丈夫打架吗(两口子过去老打),她说:"侄(她是柴沟堡人"我"字念成侄)都当了奶奶了!"

日子过得真快。

一九九六年四月九日

旅痕处处

旅途杂记[1]

半坡人的骨针

我这是第二次参观半坡,不像二十年前第一次参观时那样激动了。但我还是相当细致地看了一遍。房屋的遗址、防御野兽的深沟、烧制陶器的残窑、埋葬儿童的瓮棺……我在心里重复了二十年前的感慨——平平常常的、陈旧的感慨:我们的祖先就是这样生活下来的,他们生活得很艰难——也许他们也有快乐。人就是这样生活过来的。生活是悲壮的。

在文物陈列室里我看到石锛。我们的祖先就是用这种完全没有锋刃,几乎是浑圆的石锛劈开了大树。

我看到两根骨针。长短如现在常用的牙签,微扁,而极光滑。这两根针大概用过不少次,缝制过不少件衣裳——那种仅能蔽体的、粗劣的短褐。磨制这种骨针一定是很不容易的。针

---

[1] 本篇原载《新观察》1982年第十四期。

都有鼻。一根的针鼻是圆的；一根的略长，和现在用的针很相似。大概略长的针鼻更好使些。

针是怎样发明的呢？谁想出在针上刻出个针鼻来的呢？这个人真是一个大发明家，一个了不起的聪明人。

在招待所听几个青年谈论生活有没有意义，我想，半坡人是不会谈论这种问题的。

生活的意义在哪里？就在于磨制一根骨针，想出在骨针上刻个针鼻。

兵马俑的个性

头一个搞兵马俑的并不是秦始皇。在他以前，就有别的王者，制造过铜的或是瓦的一群武士，用来保卫自己的陵墓。不过规模都没有这样大。搞了整整一师人，都与真人等大，密匝匝地排成四个方阵，这样的事，只有完成了"六王毕，四海一"的大业的始皇帝才干得出来。兵马俑确实很壮观。

面对着这样一个瓦俑的大军，我简直不知道对秦始皇应该抱什么感情。是惊叹于他的气魄之大？还是对他的愚蠢的壮举加以嘲笑？

俑之上，原来据说是有建筑的，被项羽的兵烧掉了。很自然的，人们会慨叹："楚人一炬，可怜焦土"。

有人说始皇陵兵马俑是世界第八奇迹。

单个地看,兵马俑的艺术价值并不是很高。它的历史价值、

旅痕处处

文物价值，要比艺术价值高得多。当初造俑的人，原来就没有把它当作艺术作品，目的不在使人感动。造出后，就埋起来了，当时看到这些俑的人也不会多。最初的印象，这些俑，大都只有共性，即使是一个兵，没有很鲜明的个性。其实就是对于活着的士卒，从秦始皇到下面的百夫长，也不要求他们有什么个性，有他们的个人的思想、情绪。不但不要求，甚至是不允许的。他们只是兵，或者可供驱使来厮杀，或者被"坑"掉。另外，造一个师的俑，要来逐一地刻划其性格，使之互相区别，也很难。即或是把米盖郎琪罗请来，恐怕也难于措手。

我很怀疑这些俑的身体是用若干套模子扣出来的。他们几乎都是一般高矮。穿的服装虽有区别（大概是标明等级的），但多大同小异。大部分是短褐，披甲，著裤，下面是一色的方履。除了屈一膝跪着的射手外，全都直立着，两脚微微分开，和后来的"立正"不同。大概那时还没有发明立正。如果这些俑都是绷直地维持立正的姿势，他们会累得多。

但是他们的头部好像不是用模子扣出来的。这些脑袋是"活"的，是烧出来后安上去的。当初发掘时，很多俑已经身首异处；现在仍然可以很方便地从颈腔里取下头来。乍一看，这些脑袋都大体相似，脸以长圆形的居多，都梳着偏髻，年龄率为二十多岁，两眼平视，并不木然，但也完全说不上是英武，大都是平静的，甚至是平淡的，看不出有什么痛苦或哀愁——自然也说不上高兴。总而言之，除了服装，这些人的脸上寻不出兵的特征，像一些普通老百姓，"黔首"，农民。

但是细看一下，就可以发现他们并不完全一样。

有一个长了络腮胡子的，方方的下颏，阔阔的嘴微闭着，双目沉静而仁慈，看来是个老于行伍的下级军官。他大概很会带兵，而且善于驭下，宽严得中。

有一个胖子，他的脑袋和身体都是圆滚滚的（他的身体也许是特制的，不是用模子扣出来的），脸上浮着憨厚而有点狡猾的微笑。他的胃口和脾气一定都很好，而且随时会说出一些稍带粗野的笑话。

有一个的双颊很瘦削，是一个尖脸，有一撮山羊胡子。据说这样的脸在现在关中一带的农民中还很容易发现。他也微微笑着，但从眼神里看他在深思着一件什么事情。

有人说，兵马俑的形象就是造俑者的形象，他们或是把自己，或是把同伴的模样塑成俑了。这当然是推测。但这种推测很合理。

听说太原晋祠宋塑宫女的形象即晋祠附近少女的形象，现在晋祠附近还能看到和宋塑形态仿佛的女孩子。

我于是生出两种感想。

塑像总是要有个性的。即便是塑造兵马俑，不需要，不要求有个性，但是造俑者还是自觉、不自觉地，多多少少地赋予了他们一些个性。因为他塑造的是人，人总有个性。

塑像总是有模特儿的。他塑造的只能是他见过的人，或是熟人，或是他自己。凭空设想，是不可能的。

任何艺术，想要完全摆脱现实主义，是几乎不可能的事。

三苏祠

三次游杜甫草堂,都没有留下多少印象。

这是一个公园,不是一个祠堂。

杜甫的遗迹,一样也没有。

有很多竹木盆景,很多建筑。到处是对联、题咏,时贤的字画。字多很奔放;画多大写意,著色很浓重。

好像有很多人一齐大声地谈论着杜甫,但是看不到杜甫本人,感觉不到他的行动气息、声音笑貌。

眉山的三苏祠要好一些。

三苏祠以宅为祠。苏东坡文云:"家有五亩之园",今略广,占地约八亩。房屋当然是后来重盖了的,但是当日的布局,依稀可见。有一口井,据说还是苏氏的旧物。井栏是这一带常见的红砂石的。井里现在还能打上水来。一侧有一棵荔枝树。据说苏东坡离家的时候,乡人种了一棵荔枝,约好等东坡回来时一同摘食。东坡远谪,一直没有吃上家乡的荔枝。当年的那棵荔枝早已死了,现存的据说是明朝人补栽的,也已经枯萎了,正在抢救。这些都是有纪念意义的。

东边有一个版本陈列室,搜罗了自元版至现在的铅字排印的东坡集的各种版本,虽然并不齐全,但是这种陈列思想,有足取者。

由眉山往乐山的汽车中,"想"了一首旧体诗:

当日家园有五亩,

至今文字重三苏。

红栏旧井犹堪汲,

丹荔重栽第几株?

伏小六、伏小八

大足的唐宋摩崖石刻是惊人的。

十二圆觉,刻得极细致。袈裟衣带静静地垂着,但是你感觉得到其间有一丝微风在轻轻地流动。不像一般的群像(比如罗汉)强调其间的异,这十二尊像强调的是同。他们的年貌、衣著、坐态都差不多。他们都在沉思默念。但是从其眼梢嘴角,看得出其会心处不尽相同。不怕其相同,能于同中见异,十二尊像造成一个既生动又和谐的整体,自是大手笔。

我看过很多千手观音。除了承德的木雕大佛,总觉得不大自然。那么多的细长的手臂长在一个"人"的肩背上,违反常理,使人很不舒服。大足的千手观音另辟蹊径。他的背上也伸出好几只手,但是看来是负担得起的。这几只手之外,又伸出好多只手。据说某年装金时曾一只一只的编过号,一共有一千零七只(不知道为什么是一个单数)。手具各种姿态,或正、或侧、或反,或似召唤,或似慰抚,都很像人的手,很自然,很好看。一千零七只手,造成一个很大的手的佛光。这些手是怎样伸出来的，全不交待。但是你又觉得这都是观音的手，是和观音都有联系的，其联系处不在形，而在意。构思非常巧妙。

释迦涅槃像，即通常所说的卧佛。释迦面部极为平静，目微睁，显出无爱无欲，无生亦无死。像长三十余米，但只刻了释迦的头和胸。肩手无交待。下肢伸入岩石，不知所终。释迦前，刻了佛弟子，有的冠服似中土产，有一个科头鬖发似西方人。他们都在合十赞诵，眉尖微蹙，稍露愁容。这些子弟并不是整齐地排成一列，而是有正面的，有反面的，有朝左的，有朝右的，距离也不相等。他们也只露出半身，腹部以下，在石头里，也不知所终。于有限的空间造无限的境界，形有尽，意无穷，雕刻这一组佛像的是一个气魄雄伟的匠师！他想必在这一壁岩石之前徘徊坐卧了好多个日夜！普贤像被人称为东方的维纳斯。

数珠手观音被称为媚态观音，全身的线条都非常柔软。

佛教的像原来也是取形于人的，但是后来高度升华起来了。仅修得阿罗汉果的自了汉还一个一个都有人的性格，菩萨以上，就不复再是"人"了。他们不但抛弃了人的性格，连性别也分不清了。菩萨和佛，都有点女性的美。

大足石刻是了不起的艺术。

中国的造像人大都无姓名可查。值得庆幸的是大足石刻有一些石壁上刻下了造像的匠师的姓名。他们大都姓伏。他们的名字是卑微的：伏小六、伏小八……他们的事迹都无可考了，然而中国美术史上无疑地将会写出这样一篇，题目是：《伏小六、伏小八》。

看了大足石刻，我想起一路上看到一些纪念性的现代塑像李冰父子、屈原、杜甫、苏东坡、杨升庵……好像都差不多。这些塑像塑的都不太像古人。为什么我们的雕塑家不能从大足石刻得到一点启发呢？

天山行色[1]

> 行色匆匆
>
> ——常语

南山塔松

所谓南山者,是一片塔松林。

乌鲁木齐附近,可游之处有二,一为南山,一为天池。凡到乌鲁木齐者,无不往。

南山是天山的边缘,还不是腹地。南山是牧区。汽车渐入南山境,已经看到牧区景象。两旁的山起伏连绵,山势皆平缓,望之浑然,遍山长着茸茸的细草。去年雪不大,草很短。老远的就看到山间错错落落,一丛一丛的塔松,黑黑的。

汽车路尽,舍车从山涧两边的石径向上走,进入松林深处。

---

[1] 本篇原载《北京文学》1983年第一期。

塔松极干净，叶片片片如新拭，无一枯枝，颜色蓝绿。空气也极干净。我们藉草倚树吃西瓜，起身时衣裤上都沾了松脂。

新疆雨量很少，空气很干燥，南山雨稍多，本地人说："一块帽子大的云也能下一阵雨。"然而也不过只是帽子大的云的那么一点雨耳，南山也还是干燥的。然而一棵一棵塔松密密地长起来了，就靠了去年的雪和那么一点雨。塔松林中草很丰盛，花很多，树下可以捡到蘑菇。蘑菇大如掌，洁白细嫩。

塔松带来了湿润，带来了一片雨意。

树是雨。

南山之胜处为杨树沟、菊花台，皆未往。

天池雪水

一位维吾尔族的青年油画家（他看来很有才气）告诉我：天池是不能画的，太蓝，太绿，画出来像是假的。

天池在博格达雪山下。博格达山终年用它的晶莹洁白吸引着乌鲁木齐人的眼睛。博格达是乌鲁木齐的标志，乌鲁木齐的许多轻工业产品都用博格达山做商标。

汽车出乌鲁木齐，驰过荒凉苍茫的戈壁滩，驰向天池。我恍惚觉得不是身在新疆，而是在南方的什么地方。庄稼长得非常壮大茁实，油绿油绿的，看了教人身心舒畅。路旁的房屋也都干净整齐。行人的气色也很好，全都显出欣慰而满足。黄发垂髫，并怡然自得。有一个地方，一片极大的坪场，长了一片极大的榆树林。榆树皆数百年物,有些得两三个人才抱得过来。树皆健旺,无衰老态。树下悠然地走着牛犊。新疆山风化层厚,少露石骨。有一处,悬崖壁立,石骨尽露,石质坚硬而有光泽,黑如精铁,石缝间长出大树,树荫下覆,纤藤细草,蒙翳披纷,石壁下是一条湍急而清亮的河水……这不像是新疆,好像是四川的峨眉山。

到小天池(谁编出来的,说这是王母娘娘洗脚的地方,真是煞风景!)少憩,在崖下池边站了一会,赶快就上来了:水边凉气逼人。

到了天池,嗬!那位维族画家说得真是不错。有人脱口说了一句:"春水碧于蓝"。

天池的水,碧蓝碧蓝的。上面,稍远处,是雪白的雪山。对面的山上密密匝匝地布满了塔松,——塔松即云杉。长得非常整齐,一排一排地,一棵一棵挨着,依山而上,显得是人工布置的。池水极平静,塔松、雪山和天上的云影倒映在池水当中,一丝不爽。我觉得这不像在中国,好像是在瑞士的风景明信片上见过的景色。

或说天池是火山口,——中国的好些天池都是火山口,自春至夏,博格达山积雪溶化,流注其中,终年盈满,水深不可测。天池雪水流下山,流域颇广。凡雪水流经处,皆草木华滋,人畜两旺。

作《天池雪水歌》:

明月照天山，
雪峰淡淡蓝。
春暖雪化水流渐，
流入深谷为天池。
天池水如孔雀绿，
水中森森万松覆。
有时倒映雪山影，
雪山倒影明如玉。
天池雪水下山来，
快笑高歌不复回。
下山水如蓝玛瑙，
卷沫喷花斗奇巧。
雪水流处长榆树，
风吹白杨绿火炬。
雪水流处有人家，
白白红红大丽花。
雪水流处小麦熟，
新面打馕烤羊肉。
雪水流经山北麓，
长宜子孙聚国族。
天池雪水深几许？
储量恰当一年雨。
我从燕山向天山，

曾度苍茫戈壁滩。

万里西来终不悔，

待饮天池一杯水。

天　山

　　天山大气磅礴，大刀阔斧。

　　一个国画家到新疆来画天山，可以说是毫无办法。所有一切皴法，大小斧劈、披麻、解索、牛毛、豆瓣，统统用不上。天山风化层很厚，石骨深藏在砂砾泥土之中，表面平平浑浑，不见棱角。一个大山头，只有阴阳明暗几个面，没有任何琐碎的笔触。

　　天山无奇峰，无陡壁悬崖，无流泉瀑布，无亭台楼阁，而且没有一棵树，——树都在"山里"。画国画者以树为山之目，天山无树，就是一大片一大片紫褐色的光秃秃的裸露的干山，国画家没了辙了！

　　自乌鲁木齐至伊犁，无处不见天山。天山绵延不绝，无尽无休，其长不知几千里也。

　　天山是雄伟的。

早发乌苏望天山

苍苍浮紫气，

天山真雄伟。

陵谷分阴阳,

不假皴擦美。

初阳照积雪,

色如胭脂水。

往霍尔果斯途中望天山

天山在天上,

没在白云间。

色与云相似,

微露数峰巅。

只从蓝襞褶,

遥知这是山。

伊犁闻鸠

到伊犁,行装甫卸,正洗着脸,听见斑鸠叫:

"鹁鸪鸪——咕,

"鹁鸪鸪——咕……"

这引动了我的一点乡情。

我有很多年没有听见斑鸠叫了。

我的家乡是有很多斑鸠的。我家的荒废的后园的一棵树上,住着一对斑鸠。"天将雨,鸠唤妇",到了浓阴将雨的天气,就听见斑鸠叫,叫得很急切:

"鹁鸪鸪,鹁鸪鸪,鹁鸪鸪……"

斑鸠在叫他的媳妇哩。

到了积雨将晴,又听见斑鸠叫,叫得很懒散:

"鹁鸪鸪,——咕!

"鹁鸪鸪,——咕!"

单声叫雨,双声叫晴。这是双声,是斑鸠的媳妇回来啦。"——咕",这是媳妇在应答。

是不是这样呢?我一直没有踏着挂着雨珠的青草去循声观察过。然而凭着鸠声的单双以占阴晴,似乎很灵验。我小时常常在将雨或将晴的天气里,谛听着鸣鸠,心里又快乐又忧愁,凄凄凉凉的,凄凉得那么甜美。

我的童年的鸠声啊。

昆明似乎应该有斑鸠,然而我没有听鸠的印象。

上海没有斑鸠。

我在北京住了多年,没有听过斑鸠叫。

张家口没有斑鸠。

我在伊犁,在祖国的西北边疆,听见斑鸠叫了。

"鹁鸪鸪——咕,

"鹁鸪鸪——咕……"

伊犁的鸠声似乎比我的故乡的要低沉一些,苍老一些。

有鸠声处,必多雨,且多大树。鸣鸠多藏于深树间。伊犁多雨。伊犁在全新疆是少有的雨多的地方。伊犁的树很多。我所住的伊犁宾馆,原是苏联领事馆,大树很多,青皮杨多合抱者。

伊犁很美。

洪亮吉《伊犁记事诗》云：

> 鹁鸪啼处却春风，
> 宛与江南气候同。

注意到伊犁的鸠声的，不是我一个人。

伊犁河

人间无水不朝东，伊犁河水向西流。

河水颜色灰白，流势不甚急，不紧不慢，汤汤洄洄，似若有所依恋。河下游，流入苏联境。

在河边小作盘桓。使我惊喜的是河边长满我所熟悉的水乡的植物。芦苇。蒲草。蒲草甚高，高过人头。洪亮吉《天山客话》记云："惠远城关帝庙后，颇有池台之胜，池中积蒲盈顷，游鱼百尾，蛙声间之。"伊犁河岸之生长蒲草，是古已有之的事了。蒲苇旁边，摇动着一串一串殷红的水蓼花，俨然江南秋色。

蹲在伊犁河边捡小石子，起身时发觉腿上脚上有几个地方奇痒，伊犁有蚊子！乌鲁木齐没有蚊子，新疆很多地方没有蚊子，伊犁有蚊子，因为伊犁水多。水多是好事，咬两下也值得。自来新疆，我才更深切地体会到水对于人的生活的重要性。

几乎每个人看到戈壁滩,都要发出这样的感慨:这么大的地,要是有水,能长多少粮食啊!

伊犁河北岸为惠远城。这是"总统伊犁一带"的伊犁将军的驻地,也是获罪的"废员"充军的地方。充军到伊犁,具体地说,就是到惠远。伊犁是个大地名。

惠远有新老两座城。老城建于乾隆二十七年,后为伊犁河水冲溃,废。光绪八年,于旧城西北郊十五里处建新城。

我们到新城看了看。城是土城,——新疆的城都是土城,黄土版筑而成,颇简陋,想见是草草营建的。光绪年间,清廷的国力已经很不行了。将军府遗址尚在,房屋已经翻盖过,但大体规模还看得出来。照例是个大衙门的派头,大堂、二堂、花厅,还有个供将军下棋饮酒的亭子。两侧各有一溜耳房,这便是"废员"们办事的地方。将军府下设六个处,"废员"们都须分发在各处效力。现在的房屋有些地方还保留当初的材料。木料都不甚粗大。有的地方还看得到当初的彩画遗迹,都很粗率。

新城没有多少看头,使人感慨兴亡,早生华发的是老城。

旧城的规模是不小的。城墙高一丈四,城周九里。这里有将军府,有兵营,有"废员"们的寓处,街巷市里,房屋栉比。也还有茶坊酒肆,有"却卖鲜鱼饲花鸭"、"铜盘炙得花猪好"的南北名厨。也有可供登临眺望,诗酒流连的去处。"城南有望河楼,面伊江,为一方之胜",城西有半亩宫,城北一片高大的松林。到了重阳,归家亭子的菊花开得正好,不妨开宴。惠远是个"废员"、"谪宦"、"迁客"的城市。"自巡抚以下至簿尉,亦无官不具,又可知伊犁迁客之多矣"。从上引洪亮吉的诗文,可以看到这些迁客下放到这里,倒是颇不寂寞的。

伊犁河那年发的那场大水,是很不小的。大水把整个城全扫掉了。惠远城的城基是很高的,但是城西大部分已经塌陷,变成和伊犁河岸一般平的草滩了。草滩上的草很好,碧绿的,有牛羊在随意啃啮。城西北的城基犹在,人们常常可以在废墟中捡到陶瓷碎片,辨认花纹字迹。

城的东半部的遗址还在。城里的市街都已犁为耕地,种了庄稼。东北城墙,犹余半壁。城墙虽是土筑的,但很结实,厚约三尺。稍远,右侧,有一土墩,是鼓楼残迹,那应该是城的中心。林则徐就住在附近。

据记载:鼓楼前方第二巷,又名宽巷,是林的住处。我不禁向那个地方多看了几眼。林公则徐,您就是住在那里的呀?

伊犁一带关于林则徐的传说很多。有的不一定可靠。比如现在还在使用的惠远渠,又名皇渠,传说是林所修筑,有人就认为这不可信:林则徐在伊犁只有两年,这样一条大渠,按当时的条件,两年是修不起来的。但是林则徐之致力新疆水利,是不能否定的(林则徐分发在粮饷处,工作很清闲,每月只须到职一次,本不管水利)。林有诗云:"要荒天遣作箕子,此语足壮羁臣羁",看来他虽在迁谪之中,还是壮怀激烈,毫不颓唐的。他还是想有所作为,为百姓作一点好事,并不像许多废员,成天只是"种树养花,读书静坐"(洪亮吉语)。林则徐离开伊犁时有诗云:"格登山色伊江水,回首依依勒马看",他对伊犁是有感情的。

惠远城东的一个村边,有四棵大青枫树。传说是林则徐手植的。这大概也是附会。林则徐为什么会跑到这样一个村边来种四棵树呢?不过,人们愿意相信,就让他相信吧。

这样一个人,是值得大家怀念的。

据洪亮吉《客话》云:废员例当佩长刀,穿普通士兵的制服——短后衣。林则徐在伊犁日,亦当如此。

伊犁河南岸是察布查尔。这是一个锡伯族自治县。锡伯人善射,乾隆年间,为了戍边,把他们由东北的呼伦贝尔迁调来此。来的时候,戍卒一千人,连同家属和愿意一同跟上来的亲友,共五千人,路上走了一年多。——原定三年,提前赶到了。朝廷发下的差旅银子是一总包给领队人的,提前到,领队可以白得若干。一路上,这支队伍生下了三百个孩子!

这是一支多么壮观的,富于浪漫主义色彩,充满人情气味的队伍啊。五千人,一个民族,男男女女,锅碗瓢盆,全部家当,骑着马,骑着骆驼,乘着马车、牛车,浩浩荡荡,迤迤逦逦,告别东北的大草原,朝着西北大戈壁,出发了。落日,朝雾,启明星,北斗星。搭帐篷,饮牲口,宿营。火光,炊烟,茯茶,奶子。歌声,谈笑声。哪一个帐篷或车篷里传出一声啼哭,"呱——"又一个孩子出生了,一个小锡伯人,一个未来的武士。

一年多。

三百个孩子。

锡伯人是骄傲的。他们在这里驻防二百多年,没有后退过一步。没有一个人跑过边界,也没有一个人逃回东北,他们在这片土地扎下了深根。

锡伯族到现在还是善射的民族。他们的选手还时常在各地举行的射箭比赛中夺标。

锡伯人是很聪明的,他们一般都会说几种语言,除了锡伯语,还会说维语、哈萨克语、汉语。他们不少人还能认古满文。在故宫翻译、整理满文老档的,有几个是从察布查尔调去的。

英雄的民族!

雨晴,自伊犁往尼勒克车中望乌孙山

一痕界破地天间,
浅绛依稀暗暗蓝。
夹道白杨无尽绿,
殷红数点女郎衫。

尼勒克

站在尼勒克街上,好像一步可登乌孙山。乌孙故国在伊犁河上游特克斯流域,尼勒克或当是其辖境。细君公主、解忧公主远嫁乌孙,不知有没有到过这里。汉代女外交家冯嫽夫人是

个活跃人物,她的锦车可能是从这里走过的。

尼勒克地方很小,但是境内现有十三个民族。新疆的十三个民族,这里全有。喀什河从城外流过,水清如碧玉,流甚急。

> 山形依旧乌孙国,
> 公主琵琶尚有声。
> 至今团聚十三族,
> 不尽长河绕故城。

唐巴拉牧场

在乌鲁木齐,在伊犁,接待我们的同志,都劝我们到唐巴拉牧场去看看,说是唐巴拉很美。

唐巴拉果然很美。但是美在哪里,又说不出。勉强要说,只好说:这儿的草真好!

喀什河经过唐巴拉,流着一河碧玉。唐巴拉多雨。由尼勒克往唐巴拉,汽车一天到不了,在卡提布拉克种蜂场住了一夜。那一夜就下了一夜大雨。有河,雨水足,所以草好。这是一个绿色的王国,所有的山头都是碧绿的。绿山上,这里那里,有小牛在慢悠悠地吃草。唐巴拉是高山牧场,牲口都散放在山上,尽它自己漫山瞎跑,放牧人不用管它,只要隔两三天骑着马去看看,不像内蒙,牲口放在平坦的草原上。真绿,空气真新鲜,真安静,——一点声音都没有。

我们来晚了。早一个多月来，这里到处是花。种蜂场设在这里，就是因为这里花多。这里的花很多是药材，党参、贝母……蜜蜂场出的蜂蜜能治气管炎。

有的山是杉山。山很高，满山满山长了密匝匝的云杉。云杉极高大。这里的云杉据说已经砍伐了三分之二，现在看起来还很多。招待我们的一个哈萨克牧民告诉我们：林业局有规定，四百年以上的，可以砍；四百年以下的，不许砍。云杉长得很慢。他用手指比了比碗口粗细："一百年，才这个样子！"

到牧场，总要喝喝马奶子，吃吃手抓羊肉。

马奶子微酸，有点像格瓦斯，我在内蒙喝过，不难喝，但也不觉得怎么好喝。哈萨克人可是非常爱喝。他们一到夏天，就高兴了：可以喝"白的"了。大概他们冬天只能喝砖茶，是黑的。马奶子要夏天才有，要等母马下了驹子，冬天没有。一个才会走路的男娃子，老是哭闹。给他糖，给他苹果，都不要，摔了。他妈给他倒了半碗马奶子，他巴呷巴呷地喝起来，安静了。

招待我们的哈萨克牧人的孩子把一群羊赶下山了。我们看到两个男人把羊一只一只周身揣过，特别用力地揣它的屁股蛋子。我们明白，这是揣羊的肥瘦（羊们一定不明白，主人这样揣它是干什么），揣了一只，拍它一下，放掉了；又重捉过一只来，反复地揣。看得出，他们为我们选了一只最肥的羊羔。

哈萨克吃羊肉和内蒙不同，内蒙是各人攥了一大块肉，自己用刀子割了吃。哈萨克是：一个大瓷盘子，下面衬着煮烂的面条，上面覆盖着羊肉，主人用刀把肉割成碎块，大家连肉带面抓起来,送进嘴里。

好吃么?

好吃!

吃肉之前,由一个孩子提了一壶水,注水遍请客人洗手,这风俗近似阿拉伯、土耳其。

"唐巴拉"是什么意思呢?哈萨克主人说:听老人说,这是蒙古话。从前山下有一片大树林子,蒙古人每年来收购牲畜,在树上烙了好些印子(印子本是烙牲口的),作为做买卖的标志。唐巴拉是印子的意思。他说:也说不准。

赛里木湖·果子沟

乌鲁木齐人交口称道赛里木湖,果子沟。他们说赛里木湖水很蓝;果子沟要是春天去,满山都是野苹果花。我们从乌鲁木齐往伊犁,一路上就期待着看看这两个地方。

车出芦草沟,迎面的天色沉了下来,前面已经在下雨。到赛里木湖,雨下得正大。

赛里木湖的水不是蓝的呀。我们看到的湖水是铁灰色的。风雨交加,湖里浪很大。灰黑色的巨浪,一浪接着一浪,扑面涌来,撞碎在岸边,溅起白沫。这不像是湖,像是海。荒凉的,没有人迹的,冷酷的海。没有船,没有飞鸟。赛里木湖使人觉得很神秘,甚至恐怖。赛里木湖是超人性的。它没有人的气息。

湖边很冷，不可久留。

林则徐一八四二年（距今整一百四十年）十一月五日，曾过赛里木湖。林则徐日记云："土人云：海中有神物如青羊，不可见，见则雨雹。其水亦不可饮，饮则手足疲软，谅是雪水性寒故耳。"林则徐是了解赛里木湖的性格的。

到伊犁，和伊犁的同志谈起我们见到的赛里木湖，他们都有些惊讶，说："真还很少有人在大风雨中过赛里木湖。"

赛里木湖正南，即果子沟。车到果子沟，雨停了。我们来的不是时候，没有看到满山密雪一样的林檎的繁花，但是果子沟给我留下一个非常美的印象。

吉普车在山顶的公路上慢行着，公路一侧的下面是重重复复的山头和深浅不一的山谷。山和谷都是绿的，但绿得不一样。浅黄的、浅绿的、深绿的。每一个山头和山谷多是一种绿法。大抵越是低处，颜色越浅；越往上，越深。新雨初晴，日色斜照，细草丰茸，光泽柔和，在深深浅浅的绿山绿谷中，星星点点地散牧着白羊、黄犊、枣红的马，十分悠闲安静。迎面陡峭的高山上，密密地矗立着高大的云杉。一缕一缕白云从黑色的云杉间飞出。这是一个仙境。我到过很多地方，从来没有觉得什么地方是仙境。到了这儿，我蓦然想起这两个字。我觉得这里该出现一个小小的仙女，穿着雪白的纱衣，披散着头发，手里拿一根细长的牧羊杖，赤着脚，唱着歌，歌声悠远，回绕在山谷之间……

从伊犁返回乌鲁木齐，重过果子沟。果子沟不是来时那样了。草、树、山,都有点发干,没有了那点灵气。我不复再觉得这是一个仙境了。旅游,也要碰运气。我们在大风雨中过赛里木,雨后看果子沟,皆可遇而不可求。

汽车转过一个山头,一车的人都叫了起来:"哈!"赛里木湖,真蓝!好像赛里木湖故意设置了一个山头,挡住人的视线。绕过这个山头,它就像从天上掉下来的似的,突然出现了。

真蓝!下车待了一会,我心里一直惊呼着:真蓝!

我见过不少蓝色的水。"春水碧于蓝"的西湖,"比似春莼碧不殊"的嘉陵江,还有最近看过的博格达雪山下的天池,都不似赛里木湖这样的蓝。蓝得奇怪,蓝得不近情理。蓝得就像绘画颜料里的普鲁士蓝,而且是没有化开的。湖面无风,水纹细如鱼鳞。天容云影,倒映其中,发宝石光。湖色略有深浅,然而一望皆蓝。

上了车,车沿湖岸走了二十分钟,我心里一直重复着这一句:真蓝。远看,像一湖纯蓝墨水。

赛里木湖究竟美不美?我简直说不上来。我只是觉得:真蓝。我顾不上有别的感觉,只有一个感觉——蓝。

为什么会这样蓝?有人说是因为水太深。据说赛里木湖水深至九十公尺。赛里木湖海拔二千零七十三米,水深九十公尺,真是不可思议。

"赛里木"是突厥语,意思是祝福、平安。突厥的旅人到了这里,都要对着湖水,说一声:

"赛里木!"

为什么要说一声"赛里木"！是出于欣喜,还是出于敬畏？赛里木湖是神秘的。

苏公塔

苏公塔在吐鲁番。吐鲁番地远，外省人很少到过，故不为人所知。苏公塔，塔也，但不是平常的塔。苏公塔是伊斯兰教的塔，不是佛塔。

据说，像苏公塔这样的结构的塔，中国共有两座，另一座在南京。

塔不分层。看不到石基木料。塔心是一砖砌的中心支柱。支柱周围有盘道，逐级盘旋而上，直至塔顶。外壳是一个巨大的圆柱，下丰上锐，拱顶。这个大圆柱是砖砌的，用结实的方砖砌出凹凸不同的中亚风格的几何图案，没有任何增饰。砖是青砖，外面涂了一层黄土，呈浅土黄色。这种黄土，本地所产，取之不尽，土质细腻，无杂质，富粘性。吐鲁番不下雨，塔上涂刷的土浆没有被冲刷的痕迹。二百余年，完好如新。塔高约相当于十层楼，朴素而不简陋，精巧而不繁琐。这样一个浅土黄色的，滚圆的巨柱，拔地而起，直向天空，安静肃穆，准确地表达了穆斯林的虔诚和信念。

塔旁为一礼拜寺，颇宏伟，大厅可容千人，但外表极朴素，土筑、平顶。这座礼拜寺的构思是费过斟酌的。不敢高，不与塔争势；不欲过卑，因为这是做礼拜的场所。整个建筑全由平行线和垂直线构成，无弧线，无波纹起伏，亦呈浅土黄色。

圆柱形的苏公塔和方正的礼拜寺造成极为鲜明的对比，而又非常协调。苏公塔追求的是单纯。

令人钦佩的是造塔的匠师把蓝天也设计了进去。单纯的，对比着而又协调着的浅土黄色的建筑，后面是吐鲁番盆地特有的明净无滓湛蓝湛蓝的天宇，真是太美了。没有蓝天，衬不出这种浅土黄色是多么美。一个有头脑的，聪明的匠师！

苏公塔亦称额敏塔。造塔的由来有两种说法。塔的进口处有一块碑，一半是汉字，一半是维文。汉字的说塔是额敏造的。额敏和硕，因助清高宗平定准噶尔有功，受封为郡王。碑文有感念清朝皇帝的意思，碑首冠以"大清乾隆"，自称"皇帝旧仆"。维文的则说这是额敏的长子苏来满造，为了向安拉祈福。不知道为什么会有这样两种的不同的说法。由来不同，塔名亦异。

大戈壁·火焰山·葡萄沟

从乌鲁木齐到吐鲁番，要经过一片很大的戈壁滩。这是典型的大戈壁，寸草不生。没有任何生物。我经过别处的戈壁，总还有点芨芨草、梭梭、红柳，偶尔有一两棵曼陀罗开着白花，有几只像黑漆涂出来的乌鸦。这里什么都没有。没有飞鸟的影子，没有虫声，连苔藓的痕迹都没有。就是一片大平地，平极了。地面都是砾石。都差不多大，好像是筛选过的。有黑的、有白的。铺得很均匀。远看像铺了一地炉灰碴子。一望无际。真是荒凉。太古洪荒。真像是到了一个什么别的星球上。

我们的汽车以每小时八十公里的速度在平坦的柏油路上奔驰,我觉得汽车像一只快艇飞驶在海上。

戈壁上时常见到幻影。远看一片湖泊,清清楚楚。走近了,什么也没有。幻影曾经欺骗了很多干渴的旅人。幻影不难碰到,我们一路见到多次。

人怎么能通过这样的地方呢?他们为什么要通过这样的地方?他们要去干什么?

不能不想起张骞,想起班超,想起玄奘法师。这都是了不起的人……

快到吐鲁番了,已经看到坎儿井。坎儿井像一溜一溜巨大的蚁垤。下面,是暗渠,流着从天山引下来的雪水。这些大蚁垤是挖渠掏出的砾石堆。现在有了水泥管道,有些坎儿井已经废弃了,有些还在用着。总有一天,它们都会成为古迹的。但是不管到什么时候,看到这些巨大的蚁垤,想到人能够从这样的大戈壁下面,把水引了过来,还是会起历史的庄严感和悲壮感的。

到了吐鲁番,看到房屋、市街、树木,加上天气特殊的干热,人昏昏的,有点像做梦。有点不相信我们是从那样荒凉的戈壁滩上走过来的。

吐鲁番是一个著名的绿洲。绿洲是什么意思呢?我从小就在诗歌里知道绿洲,以为只是有水草树木的地方。而且既名为洲,想必很小。不对。绿洲很大。绿洲是人所居住的地方。绿洲意味着人的生活，人的勤劳，人的生老病死，喜怒哀乐，人的文明。

一出吐鲁番，南面便是火焰山。

又是戈壁。下面是苍茫的戈壁，前面是通红的火焰山。靠近火焰山时，发现戈壁上长了一丛丛翠绿翠绿的梭梭。这样一个无雨的、酷热的戈壁上怎么会长出梭梭来呢？而且是那样的绿！不知它是本来就是这样绿，还是通红的山把它衬得更绿了。大概在干旱的戈壁上，凡能发绿的植物，都罄其全生命，拼命地绿。这一丛一丛的翠绿，是一声一声胜利的呼喊。

火焰山，前人记载，都说它颜色赤红如火。不止此也。整个山像一场正在延烧的大火。凡火之颜色、形态无不具。有些地方如火方炽，火苗高窜，颜色正红。有些地方已经烧成白热，火头旋拧如波涛。有一处火头得了风，火借风势，呼啸而起，横扯成了一条很长的火带，颜色微黄。有几处，下面的小火为上面的大火所逼，带着烟沫气流，倒溢而出。有几个小山叉，褶缝间黑黑的，分明是残火将熄的烟炱……

火焰山真是一个奇观。

火焰山大概是风造成的，山的石质本是红的，表面风化，成为细细的红沙。风于是在这些疏松的沙土上雕镂搜剔，刻出了一场热热烘烘，刮刮杂杂的大火。风是个大手笔。

火焰山下极热，盛夏地表温度至七十多度。

火焰山下，大戈壁上，有一条山沟，长十余里，沟中有一条从天山流下来的河，河两岸，除了石榴、无花果、棉花、一般的庄稼，种的都是葡萄，是为葡萄沟。

葡萄沟里到处是晾葡萄干的荫房。——葡萄干是晾出来的，不是晒出来的。四方的土房子，四面都用土墼砌出透空的花墙。无核白葡萄就一长串一长串地挂在里面，尽吐鲁番特有的干燥的热风，把它吹上四十天，就成了葡萄干，运到北京、上海、外国。

吐鲁番的葡萄全国第一，各样品种无不极甜，而且皮很薄，入口即化。吐鲁番人吃葡萄都不吐皮，因为无皮可吐。——不但不吐皮，连核也一同吃下，他们认为葡萄核是好东西。北京绕口令曰："吃葡萄不吐葡萄皮儿"，未免少见多怪。

一九八二年九月二十二日起手写于兰州，
十月七日北京写讫。

湘行二记[1]

桃花源记

　　汽车开进桃花源,车中一眼看见一棵桃树上还开着花,只有一枝,四五朵,通红的,如同胭脂。十一月天气,还开桃花!这四五朵红花似乎想努力地证明:这里确实是桃花源。

　　有一位原来也想和我们一同来看看桃花源的同志,听说这个桃花源是假的,就没有多大兴趣,不来了。这位同志真是太天真了。桃花源怎么可能是真的呢?《桃花源记》是一篇寓言。中国有几处桃花源,都是后人根据《桃花源诗并记》附会出来的。先有《桃花源记》,然后有桃花源。不过如果要在中国选举出一个桃花源,这一个应该有优先权。这个桃花源在湖南桃源县,桃源旧属武陵。而且这里有一条小溪,直通沅江。陶渊明的《桃花源记》不是这样说的么:"晋太原中,武陵人,捕

---

[1] 本篇原载《芙蓉》1983 年第四期。

鱼为业，缘溪行，忘路之远近……"

刚放下旅行包，文化局的同志就来招呼去吃擂茶。耳擂茶之名久矣，此来一半为擂茶，没想到下车后第一个节目便是吃擂茶，当然很高兴。茶叶、老姜、芝麻，加盐，放在一个擂钵里，用硬杂木做的擂棒"擂"成细末，用开水冲开，便是擂茶。吃擂茶时还要摆出十几个碟子，里面装的是炒米、炒黄豆、炒绿豆、炒包谷、炒花生、砂炒红薯片、油炸锅巴、泡菜、酸辣藠头……边喝边吃。擂茶别具风味，连喝几碗，浑身舒服。佐茶的茶食也都很好吃，藠头尤其好。我吃过的藠头多矣，江西的、湖北的、四川的……但都不如这里的又酸又甜又辣，桃源藠头滋味之浓，实为天下冠。桃源人都爱喝擂茶。有的农民家，夏天中午不吃饭，就是喝一顿擂茶。问起擂茶的来历，说是：诸葛亮带兵到这里，士兵得了瘟疫，遍请名医，医治无效，有一个老婆婆说："我会治！"她熬了几大锅擂茶，说："喝吧！"士兵喝了擂茶，都好了。这种说法当然也只好姑妄听之。诸葛亮有没有带兵到过桃源，无可稽考。根据印象，这一带在三国时应是吴国的地方，若说是鲁肃或周瑜的兵，还差不多。我总怀疑，这种喝茶法是宋代传下来的。《都城纪胜·茶坊》载："冬天兼卖擂茶"。《梦粱录》"茶肆"条载："冬月添卖七宝擂茶"。有一本书载："杭州人一天吃三十丈木头"，指的是每天消耗的"擂槌"的表层木质。"擂槌"大概就是桃源人所说的擂棒。"一天吃三十丈木头"，形容杭州人口之多。

擂槌可以擂别的东西，当然也可以擂茶。"擂"这个字是从宋代沿用下来的。"擂"者,擂而细之之谓也,跟擂鼓的擂不是一个意思。茶里放姜,见于《水浒传》,王婆家就有这种茶卖,《水浒传》第二十四回写道:"便浓浓的点两盏姜茶,将来放在桌子上"。从字面看,这种茶里有茶叶,有姜,至于还放不放别的什么,只好阙闻了。反正,王婆所卖之茶与桃源擂茶有某种渊源,是可以肯定的。湖南省不少地方喝"芝麻豆子茶",即在茶里放入炒熟且碾碎的芝麻、黄豆、花生,也有放姜的,好像不加盐,茶叶则是整的,并不擂细,而且喝干了茶水还把叶子捞出来放进嘴里嚼嚼吃了,这可以说是擂茶的嫡堂兄弟。湖南人爱吃姜。十多年前在醴陵、浏阳一带旅行,公共汽车一到站,就有人托了一个磁盘,里面装的是插在牙签上的切得薄薄的姜片,一根牙签上插五六片,卖与过客。本地人掏出角把钱,买得几串,就坐在车里吃起来,像吃水果似的。大概楚地卑湿,故湘人保存了不撤姜食的习惯。生姜、茶叶可以治疗某些外感,是一般的本草书上都讲过的。北方的农村也有把茶叶、芝麻一同放在嘴里生嚼用来发汗的偏方。因此,说擂茶最初起于医治兵士的时症,不为无因。

上午在山上桃花观里看了看。进门是一正殿,往后高处是"古隐君子之堂"。两侧各有一座楼,一名"蹑风",用陶渊明"愿言蹑轻风"诗意;一名"玩月",用刘禹锡故实。楼皆三面开窗,后为墙壁,颇小巧,不俗气。观里的建筑都不甚高大,疏疏朗朗,虽为道观,却无甚道士气,既没有一气三清的坐像,也没有伸着手掌放掌心雷降妖的张天师。楹联颇多,联语多隐括《桃花源记》词句,也与道教无关。这些联匾在"文化大革命"中由一看山的老人摘下藏了起来,没有交给破四旧的红卫兵,故能完整地重新挂出来,也算万幸了。

下午下山,去钻了"秦人洞"。洞口倒是有点像《桃花源记》所写的那样,"山有小口,仿佛若有光","初极狭,才通人"。洞里有小小流水,深不过人脚面,然而源源不竭,蜿蜒流至山下。走了几十步,豁然开朗了,但并不是"土地平旷。屋舍俨然,有良田桑竹之属,阡陌交通,鸡犬相闻"。后面有一点平地,也有一块稻田,田中插一木牌,写着:"千丘田",实际上只有两间房子那样大,是特意开出来种了稻子应景的。有两个水池子,山上有一个擂茶馆,再后就又是山了。如此而已。因此不少人来看了,都觉得失望,说是"不像"。这些同志也真是天真。他们大概还想遇见几个避乱的秦人,请到家里,设酒杀鸡来招待他一番,这才满意。

看了秦人洞,便扶向路下山。山下有方竹亭,亭极古拙,四面有门而无窗,墙甚厚,拱顶,无梁柱,云是明代所筑,似可信。亭后旧有方竹,为国民党的兵砍尽。竹子这个东西,每隔三年,须删砍一次,不则挤死;然亦不能砍尽,砍尽则不复长。现在方竹亭后仍有一丛细竹,导游的说明牌上说:这种竹子看起来是圆的,摸起来是方的。摸了摸,似乎有点楞。但一切竹竿似皆不尽浑圆,这一丛细竹是补种来应景的,和我在成都薛涛井旁所见方竹不同,——那是真正"的角四方"的。方竹亭前原来有很多碑,"文化大革命"中都被红卫兵椎碎了,剩下一些石头乌龟昂着头空空地坐在那里。据说有一块明朝的碑，字写得很好，不知还能不能找到拓本。

旧的碑毁掉了，新的碑正在造出来。就在碎碑残骸不远处，有几个石工正在丁丁地斫治。一个小伙子在一块桃源石的巨碑上浇了水，用一块油石在慢慢地磨着。碑石绿如艾叶，很好看。桃源石很硬，磨起来很不容易。问："磨这样一块碑得用多少工？"——"好多工啊？哪晓得呢！反正磨光了算！"这回答真有点无怀氏之民的风度。

晚饭后，管理处的同志摆出了纸墨笔砚，请求写几个字，把上午吃擂茶时想出的四句诗写给了他们：

> 红桃曾照秦时月，
> 黄菊重开陶令花。
> 大乱十年成一梦，
> 与君安坐吃擂茶。

晚宿观旁的小招待所，栏杆外面，竹树萧然，极为幽静，桃花源虽无真正的方竹，但别的竹子都可看。竹子都长得很高，节子也长，竹叶细碎，姗姗可爱，真是所谓修竹。树都不粗壮，而都甚高。大概树都是从谷底长上来的，为了够得着日光，就把自己拉长了。竹叶间有小鸟穿来穿去，绿如竹叶，才一寸多长。

> 修竹姗姗节子长,
> 山中高树已经霜。
> 经霜竹子[①]皆无语,
> 小鸟啾啾为底忙?

晨起,至桃花观门外闲眺,下起了小雨。

> 山下鸡鸣相应答,
> 林间鸟语自高低。
> 芭蕉叶响知来雨,
> 已觉清流涨小溪。

作了一日武陵人,临去,看那个小伙子磨的石碑,似乎进展不大。门口的桃花还在开着。

岳阳楼记

岳阳楼值得一看。

长江三胜,滕王阁、黄鹤楼都没有了,就剩下这座岳阳楼了。

岳阳楼最初是唐开元中中书令张说所建,但在一般中国人

---

① 一作"树"。

印象里，它是滕子京建的。滕子京之所以出名，是由于范仲淹的《岳阳楼记》。中国过去的读书人很少没有读过《岳阳楼记》的。《岳阳楼记》一开头就写道："庆历四年春，滕子京谪守巴陵郡。越明年，政通人和，百废俱兴……"虽然范记写得很清楚，滕子京不过是"重修岳阳楼，增其旧制"，然而大家不甚注意，总以为这是滕子京建的。岳阳楼和滕子京这个名字分不开了。滕子京一生做过什么事，大家不去理会，只知道他修建了岳阳楼，好像他这辈子就做了这一件事。滕子京因为岳阳楼而不朽，而岳阳楼又因为范仲淹的一记而不朽。若无范仲淹的《岳阳楼记》，不会有那么多人知道岳阳楼，有那么多人对它向往。《岳阳楼记》通篇写得很好，而尤其为人传诵者，是"先天下之忧而忧，后天下之乐而乐"这两句名言。可以这样说：岳阳楼是由于这两句名言而名闻天下的。这大概是滕子京始料所不及，亦为范仲淹始料所不及。这位"胸中自有数万甲兵"的范老子的事迹大家也多不甚了了，他流传后世的，除了几首词，最突出的，便是一篇《岳阳楼记》和《记》里的这两句话。这两句话哺育了很多后代人，对中国知识分子的品德的形成，产生了极其深远的影响。匹夫而为百世师，一言而为天下法，呜呼，立言的价值之重且大矣，可不慎哉！

写这篇《记》的时候，范仲淹不在岳阳，他被贬在邓州，即今延安，而且听说他根本就没有到过岳阳，《记》中对岳阳楼四周景色的描写，完全出诸想象。这真是不可思议的事。他没有到过岳阳，可是比许多久住岳阳的人看到的还要真切。岳阳的景色是想象的，但是"先天下之忧而忧，后天下之乐而乐"的思想却是久经考虑，出于胸臆的，真实的、深刻的。看来一篇文章最重要的是思想。有了独特的思想，才能调动想象，才能把在别处所得到的印象概括集中起来。范仲淹虽可能没有看到过洞庭湖，但是他看到过很多巨浸大泽。他是吴县人，太湖是一定看过的。我很怀疑他对洞庭湖的描写，有些是从太湖印象中借用过来的。

现在的岳阳楼早已不是滕子京重修的了。这座楼烧掉了几次。据《巴陵县志》载：岳阳楼在明崇祯十二年毁于火，推官陶宗孔重建。清顺治十四年又毁于火，康熙二十二年由知府李遇时、知县赵士珩捐资重建。康熙二十七年又毁于火，直到乾隆五年由总督班第集资修复。因此范记所云"刻唐贤、今人诗赋于其上"，已不可见。现在楼上刻在檀木屏上的《岳阳楼记》系张照所书，楼里的大部分楹联是到处写字的"道州何绍基"写的，张、何皆乾隆间人。但是人们还相信这是滕子京修的那座楼，因为范仲淹的《岳阳楼记》实在太深入人心了。也很可能，后来两次修复，都还保存了滕楼的旧样。九百多年前的规模格局，至今犹能得其仿佛，斯可贵矣。

我在别处没有看见过一个像岳阳楼这样的建筑。全楼为四柱、三层、盔顶的纯木结构。主楼三层，高十五米，中间以四根楠木巨柱从地到顶承荷全楼大部分重力，再用十二根宝柱作为内围，外围绕以十二根檐柱，彼此牵制，结为整体。全楼纯用木料构成，逗缝对榫，没用一钉一铆，一块砖石。楼的结构精巧，但是看起来端庄浑厚，落落大方，没有搔首弄姿的小家气，在烟波浩淼的洞庭湖上很压得住，很有气魄。

岳阳楼本身很美，尤其美的是它所占的地势。"滕王高阁临江渚"，看来和长江是有一段距离的。黄鹤楼在蛇山上，晴川历历，芳草萋萋，宜俯瞰，宜远眺，楼在江之上，江之外，江自江，楼自楼。岳阳楼则好像直接从洞庭湖里长出来的。楼在岳阳西门之上，城门口即是洞庭湖。伏在楼外女墙上，好像洞庭湖就在脚底，丢一个石子，就能听见水响。楼与湖是一整体。没有洞庭湖，岳阳楼不成其为岳阳楼；没有岳阳楼，洞庭湖也就不成其为洞庭湖了。站在岳阳楼上，可以清清楚楚看到湖中帆船来往，渔歌互答，可以扬声与舟中人说话；同时又可远看浩浩汤汤，横无际涯，北通巫峡，南极潇湘的湖水，远近咸宜，皆可悦目。"气吞云梦泽，波撼岳阳城"，并非虚语。

我们登岳阳楼那天下雨，游人不多。有三四级风，洞庭湖里的浪不大，没有起白花。本地人说不起白花的是"波"，起白花的是"涌"。"波"和"涌"有这样的区别，我还是第一次听到。这可以增加对于"洞庭波涌连天雪"的一点新的理解。

夜读《岳阳楼诗词选》。读多了，有千篇一律之感。最有气魄的还是孟浩然的那一联，和杜甫的"吴楚东南坼，乾坤日夜浮"。刘禹锡的"遥望洞庭山水翠，白银盘里一青螺"，化大境界为小景，另辟蹊径。许棠因为《洞庭》一诗，当时号称"许洞庭",但"四顾疑无地,中流忽有山",只是工巧而已。滕子京的《临江仙》把"气蒸云梦泽,波撼岳阳城","曲终人不见,江上数峰青"整句地搬了进来,未免过于省事!吕洞宾的绝句:"朝游岳鄂暮苍梧,袖里青蛇胆气粗。三醉岳阳人不识,朗吟飞过洞庭湖",很有点仙气,但我怀疑这是伪造的(清人陈玉垣《岳阳楼》诗有句云:"堪惜忠魂无处奠,却教羽客踞华榱",他主张岳阳楼上当奉屈左徒为宗主,把楼上的吕洞宾的塑像请出去,我准备投他一票)。写得最美的,还是屈大夫的"嫋嫋兮秋风,洞庭波兮木叶下。"两句话,把洞庭湖就写完了!

一九八二年十二月八日　北京

菏泽游记[1]

菏泽牡丹

菏泽的出名,一是因为历史上出过一个黄巢(今菏泽城西有冤句故城,为黄巢故里,京剧《珠帘寨》说他"家住曹州并曹县",曹州是对的,曹县不确)。一是因为出牡丹花。菏泽牡丹种植面积大,最多时曾达五千亩,一九七六年调查还有三千多亩,单是城东"曹州牡丹园"就占地一千亩;品种多,约有四百种。

牡丹花期短,至谷雨而花事始盛,越七八日,即阑珊欲尽,只剩一大片绿叶了。谚云:"谷雨三日看牡丹"。今年的谷雨是阳历四月二十。我们二十二日到菏泽,第二天清晨去看牡丹,正是好时候。

初日照临,杨柳春风,一千亩盛开的牡丹,这真是一场花

---

[1] 本篇原载《北京文学》1983年第十期。

的盛宴,蜜的海洋,一次官能上的过度的饱饫。漫步园中,恍恍惚惚,有如梦回酒醒。

牡丹的特点是花大、型多、颜色丰富。我们在李集参观了一丛浅白色的牡丹,花头之大,花瓣之多,令人骇异。大队的支部书记指着一朵花说:"昨天量了量,直径六十五公分",古人云牡丹"花大盈尺",不为过分。他叫我们用手掂掂这朵花。掂了掂,够一斤重!苏东坡诗云"头重欲人扶",得其神理。牡丹花分三大类:单瓣类、重瓣类、千瓣类;六型:葵花型、荷花型、玫瑰花型、平头型、皇冠型、绣球型;八大色:黄、红、蓝、白、黑、绿、紫、粉。通称"三类、六型、八大色"。姚黄、魏紫,这里都有。紫花甚多,却不甚贵重。古人特重姚黄,菏泽的姚黄色浅而花小,并不突出,据说是退化了。园中最出色的是绿牡丹、黑牡丹。绿牡丹品名豆绿,盛开时恰如新剥的蚕豆。挪威的别伦·别尔生说花里只有菊花有绿色的,他大概没有看到过中国的绿牡丹。黑牡丹正如墨菊一样,当然不是纯黑色的,而是紫红得发黑。菏泽用"黑花魁"与"烟笼紫玉盘"杂交而得的"冠世墨玉",近花萼处真如墨染。堪称菏泽牡丹的"代表作"的,大概还要算清代赵花园园主赵玉田培育出来的"赵粉"。粉色的牡丹不难见,但"赵粉"极娇嫩,为粉花上品。传至洛阳,称"童子面",传至西安,称"娃儿面",以婴儿笑靥状之,差能得其仿佛。

菏泽种牡丹,始于何时,难于查考。至明嘉靖年间,栽培已盛。《曹南牡丹谱》载:"至明曹南牡丹甲于海内"。牡丹,在菏泽,是一种经济作物。《菏泽县志》载:"牡丹,芍药多至百余种,土人植之,动辄数十百亩,利厚于五谷",每年秋后,"土人捆载之,南浮闽粤,北走京师,至则厚值以归"。现在全国各地名园所种牡丹,大部分都是由菏泽运去的。清代即有"菏泽牡丹甲天下"之说。凡称某处某物甲天下者,每为天下人所不服。而称"菏泽牡丹甲天下",则天下人皆无异议。

牡丹的根,经过加工,为"丹皮",为重要的药材,这是大家都知道的。菏泽丹皮,称为"曹丹",行市很俏。

菏泽盛产牡丹,大概跟气候水土有些关系。牡丹耐干旱,不能浇"明水",而菏泽春天少雨。牡丹喜轻碱性沙土,菏泽的土正是这种土。菏泽水咸涩,绿茶泡了一会就成了铁观音那样的褐红色,这样的水却偏宜浇溉牡丹。

牡丹是长寿的。菏泽赵楼村南曾有两棵树龄二百多年的脂红牡丹,主干粗如碗口,儿童常爬上去玩耍,被称为"牡丹王"。袁世凯称帝后,曹州镇守使陆朗斋把牡丹王强行买去,栽在河南彰德府袁世凯的公馆里,不久枯死。今年在菏泽开牡丹学术讨论会,安徽的代表说在山里发现一棵牡丹,已经三百多年,每年开花二百余朵,犹无衰老态。但是牡丹的栽培却是很不易的。牡丹的繁殖,或分根,或播种,皆可。一棵牡丹,每五年才能分根,结籽常需七年。一个杂交的新品种的栽培需要十五年,成种率为千分之四。看花才十日,栽花十五年,亦云劳矣。

参观了牡丹园,李集大队的支部书记早就摆好了纸墨笔

砚,请写几个字留念,写了四句:

> 造化师人意,春秋在畚锸。
> 曹州天下奇,红粉黄金甲。

告别的时候,支书叫我们等一等,说是要送我们一些花,一个小伙子抱来了一抱。带到招待所,养在茶缸里,每间屋里都有几缸花。菏泽的同志说,未开的骨朵可以带到北京,我们便带在吉普车上。不想到了梁山,住了一夜,全都开了,于是一齐捧着送给了梁山招待所的女服务员。正是:菏泽牡丹携不去,且留春色在梁山。

上梁山

早发菏泽,经钜野,至郓城小憩。郓城是一个新建的现代城市,老城已经看不出痕迹。城中旧有乌龙院遗址,询之一老人,说是在天主堂的旁边。他说:"您这是问俺咧,问那些小青年,他们都知不道。"按乌龙院当是后人附会,不应信。《水浒传》说宋江讨了阎婆惜,"就在县西巷内讨了一所楼房,置办些家火什物,安顿了阎婆惜娘儿两个在那里居住"(《坐楼杀惜》有几分根据),并没有说盖了什么乌龙院。宋江把安顿阎婆惜的"小公馆"命名为乌龙院也颇怪,这和风花雪月实在毫不相干。近午,抵梁山县。县是一九四九年建置的,因境内有梁山而得名。

传说中的梁山,很有可能就在这里(听说有人有不同意见)。元高文秀《黑旋风双献功》杂剧云:"寨名水浒,泊号梁山。……南通巨野、金乡,北靠青、齐、兖、郓。"按其地望,实颇相似。《双献功》是杂剧,不是信史,但高文秀距南宋不远,不会无缘无故地制造出一个谣言。现在还有一条宽约四尺,相当平整的路,从山脚直通山顶,称为"宋江马道",说是宋江当初就是从这条路骑马上山的。这条路是人修的,想来是有人在山上安寨驻扎过。否则,这里既非交通要道,山上又无什么特殊的物产,当地的乡民是不会修出这样一条"马道"来的。主峰虎头山的山腰有两道石头垒成的寨墙,一为外寨,一为内寨,这显然就是为了防御用的。墙已坍塌,只剩下正面的一截了,还有三四尺高。石块皆如斗大。余嘉锡《宋江三十六人考实》引元袁桷过梁山泊诗:"飘飘愧陈人,历历见遗址。流移散空洲,崛强导故垒","故垒"或当即指的是这两道寨墙。想来当初是颇为结实而雄伟的,如袁桷所云,是"崛强"的。山顶有一块平地或云有十五亩,即忠义堂所在。堂址前的一块石头上有旗杆窝,说是插杏黄旗的,小且浅,似不可信。

梁山不甚高大,山势也不险恶。以我这样的年龄(六十三岁),这样的身体(心脏欠佳),可以一口气走上山顶而不觉得怎么样。这样一座山,能做出那样大的一番事业么?清代的王培荀就说过:"自今视之,山不高大,山外一望平陆",他怀疑小说"铺张太过"(《乡园忆旧》)。曹玉珂过梁山,也发出过类似疑问,"于是进父老而问之",对曰"险不在山而在水也"。原来如此!

梁山周围原来是一片大水,即梁山泊,累经变迁。《辞海》"梁山泊"条言之甚详:"'泊'一作'泺'。在今山东梁山、郓城等县间。南部梁山以南,本系大野泽的一部分,五代时泽面北移,环梁山皆成巨浸,始称梁山泊。从五代到北宋,多次被溃决的黄河河水灌入,面积逐渐扩大,熙宁以后,周围达八百里。入金后河徙水退,渐涸为平地。元末一度为黄河决入,又成大泊,不久又涸。"历来关于梁山泊的记载,迷离扑朔,或说八百里,或说三百里,或说有水,或说没有水,《辞海》算是把它的来龙去脉理出一个头绪来了。

梁山东面的东平湖现在的面积还有三十一万亩,比微山湖略小,据说原来东平湖和梁山泊是连着的,那可是一片非常壮观的大水!前年黄河分洪,河水还曾从东平湖漫过来,直抵梁山脚下。水退了,山下仍是"一望平陆",整整齐齐,一方块一方块麦子地。梁山遂成了一座干山,只有梁山,并无水泊了。

梁山县准备把梁山修复起来,已经成立了修复梁山规划领导小组。栽了很多树,还在本山修了断金亭。断金亭结构疏朗,斗拱甚大,像个宋代建筑。以后还将陆续修建,想要把黄河水引过来,恢复梁山旧观。不过这大概需要好多年。所谓"修复"也只能得其仿佛。《水浒传》是小说,大部分是虚构,谁知道水泊梁山到底是个什么样子呢。

在梁山住两日,餐餐食有鱼。鱼皆鲜活,是从东平湖里捞上来的。梁山人很会做鱼,糖醋、酥煮、清蒸,皆极精妙,达到理想的程度。这大概还是梁山泊时期留下来的传统。本地尤重鲤鱼,"无鱼不成席",虽鸡鸭满桌,若无一尾活鲤鱼,即非待客的敬意。东平湖水与黄河通,所以这里的鲤鱼也算黄河鲤。本地人云:辨黄河鲤鱼之法:剖开鱼肚,鱼肉雪白,即是黄河鲤;别处的鲤鱼,里面都有一层黑膜。鲤鱼要大小适中。以二斤半到三斤的为最贵,过小过大,都不值钱。办喜事,尤其要用这般大小的鱼。本地人说:"等着吃你的鱼咧!"意思即是等着吃你的喜酒。鱼必二斤半至三斤,多少钱都要,这样的鱼遂无定价,往往一桌席,一半便是这条鱼钱。我们吃的,正是这样大的鲤鱼。吃着鲤鱼不禁想起《水浒》。吴学究往碣石村说三阮撞筹,借口便是"如今在一个大财主家做门馆教学,今来要对付十数尾金色鲤鱼"。特重鲤鱼,由来久矣。不过吴用要的却是十四五斤的。十四五斤的鲤鱼,不好吃了。这是因为写《水浒》的施耐庵对吃黄河鲤不大内行,还是古今风俗有异了呢?

《水浒传》第三十八回,宋江在琵琶亭上,忽然心里想要鱼辣汤吃,"便是不才酒后,只爱口鲜鱼汤吃"。宋江是郓城人,离梁山泊不远,他是从小吃惯了鲜鱼的,难怪说腌了的鱼不中吃。

修复梁山规划小组的同志嘱写几个字,为书俚句:

远闻钜野泽,来上宋江山。
马道横今古,寨墙积暮烟。

旧址颇茫渺,遗规尚俨然。

何当觇杏帜,舟渡蓼花滩?

宿梁山之第二日,大雨,破晓时雨始渐住。这场雨对小麦十分有利。一老人说:"我活了七十年,没见过这时候下这样的雨的!"这真是及时雨。山东今年是个好年景。

一九八三年五月六日,北京

人间幻境花果山[①]

花果山的出名,是因为据说这里是孙悟空的老家。我对这种说法一直持怀疑态度。这回到了连云港,上了趟花果山,我的看法有些改变了。

花果山是云台山的一部分。程学桓《云台诸山记游》云:"河自西来,薄于淮,折而东北走,盖将入海矣。距海既近,天地于是蓄其力而隆为山,以持束之,……其最高大而横绝海上者,则为云台山。"写《西游记》的吴承恩是淮安人,淮安没有山。我曾听朱自清先生说过:淮安人是到了南阁楼就要修家书的。吴承恩平生未尝远游,没有见过多少名山大川。云台山距淮安近在咫尺,他又有一个朋友是海州人,他到过海州,上过云台山,这种可能性是存在的。如果他写《西游记》曾经从一座什么山受到过启发,那么便只有云台山较为合适。除此之外,还能有什么别的山呢?

[①] 本篇原载《连云港文学》1984 年第一期。

云台山自来就有点神话色彩,有点仙气。传说这座山本来没有,是从南方徙来的(漂来的么?)。《山海经·内东经》:"都州在海中,一曰郁州。"郭璞注:"今在东海朐县东,世传此山自苍梧徙来,上皆有南方物也。"明顾乾《云台图识》引《三元真经》云:"三元神圣,驾五色祥云,乘九气清风,云台山上,放大毫光"。这座山原来在海里。山与州之间,隔着一个渡口,风涛险恶。康熙年间,海涨沙淤,渡口忽成陆地,游人才能"骑马上云台"。这样一座"幽深秀特,常冠云气"(《江南通志》)的缥缥缈缈的海上仙山,作为一个神魔故事的产生背景,并非偶然。——吴承恩是会看到或听到过这一类的传说的。

我们上花果山,在十二月初,满眼看到的是遍山新栽的松树和不少银杏。银杏的树龄多在千年以上,老干婆娑,饶有古意。银杏虽也结果,叫做白果,但是大家都不拿它当果树看,所谓"果",通常指的是水果。然而从前山上的花果是颇多的。崔应阶云此山"多古木,杂植花树,殆以万计,实为大观。"吴承恩如果上过云台山,他虽然不一定看到《西游记》里所写的"瑶草奇花不谢,青松翠柏长春,仙桃常结果,修竹每留云"的景象,但和今天肯定是很不一样的。

坚持这是孙悟空的老家的同志认为最有说服力的证据,是山上有一个水帘洞。

水帘洞倒是在吴承恩写《西游记》之前就已经有了,并非因为有了《西游记》而附会出来的。明朝人顾乾《云台山三十六景》里的一景是"神泉普润",记云:"三元殿东上一里许有水帘洞。"刺史王同题曰"高山流水",又题曰"神泉普润"。王同题字刻石,今犹在。

水帘洞的洞口作"人"字形,像一间屋。旧记:"洞中石泉极浅小,冬夏不竭,泉甚甘美。"这口泉今犹可见。这样高的山洞里有泉水,倒是很新鲜的。至于泉水是否甘美,不知道。因为泉面落满了一层枯黄的柳叶,谁也不想捧起来尝尝。

水帘洞甚浅小,勉强可以放下一张单人床。

一个外来的旅客也许会觉得失望:"这就是水帘洞么?"他大概想看到一股瀑布飞泉,"一派白虹起,千寻雪浪飞。海风吹不断,江月照还依。冷气分青嶂,余流润翠微。潺湲石瀑布,真似挂帘帷"。他也许还想看到一道铁板桥,铁板桥后"翠藓堆蓝,白云浮玉,光摇片片烟霞。虚窗静室,滑板凳生花。乳窟龙珠倚柱,萦回满地奇葩……"还想看到石座石床,石盆石碗,"一竿两竿修竹,三点五点梅花"……那未免太天真了。世界上绝对找不出这样的地方,这只是吴承恩的想象。

想象总得有点现实根据。吴承恩的根据,大约就是云台山上的水帘洞。

往游花果山之前夕,枕上曾想了几句诗:

> 刻舟胶柱真多事,
> 传说何妨姑妄言。
> 满纸荒唐《西游记》,

人间幻境花果山。

游罢花果山,所得印象总括如此。

一九八三年十二月十二日
记于北京

隆中游记[1]

往桑植,途经襄樊,勾留一日,少不得到隆中去看看。

诸葛亮选的(也许是他的父亲诸葛玄选的)这块地方很好,在一个山窝窝里,三面环皆山,背风而向阳。岗上高爽,可以结庐居住;山下有田,可以躬耕。草庐在哪里?半山有一砖亭,颜曰"草庐旧址",但是究竟是不是这里,谁也说不清。草庐原来是什么样子,更是想象不出了。诸葛亮住在这里时是十七岁至二十七岁,这样年轻的后生,山上山下,一天走几个来回,应该不当一回事。他所躬耕的田是哪一块呢?知不道。没有人在一块田边立一块碑:"诸葛亮躬耕处",这样倒好!另外还有"抱膝亭",当是诸葛亮抱膝而为《梁父吟》的地方了。不过诸葛亮好为"梁父吟",恐怕初无定处,山下不拘哪块石头上,他都可坐下来抱膝而吟一会的。这些"古迹"也如同大多数的古迹一样,只可作为纪念,难于坐实。

---

[1] 本篇原载《收获》2001年第四期。

隆中的主体建筑是武侯祠。这座武侯祠和成都的不能比,只是一门庑,一享堂,一正殿,都不大。正殿塑武侯像,像太大,与殿不成比例。诸葛亮不是正襟危坐,而是曲右膝,伸左腿那样稍稍偏侧着身子。面上颧骨颇高,下巴突出,与常见诸葛亮画像的面如满月者不同。他穿了一件戏台上员外常穿的宝蓝色的"披",上面用泥金画了好些八卦。不知道从什么时候起,诸葛亮和八卦搞得难解难分,这真是令人哭笑不得,无可奈何的事!

正殿和享堂都挂了很多楹联,佳者绝少。大概诸葛亮的一生功业已经叫杜甫写尽了,后人只能在"三顾"、"两表"上做文章,翻不出新花样了。最好的一副,还是根据成都武侯祠复制的:"能攻心则反侧自消,从古知兵非好战;不审势即宽严皆误,后来治蜀要深思",不即不离,意思深远。有一副的下联是"气周瑜,辱司马,擒孟获,古今流传",把《三国演义》上的虚构故事也写了进来,堂而皇之地挂在那里,未免笑话。郭老为武侯祠写了一幅中堂,大意说:诸葛亮和陶渊明都曾经躬耕,陶渊明成了诗人,诸葛亮成就了功业。如果诸葛亮不出山,他大概也会像陶渊明一样成为诗人的吧?联想得颇为新奇。不过诸葛亮年轻时即自比于管仲、乐毅,恐怕不会愿抛心力做诗人。

武侯祠一侧为"三义殿",祀刘、关、张。三义殿与武侯祠相通,但本是"各自为政",不相统属的。导游说明中说以刘、关、张"配享"诸葛亮,实是有乖君臣大体!三义殿中塑三人像，是泥胎涂金而"做旧"了的。刘备端坐。关、张一个是豹头环眼，一个是蚕眉凤目，都拿着架子，用戏台上的"子午相"坐着。老是这样拿着架子，——尤其是关羽，右手还高高地挑起他的美髯，不累得慌么？其实可以让他们松弛下来，舒舒服服地坐着，这样也比较近似真人，而不像戏曲里的角色。——中国很多神像都受了戏曲的影响。

三义殿前为"三顾堂"，楹联之外，空无一物。

隆中是值得看看的。董老为三顾堂书联，上联用杜甫句"诸葛大名垂宇宙"，下联是"隆中胜迹永清幽"。隆中景色，用"清幽"二字，足以尽之。所以使人觉得清幽，是因为隆中多树。树除松、柏、桐、乌桕外，多桂花和枇杷。枇杷晚翠，桂花不落叶。所以我们往游时，虽已近初冬，山上还是郁郁葱葱的。三顾堂前大枇杷树，树阴遮满一庭。据说花时可收干花数百斤，数百年物也。

下山，走到隆中入口处，有一石牌坊（我们上山走的是旁边的小路），牌坊背面的横额上刻了五个大字："三代下一人"，觉得这对诸葛亮的推崇未免过甚了。"三代下一人"，恐怕谁也当不起，除非孔夫子。

一九八四年十一月七日

索溪峪[①]

五月二十六日,北岳通俗文学讨论会在常德召开,我应邀参加。让我发言。我是不搞通俗文学的,但觉得通俗文学不可轻视,比起雅文学(或称严肃文学)并不低人一等,雅俗之间并无绝对界限,有一天也许会合流的,于是即席诌了四句歪诗:

> 北岳谈文到南岳,
> 巴人也可唱阳春。
> 渔父屈原相视笑,
> 两昆仑是一昆仑。

("南岳"的"南"字应为仄声,为求意顺,宁可破格。)

二十九日,往索溪峪。住"专家村"。午饭。饭厅里挂了

[①] 本篇原载《桃花源》1987年第1—2期(总第四十一期)。

一幅黄永玉的泼墨大中堂,是画在一块腈纶布上的,题曰"索溪无尽山",烟云满"纸",甚佳。

下午,游黄龙洞。这是一个新发现的溶洞。同游人中,有人说比桂林的芦笛岩还好,有人说不如。因为管理处的同志事前嘱写一诗,准备刻在洞外壁上,在车中想了四句:

索溪峪自索溪峪,
何必津津说桂林。
谁与风光评甲乙,
黄龙石笋正生孙。

第四句是说黄龙洞的石笋有一些还正在成长,大有前途。这说的是风景,也说的是文学,是由前三天的讨论而生出的感想。

三十一日,游宝峰湖。当地农民在一很深的峡谷中砌成石坝,蓄山水成湖,原是用以发电的,没想到成了一处奇观。湖在山顶,从外面是看不见的。拾级上山,才看得到。湖是人工湖,却无一点人工痕迹。湖周山峰皆壁立。湖水极清,山峰倒影,历历分明。湖中有鸳鸯。归来,得一诗:

一鉴深藏锁翠微,
移来三峡四周围。
游船驶入青山影,

惊起鸳鸯对对飞。

　　三十一日，自索溪峪往游张家界。过"水绕四门"。这一"景"很奇，四面有溪，水无定向，雨从东来，则西流；从南来，则北流。传闻张良墓在此。又前，至楠木坪，夹道皆楠木，甚高大，数百年物也。这时年轻人都蹭噌地奔到南面去了，我们几个年岁大些的，觉得游山不是拉练，缓步游目，山皆突兀，流水活泼，自有佳趣。至脚力稍倦，即折回。登车，大雨。抵第三招待所的山庄，雨停。群山出云，飞流弥漫，真是壮观。

　　管理处已经摆好了纸笔，请写字留念，把游黄龙洞和宝峰湖的两首诗写了，又用隶书写了一副大对联：

　　　　造化钟神秀
　　　　烟云起壮思

　　下午，回专家村。晚饭后，一所（即专家村）所长请写一副对联，好与黄永玉的画作配。写了八个大字：

　　　　欹枕听雨
　　　　开门见山

　　联不工稳，倒是记实（"听"字从北音读平声）。

滇游新记[1]

泼水节印象

作家访问团四月六日离京赴云南,是为了能赶上泼水节。十一日到芒市。这是泼水节的前一天。这天干部带领群众上山采花。采的花名锥栗花,是一串一串繁密而细碎的白色的小花,略带点浅浅的豆绿。我们到时,全市已经用锥栗花装饰起来了。

泼水节由来的传说是大家都知道的:有一魔王,具无上魔力,猛恶残暴,祸祟人民。他有七个妻子。一日,魔王酒醉,告诉最年轻的妻子:"我虽有无上魔力,亦有弱点。如拔下我的一根头发,在我颈上一勒,我头即断。"其妻乃乘魔王酣睡,拔取其头发一根,将魔王头颈勒断。不料魔王头落在哪里,哪里即起大火。魔王之妻只好将头抱着,七个妻子轮流抱持。她

---

[1] 本篇原载《滇池》1987年第八期。

们身上沾染血污，气味腥臭。诸邻居人，乃各以香水，泼向她们，为除不洁，世代相沿，遂成节日。

这大概只是口头传说，并无文字记载。泼水节仪式中看不出和这个传说直接有关的痕迹。傣族人所以重视这个节，是因为这是傣历的新年。作为节日的象征的，是龙。节日广场的中心有一条木雕彩画的巨龙。傣族的龙和汉族的不大一样。汉族的龙大体像蛇，蜿蜒盘屈；傣族的龙有点像鸟，头尾高昂，如欲轻举。这是东南亚的龙，不是北方的龙。龙治水，这是南方人北方人都相信的。泼水节供养木龙，顺理成章。泼水节是水的节。

节日还没有正式开始，一早起来，远近已经是一片铓锣象脚鼓的声音。铓锣厚重，声音发闷而能传远，象脚鼓声也很低沉，节拍也似很单调，只是一股劲地咚咚咚咚……，蓬蓬蓬蓬……，不像北方锣鼓打出许多花点。不强烈，不高昂激越，而极温柔。

仪式很简单。先由地方负责同志讲话，然后由一个中年的女歌手祝福，女歌手神情端肃，曼声吟诵，时间不短，可惜听不懂祝福的词句，同时，有人分发泼水粑粑和金米饭。泼水粑粑乃以糯米粉和红糖，包在芭蕉叶中蒸熟；金米饭是用一种山花把糯米染黄蒸熟了的。

泼水开始。每人手里都提了一只小水桶，塑料的或白铁的，内装多半桶清水，水里还要滴几点香水，桶内插了花枝。泼水，并不是整桶的往你身上泼，只是用花枝蘸水，在你肩膀上掸两下，一面用傣语说："好吃好在"。我们是汉人，给我们泼水的大都用汉语说:"祝你健康"。"祝你健康"太一般了,不如"好吃好在"有意思。接受别人泼水后,可以也用花枝蘸水在对方肩头掸掸,或在肩上轻轻拍三下。"好吃好在",——"祝你健康"。但是少男少女互泼,常常就不那么文雅了。越是漂亮的,挨泼的越多。主席台上有一个身材修长,穿了一身绿纱的姑娘,不大一会已经被泼得浑身上下都湿透了。

主席台上的桌椅都挪开了,为什么?有人告诉我:要在这里跳舞,跳"嘎漾"。台上跳,台下也跳。不知多少副铓锣象脚鼓都敲响了,蓬蓬咚咚,混成一片,分不清是哪一面锣哪一腔鼓敲出来的声音。

"嘎漾"的舞步比较简单。脚下一步一顿,手臂自然摆动,至胸前一转手腕。"嘎漾"是鹭鸶舞的意思。舞姿确是有点像鹭鸶。傣族人很喜欢鹭鸶。在碧绿的田野里时常可以看到成群的白鹭。"嘎漾"有十五六种姿式,主要的变化在腕臂。虽然简单,却很优美。傣族少女,著了筒裙,小腰秀颈,姗姗细步,跳起"嘎漾",极有韵致。在台上跳"嘎漾"的,就是方才招呼我们吃泼水粑粑,用花枝为我们泼水的服务人员,全都打扮得花枝招展,一个赛似一个。我问陪同人:"她们是不是都是演员?"——"不是,有的是机关干部,有的是商店的营业员。"

跳"嘎漾"的大部分是水傣,也有几个旱傣,她们也是服务人员。旱傣少女的打扮别是一样:头上盘了极粗的发辫,插了一头各种颜色的绢花。白纱上衣,窄袖,胸前别满了黄灿灿的镀金饰物,一边龙,一边凤,还有一些金花、金蝶、金葫芦。

下面是黑色的喇叭裤,系黑短围裙,垂下两根黑地彩绣的长飘带。水傣少女长裙曳地,仪态万方;旱傣少女则显得玲珑而带点稚气。

泼水节是少女的节,是她们炫耀青春,比赛娇美的节日。正是由于这些著意打扮、到处活跃的少女,才把节日衬托得如此华丽缤纷,充满活力。

晚上有宴会,到各桌轮流敬酒的,还是她们。一个一个重新梳洗,换了别样颜色的衣裙,容光焕发,精力盛旺。她们的敬酒,有点霸道。杯到人到,非喝不可。好在砂仁酒度数不高而气味芳香,多喝两杯也无妨。我问一个岁数稍大的姑娘:"你们今天是不是把全市的美人都动员来了?"她笑着说:"哪里哟!比我们好看的有的是!"

第二天,我们到法帕区又参加了一次泼水节。规模不能与芒市比,但在杂乱中显出粗豪,另是一种情趣。

归时已是黄昏。德宏州时差比北京晚一小时,过七点了,天还不暗。但是泼水高潮已过。泼水少女,已经兴尽,三三两两,阑珊归去,只余少数顽童,还用整桶泥水,泼向行人车辆。

有一个少女在河边洗净筒裙,晾在树上。同行的一位青年小说家,有诗人气质,说他看了两天泼水节,没有觉得怎么样,看了这个少女晾筒裙,忽然非常感动。

　　泼水归来日未曛,
　　散抛锥栗入深林。

铓锣象鼓声犹在,
缅桂梢头晾筒裙。

泼水,泼人、被泼,都是未婚少女的事。一出嫁,即不再参与。已婚妇女的装束也都改变了。不再著鲜艳的筒裙,只穿白色衫裤,头上系一个衬有硬胎的高高的黑绸圆筒。背上大都用兜布背了一个孩子。她们也过泼水节,但只是来看看热闹。她们的神情也变了,冷静、淡漠,也许还有点惆怅、凄凉,不再像少女那样笑声琅琅,神采飞扬,眼睛发光。

一九八七年五月四日

大等喊

云南省作协的同志安排我们在一个傣族寨子里住一晚上。地名大等喊。

车从瑞丽出发,经过一个中缅边界的寨子,云井寨。一条宽路从缅甸通向中国,可以直来直往。除了有一个水泥界桩外,无任何标志。对面有一家卖饵丝的铺子。有人买了一碗饵丝。一个缅甸女孩把饵丝递过来,这边把钱递过去。他们的手已经都伸过国界了。只要脚不跨过界桩,不算越境。

中缅边界真是和平边界。两国之间,不但毫无壁垒,连一道铁丝网都没有,简直不像两国的分界。我们到畹町的界桥头看过。桥头有一个检查站,旗竿上飘着中华人民共和国的国旗。

一个缅甸小女孩提了饭盒走过界桥。她妈在畹町街上摆摊子做生意,她来给妈送饭来了。她每天过来,检查站的人都认得她。她大摇大摆地走过来,脸上带着一点笑。意思是:我又来了,你们好!站在国境线上,我才真正体会到中缅人民真是胞波。陈毅同志诗:"共饮一江水",是纪实,不是诗人的想象。

车经喊撒。喊撒有一个比较大的奘房,要去看看。

进寨子,有一家正在办丧事,陪同的同志说:"可以到他家坐坐。"傣族人对生死看得比较超脱,人过五十五岁死去,亲友不哭。这也许和信小乘佛教有关,这家的老人是六十岁死的,算是"喜丧"了。进寨,寨里的人似都没有哀戚的神色,只是显得很沉静。有几个中年人在糊扎引魂的幡幢——傣族人死后,要给他制一个缅塔尖顶似的纸幡幢,用竹竿高高地竖起来,这样他的灵魂才能上天。几个年轻人不紧不慢地敲铓锣、象脚鼓,另外一些人好像在忙着做饭。傣族的风俗,人死了,亲友要到这家来坐五天。这位老人死已三日,已经安葬,亲友们还要坐两天,我们脱鞋,登木梯,上了竹楼。竹楼很宽敞,一侧堆了很多叠得整整齐齐的被子,有二十来个岁数较大的男男女女在楼板上坐着,抽烟、喝茶,他们也极少说话,静静的。

奘房是赕佛的地方。赕是傣语,本意是以物献佛,但不如说听经拜佛更确切些。傣族的赕佛,大体上是有一个男人跪在佛的前面诵念经文,很多信佛的跪在他身后听着。诵经人穿着如常人,也并无钟鼓法器,只是他一个人念,声音平直。偶尔拖长,大概是到了一个段落。傣族的跪,实系中国古代人的坐。

古人席地而坐。膝着地，臀部落于脚跟，谓之坐。——如果直身，即为"长跪"。傣族赕佛时的姿势正是这样。

喊撒奘房的出名，除了比较大，还因为有一位佛爷。这位佛爷多年在缅甸，前三年才被请了回来。他并不领头赕佛，却坐在偏殿上。佛爷名叫伍并亚温撒，是全国佛教协会的理事，岁数不很大。他著了一身杏黄色的僧衣。这种僧衣不知叫什么，不是褊衫，也不是袈裟，上身好像只是一块布，缠裹着，袒其右臂。他身前坐了一些善男子。有人来了，向他合十为礼，他也点头笑答。有些信徒抽用一种树叶卷成的像雪茄似的烟。佛爷并不是道貌岸然，很随和。他和信徒们随意交谈。谈的似乎不是佛理，只是很家常的话，因为他不时发出很有人情味的笑声。

近午，至大等喊。等喊，傣语是堆金子的地方。因为有两个寨子都叫等喊，汉族人就在前面多加了一个字，一个叫大等喊，一个叫小等喊。傣语往往用很少的音节表很多的意思，如畹町，意思是太阳当顶的地方。因为电影《葫芦信》、《孔雀公主》都在大等喊拍过外景，所以旅游的人都想来看看。

住的旅馆名"醉仙楼"，这是个汉族名字，老板在招牌下面于是又加了两个字：傣家。老板是汉人，夫人是傣族。两层的木结构建筑，作曲尺形。房间不多，作家访问团二十余人，就基本上住满了。房间里有床，并不是叫我们睡在地板上。房屋样式稍稍有点像竹楼。老板又花了钱把拍《葫芦信》和《孔雀公主》的布景上的装饰零件如木雕的佛龛之类买了下来，配置在廊厦角落,于是就很有点傣味了。

一住下来,泡一杯茶,往藤椅一坐,觉得非常舒服。连日坐汽车,参加活动,大家都累了,需要休息。

醉仙楼在寨口。一条平路,通到寨子里。寨里有几条岔路,也极平整。寨里极安静。到处都是干干净净的。空气好极了。到处是树,一丛一丛的凤尾竹,很多柚子树。大等喊的柚子是很有名的。现在不是柚子成熟的时候,只看见密密的深绿的树叶。空气里有一种淡淡的清苦味道,就是柚树叶片散发出来的。这里那里安置了一座一座竹楼,错落有致。傣家的竹楼不是紧挨着的,各家之间都有一段距离。除了当路的正门,竹楼的三面都是树。有一座奘房,大门锁着。我们到寨里一家首富的竹楼上作了一会客,女主人汉话说得很好,善于应酬。楼上真是纤尘不染。

醉仙楼的傣族特点不在住房,而在饭食。我们在这里吃了四顿地道的傣族饭。芭蕉叶蒸豆腐。拿上来的是一个绿色的芭蕉叶的包袱,解开来,里面是豆腐,还加了点碎肉、香料,鲜嫩无比。竹筒烤牛肉。一截二尺许长的青竹,把拌了佐料的牛肉塞在里面,筒口用树叶封住,放在柴火里烤熟,切片装盘。牛肉外面焦脆,闻起来香,吃起来有嚼头。牛肉丸子。傣族人很会做牛肉。丸子小小的,我们吃了都以为是鱼丸子,因为极其细嫩。问了问,才知道是牛肉的。做这种丸子不用刀剁,而是用两根铁棒敲,要敲两个小时。苦肠丸子。苦肠是牛肠里没有完全消化的青草。傣族人生吃,做调料,蘸肉,是难得的美味。听说要请我们吃苦肠,我很高兴。只是老板怕我们吃不来,是和在肉丸子里蒸了的。有一点苦味,大概是因为碎草里有牛的胆汁。其实我倒很想尝尝生苦肠的味道。弄熟了,意思就不大了。当然,还少不了傣家的看家菜:酸笋煮鸡。不过这道菜我们在畹町、芒市都已经吃过了。小菜是酸腌菜、鱼眼睛菜——一种树的嫩头,有小骨朵如鱼眼,酸渍。傣族人喜食酸。

醉仙楼的老板不俗。他供应我们这几顿傣家饭是没有多少赚头的。他要请我们写几个字,特地大老远地跑到县城,和一位画家匀来了几张宣纸。醉仙楼每个房间里都放着一个缅甸细陶水壶,通身乌黑,造型很美。好几个作家想托他买。因为这两天没有缅甸人过来赶集,老板就按原价卖给了他们。这些作家于是一人攥了一个陶壶,上路了。

大等喊小住两天,印象极好。

这里的乌鸦比北方的小,鸟身细长,鸣声也较尖细,不像北方乌鸦哇哇地哑叫。

一九八七年五月八日

滇南草木状

尤加利树　尤加利树北方没有。四十六年前到昆明始识此树。树叶厚重,风吹作金石声。在屋里静坐读书,听着哗啦哗啦的声音,会忽然想起:这是昆明。说不上是乡愁,只是有点觉得此身如寄。因此对尤加利树颇有感情。

尤加利树木理旋拧，有一个特殊的用途，作枕木，经得起震，不易裂。现在枕木大都改成钢或水泥制造的了，这种树就不那么受到重视了。树叶提汁，可制糖果，即桉叶糖。爱吃桉叶糖的人也不是很多。

连云宾馆门内有一棵大尤加利树，粗可合抱，少见。

叶子花 昆明叶子花多，楚雄更多。龙江公园到处都是叶子花。这座公园是新建的，建筑物的墙壁栏杆的水泥都发干净的灰白色，叶子花的紫颜色更把公园衬托得十分明朗爽洁。芒市宾馆一丛叶子花攀附在一棵大树上。树有四丈高，花一直开到树顶。

叶子花的紫，紫得很特别，不像丁香，不像紫藤，也不像玫瑰，它就是它自己那样的一种紫。

叶子花夏天开花。但在我的印象里，它好像一年到头都开，老开着，没有见它枯萎凋谢过。大概它自己觉得不过是叶子，就随便开开吧。

叶子花不名贵，但不讨厌。

马缨花 走进龙江公园，我对市文联的同志说："楚雄如果选市花，可以选叶子花。"文联的同志说："彝族有自己的花，——马缨花。"马缨花？马缨花即合欢，北方多得很。"这是杜鹃科，杜鹃的一种。"那么这不是合欢。走进开座谈会的会议室，桌上摆了一盆很大的花，我问："这是不是马缨花？"——"是的，是的。"名不虚传！这株马缨花干粗如酒杯口，横卧而出，矫矢如龙，似欲冲盆飞去。叶略似杜鹃而长，一丛一丛的，相抱如莲花瓣。周围的叶子深绿色，中心则为嫩绿。干端叶较密集，绿叶中开出一簇火红的花。花有点像杜鹃，但花瓣较坚厚，不像杜鹃那样的薄命相。花真是红。这是正红，大红。彝族人叫它马缨花是有道理的。云南的马缨不是麻丝攒成的，而是用一方红布扎成一个绣球。马缨不是缀在马的颈下，而是结在马的前额，如果是白马或黑马，老远就看得见，非常显眼。额头有马缨的马，多半是马帮里的头马。把这种花叫做马缨花，神似。马缨花大红大绿，颜色华贵，而姿态又颇奔放，于端庄中透出粗野，真是难得！

车行在高黎贡山中，公路两边的丛岭中，密林深处，时时可以看到一树通红通红的马缨花。

令箭 云南人爱种花。楚雄街上两边楼房的栏杆上摆得满满的花，各色各样，令箭尤其多。令箭北方常见，但不如楚雄的开花开得多。北方令箭，开十几朵就算不错，楚雄的令箭一盆开花上百朵。一片叶子上密密匝匝地涨出了好多骨朵，大概都有三十几个，真不得了！滇南草木，得天独厚，没有话说。

一品红 北京的一品红是栽在盆里的，高二三尺。芒市、盈江的一品红长成一人多高的树，绿叶少而红叶多，这也未免太过分了！

兰 云南兰花品类极多。盈江县招待所庭中有一棵香樟树，树丫里寄生的兰花就有四种。这都是热带兰花。有一种是我认得的，虎头兰。花大，浅黄色。有一舌，色白，舌端有紫色斑点。其余三种都未见过。一种开白花，一种开浅绿花。另一种开淡银红色的花，花瓣近似剪秋罗，很长的一串，除了有兰花一样的长叶子披下来，真很难说这是兰花。

兰中最贵重的是素心兰。大理街上有一家门前放了两盆素心兰，旁贴一纸签："出售"。一看标价：二百。大理是素心兰的产地，本地昂贵如此，运到外地，可想而知。素心兰种在高高的泥盆里。盆腹鼓起，如一小坛。

在保山，有人要送我一盆虎头兰。怎么带呢？

茶花　茶花已经开过了。遗憾。

闻丽江有一棵茶花王，每年开花万朵，号称"万朵茶花"，——当然这是累计的，一次开不了那样多。不过这也是奇迹了。有人告诉过我，茶花最多只能开三百朵。

大青树　大青树不成材，连烧火都不燃，故能不遭斤斧，保其天年，唯堪与过往行人遮阴，此不材之材。滇南大青树多"一树成林"。

紫薇　紫薇我没有见过很大的。昆明金殿两边各有一棵紫薇，树上挂一木牌，写明是"明代紫薇"，似可信。树干近根部已经老得不成样子，疙瘩流秋。梢头枝叶犹繁茂，开花时，必有可观。用手指搔搔它的树干，无反应。它已经那么老了，不再怕痒痒了。

一九八七年五月十一日

建文帝的下落[①]
——滇游新记

我对建文帝有一点感情,是因为学唱过《惨睹》。《惨睹》是唐传奇《千忠戮》的一折。《千忠戮》作者无考,大约是明末清初人。这部传奇写的是燕王朱棣攻破南京后,建文帝与大臣程济化装为僧道,流亡湖广、云南,备受迫害的故事。《惨睹》的唱词写得很特别,一折中用了八个"阳"字,唱昆曲的人故又别称之为"八阳"。"八阳"的曲子十分慷慨悲壮。头一句"收拾起大地山河一担装,四大皆空相",破空而来,如果是有好嗓子的冠生,唱起来真是声如裂帛。这是昆曲里的名曲,一度十分流行。"家家'收拾起',户户'不提防'",可想见其盛况——"不提防"是《长生殿·弹词》的开头:"不提防余年值乱离"。我随中国作协作家赴云南访问团到云南,离昆明后第一站是武定狮子山。听说狮子山的正续禅寺,建文帝曾在那里住过,我于是很有兴趣。

[①] 本篇原载《大西南文学》1987年第十二期。

狮子山郁郁葱葱，多奇树珍禽，流泉曲径，但山势并不很雄伟险峻。有人称它是"西南第一山"，未免夸大。

正续禅寺也算不得是一座大寺庙。如果把中国的寺庙划分等级，至多只能列入三等。但是附近几县来烧香的人很多，因为这里曾经住过一位皇帝。寺不在大，有帝则名。来烧香的善男信女当中，有人未必知道这位皇帝是建文帝，更不知道建文帝是怎样的一个皇帝，反正只要是皇帝就好。中国的农民始终对皇帝保持着崇敬。何况这位皇帝又当了和尚，或者这位和尚曾经是皇帝，这就在他们的崇敬心理上更增加了一个层次。

建文帝的下落是一个谜。《明史》只说"城破，宫中火起，帝不知所终。""不知所终"，留下一个疑案。他当时没有死，流亡出去，是有可能的。但是是不是经湖广，到云南，并无确证。至于是不是往来滇西一带，又常常在正续禅寺歇足，就更难说了。但是清代有些在云南做过地方官的文人是愿意把这件事坐实了的。正续禅寺的大雄宝殿楹柱上有一副对联：

叔误景隆军，一片婆心原是佛；
祖兴皇觉寺，再传天子复为僧。

这说得还比较含浑。寺后有惠帝祠，阁前有一副对联，就更加言之凿凿了：

> 僧为帝，帝亦为僧，数十载衣钵相传，正觉依然皇觉旧；
> 叔负侄，侄亦负叔，八千里芒鞋徒步，狮山更比燕山高。

大雄宝殿后面还有一座殿，据说布局不似佛殿，而像皇家的朝廷，有丹陛、品级台。莫非建文帝当了和尚还要坐朝？后殿和惠帝祠都正在修缮，我们没有能进去看。看了惠帝塑像的照片，仍作皇帝的打扮，龙袍，戴着没有翅子的纱帽，端坐着，眼睛细长，胖乎乎的，腮帮子有点下坠。

大雄宝殿东侧有一小院，院中有亭，亭外有联。上联是写景的，没有记住，下联是"小亭曾是帝王居"。据说建文帝生前就住在这亭子里。我们坐在帝王居里的矮凳上喝了一杯茶。亭前花木甚多，木香花花大如小儿拳。

寺里的负责人请大家写字，在所难免。用隶书写了一副对联：

> 皇权僧钵千年梦；
> 大地山河一担装。

还请写一个横披，用行书写了四个大字：

> 是耶非耶

武定出壮鸡。我原来以为壮鸡就是一肥壮的鸡。不是的。所谓"壮鸡"，是把母鸡骟了，长大了，样子就有点像公鸡，味道特别鲜嫩。只有武定人会动这种手术。我只知道公鸡可骗，不知母鸡亦可骗也！

一九八七年四月三十日

杨慎在保山[①]

我到保山,有一个愿望:打听杨升庵的踪迹。我请市文联的同志给我找几本地方志。感谢他们,找到了。

我对升庵并没有多少了解。五十年代在北京看过一出川戏《文武打》。这是一出格调古淡的很奇怪的戏,写的是一个迂阔的书生,路上碰到一个酒醉的莽汉,醉汉打了书生几砣,后来又认了错,让书生打他,书生怕打重了,乃以草棍轻击了醉汉几下。这出戏说不上有什么情节。事隔三十多年,我连那点几乎没有的情节也淡忘了。但这两个人物的扮相却分明记得:莽汉穿白布短衫,脖领里斜插了一只红布的灯笼;书生穿青褶子,脸上涂得雪白,浓墨描眉,眼角下弯,两片殷红的嘴唇,像戴了一个面具。这出戏以丑行应工,但完全没有后来丑角的科诨,演得十分古朴。有人告诉我,这出戏是杨升庵写的。我想这不是不可能的。我还想,很有可能杨升庵当时这出戏就是这样演

[①] 本篇原载《大西南文学》1987年第十二期。

的，这可以让我们窥见明杂剧的一种演法，这是一件活文物。我曾经搞过几年民间文学，读了升庵刊辑录的古令谣谚。因此，对升庵颇有好感。

七十年代，我到过四川新都，这是杨升庵的老家。新都有个桂湖，环湖都植桂花。湖畔有升庵祠。桂湖不大，逛一圈毫不吃力。看了一点关于升庵的材料，想了四句诗：

> 桂湖老桂弄新姿，
> 湖上升庵旧有祠。
> 一种风流谁得似？
> 状元词曲罪臣诗。

升庵名慎，字用修，升庵乃其别号。他年轻时即负才名。正德间试进士第一，其时他大概是十八九岁，可谓少年得志。到明世宗时以"议大礼"得罪，谪戍永昌，这时他大概三十四岁左右。他死于1559年，七十一岁，一直流放在永昌，未能归蜀。永昌府在明代管属地区甚广，一直延及西双版纳，但是府治在今保山。杨升庵也以住保山的时候为多。算起来，他在保山呆了大概有三十七年左右。可谓久矣。

杨慎在保山是如何度过这三十七年的呢？

曾在一本书里看到，他醉则乘篮舆过市，插花满头。

《康熙通志》曰："杨慎戍永昌，遍游诸郡，所至携倡伶以随。曼酋欲求其诗不可得，乃以白绫作裓，遗服之。酒后乞诗，杨欣然命笔,醉墨淋漓,挥满裙袖,重价购归。杨知之更以为快。"

"裓"字未经见,《辞海》也不收,我怀疑这是倡伶的水袖。

这样看起来,升庵在保山是仍然保持诗人气质,放诞不羁的。"所至携倡伶以随",生活也相当优裕,不像是下放劳动,靠挣工分吃饭。但是他的内心是痛苦的。放诞,正是痛苦的一种表现。他在保山,多亏了他的母叔保山张志淳和忘年诗友张志淳的儿子张含的照顾。张含《丙寅除夕简杨用修》诗曰:"征途易老百年身,底事光阴改换频。子美生涯浑烂醉,叔伦寥落又逢春。诗魂豪荡不可捉,乡梦渺茫何足真。独把一杯饯残岁,尽情灯火伴愁人。"

丙寅是1566年,其时升庵已经死了七年了,"寅"字可能是个错字,或当作"丙辰"。丙辰是1556年,距升庵谪戍已经有多年了。这些年他只能于烂醉中度过。

增加杨升庵生活的悲剧性,是他和夫人黄娥的长期离别。黄娥也是才女,能诗。

《永昌府志》曰"杨用修久戍滇中,妇黄氏寄一律曰:'雁飞曾不到衡湘,锦字何由寄永昌。三春花柳妾薄命,六诏风烟君断肠。曰归曰归愁岁暮,其雨其雨怨朝阳。相怜空有刀环约,何日金鸡下夜郎?'"这首诗我在升庵祠的壁上曾见过石刻的原迹。我很怀疑这只是黄夫人独自的思念,没有寄到升庵手里,"锦字何由寄永昌",只是欲寄而不达,说得很清楚。一个女诗人,盼丈夫回来,盼了三十多年,想一想,能不令人泪下?

"何日金鸡下夜郎?"杨慎本来可以赦回四川了,但是,

《康熙通志》曰"杨慎归蜀，年已七十余，而滇士有诶之抚臣王昺者。昺，俗戾人也，使四指挥以银铛锁来滇。慎不得已至滇，则昺以墨败；然慎不能归，病寓禅寺以殁。"

乍一看这一条材料，我颇觉新奇，"以银铛锁来滇"，用银链子把杨升庵锁回云南，那是很好看的。后来一想，这"银"字是个刻错了的字，原字当是"锒"。"锒铛"是铁链。杨升庵还是被用铁链锁回来的。王昺是个"俗戾人"，不会干出用银链锁人这样的韵事。这位王昺不过是地区和省一级之间的干部，竟能随便把一位诗人用铁链锁回来，令人发指！王昺因贪污而垮台（"以墨败"），然而杨慎却以七十余岁的高龄病死在寺庙里了。

杨慎到底犯了什么罪？"议大礼"。"议大礼"是怎么回事？我没有弄清楚。也不大容易弄清楚，因为《升庵集》大概不会收这篇文章。但是想起来不外是于当时的某种制度发表了一通议论，杨升庵犯的是言论自由罪。

一九八七年五月一日

严子陵钓台[1]

我小时即对桐庐向往,因为看过影印的黄子久的《富春山居图》,知道那里有个严子陵钓台,还听过一个饶有情趣的故事:严子陵和汉光武帝同榻,把脚丫子放在刘秀的肚子上,弄得观察天文的太史大惊失色,次日奏道"昨天晚上客星犯帝座"……因此,友人约作桐庐小游,便欣然同意。

桐庐确实很美。吴均《与朱元思书》是古今写景名作。"自富阳至桐庐一百许里,奇山异水,天下独绝",并非虚语。严子陵是余姚人,为什么会跑到桐庐来钓鱼?我想大概是因为这里的风景好。蔡襄说:"清风敦薄俗,岂是爱林泉"。恐怕"敦薄俗"是客观效果,"爱林泉"是主观愿望。

中国叫钓鱼台的地方很多,钓鱼为什么要有个台?据我的经验,钓鱼无一定去处,随便哪里一蹲即可,最多带一个马扎子坐坐,没见过坐在台上钓鱼的。"钓鱼台"多半是假的。严

---

[1] 本篇原载《作家》1988年第七期。

子陵钓台在富春江边山上,山有东西两台。西台是谢翱恸哭文天祥处,东台即子陵钓台。严子陵怎么会到山顶上钓鱼呢?那得多长的钓竿,多长的钓丝?袁宏道诗:"路深六七寻,山高四五里,纵有百尺竿,岂能到潭底?"诗有哲理,也很幽默。唐人崔儒《严先生钓台记》就提出:"吕尚父不应饵鱼,任公子未必钓鳌,世人名之耳。钓台之名,亦犹是乎?"这是很有见地的话。死乞白赖地说这里根本不是严子陵钓台,或者死乞白赖地去考证严子陵到底在哪里垂钓,这两种人都是"傻帽"。

对严子陵这个人到底该怎么看?

中国历史上有两个有名的钓鱼人,一个是姜太公,一个是严子陵。王世贞《钓台赋》说"渭水钓利,桐江钓名",这说得有点刻薄。不过严子陵确是有争议的人物。

他的事迹很简单,《后汉书》有传。大略谓:"严光……少有高名,与光武同游学。及光武即位,乃变名姓,隐身不见。帝思其贤,乃令以物色访之。后齐国上言,有一男子披羊裘钓泽中。帝疑其光……"《后汉书》未说明这是什么季节,但后来写诗的大都认为这是夏天。盛暑披裘,是因为没有钱,换不下季来?还是"心静自然凉",不怕热?无从猜测。于是,"乃备安车玄纁遣使聘之。三反而后至。舍北军。"他是住在警备部队的营房里的。刘秀派了司徒侯霸去看他,希望他晚上进宫去和刘秀说说话。严光不答,只口授了一封给刘秀的信,信只两句:"怀仁辅义天下悦,阿谀顺旨要领绝。"刘秀说:"狂奴故态也!"于是,当天就亲自去看他。严光躺着不起来,刘秀就在他的卧所,摸摸严光的肚子,说:"咄咄子陵,不可相助为理耶?"严光不应,过了好一会儿,才张开眼睛看了光武帝,说:"昔唐尧著德,巢父洗耳,士故有志,何至相迫乎?"帝曰:"子陵,我竟不能下汝耶?"于是叹息而去。过两天,又带严子陵进宫叙旧,这回倒是聊了很长时间,聊困了,"因共偃卧,光以足加帝腹上。"刘秀则抚摸严子陵的肚子,严子陵以足加帝腹,他们确实到了忘形的地步,君臣之间如此,很不容易。

刘秀封了严子陵一个官,谏议大夫。他不受。乃耕于富春山。建武十七年复特征,不至。年八十,终于家。

刘秀有《与严子陵书》,不知是哪一年写的,文章实在写得好,"古大有为之君,必有不召之臣,朕何敢臣子陵哉,惟此鸿业,若涉春冰,辟之疮痏须杖而行。若绮里不少高皇,奈何子陵少朕也。箕山颍水之风,非朕所敢望。"汉人文章多短峭而情致宛然。光武此书,亦足以名世。

对于严子陵,有不以为然的。说得直截了当的是元代的贡师泰:"百战山河血未干,汉家宗社要重安。当时尽著羊裘去,谁向云台画里看?"说得很清楚,都像你们的反穿皮袄当隐士,这个国家谁来管呢?刘基的诗前两句比较委婉:"伯夷清节太公功,出处行藏岂必同。"后两句即讽刺得很深刻:"不是云台兴帝业,桐江无用一丝风!"刘伯温是帮助朱元璋打天下的,他当然不赞成严子陵的做法。

对严子陵颂扬的诗文甚多,不具引。最有名的是范仲淹的《严先生祠堂记》。范仲淹有两篇有名的"记",一篇是《岳阳楼记》,一篇便是《严先生祠堂记》。此记最后的四句歌尤为千载传诵:"云山苍苍,江水泱泱。先生之风,山高水长。"范仲淹是政治家,功业甚著,他主张"先天下之忧而忧,后天下之乐而乐",是很入世的,为什么又这样称颂严子陵这样出世的隐士呢?想了一下,觉得这是范仲淹衡量读书人的两种尺度,也是中国知识分子的两面。这两面常常同时存在于一个人的身上:立功与隐逸,或者各偏于一面,也无不可。范仲淹认为严子陵的风格可以使"贪夫廉,懦夫立,是大有功于名教也"。我想即到今天,这对人的精神还是有作用的。

手把羊肉[1]

到了内蒙,不吃几回手把羊肉,算是白去了一趟。

到了草原,进蒙古包作客,主人一般总要杀羊。蒙古人是非常好客的。进了蒙古包,不论识与不识,坐下来就可以吃喝。有人骑马在草原上漫游,身上只背了一只羊腿。到了一家,主人把这只羊腿解下来。客人吃喝一晚,第二天上路时,主人给客人换一只新鲜羊腿,背着。有人就这样走遍几个盟旗,回家,依然带着一只羊腿。蒙古人诚实,家里有什么,都端出来。客人醉饱,主人才高兴。你要是虚情假意地客气一番,他会生气的。这种风俗的形成,和长期的游牧生活有关。一家子住在大草原上,天苍苍,野茫茫,多见牛羊少见人,他们很盼望来一位远方的客人谈谈说说。一坐下来,先是喝奶茶,吃奶食。奶茶以砖茶熬成,加奶,加盐。这种略带咸味的奶茶香港人大概是喝不惯的,但为蒙古人所不可或缺。奶食有奶皮子、奶豆腐、

---

[1] 本篇原载 1987 年 7 月 1 日香港《大公报》。

奶渣子。这时候,外面已经有人动手杀羊了。

蒙古人杀羊极利索。不用什么利刃,就是一把普通的折刀就行了。一会儿的工夫,一只整羊剥剥出来了,羊皮晾在草地上,羊肉已经进了锅。杀了羊,草地上连一滴血都不沾。羊血和内脏喂狗。蒙古狗极高大凶猛,样子怕人,跑起来后爪搭至前爪之前,能追吉普车!

手把羊肉就是白煮的带骨头的大块羊肉。一手攥着,一手用蒙古刀切割着吃。没有什么调料,只有一碗盐水,可以蘸蘸。这样的吃法,要有一点技巧。蒙古人能把一块肉搜剔得非常干净,吃完,只剩下一块雪白的骨头,连一丝肉都留不下。咱们吃了,总要留下一些筋头巴脑。蒙古人一看就知道:这不是一个牧民。

吃完手把肉,有时也用羊肉汤煮一点挂面。蒙古人不大吃粮食,他们早午喝奶茶时吃一把炒米,——黄米炒熟了,晚饭有时吃挂面。蒙古人买挂面不是论斤,而是一车一车地买。蒙古人搬家,——转移牧场,总有几辆勒勒车——牛车。牛车上有的装的是毛毯被褥,有一车装的是整车的挂面。蒙古人有时也吃烙饼,牛奶和的,放一点发酵粉,极香软。

我们在达茂旗吃了一次"羊贝子",羊贝子即全羊。这是招待贵客才设的。整只的羊,在水里煮四十五分钟就上来了。吃羊贝子有一套规矩。全羊趴在一个大盘子里,羊蹄剁掉了,羊头切下来放在羊的颈部,先得由最尊贵的客人,用刀子切下两条一定部位的肉,斜十字搭在羊的脊背上,然后,羊头撤去,其他客人才能拿起刀来各选自己爱吃的部位片切了吃。我们同去的人中有的对羊贝子不敢领教。因为整只的羊才煮四十五分钟,有的地方一刀切下去,会沁出血来。本人则是"照吃不误"。好吃么?好吃极了!鲜嫩无比,人间至味。蒙古人认为羊肉煮老了不好吃!也不好消化;带一点生,没有关系。

我在新疆吃过哈萨克族的手把肉,肉块切得较小,和面条同煮,吃时用右手抓了羊肉和面条同时入口,风味与内蒙的不同。

四川杂忆[①]

四川是个好地方

四川的气候好,多雾,雾养百谷;土好,不需要怎么施肥。在一块岩石上甩几坨泥巴,硬是能长出一片胡豆。这不是夸张想象,是亲眼目睹。我们剧团的一个演员在汽车里看到这奇特情景,招呼大家:"快来看!石头上长蚕豆!"

成 都

在我到过的城市里,成都是最安静,最干净的。在宽平的街上走走,使人觉得很轻松,很自由。成都人的举止言谈都透着悠闲。这种悠闲似乎脱离了时代,以致何其芳在抗日战争时期觉得这和抗战很不协调,写了一首长诗:《成都,让我来把

[①] 本篇原载《四川文学》1992年第八期。

你摇醒》。

成都并不总是似睡不醒的。"文化大革命"中也很折腾了一气。我六十年代初、七十年代、八十年代，都到过成都。最后一次到成都，成都似乎变化不大，但也留下一些"文化大革命"的痕迹。最明显的原来市中心的皇城叫刘结挺、张西挺炸掉了。当时写了一首诗：

> 柳眠花重雨丝丝，
> 劫后成都似旧时。
> 独有皇城今不见，
> 刘张霸业使人思。

武侯祠大概不是杜甫曾到过的武侯祠了，似乎也不见霜皮溜雨、黛色参天的古柏树，但我还是很喜欢现在的武侯祠。武侯祠气象森然，很能表现武侯的气度。这是我所到过的祠堂中最好的。这是一个祠，不是庙，也不是观，没有和尚气、道士气。武侯塑像端肃，面带深思。两廊配享的蜀之文武大臣，武将并不剑拔弩张，故作威猛，文臣也不那么飘逸有神仙气，只是一些公忠谨慎的国之干城，一些平常的"人"。武侯祠的楹联多为治蜀的封疆大员所撰写，不是吟风弄月的名士所写，这增加了祠的典重。毛主席十分欣赏的那副长联："能攻心则反侧自消，从古知兵非好战；不审势即宽严皆误，后来治蜀要深思"，确实写得很得体，既表现了武侯的思想，也说出撰联大臣的见识。在祠堂对联中，可算得是写得最好的。

我不喜欢杜甫草堂，杜甫的遗迹一点也没有，为秋风所破的茅屋在哪里？老妻画纸，稚子敲针在什么地方？杜甫在何处看见细雨鱼儿出，微风燕子斜？都无从想象。没有桤木，也没有大邑青瓷。

眉　山

三苏祠即旧宅为祠。东坡文云："家有五亩之园"，今略广，占地约八亩。房屋疏朗，三径空阔，树木秀滑。因为是以宅为祠，使人有更多的向往。廊子上有一口井，云是苏氏旧物，现在还能打得上水来。井以红砂石为栏，尚完好。大概苏家也不常用这个口，否则，红砂石石质疏松，是会叫井绳磨出道道的。园之右侧有花坛，种荔枝一棵。据说东坡离家时，乡人栽了一棵荔枝，要等他回来吃。苏东坡流滴在外，终于没有吃到家乡的荔枝。东坡酷嗜荔枝，日啖三百颗，但那是广东荔枝。从海南望四川，连"青山一发"也看不见。"不辞长作岭南人"，其言其实是酸苦的。当年乡人所种的荔枝，早已枯死，后来补种了几次。现存的这一棵据说是明代补种的，也已经半枯了，正在设法抢救。祠中有个陈列室，搜集了苏东坡集的历代版本，平放在玻璃橱里。这一设计很能表现四川人的文化素质。

离眉山，往乐山，车中得诗：

当日家园有五亩，
至今文字重三苏。
红栏旧井犹堪汲，
丹荔重栽第几株？

乐　山

大佛的一只手断掉了，后来补了一只。补得不好，手太长，比例不对。又耷拉着，似乎没有筋骨。一时设计不到，造成永久的遗憾。现在没有办法了，又不能给他做一次断手再植的手术，只好就这样吧。

走尽石级，将登山路，迎面有摩崖一方，是司马光的字。司马光的字我见过他写给修《资治通鉴》的局中同人的信，字方方的，笔画颇细瘦。他的大字我还没有见过，字大约七八寸，健劲近似颜体。文曰：

登山亦有道徐行则不踬　　司马光

我每逢登山，总要想起司马光的摩崖大字。这是见道之言，所说的当然不只是登山。

洪椿坪

峨嵋山风景最好的地方我以为是由清音阁到洪椿坪的一段山路。一边是山,竹树层叠,蒙蒙茸茸。一边是农田。下面是一条溪,溪水从大大小小黑的、白的、灰色的石块间夺路而下,有时潴为浅潭,有时只是弯弯曲曲的涓涓细流,听不到声音。时时飞来一只鸟,在石块上落定,不停地撅起尾巴。撅起,垂下,又撅起……它为什么要这样?鸟黑身白颊,黑得像墨,不叫。我觉得这就是鲁迅小说里写的张飞鸟。

洪椿坪的寺名我已经忘记了。

入寺后,各处看看。两个五台山来的和尚在后殿拜佛。

这两个和尚我们在清音阁已经认识,交谈过。一个较高,清瘦清瘦的。他是保定人,原来是做生意的,娶过妻,夫妻感情很好。妻子病故,他万念俱灰,四处漫游,到了五台山,就出了家。另一个黑胖结实,完全像一个农民,他原来大概也就是五台山下的农民。他们发愿朝四大名山。已经朝过普陀,朝过峨嵋之后,还要去朝九华山。五台山是本山,早晚可以拜佛,不需跋山涉水。他们的食宿旅费是自筹的。和尚每月有一点生活费,积攒了几年,才能完成夙愿。

进庙先拜佛,得拜一百八十拜。那样五体投地地拜一百八十拜,要叫我拜,非拜晕了不可。正在拜着,黑胖和尚忽然站起来飞跑出殿。原来他一时内急,憋不住了,要去如厕。排便之后,整顿衣裤,又接着拜。

晚饭后,在走廊上和一个本庙的和尚闲聊。我问他和尚进庙是不是都要拜一百八十拜。他说都要拜的。"我们到人家庙里,还不是一样要拜!"同时聊天的有几个小青年。一个小青年问:"你吃不吃肉?"他说:"肉还是要吃的。""喝不喝酒?""酒还是要喝的。"我没想到他如此坦率,他说,"文化大革命"把他们赶下山去,结了婚,生了孩子,什么规矩也没有了。不过庙里的小和尚是不许的。这个和尚四十多岁。天热,他褪下一只僧鞋,把不著鞋的脚在膝上架成二郎腿。他穿的是黄色僧鞋,袜子却是葡萄灰的尼龙丝袜。

两个五台山的和尚天不亮去朝金顶,等我们吃罢早餐,他们已经下来了。保定和尚说他们看到普贤的法相了,在金顶山路转弯处,普贤骑在白象上,前面有两行天女。起先只他一个人看见,他(那个黑胖和尚)看不见,他心里很着急。后来他也看见了。他告诉我们他们在普陀也看到了观音的法相,前面一队白孔雀。保定和尚说:"你们是唯物主义者,我们是唯心主义者,我们的话你们不会相信。不过我们干嘛要骗你们?"

下清音阁,我们要去宾馆,两位和尚要去九华山,遂分手。

北温泉

为了改《红岩》剧本,我们在北温泉住了十来天。住数帆楼。数帆楼是一个小宾馆,只两层,房间不多,全楼住客就是我们几个人。数帆楼廊子上一坐,真是安逸。楼外是竹丛,如张岱所常说的:"人面一绿"。竹外即嘉陵江。那时嘉陵江还没有被污染,水是碧绿的。昔人诗云:"嘉陵江水女儿肤,比似春莼碧不殊",写出了江水的感觉。听罗广斌说:艾芜同志在廊上坐下,说:"我就是这里了!"不知怎么这句话传成了是我说的,"文化大革命"中我曾因为这句话而挨斗过。我没有分辩,因为这也是我的感受。

北温泉游人极少,花木欣荣,凫鸟自乐。温泉浴池门开着,随时可以洗。

引温泉水为渠,渠中养非洲鲫鱼。这是个好主意。非洲鲫鱼肉细嫩,唯恨刺多。每顿饭几乎都有非洲鲫鱼,于是我们每顿饭都带酒去。

住数帆楼,洗温泉浴,饮泸州大曲或五粮液,吃非洲鲫鱼,"文化大革命"不斗这样的人,斗谁?

新　都

新都有桂湖,湖不大,环湖皆植桂,开花时想必香得不得了。

桂湖上有杨升庵祠。祠不大,砖墙瓦顶,无藻饰,很朴素。祠内有当地文物数件。壁上嵌黑石,刻黄氏夫人"雁飞曾不到衡阳"诗,不知是不是手迹。

祠中正准备为杨升庵立像,管理处的负责同志让我们看了不少塑像小样,征求我们的意见。我没有说什么。我是不大赞成给古代的文人造像的。都差不多。屈原、李白、杜甫，都是一个样。在三苏祠后面看了苏东坡倚坐饮酒的石像，我实在不能断定这是苏东坡还是李白。杨升庵是什么长相？曾见陈老莲绘升庵醉后图，插花满头，是个相当魁伟的胖子。陈老莲的画未见得有什么根据。即使有一点根据，在桂湖之侧树一胖人的像，也不大好看。

我倒觉得升庵祠可以像三苏祠一样辟一间陈列室，搜集升庵著作的各种版本放在里面。

杨升庵著作甚多，有七十几种。有人以为升庵考证粗疏，有些地方是臆断。我觉得这毕竟是个很有才华，很有学问的人，而且遭遇很不幸，值得纪念。

曾有题升庵祠诗：

> 桂湖老桂弄新姿，
> 湖上升庵旧有祠。
> 一种风流谁得似，
> 状元词曲罪臣诗。

大　足

云岗石刻古朴浑厚，龙门石刻精神饱满。云岗、龙门的颜色是灰黑色，石质比较粗疏，易风化。云岗风化得很利害，龙门石佛的衣纹也不那么清晰了。云岗是北魏的，龙门是唐代的。

大足石刻年代较晚，主要是宋刻。石质洁白坚致，极少磨损，刻工风格也与云岗、龙门迥异，其特点是清秀潇洒，很美，一种人间的美，人的美。

有人说佛像都是没有性别的、是中性的，分不出是男是女。也许是这样吧。更恰切地说，佛有点女性美。大足普贤像被称为"东方的维纳斯"，其实是不准确的。维纳斯就是西方的，她的美是西方的美。普贤是东方的，他的美是东方的美。普贤是男性（不像观音似的曾化为女身），咋会是维纳斯呢？不过普贤确实有点女性，眉目恬静，如好女子。他戴着花冠，尤易让人误会。

"媚态观音"像一个腰肢婀娜的舞女。不过"媚态"二字不大好，说得太露了。

"十二圆觉"衣带静垂，但让人觉得圆觉之间，有清风流动。这组群像的构思有点特别，强调同，而不强调异。十二尊像的相貌、衣著、坐态几乎是一样的。他们都在沉思，但仔细看看，觉得他们各有会心，神情微异。唯此小异，乃成大同，形成一个整体。十二圆觉的门的上面凿出横方窗洞，以受日光，故室内并不昏暗。流泉一道，涓涓下注，流出室外，使空气长新。当初设计，极具匠心。

我见过很多千手观音，都不觉得怎么美。一个人肩背上长出许多胳臂和手，总是不自然。我见过最大的也是最好的千手观音，是承德外八庙的有三层楼高的那一尊。这尊很高的千手观音的好处是胳臂安得比较自然。大足的千手观音我以为是个奇迹。那么多只手（共一千零七只），可是非常自然。这些手是怎样从观音身上长出来的，完全没有交待，只见观音身后有很多手。因为没法交待，所以干脆不交待，这办法太聪明了！但是，你又觉得这确实都是观音的手，菩萨的手。这些手各具表情，有的似在召唤，有的似在指点，有的似在给人安慰……这是富于人性的手。这具千手观音的美学特点是把规整性和随意性结合了起来。石刻，当然是要经过周密的设计的，但是错落参差，不作呆板的对称。手共一千零七只，是个单数，即此可见其随意性。

释迦牟尼涅槃像（俗谓卧佛），佛的面部极为平静，目微睁（常见卧佛合目如甜睡），无爱无欲，无死无生，已寂灭一切烦恼，圆满一切功德，至最高境界。佛像很大，长三十余米，但只刻了佛的头部和胸部，肩和手无交待，下肢伸入岩石，不知所终。佛前刻了佛弟子约十人，不是站成一排，而是有前有后，有的向左，有的向右，弟子服饰皆如中土产；有一个斜头鬈发的，似西方人。弟子面微悲戚，但不像有些通俗佛经上所说的号啕蹦跳。弟子也只露出半身，腹部以下，在石头里，也不知所终。于有限的空间造无限的境界，大足的佛涅槃像是一个杰作！

川　菜

昆明护国路和文明新街有几家四川人开的小饭馆，卖"豆花素饭"和毛肚火锅。卖毛肚的饭馆早起开门后即在门口竖出一块牌子,上写"毛肚开堂",或简单地写两个字:"开堂"。晚上封了火,又竖出一块牌子,只写一个字:"毕",简练之至!这大概是从四川带过来的规矩。后来我几次到四川,都不见饭馆门口这样的牌子,此风想已消失。也许乡坝头还能看到。

上海有一家相当大的饭馆,叫做"绿杨邨",以"川菜扬点"为号召。四川菜、扬州包点,确有特色。不过"绿杨邨"的川味已经淡化了。那样强烈的"正宗川味"上海人是吃不消的。

1948年我在北京沙滩北京大学宿舍里寄住了半年,常去吃一家四川小馆子,就是李一氓同志在《川菜在北京的发展》一文中提到的蒲伯英回川以后留下的他家里的厨师所开的,许倩云和陈书舫都去吃过的那一家。这家馆子实在很小,只有三四张小方桌,但是菜味很纯正。李一氓同志以为有的菜比成都的还要做得好。我其时还没有去过成都,无从比较。我们去时点的菜只是回锅肉、鱼香肉丝之类的大路菜。这家的泡菜很好吃。

川菜尚辣。我六十年代住在成都一家招待所里,巷口有一个饭摊。一大桶热腾腾的白米饭,长案上有七八样用海椒拌得通红的辣咸菜。一个进城卖柴的汉子坐下来,要了两碟咸菜,几筷子就扒进了三碗"帽儿头"。我们剧团到重庆体验生活,天天吃辣,辣得大家骇怕了,有几个年轻的女演员去吃汤圆,进门就大声说:"不要辣椒!"幺师父冷冷地说:"汤圆没有放辣椒的!"川味辣,且麻。重庆卖面的小馆子的白粉墙上大都用黑漆写三个大字:"麻、辣、烫"。川花椒,即名为"大红袍"者确实很香,非山西、河北花椒所可及。吴祖光曾请黄永玉夫妇吃毛肚火锅。永玉的夫人张梅溪吃了一筷,问:"这个东西吃下去会不会死的哟?"川菜麻辣之最者大概要数水煮牛肉。川剧名旦李文杰曾请我们在政协所办的餐厅吃饭,水煮牛肉上来,我吃了一大口,把我噎得透不过气来。

四川人很会做牛肉。赵循伯曾对我说:"有一盘干煸牛肉丝,我能吃三碗饭!"灯影牛肉是一绝。为什么叫"灯影牛肉"?有人说是肉片薄而透明,隔着牛肉薄片,可以照见灯影。我觉得"灯影"即皮影戏的人形,言其轻薄如皮影人也。《东京梦华录》有"影戏犯"就是这样的东西。宋人所说的"犯",都是干的或半干的肉的薄片。此说如可成立,则灯影牛肉已经有好几百年的历史了。

成都小吃谁都知道,不说了。"小吃"者不能当饭,如四川人所说,是"吃着玩的"。有几个北方籍的剧人去吃红油水饺,每人要了十碗,幺师父听了,鼓起眼睛。

川　剧

有一位影剧才人说过一句话:"你要知道一个人的欣赏水平高低,只要问他喜欢川剧还是喜欢越剧。"有一次我在青羊艺术剧院看川剧,台上正在演《做文章》,池座的薄暗光线中悄悄进来两个人,一看,是陈老总和贺老总。那是夏天,老哥儿俩都穿了纺绸衬衫,一人手里一把芭蕉扇。坐定之后,陈老总一看邻座是范瑞娟,就大声说:"范瑞娟,你看我们的川剧怎么样啊?"范瑞娟小声说:"好!"这二位老帅看来是以家乡戏自豪的——虽然贺老总不是四川人。

川剧文学性高,像"月明如水浸楼台"这样的唱词在别的剧种里是找不出来的。

川剧有些戏很美,比如《秋江》、《踏伞》。

有些戏悲剧性强,感情强烈。如《放裴》、《刁窗》、《打神告庙》。《马踏箭射》写女人的嫉妒令人震颤。我看过阳友鹤和曾荣华的《铁笼山》,戏剧冲突如此强烈,我当时觉得这是莎士比亚!

川剧喜剧多,而且品位极高,是真正的喜剧。像《评雪辩踪》这样带抒情性的喜剧,我在别的剧种里还没有见过。别的剧种移植这出戏就失去了原来的诗意。同样,改编的《秋江》也只保存了身段动作,诗意少了。川剧喜剧的诗意跟语言密不可分。四川话是中国最生动的方言之一。比如《秋江》的对话:

陈姑:嗳!

艄翁:那么高了,还矮呀!

陈姑:哎!

艄翁:飞远了,按不到了!

不懂四川话就体会不到妙处。

川丑都有书卷气。李文杰告诉我,进科班学丑,先得学三年小生。这是非常有道理的。川丑不像京剧小丑那样粗俗,如北京人所说"胳肢人"或上海人所说的"硬滑稽",往往是闲中作色,轻轻一笔,使人越想越觉得好笑。比如《拉郎配》的太监对地方官宣读圣旨之后,说:"你们各自回衙理事",他以为这是在他的府第里,完全忘了这是人家的衙门。老公的颠顸胡涂真令人忍俊不禁。川剧许多丑戏并不热闹,倒是"冷淡清灵"的。像《做文章》这样的戏,京剧的丑是没法演的。《文武打》,京剧丑角会以为这不叫个戏。

川剧有些手法非常奇特,非常新鲜。《梵王宫》耶律含嫣和花云一见钟情,久久注视,目不稍瞬,耶律含嫣的妹妹(?)把他们两人的视线拉在一起,拴了个扣儿,还用手指在这根"线"上嘣嘣嘣弹三下。这位小妹捏着这根"线"向前推一推,耶律含嫣和花云的身子就随着向前倾,把"线"向后拄一拄,两人就朝后仰。这根"线"如此结实,实是奇绝!耶律含嫣坐车,她觉得推车的是花云,回头一看,不是!是个老头子,上唇有一撮黑胡子。等她扭过头,是花云!车夫是演花云的同一演员扮的。这撮小胡子可以一会出现,一会消失(胡子消失是演员含进嘴里了)。用这样的方法表现耶律含嫣爱花云爱得精神恍惚,瞧谁都像花云。耶律含嫣的心理状态不通过旦角的唱念来表现,却通过车夫的小胡子变化来表现,化抽象为具象,这种手法,除了川剧,我还没有见过,而且绝对想不出来。想出这种手法的,能不说他是个天才么?

有人说中国戏曲比较接近布莱希特体系，主要指中国戏曲的"间离效果"。我觉得真正有意识的运用"间离效果"的是川剧。川剧不要求观众完全"入戏"，保持清醒，和剧情保持距离。川剧的帮腔在制造"间离效果"上起了很大作用。帮腔者常常是置身局外的旁观者。我曾在重庆看过一出戏（剧名已忘），两个奸臣在台上对骂，一个说："你混蛋！"另一个说："你混蛋！"帮腔的高声唱道："你两个都混蛋喏……"他把观众对俩人的评论唱出来了！

一九九二年四月六日

罗　汉[1]

家乡的几座大寺里都有罗汉。我的小学的隔壁是承天寺，就有一个罗汉堂。我们三天两头于放学之后去看罗汉。印象最深的是降龙罗汉，——他睁目凝视着云端里的一条小龙；伏虎罗汉，——罗汉和老虎都在闭目养神；和长眉罗汉。大概很多人都对这三尊罗汉印象较深。昆曲（时调）《思凡》有一段"数罗汉"，小尼姑唱道：

> 降龙的恼着我，
> 伏虎的恨着我，
> 那长眉大仙愁着我：
> 说我老来时，有什么结果！

她在众多的罗汉中单举出来的，也只是这三位。——她要

---

[1] 本篇原载《收获》1998年第一期。

是挨着个儿数下去,那得数多长时间!

罗汉原来是十六个,传贯休的画"十六应真"即是十六人,后来加上布袋和尚和一个什么什么尊者,——罗汉的名字都很难念,大概是古梵文音译,这就成了通常说的"十八罗汉"。李龙眠画"罗汉渡江",就已经是十八人了。不知道从什么时候起这队伍扩大了,变成了五百罗汉。有些寺里在五百塑像前各竖了一个木牌,墨书某某某某尊者,也不知从哪里查考出来的。除了写牌子的老和尚,谁也弄不清此位是谁。有的寺里,比如杭州的灵隐竟把济公活佛也算在里头,这实在有点胡来了。

罗汉本是印度人,贯休的"十六应真"就多半是深目高鼻且长了大胡子,后来就逐渐汉化。许多罗汉都是个中国和尚。

罗汉大致有两种。一种是装金的,多半是木胎。"五百罗汉"都是装金的。杭州灵隐寺、苏州××寺(忘寺名)、汉阳归元寺,都是。装金罗汉以多为胜,但实在没有什么看头,都很呆板,都差不多,其差别只在或稍肥,或精瘦。谁也没有精力把五百个罗汉一个一个看完。看了,也记不得有什么特点。一种是彩塑。精彩的罗汉像都是彩塑。

我所见过的中国精彩的彩塑罗汉有这样几处:一是昆明筇竹寺。筇竹寺的罗汉与其说是现实主义的不如说是一组浪漫主义的作品。它的设计很奇特。不是把罗汉一尊一尊放在高出地面的台子上,而是于两壁的半空支出很结实的木板,罗汉塑在板上。罗汉都塑得极精细,有一个罗汉赤足穿草鞋,草鞋上的一根一根的草茎都看得清清楚楚,跟真草鞋一样。但又不流于琐细，整堂（两壁）有一个通盘的、完整的构思。这是一个群体，不是各自为政。十八人或坐或卧，或支颐，或抱膝，或垂眉，或凝视，或欲语，或谛听，情绪交流，彼此感应，增一人则太多，减一人则太少，气足神完，自成首尾。另一处是苏州紫金庵。像比常人小，身材比例稍长，面目清秀。这些罗汉好像都是苏州人。他们都在安静沉思，神情肃穆。如果说筇竹寺罗汉注意外部筋骨，颇有点流浪汉气；紫金庵的罗汉则富书生气，性格内向。再一处是泰山后山的宝善寺（寺名可能记得不准确）。这十八尊是立像，比常人高大，面形浑朴，是一些山东大汉，但塑造得很精美。为了防止参观的人用手扪触，用玻璃笼罩了起来了，但隔着玻璃，仍可清楚地看到肌肉的纹理，衣饰的刺绣针脚。前三年在苏州甪直看到几尊较古的罗汉。原来有三壁。东西两壁都塌圮了只剩下正面一壁。这一组罗汉构思很有特点，背景是悬崖，罗汉都分散地趺坐在岩头或洞穴里（彼此距离很远）。据说这是梁代的作品，正中高处坐着的戴风帽着赭黄袍子的便是梁武帝，不知可靠否，但从衣纹的简练和色调的单纯来看，显然时代是较早的。据传紫金庵罗汉是唐塑，宝善寺、筇竹寺的恐怕是宋以后的了。

　　罗汉的塑工多是高手，但都没有留下名字来，只有北京香山碧云寺的几尊，据说是刘銮塑的。刘銮是元朝人，现在北京西四牌楼东还有一条很小的胡同叫做"刘銮塑"，据说刘銮原来就住在这里，但是许多老北京都不知道有这样一条名字奇怪的胡同，更不知道刘銮是何许人了。像传于世，人不留名，亦可嗟叹。

中国的雕塑艺术主要是佛像，罗汉尤为杰出的代表。罗汉表现了较多的生活气息，较多的人性，不像三世佛那样超越了人性，只有佛性。我们看彩塑罗汉，不大感觉他们是上座佛教所理想的最高果位，只觉得他们是一些人，至少比较接近人，他们是介乎佛、菩萨和人之间的那么一种理想的化身，当然，他们也是会引起善男子、善女人顶礼皈依的虔敬感的。这是一宗非常重要的文化遗产，不论是从宗教史角度、美术史角度乃至工艺史角度、民俗学角度来看。我们对于罗汉的重视程度是很不够的。紫金庵、筇竹寺的罗汉曾有画报介绍过，但是零零碎碎，不成个样子。我希望能有人把几处著名的罗汉好好地照一照相，要全，不要遗漏，并且要从不同角度来拍，希望印一本厚厚的画册：《罗汉》；希望有专家能写一篇长文作序，当中还要就不同寺院的塑像，不同问题写一些分论；我希望能把这些罗汉制成幻灯片，供研究用，供雕塑系学生学习用，供一般文化爱好者欣赏用。

六月十三日

泰山片石[①]

序

我从泰山归，
携归一片云，
开匣忽相视，
化作雨霖霖。

泰山很大

泰即太，太的本字是大。段玉裁以为太是后起的俗字，太字下面的一点是后人加上去的。金文、甲骨文的大字下面如果加上一点，也不成个样子，很容易让人误解，以为是表示人体上的某个器官。

[①] 本篇原载《绿叶》1992年第一期（创刊号）。

因此描写泰山是很困难的。它太大了，写起来没有抓挠。三千年来，写泰山的诗里最好的，我以为是诗经的《鲁颂》："泰山岩岩，鲁邦所詹。""岩岩"究竟是一种什么感觉，很难捉摸，但是登上泰山，似乎可以体会到泰山是有那么一股劲儿。詹即瞻。说是在鲁国，不论在哪里，抬起头来就能看到泰山。这是写实，然而写出了一个大境界。汉武帝登泰山封禅，对泰山简直不知道怎么说才好，只好发出一连串的感叹："高矣！极矣！大矣！特矣！壮矣！赫矣！感矣！"完全没说出个所以然。这倒也是一种办法，人到了超经验的景色之前，往往找不到合适的语言，就只好狗一样地乱叫。杜甫诗《望岳》，自是绝唱，"岱宗夫如何？齐鲁青未了"，一句话就把泰山概括了。杜甫真是一个深受儒家思想影响的伟大的现实主义者，这一句诗表现了他对祖国山河的无比的忠悃。相比之下，李白的"天门一长啸，万里清风来"，就有点洒狗血。李白写了很多好诗，很有气势，但有时底气不足，便只好洒狗血，装疯。他写泰山的几首诗都让人有底气不足之感。杜甫的诗当然受了《鲁颂》的影响，"齐鲁青未了"，当自"鲁邦所詹"出。张岱说："泰山元气浑厚，绝不以玲珑小巧示人。"这话是说得对的。大概写泰山，只能从宏观处着笔。郦道元写三峡可以取法。柳宗元的《永州八记》刻琢精深，以其法写泰山即不大适用。

写风景，是和个人气质有关的。徐志摩写泰山日出，用了那么多华丽鲜明的颜色，真是"浓得化不开"。但我有点怀疑，这是写泰山日出，还是写徐志摩自己？我想周作人就不会这样写。周作人大概根本不会去写日出。

我是写不了泰山的,因为泰山太大。我对泰山不能认同。我对一切伟大的东西总有点格格不入。我十年间两登泰山,可谓了不相干。泰山既不能进入我的内部,我也不能外化为泰山。山自山,我自我,不能达到物我同一,山即是我,我即是山。泰山是强者之山,我自以为这个提法很合适,我不是强者,不论是登山还是处世。我是生长在水边的人,一个平常的、平和的人。我已经过了七十岁,对于高山,只好仰止。我是个安于竹篱茅舍、小桥流水的人。以惯写小桥流水之笔而写高大雄奇之山,殆矣。人贵有自知之明,不要"小鸡吃绿豆——强努"。

同样,我对一切伟大的人物也只能以常人视之。泰山的出名,一半由于封禅。封禅史上最突出的两个人物是秦皇、汉武。唐玄宗作《纪泰山铭》,文词华缛而空洞无物。宋真宗更是个沐猴而冠的小丑。对于秦始皇,我对他统一中国的丰功,不大感兴趣。他是不是"千古一帝",与我无关。我只从人的角度来看他,对他的"蜂目豺声"印象很深。我认为汉武帝是个极不正常的人,是个妄想型精神病患者,一个变态心理的难得的标本。这两位大人物的封禅,可以说是他们的人格的夸大。看起来这两位伟大人物的封禅的实际效果都不怎么样,秦始皇上山,上了一半,遇到暴风雨,吓得退下来了。按照秦始皇的性格,暴风雨算什么呢?他横下心来,是可以不顾一切地上到山顶的。然而他害怕了,退下来了。于此可以看出,伟大人物也有虚弱的一面。汉武帝要封禅，召集群臣讨论封禅的制度。因无旧典可循，大家七嘴八舌瞎说一气。汉武帝恼了，自己规定了照祭东皇太乙的仪式，上山了。却谁也不让同去，只带了霍去病的儿子一个人。霍去病的儿子不久即得暴病而死。他的死因很可疑，于是汉武帝究竟在山顶上鼓捣了什么名堂，谁也不知道。封禅是大典，为什么要这样保密？看来汉武帝心里也有鬼，很怕他的那一套名堂不灵验，为人所讥。

但是，又一次登了泰山，看了秦刻石和无字碑（无字碑是一个了不起的杰作），在乱云密雾中坐下来，冷静地想想，我的心态比较透亮了。我承认泰山很雄伟，尽管我和它不能水乳交融，打成一片；承认伟大的人物确实是伟大的，尽管他们所做的许多事不近人情。他们是人里头的强者，这是毫无办法的事。在山上呆了七天，我对名山大川，伟大人物的偏激情绪有所平息。

同时我也更清楚地认识到我的微小，我的平常，更进一步安于微小，安于平常。

这是我在泰山受到的一次教育。

从某个意义上说，泰山是一面镜子，照出每个人的价值。

碧霞元君

泰山牵动人的感情，是因为它关系到人的生死。人死后，魂魄都要到蒿里集中。汉代挽歌有《薤露》、《蒿里》两曲。或

谓本是一曲,李延年裁之为二,《薤露》送王公贵人,《蒿里》送大夫士庶。我看二曲词义,各成首尾,似本即二曲。《蒿里》词云:

> 蒿里谁家地?
> 聚敛魂魄无贤愚。
> 鬼伯一何相催迫,
> 人命不得少踟蹰。

写得不如《薤露》感人,但如同说话,亦自悲切。十年前到泰山,就想到蒿里去看看,因为路不顺,未果。蒿里山才多大的地方,天下的鬼魂都聚在那里,怎么装得下呢?也许鬼有形无质,挤一点不要紧。后来不知怎么又出来个酆都城。这就麻烦了,鬼们将无所适从,是上山东呢,还是到四川?我看,随便吧。

泰山神是管死的。这位神不知是什么来头。或说他是金虹氏,或说是《封神榜》上的黄飞虎。道教的神多是随意瞎编出来的。编的时候也不查查档案,于是弄得乱七八糟。历代帝王对泰山神屡次加封,老百姓则称之为东岳大帝。全国各地几乎都有一座东岳庙,亦称泰山庙。我们县的泰山庙离我家很近,我对这位大帝是很熟悉的(一张油白发亮的长圆脸,疏眉细眼,五绺胡须)。我小小年纪便知道大帝是黄飞虎,并且小小年纪就觉得这很滑稽。

中国人死了，变成鬼，要经过层层转关系，手续相当麻烦。先由本宅灶君报给土地，土地给一纸"回文"，再到城隍那里"挂号"，最后转到东岳大帝那里听候发落。好人，登银桥。道教好人上天，要经过一道桥（这想象倒是颇美的），这桥就叫"升仙桥"。我是亲眼看见过的，是纸扎的。道士诵经后，桥即烧去。这个死掉的人升天是不是经过东岳大帝批准了，不知道。不过死者的家属要给道士一笔劳务费，我是知道的。坏人，下地狱。地狱设各种酷刑：上刀山、下油锅、锯人、磨人……这些都塑在东岳庙的两廊，叫做"七十二司"。听说泰山蒿里祠也有"司"，但不是七十二，而是七十五，是个单数，不知是何道理。据我的印象，人死了，登桥升天的很少，大部分都在地狱里受罪。人都不愿死，尤其不愿在七十二司里受酷刑——七十二司是很恐怖的，我小时即不敢多看，因此，大家对东岳大帝都没什么好感。香，还是要烧的，因为怕他。而泰山香火最盛处，为碧霞元君祠。

碧霞元君，或说是泰山神的侍女、女儿，或说是玉皇大帝的女儿，又说是玉皇大帝的妹妹。道教诸神的谱系很乱，差一辈不算什么。又一说是东汉人石守道之女。这个说法不可取，这把元君的血统降低了，从贵族降成了平民。封之为"天仙玉女碧霞元君"的，是宋真宗。老百姓则称之为泰山娘娘，或泰山老奶奶。碧霞元君实际上取代了东岳大帝，成为泰山的主神。"礼岱者皆祷于泰山娘娘祠庙，而弗旅岳神久矣"（福格《听雨丛谈》）。泰安百姓"终日仰对泰山，而不知有泰山，名之曰奶奶山"（王照《行脚山东记》）。

泰山神是女神，为什么？这很容易让人联想原始社会母性崇拜的远古隐秘心理的回归，想到母系社会，这不是没有道理的。我们不管活得多大，在深层心理中都封藏着不止一代人对母亲的记忆。母亲，意味着生。假如说东岳大帝是司死之神，那么，碧霞元君就是司生之神，是滋生繁衍之神。或者直截了当地说，是母亲神。人的一生，在残酷的现实生活之中，艰难辛苦，受尽委屈，特别需要得到母亲的抚慰。明万历八年，山东巡抚何起鸣登泰山，看到"四方以进香来谒元君者，辄号泣如赤子久离父母膝下者"。这里的"父"字可删。这种现象使这位巡抚大为震惊，"看出了群众这种感情背后隐藏着对冷酷现实强烈否定"（车锡伦《泰山女神的神话信仰与宗教》）。这位何巡抚是个有头脑、能看问题的人。对封建统治者来说，这种如醉如痴的半疯狂的感情，是一种可怕的力量。

碧霞元君当然被蒙上世俗宗教的唯利色彩，如各种人来许愿、求子。

车锡伦同志在他的《泰山女神的神话信仰与宗教》的最后提出一个很有意思的问题，即对碧霞元君"净化"的问题。怎样"净化"？我们不能把碧霞元君祠翻造成巴黎圣母院那样的建筑，也不能请巴赫那样的作曲家来写像《圣母颂》一样的《碧霞元君颂》。但是好像也不是一点办法都没有。比如能不能组织一个道教音乐乐队，演奏优美的道教乐曲，调集一些有文化的炼师诵唱道经，使碧霞元君在意象上升华起来，更诗意化起来？

任何名山都应该提高自己的文化层次，都有责任提高全民的文化素质。我希望主管全国旅游的当局，能思索一下这个问题。

泰山石刻

第一次看见经石峪字，是在昆明一个旧家，一副四言的集字对联，厚纸浓墨，是较早的拓本。百年老屋，光线晦暗，而字字神气俱足，不能忘。

经石峪在泰山中路的岔道上。这地方的地形很奇怪，在崇山峻岭之中，怎么会出现一片一亩大的基本平整的石坪呢？泰山石为花岗岩，多为青色，而这片石坪的颜色是姜黄的。四周都没有这样的石头，很奇怪。是一个什么人发现了这片石坪，并且想起在石坪上刻下一部《金刚经》呢？经字大径一尺半。摩崖大字，一般都是刻在直立的石崖上，这是刻在平铺的石坪上的，很少见。这样的字体，他处也极少见。

经石峪的时代，众说纷纭。说这是从隶书过渡到楷书之间的字体，则多数人都无异议。龚定庵有诗曰：

> 北书无过金刚经，
> 南书无过瘗鹤铭。
> 忽然二物相顾哑，

排闼一丈蛟龙青。

（龚集不在手边，此据记忆录出，或有错字。）

他所说的"金刚经"即经石峪字。他以为经石峪与瘗鹤的时代差不多，是有见地的。经石峪保存较多隶书笔意，但无蚕头雁尾，笔圆而体稍扁，可以上接石门铭，但不似石门铭的放肆。有人说这是王羲之写的，似无据。王羲之书多以偏侧取势。经石峪不也。瘗鹤铭结体稍长，用笔瘦劲，秀气扑人，说这近似二王书，还有几分道理（我以为应早于王羲之）。书法自晋唐以后，都贵瘦硬。杜甫诗"书贵瘦硬方通神"，是一时风气。经石峪字颇肥重，但是骨在肉中，肥而不痴，笔笔送到，而不板滞。假如用一个字评经石峪字，曰：稳。这是一个心平而志坚的学佛的人所写的字。这不是废话么，金刚经还能是不学佛的人写的？不，经字有佛性。

这样的字和泰山才相称。刻在他处，无此效果。十年前，我在经石峪呆了好大一会，觉得两天的疲劳，看了经石峪，也就值了。"经石峪"是"泰山"不可分离的一部分。泰山即使没有别的东西，没有碧霞元君祠，没有南天门，只有一个经石峪，也还是值得来看看的。

我很希望有人能拓印一份经石峪字的全文（得用好多张纸拼起来），在北京陈列起来，即便专为它盖一个大房子，也不为过。

名山之中，石刻最多也最好的，似为泰山。大观峰真是大观,那么多块摩崖大字,大都写得很好,这好像是摩崖大字大赛,哪一块都不寒碜。这块地场(这是山东话)也选得好。石岩壁立,上无遮盖,而石壁前有一片空地,看字的人可以在一个距离之外看,收其全貌,不必像壁虎似的趴在石壁上。其他各处的摩崖石碑的字也都写得不错。摩崖字多是真书体兼颜柳,是得这样,才压得住(蔡襄平日写行草,鼓山的大字题石却是真书。董其昌字甚飘逸,但写大字则用颜体)。看大字碑刻题名,很多都是山东巡抚。大概到山东来当巡抚,先得练好大字。

有些摩崖石刻,是当代人手笔。较之前人,不逮也。有的字甚至明显地看得出是用铅笔或圆珠笔写在纸上放大的。是乌可哉。

很奇怪,泰山上竟没有一块韩复榘写的碑。这位老兄在山东呆了那么久,为什么不想到泰山来留下一点字迹?看来他有点自知之明。韩复榘在他的任内曾大修过泰山一次,竣工后,电令泰山各处:"嗣后除奉令准刊外,无论何人不准题字、题诗。"我准备投他一票。随便刻字,实在是糟蹋了泰山。

担山人

我在泰山遇了一点险,在由天街到神憩宾馆的石级上,叫一个担山人的扁担的铁尖在右眼角划了一下,当时出了血。这位担山人从我的后边走上来,在我身边换肩。担山人说:"你注意一点。"话倒是挺和气,不过有点岂有此理,他在我后面,倒是我不注意！我看他担着重担，没有说什么（我能说什么呢？揪住他不放？这种事我还做不出来）。这个担山人年纪比较轻，担山、做人，都还少点经验。他担了四块正方形的水泥砖，一头两块（为什么不把原材料运到山上，在山上做砖，要这样一趟一趟担？）。我看了别的担山人，担什么的都有。有担啤酒的，不用筐箱，啤酒瓶直立着，缚紧了，两层。一担也就是担个五六十瓶吧。我们在山上喝啤酒，有时开了一瓶，没喝完，就扔下了，往后可不能这样，这瓶酒来之不易。泰山担山人有个特别处，担物不用绳系，直接结缚在扁担两头。这样重心就很高，有什么好处？大概因为用绳系，爬山级时易于碰腿。听泰山管理处的路宗元同志说，担山人一般能担一百四五十斤，多的能担一百八。他们走得不快，一步一步，脚脚落在实处，很稳，呼吸调得很匀，不出粗气。冯玉祥诗《上山的挑夫》说担山人"腿酸气喘，汗如雨滴"，要是这样，那算什么担山的呢？

泰山担山人的扁担较他处为长，当中宽厚，两头稍翘，一头有铁尖（这种带有铁尖的扁担湖南也有，谓之钎担）。扁担作紫黑色，不知是什么木料，看起来很结实，又有绵性，既能承重，也不压肩。

我的那点轻伤不算什么。到了宾馆，血就止了。大夫用酒精擦了擦，晚上来看看，说："没有感染（我还真有点怕万一感染了破伤风什么的）。"又说："你扎的那个地方可不好！如果再往下一点，扎得深一点……"

"那就麻烦了！"

扇子崖下

泰山散文笔会的作家去登扇子崖。我和斤澜没有上去。叶梦为了陪我们,上了一截又下来了。路宗元同志叫我们在下面随便走走,等登山的人下来。

这也是一个景区,竹林寺风景管理区,但竹林寺只存其名,寺已不存在。这里属泰山西路,不是登山的正路,游人很少。除了特意来登扇子崖的,几乎没有人来。这不大像风景区,倒像山里的一个村子。稍远处有农家,地里种着地瓜(即白薯)。一个树林里有近百只羊。一色是黑山羊。泰山的山羊和别处不大一样,毛色浓黑,眼圈和嘴头是棕黄色的——别处的黑山羊眼、嘴都是浅灰色。这些羊分散在石块上,或立或卧,都一动不动,只有嘴不停地磨动,在倒嚼。这些羊的样子很"古"。有一个小庙,叫无极庙。庙外有老妇人卖汽水。无极庙极小。正殿上塑着无极娘娘,两旁配殿一边塑送生娘娘,一边塑眼光娘娘,如碧霞元君祠简陋。中国人不知道为什么对眼光娘娘那样重视,很多庙里都有,是中国害眼的特多?无极庙小,没人来,亦无住持僧道,庭中有树两株,石凳一,很安静。在石凳上坐坐,舒服得很。出门时问卖汽水的老妇人:"有人买汽水么?"答曰:"有!"

出无极庙,沿山路徐行。路也有点起伏,石级崎岖处得由叶梦扶我一把,但基本上是平缓的。半山有石亭,在亭外坐下,眺望近处的长寿桥,远处的黑龙潭,如王旭《西溪》诗所说"一川烟景合,三面画屏开",很美。许安仁《游泰山竹林》诗云:"客来总说游山好,不道山僧却厌山",在游山诗中别开生面。我在泰山,虽不到"厌山"的程度,但连日上上下下,不免疲乏,能于雄、伟、奇、险之外得一幽境(王旭《游竹林寺》:"竹林开幽境")偷闲半日,也是很好的休息。

薄暮,登山诸公下来,全都累得够呛,我与斤澜皆深以不登扇子崖为得计。

临走时,卖汽水的老妇人已经走了,无极庙的门开着。

回来翻翻资料,无极庙的来历原来是这样:一九二五年张宗昌督鲁时,兖州镇守使张培荣封其夫人为"无极真人",并在竹林寺旧址建无极庙,不禁失笑。一个镇守使竟然"封"自己的老婆为"真人",亦是怪事。这种事大概只有张宗昌的部下才干得出来。

中溪宾馆

中溪宾馆在中天门,一径通幽,两层楼客房,安安静静。楼外有个长长的庭院,种着小灌木,豆板黄杨、小叶冬青、日本枫。庭院两端有一石造方亭,突出于山岩之外,下临虚谷,不安四壁。亭中有石桌石凳。坐在亭子里,觉山色皆来相就,用四川话说,真是"安逸"。

伙食很好,餐餐有野菜吃。十年前我到泰山,就吃过野菜,但不如这次多。泰山可吃的野菜有一百多种,主要的有三十一种。野菜不外是两种吃法,一是开水焯后凉拌,一是裹了蛋清面糊油炸。我们这次吃过的野菜有这些:

灰菜(亦名雪里青,略焯,凉拌。亦可炒食,或裹面蒸食)

野苋菜(凉拌或炒)

马齿苋(凉拌或炒)

蕨菜(即藜,焯后凉拌)

黄花菜(泰山顶上的黄花菜淡黄色,与他处金黄者不同,瓣亦较厚而嫩,甚香。凉拌或炒,亦可做汤)

藿香(即做藿香正气丸的藿香。山东人读"藿"音如"河",初不知"河香"为何物,上桌后方知是一味中药。藿香叶裹面油炸)

薄荷(野生者。油炸,入口不凉,细嚼后有薄荷香味)

紫苏(本地叫苏叶,与南京女作家苏叶名字相同,但南京的苏叶不能裹面油炸了吃耳)

椿叶(香椿已经无嫩芽,但其叶仍可炸食)

木槿花(整朵油炸,炸出后花形不变,一朵一朵开在瓷盘里。吃起来只是酥脆,亦无特殊味道,好玩而已)

宾馆经理朱正伦把野菜移栽在食堂外面的空地上,要吃,由炊事员现采,故皆极新鲜。朱经理说港台客人对中溪宾馆的野菜宴非常感兴趣。那是,香港咋能吃到野菜呢!

宾馆的服务员都是小姑娘。对人很亲切,没有星级宾馆的服务员那样过多的职业性的礼貌。她们对"散文笔会"的十八位作家的底细大体都摸清了。一个叫米峰的姑娘戴一副眼镜,我戏称她为学者型的服务员。她拿了一本《蒲桥集》来让我签名,说是今年一月在岱安买的,说她最喜欢《昆明的雨》那几篇,说没想到我会来,看到了我,真高兴。我在扉页上签了名,并写了几句话。

山中七日,除了在山顶的神憩宾馆住过一晚上外,六天都住在中溪宾馆。早晨出发,薄暮归来。人真是怪,宾馆,宾馆耳,但踏进大门,即觉得是回家了。

我问朱正伦同志,这地方为什么叫中溪,他指指对面的山头,说山上有一条溪水,是泰山的主溪,因为在泰山之中,故名中溪。听人说,泰山山有多高,水有多高,信然。

写了两个晚上的字。为中溪宾馆写了一幅四尺横幅:溪流崇岭上,人在乱云中。

临走,宾馆人员全体出动,一直把我们送下山坡上汽车。桑下三宿,未免有情。再来泰山,我还住中溪。

泰山云雾

宿中溪宾馆第二天,我起得很早,推开客房楼门,到院里一看,大雾。雾在峰谷间缓缓移动,忽浓忽淡。远近诸山皆作浅黛,忽隐忽现。早饭后,雾渐散,群山皆如新沐。

登玉皇顶,下来,到探海石旁,不由常路转到后山。后山小路狭窄,未经斫治,有些地方仅能容足,颇险。我四月间在云南曾崴过一次脚,因有旧伤,所以格外小心。但是后山很值得一看。山皆壁立,直上直下,岩块皆数丈,笔致粗豪,如大斧劈。忽然起了大雾,回头看玉皇顶,完全没有了,只闻鸟啼。从鸟声中得出所来的山岭松林的方位,知道就在不远处。然而极目所见,但浓雾而已。

宿神憩宾馆,晚上,和张抗抗出宾馆大门看看,只见白茫茫一片,不辨为云为雾。想到天街走走,服务员劝我们不要去,危险,只好伏在石栏上看看。云雾那样浓,似乎扔一个鸡蛋下去也不会沉底。老是白茫茫一片,看到什么时候?回去吧。抗抗说她小时候看见云流进屋里,觉得非常神奇。不想我们回去,拉开了玻璃大门,云雾抢在我们前面先进来了,一点不客气,好像谁请了它似的。

离开泰山的那天夜晚,雾特大,开了车灯,能见度只有二尺。司机在泰山开了十年车,是老泰山了。他说外地司机,这天气不敢开车。我们就这样云里雾里,胡里胡涂地离开泰山了。

在车里,我想:泰山那么多的云雾,为什么不种茶?史载:中国的饮茶,始于泰山的灵岩寺,那么,泰山原来是有茶树的。泰山的水那样好(本地人云:泰山有三美,白菜、豆腐、水),以泰山水泡泰山茶,一定很棒。我想向泰山管委会作个建议:试种茶树。也许管委会早已想到了,下次再来泰山,希望能喝到泰山岩茶,或"碧霞新绿"。

一九九一年七月末,北京

皖南一到[1]

草　木

  合肥菊花很好，花大，棵矮，叶肥厚而颜色深。招待所廊前所放的菊花都可称为名种。金寨路边有卖菊花的摊子，狮子头、绿菊、金背大红，每盆均索价三元。这样的价钱在北京是买不到的（我想还可以还价）。大概合肥的土质、气候对菊花很相宜。

  合肥多冬青树，甚高大，紫灰色的小果子累累结满一树。出合肥，公路两侧多植冬青。以冬青为公路的林荫树，我在别的省还没有见过。自屯溪至黟县，路边尽植乌桕，通红的叶子。沿路有茶山、竹山。屯溪附近小山上有油茶，正纷纷地开着白花。问之本地人，云是近年所推广。有几个县大面积种植了油菜。大概安徽人是吃菜子油的，能吃得惯茶油么？

---

[1] 本篇原载《花城》1990年第二期。

屯　溪

到屯溪，住华山宾馆的三江楼。三江者：自镇海桥以西为横江；桥东为与横江成直角，南北向者率河。率河，直河也。又东，则为新安江。走到阳台上，三江在望。接待站的同志嘱为宾馆写字，即为书"三江一望"隶书大横幅。三江水皆清浅，两岸早晚都有妇女捶衣，棰声清越。

到屯溪，主要目的是看看一条老街。据说这本是一条明代的街，因遭匪掠，街尽毁于火，现在的老街是清代重建的，但规模还是老样子。街不宽，有一段两边店铺的风火墙尖几欲相接，但因禁车辆通行，故很安静。店铺中有放迪斯科音乐的，音量不大，不吵人。小小一条街有几家卖文房四宝、古玩瓷器的，使这条街有颇浓的文化气息。杂货店中卖桂圆、荔枝，黄山小胡桃尤其多。有一家酱园，酱油、醋都放在敞盖的缸里。有一家相当大的药店，放药的抽屉的位置很高，看样子是一家老药店了，药香直飘到街上。这虽是重建的街，但黑瓦白墙，犹存旧制，漫步街头，可以感受到一些历史气氛，比花了重赀新造的什么"宋街"之类的假古董要有意思。

歙　县

歙县谯楼的门洞是方的，两边各竖十二根巨大的木柱，柱皆向外倾侧，涂红漆，上建楼，甚宽广。这样的建筑别处未见过，——一般的钟楼鼓楼都是发券的拱形门洞。本地即称这座建筑为"二十四根柱子"。

"许国石坊"在正街中心，本地人叫做"八角牌坊"。牌基为长方形，实为两座同样的牌坊而左右连接，形制很特别，据说这样的石坊中国只有两座，为全国重点文物。石坊有横额两道。上面一道大书"大学士"，下面一道写的是"少保兼礼部尚书武英殿大学士许国"，皆阴刻涂黑漆。字极端正，或云为董其昌书。许国事迹待考。石坊柱子是方形的，四面都刻了狮子，颇生动，两侧的狮子是倒立的。倒立的石狮我还是头一回见到。石坊为"黟县青"所斫治。黟县青石多大材，硬度宜于雕凿，而又坚致不易风化，是造牌坊的好材料。皖南多石牌坊，牌坊大都是"黟县青"。

歙县是我的老家所在。在合肥，我曾戏称我是"寻根"来了。小时候听祖父说：我们本是徽州人，从他起往上数，第七代才迁居至高邮。祖父为修家谱，曾到过歙县。这家谱我曾见过，一开头是汪华的像。汪华大概是割据一方的豪侠，后来降了唐，受李渊封为越国公。"越国公"在隋唐之际是很高的爵位，隋炀帝时的司空杨素就封为越国公。他在当地被称为"汪王"，甚至称之为"汪王大帝"。据说汪家的老祠堂很大，叫做"汪王庙"。一说汪华降的是南唐，非李唐。我问徽州人，汪家老祠堂还在么？答云：早没有了，早年还能拾到一些残砖断瓦。汪家是歙县第一大姓，我在徽州碰到好几位姓汪的。我站在歙县的大街上,想:这是我的老家,竟有一种说不出来的感情。慎终追远,是中国人抹不掉的一种心态。而且,也似无可厚非。

黟　县

到黟县,为看古民居。

先到西递。西递之名甚怪。据说镇中流水萦绕,先向东流,又折而向西,水可一直流到每一家的堂前、灶前;又说这原是通往西路的驿站,故名。似乎这都有点想当然尔。

传说西递始建于南宋。徽州商业是南宋以临安为行在所之后发达起来的。徽商在外面发了财,回乡盖房,聚居成镇,有这种可能。现在看起来,里巷曲折四通,一律铺了黟县青石;人家住宅分布得很有秩序,不是杂乱无章,随便乱盖,是一个古镇的样子,也可以说有一点南宋遗规,但房屋都是后来翻盖过的了。在两家看到他们家祖先的"影",男的都是补服顶戴,顶子是水晶的,官不大,大概是捐的官(女的则是凤冠霞帔,据一个讲解员说,洪承畴的母亲死后,顺治帝特许以明代服饰成殓,相沿成风,人家祖先影像都是男的穿清代服装,女的穿明代服装,说或有据,我回忆我家从前的影像,都是如此)。看看人家挂的字画,题款年代多为咸、同之际。有一个绅董议事的厅堂,廊下挂了一副木制的对联:"之九万里而南;以八千岁为春",字是郑板桥写的。那么这所厅堂的建筑年代最早也不会超过乾隆。

因为是商人的家（有一家的朱红对联上写道："做官好营商好效好便好；创业难守成难知难不难"，很朴实地说出了商人哲学），没有深宅大院。门小，进门是一个天井，天井石条上照例有几盆花。上水石积苔甚厚。有一家有一丛天竺，结实才如胡椒大，而颜色鲜红发亮，与别处常见的如梧桐子大者不同，或别是一种。正面为前堂、后堂，是待客起坐处，两侧是卧室。房屋不高大，谨谨慎慎，人口不多，住起来大概相当舒服。门窗雕镂很精致，或有涂金漆者。我没有看到流水直到堂前灶前，倒看到一家"四水归堂"。堂中方砖下是空的，落雨，水由天井流至堂下。有一块石牌可以揭起，取水甚便。

有一家在两巷相交处有一转角楼，楼在围墙内，依势而起，逶逶迤迤，不方不正。屯溪人说这是小姐抛彩球的绣楼。这当然是无稽之谈。抛球择婿是戏文里的事，于史无征，而且即在戏里，也只有王宝钏抛过彩球，余无闻焉（据说广西侗族有抛彩球风俗，不知如何会传到山西梆子里——"彩楼配"最初大概是山西梆子）。明清以后，黟县何能有此风俗？抛球的彩楼是临时搭起的，怎么会有一个永久性的建筑？这家有多少小姐？每个小姐都用抛球的办法择婿么？再说这座楼下是两条相交的巷子，并非通衢广场，也容不下许多王孙公子挨挨挤挤地抢彩球。这座楼上有一白底黑字的横匾，文曰："桃花源里人家"，证明这是主人静处闲眺的地方，与小姐无涉。楼下围墙开一小门,黑色的大理石横额上刻了一行小篆,涂金,笔划细秀:"作退一步想",是这家的后门,而已。因为这座楼形制特别,小巧玲珑,望之有趣,因此生出小姐抛彩球的附会,也无足怪。

下午到宏村,参观一家旧宅。

我们是从后门进去的。房子是一个盐商盖的。盐商大概很发了点财,房子很考究。主房两进。两进之间是一个大天井,四面"跑马楼"。楼上无隔断,不能住人,想是皮藏财物的。楼下北面为大厅。木料都很粗大,涂生桐油。这宅子引起美术界的注意,是因为有极精细的木雕。徽州木雕是在素面的木枋上开出长方的一块,内刻人物故事。天井南面的木枋上刻的是"百子闹元宵",整整一百个孩子,敲锣打鼓,狮子龙灯,高跷旱船,很热闹,只是构图稍平。北面木枋上刻的是"唐肃宗宴客图"。两边的人物都微微向内倾侧,形成以肃宗为中心的画面,设计很聪明。据讲解同志说,这幅木雕共七层,层次分明,最后的人物的靴鞋都交代很清楚("百子闹元宵"只三层)。木雕右侧是一个侍仆在扇风炉烧茶水。左侧有一个大臣坐着,歪着头,眯着眼,由一个待诏为之挑耳。宴会上掏耳朵,这风俗很奇怪。也许是明清之际或唐肃宗时有此习俗,否则雕刻的细木匠不会无缘无故地刻出来。

前进是住人的。正中为堂屋,两侧是卧房,分别住着房主人的大小老婆。两边的槅扇都雕镂贴金,刻的是八仙,无特别处。我们还参观了房主人抽大烟的房子,打牌的房子。

这家房主人有一个贴身丫头，前几年死了，八十几岁，她曾在这里住过，对于这座房的建造始末，各处作何用途，可以历述。这位贴身丫头死时八十多岁，那么这所房屋也就是八九十年，故能完好如新。房主只能算是个中等盐商，他的生活也止于娶小、抽大烟、打牌，房子也只能是这样。不像扬州大盐商可以盖得起大花园，养一些名士，附庸风雅。从这所房子看无一处匾额对联，可见此公无甚文化。但是他的房子里的木雕，特别是"唐肃宗宴客图"，实在是海内精品。在文化史上，可为此俗人记一小功。

木雕在"文化大革命"中由当地政府议决，用泥糊了，上写"毛主席万岁"，乃得幸存。

正屋右侧，有一块三角形的余地，即于其上建一间不规整的三角形的房屋，两边靠墙，一面敞开，形制很特别，亭子不像亭子，大概可称之为"簃"。中国建筑学家引美国同行参观，即以这间屋子作为中国建筑善于因地制宜，利用空间的实例。屋前阶下有石砌的养鱼池，也是三角形的，现在还有四五条鲤鱼在池底游着。这间房子是干什么用的呢？在这里下围棋倒是个好地方。但房主人大概不会下棋，只会坐在阶前，看池中鱼，命令厨子今天选哪一条宰了吃。

引导我们参观的讲解员捧了参观题名册，请写几个字。写什么呢？这家房主人姓汪，讲解员也姓汪，我也姓汪，于是写了四个大字："宗传越国"。

讲解员说："你们等一等，我给你们看一个宝。"他拿来一个布包,打开来,是一只干制的野人的脚!看起来,这像是人脚,从骨骼看,这"人"是可以直立的,不像是野兽的掌。脚趾甚尖利,脚面密被寸许长的棕黑色的粗毛。这到底是一个什么东西?据讲解员说,他母亲交给他时,说到她这儿,这只脚已经传了九十二代。奇怪!

讲解员一直把我们送出村口。这村子倒是家家墙外有石砌水沟,流水清澈,有人在沟边洗菜。讲解员说村中皆汪姓。村南有一圆门,外姓人只能住在圆门外。村外有南湖,湖上有南湖书院,旧制,凡汪姓子弟可免费在书院中读书六年。看来当初建村(或镇)是经过整体规划的,这些活水流通的水沟是盖房之前就设计好了的。宏村,和西递,都是研究中国村镇史的极好材料。

徽　菜

徽菜专指徽州菜,不是泛指安徽菜。徽菜有特点,味重油多,臭鳜鱼是突出的代表作。据说过去贵池人以鱼篓挑鳜鱼至徽州卖,路上得走几天,至徽州,鱼已发臭,徽州人烹食之,味极美,遂为名菜。我们在合肥的徽菜馆中吃的,鳜鱼是新鲜的,但煎熟后浇以臭卤,味道也非常好,不失为使人难忘的异味。炸斑鸠,极香,骨尽酥,可以连骨嚼咽。毛豆腐是徽州人嗜吃的家常菜。宾馆和饭店做的毛豆腐都是用油炸出虎皮,浇以碎肉汁,加工过于精细,反不如我在屯溪老街一豆腐坊中所吃的,在平锅上煎熟，蘸以葱花辣椒糊，更有风味。屯溪烧饼以霉干菜肉末为馅，烤出脆皮，为他处所无，歙县人很爱吃，但亦不能仿制，不知有何诀窍。

一九八九年十一月十九日

初访福建[1]

漳　州

漳州多三角梅。我们所住的漳州宾馆内到处都是。栽在路边大石盆里，种在花圃里。三角梅别处也有。云南谓之叶子花，因为花与叶形状无殊，只是颜色不同。昆明全种之墙头。楚雄叶子花有一层楼那样高，鲜丽夺目，但只有紫色的一种。漳州三角梅则有很多种颜色，除了紫的，有大红的、桃红的、浅红的，还有紫铜色的。紫铜色的花我还没有见过。有白色的，微带浅绿。三角梅花形不大好看，但是蓬勃旺盛，热热闹闹。这种花好像是不凋谢的。我没有看到枝头有枯败的花，地下也没有落瓣。

到处都是卖水仙花的。店铺中装在纸箱里成箱出售，标明20粒、30粒，谓一箱装20头、30头也。20粒者是上品。胜

---

[1] 本篇原载1990年4月21日、28日《中国旅游报》。

利路、延安北路人行道上摆了一溜水仙花头,装在花篮状的竹篓里。卖水仙的多是小姑娘。天很晚了,她们提着空篓,有的篓里还有几个没有卖掉的花头,结伴归去。她们一天能卖多少钱?

一个修钟表的小店当门的桌边放了两小盆水仙。修表的是一个年轻人。两盆水仙开得很好,已经冒出好几个花骨朵。修表的桌边放两盆水仙,很合适。

参观漳州八宝印泥厂。印泥是朱砂和蓖麻油调制的(加了少量金箔、珠粉、冰片),而其底料则为艾绒。漳州出艾绒。浙江、上海等地的印泥厂每年都要到漳州来买艾绒。漳州出印泥,跟出艾绒有关。印泥厂备好纸墨,请写字留念。纸很好,六尺夹宣。写了几句顺口溜:"天外霞,石榴花,古艳流千载,清芬入万家。"漳州八宝印泥颜色很正,很像石榴花。

凡到漳州者总要去看看百花村,因为很近便。百花村所培植的主要是榕树盆景。榕树是不材之材,不能做梁柱、打家具,烧火也不燃,却是制作盆景的极好材料。榕树盆景较大,不能置之客厅书室,但是公园、宾馆、大会堂、大餐厅,则只有这样大的盆景才相称,因此行销各地,"创汇"颇多。榕树盆景并不是栽到盆子里就算完事,须经相材、取势、锯截、修整,方能欹侧横斜,偃仰矫矢,这也是一门学问。百花村有一个兰圃,种建兰甚多,可惜我们去时管理员不在,门锁着,未能参观。

木棉庵在漳州市外。这个地方的出名,是因为贾似道是在这里被杀的。贾似道是历史上少见的专权误国、荒唐透顶的奸相。元军沿江南下,他被迫出兵,在鲁港大败,不久,被革职放逐,至漳州木棉庵为押送人郑虎臣所杀。今木棉庵外土坡上立有石碑两通,大字深刻"郑虎臣诛贾似道于此",两碑文字一样。贾似道被放逐,是从什么地方起解的呢?为什么走了这条路线?原本是要把他押到什么地方去的呢?郑虎臣为什么选了这么个地方诛了贾似道?郑虎臣的下落如何?他事后向上边复命了没有?按说一个押送人是没有权力把一个犯罪的大臣私自杀了的,尽管郑虎臣说他是"为天下诛贾似道"。想来南宋末年乱得一塌胡涂,没有人追究这件事,也就不了了之了。贾似道下场如此,在"太师"级的大员里是少见的。土坡后有一小庵,当是后建的,但还叫做木棉庵。庵中香火冷落,壁上有当代人题歪诗一首。

云 霄

云霄是果乡。到下畈山上看了看,遍山是果树,芦柑、荔枝、枇杷。枇杷树很大,树冠开张如伞盖,著花极繁。我没有见过枇杷树开这样多的花。明年结果,会是怎样一个奇观?一个承包山头的果农新摘了一篮芦柑,看见县委书记,交谈了几句,把一篮芦柑全倒在我们的汽车里了。在车上剥开新摘芦柑,吃了一路。芦柑瓣大,味甜,无渣。

云霄出蜜柚,因为产量少,不外销,外地人知道的不多。

蜜柚甜而多汁，如其名。

在云霄吃海鲜，难忘。除了闽南到处都有的"蚝煎"——海蛎子裹鸡蛋油煎之外，有西施舌、泥蚶。西施舌细嫩无比。我吃海鲜，总觉得味道过于浓重，西施舌则味极鲜而汤极清，极爽口。泥蚶亦名血蚶，肉玉红色，极嫩。张岱谓不施油盐而五味俱足者唯蟹与蚶，他所吃的不知是不是泥蚶。我吃泥蚶，正是不加任何作料，剥开壳就进嘴的。我吃菜不多，每样只是夹几块尝尝味道，吃泥蚶则胃口大开，一大盘泥蚶叫我一个人吃了一小半，面前蚶壳堆成一座小丘，意犹未尽。吃泥蚶，饮热黄酒，人生难得。举杯敬谢主人，曰："这才叫海味！"

云霄出矿泉水。矿泉水，深井水耳。有一位南京大学的水文专家，看了看将军山的地形，说：这样的地形，下面肯定有矿泉水。凿井深至1400米，水出。矿泉水是高级饮料，现已在中国流行，时髦青年皆以饮矿泉水为"有分"。

东　山

听说东山的海滩是全国最大的海滩。果然很大。砂是硅砂，晶莹洁白。冬天，海滩上没人。接待游客的旅馆、卖旅游纪念品的铺子、冷饮小店、更衣的棚屋，都锁着门。冬天的海滩显得很荒凉。问我有什么印象，只能说：我到过全国最大的海滩了。我对海没有记忆，因此也不易有感情。

东山城上有风动石。一块很大的浑圆的石头，上负一块很大的石头蛋。有大风,上面的石头能动。有个小伙子奔上去,仰卧,双脚蹬石头蛋,果然能动。这两块石头摞在一起,不知有多少年了。这是大自然的游戏。

厦　门

庙总要有些古。南普陀几乎是一座全新的庙。到处都是金碧辉煌。屋檐石柱、彩画油漆、香炉烛台、幡幢供果,都像是新的。佛像大概是新装了金,锃亮锃亮。

大雄宝殿里,百余僧众在做功课。他们的黄色袈裟也都很新,折线分明。一个年轻的和尚敲木鱼以齐节奏。木鱼槌颇大。他敲得很有技巧,利用木鱼槌反弹的力量连续地敲着。这样连续地敲很久,腕臂得有点功夫。节奏是快板——有板无眼:卜、卜、卜、卜……这个年轻和尚相貌清秀,样子极聪明。我觉得他会升成和尚里的干部的。

到后山逛了一圈,回到大殿外面,诵佛的节奏变成了原板——一板一眼:卜——卜——卜……

往鼓浪屿访舒婷。舒婷家在一山坡上,是一座石筑的楼房。看起来很舒服,但并不宽敞。她上有公婆,下有幼子,她需要料理家务,有客人来,还要下厨做饭。她住的地方,鼓浪屿,名声在外,一定时常有些省内外作家,不速而来,像我们几个,来吃她一顿菜包春卷。她的书房不大,满壁图书,她和爱人写字的桌子却只是两张并排放着的小三屉桌,于是经常发生彼此的稿纸越界的纠纷。我看这两张小三屉桌,不禁想起弗金尼·沃尔芙的《一间自己的屋子》。舒婷在这样的条件下还能写得出朦胧诗么?听说她的诗要变,会变成什么样子?

有人为铁凝、王安忆失去早期作品的优美而惋惜。无可奈何花落去,谁也没有办法。

福　州

鼓山顶有大石如鼓,故名。或云有大风雨则发出鼓声,恐是附会。山在福州市东,汽车可以一直开到涌泉寺山门,往返甚便,故游人多。福州附近山都不大,鼓山算是大山了。山不雄而甚秀,树虽古而仍荣,滋滋润润,郁郁葱葱。福州之山,与他处不同。

涌泉寺始建于唐代,是座古刹了,但现在殿宇精整,想是经过几次重建了。涌泉寺不像南普陀那样华丽,但是规模很大,有气派。大殿很高,只供三世佛。十八罗汉则分坐在殿外两边的廊子上,一边九位。这种布局我在别处庙里还没有见过。

寺里和尚很多,大都很年轻,十八九岁。这里的和尚穿了一种特别的僧鞋,黑灯芯绒鞋面,有鼻,厚胶皮底,看来很结实,也很舒服。一个小和尚发现我在看他的鞋,说:"这种鞋很贵,比社会上的鞋要贵得多。"他用的这个词很有意思:"社会上的"。这大概是寺庙中特有的用词。这个小和尚会说普通话。

涌泉寺有几口大锅,据说能供一千人吃饭,凡到寺的香客游人都要去看一看。锅大而深，为铜铁合铸，表面漆黑光滑，如涂了油。这样大的锅如何能把饭煮熟？

寺东山上多摩崖石刻。有蔡襄大字题名两处。一处题蔡襄；一处与苏才翁辈同来，则书"蔡君谟"。题名称字，或是一时风气。蔡襄登鼓山，大概有两次，一次与苏才翁等同来，一次是自来。蔡襄至和三年以枢密直学士知福州，登鼓山或当在此时。然襄是仙游人，到福州甚近便，是否和间登鼓山，也不能肯定。我很喜欢蔡襄的字。有人以为"宋四家"（苏黄米蔡），实应以蔡为首。这两处题名，字大如斗，端重沉着，与三希堂所刻诸帖的行书不相似。盖摩崖题名别是一体。

西禅寺是新盖的，还没有最后完工，正在进行扫尾工程，石匠在敲錾石板石柱，但已经提前使用，和尚开始工作了。一家在追荐亡灵。八个和尚敲着木鱼铙钹，念着经，走着，走得很快。到一个偏殿里，分两边站下，继续敲打唱念，节奏仍然很快，好像要草草了事的样子。两个妇女在殿外，从一个相框里取出一张八寸放大照片，照片上是个中年男人，放进铁炉的火里焚化了。这两个妇女当然是死者的亲属，但看不出是什么关系。她们既没有跪拜，也没有悲泣，脸上是严肃的，但也有些平淡。焚化照片，祈求亡灵升天，此风为别处所未见，大概是华侨兴出来的。但兴起得不会太早，总在有了照相术以后。

后殿有一家在还愿。当初许的愿我也没听说过：三天三夜香烛不断。一个大红的绸制横标上缀着这样的金字。也没有人念经，只是香烟袅绕，烛光烨烨。

寺北正在建造一座宝塔，十三层，快要完工了，已经在封顶。这是座钢筋水泥结构的塔。看看这座用现代材料建成的灰白色的塔（塔尚未装饰，装饰后会是彩色的），不知人间何世。

寺、塔，都是华侨捐资所建。

福建人食不厌精，福州尤甚。鱼丸、肉丸、牛肉丸皆如小桂圆大，不是用刀斩剁，而是用棒捶之如泥制成的。入口不觉有纤维，极细，而有弹性。鱼饺的皮是用鱼肉捶成的。用纯精瘦肉加芡粉以木槌捶至如纸薄，以包馄饨（福州叫做"扁肉"），谓之燕皮。街巷的小铺小摊卖各种小吃。我们去一家吃了一"套"风味小吃，十道，每道一小碗带汤的，一小碟各样蒸的炸的点心，计二十样矣。吃了一个荸荠大的小包子，我忽然想起东北人。应该请东北人吃一顿这样的小吃。东北人太应该了解一下这种难以想象的饮食文化了。当然，我也建议福州人去吃吃李连贵大饼。

武夷山

武夷山的好处是景点集中。范围不算大，处处有景，在任何地方，从任何角度，都有可看的，不似有些风景区，走半天，才有一处可看，其余各处皆平平。山水对人都很亲切，很和善，迎面走来，似欲与人相就，欲把臂，欲款语，不高傲，不冷漠，不严峻。武夷属低山，游程"有惊无险"。自山麓至天游峰皆石级，走起来不累。我已经近七十，上天游峰不感到心脏有负担。

玉女峰亭亭而立，大王峰虎虎而蹲。晒布岩直挂而下，石色微红，寸草不生，壮观而耐看。天游是绝顶，一览众山，使人有出尘之想。

武夷的好处是有山有水。九曲溪是天造奇境。溪随山宛曲，水极清，溪底皆黑色大卵石。现在是枯水期，水浅，竹筏与卵石相摩，格格有声。坐在筏上，左顾右盼，应接不暇。

船棺不知是何代物。那时候的人是用什么办法把棺材弄到这样无路可通的悬崖绝壁的山洞里的？为什么要把死人葬在这样高的地方？这是无法解释的谜。

水帘洞不是像《西游记》所写的那样洞口有瀑布悬挂如帘，而是从峭壁上挂下一条很长的草绳，山上水沿草绳流注，被风吹散，如烟如雾，飘飘忽忽，如一片透明的薄帘。水帘洞下有田地人家，种植炊煮，皆赖山水。泉下有茶馆，有人在饮茶。

天车是一列巨大的木制绞车，因为嵌置在峭壁极高处的山缝间，如在天上，当地人谓之"天车"。据传，太平天国时有财主数姓，避乱入岩洞中，设此天车，把财物和食物绞上去，在洞中藏匿甚久，太平天国军仰攻之，竟不得上。峭壁有碑记其事。这块碑的措词很尴尬，当然要说太平天国是革命的，地主是反动的，但是游人仰看天车，则只有为天车感到惊奇，碑文想发一点感慨，可不知说什么好。

武夷山是道教山，入山处原有武夷宫，已毁，现在正在重建，结构存其旧制，而规模较小。看了檐口的大头拱，知道这是宋式建筑。宫前有两棵桂花树，云是当年所植，数百年物也。

宫外有荣观,亦宋式。

我们所住的银河饭店门前是崇安溪;屋后亦有小溪,溪水小有落差,入夜水声淙淙不绝。现在是旅游淡季,整个旅馆只住了我们五个人。经理为我们的饭菜颇费张罗,有炒新鲜冬笋,有武夷山的山珍石鳞,即石鸡,山间所产的大蛙也,有狗肉,有蛇汤。临行,经理嘱写字留念,写了一副对联:"四围山色临窗秀,一夜溪声入梦清。"

庚午年正月初四

初识楠溪江[①]

楠溪江在浙江温州永嘉县。永嘉的出名是因为谢灵运。谢灵运曾为永嘉太守，于永嘉山水，游历殆遍。谢灵运是中国山水诗的鼻祖，那么永嘉可以说是山水诗的摇篮，永嘉山水之美可以想见。永嘉山水之美在楠溪江。然而世人知永嘉，知楠溪江者甚少。楠溪江1988年经国务院批准为国家级风景名胜区。此次列入国家级风景区者共42处，楠溪江是其中之一。然而楠溪江之名犹不彰，养在深闺人未识。

我们应温州市、永嘉县之邀，到永嘉去了一趟。游楠溪江，实只三天。匆匆半面，很难得其仿佛。但是我可以负责地向全世界宣告：楠溪江是很美的。

九级瀑

九级瀑在大若岩景区。大若岩旧写作大箬岩，"箬"不知道什么时候省写成"若"，我觉得还是恢复原字为好，何必省

[①] 本篇原载1992年1月9日、1月23日、2月6日《中国旅游报》。

去不多的笔画呢。箬是矮棵的竹子,叶片甚大,可以包粽子,衬斗笠。我在井冈山看到过这种箬竹,很好看的。既名为大箬岩,可以有意识地多种一点这种竹子。

九级瀑不像黄果树和镜泊湖瀑布,以其雄壮宏伟慑人心魄;不像大龙湫一样因为飞流直下三千尺而使人目眩。九级瀑之奇,奇在瀑有九级。我在云南腾冲看过"三跌水",瀑水三叠,已经叹为观止。像这样九级瀑布,实为平生所未见。九级瀑不是一瀑九级,是九条瀑布。九瀑源流,当是一脉,但是一瀑一形,一瀑一景,段落分明,自成首尾,在二三公里、一二小时的游程中,能连续看到九瀑,全世界大概再也找不出来。

九级瀑景点还没有定名。导游的同志希望作家起个名字,永嘉籍作家陈惠芳征求我的意见,我想了想,说:"就叫'九叠飞㵐'吧。"本地人把瀑布叫做"㵐"。"㵐"字一般字典上没有,但是朱自清先生的《白水㵐》一文中已经用过这个字。用"㵐",有点地方特点。温州籍作家林斤澜稍一沉吟,说:"挺好。"有人提出为每个㵐取个名字,我和斤澜商量了一下,觉得以㵐形取名,把游客的想象框死了,不如就照本地习惯,叫做"一㵐"、"二㵐"、"三㵐"……斤澜深以为然。下山吃饭的时候,旁边的桌上已经摆好了笔墨,叫把这四个字写下来。横竖各写了一条。作九㵐歌:

㵐水来天上,
依山为九叠。

源流一脉通，
风景各异域。
或如匹练垂，
万古流日夕。
或分如燕尾，
左右各一撇。
或轻如雾縠，
随风自摇曳。
或泻入深潭，
潭水湛然碧。
或落石坝上，
訇然喷玉屑。
或藏岩隙中，
窅如云中月。
信哉永嘉美，
九漈皆奇绝。

出九级瀑，右折，为陶公洞，传是陶弘景隐居著书处。

陶弘景是中国道教史上的一个重要人物。他的思想很复杂，其源出于老庄，又受葛洪的神仙道教影响。他本是读书人，是儒家，做过官，仕齐拜左卫殿中将军，入梁，隐居不仕。他又吸取了佛教的某些观点。从他身上可以看出儒、释、道思想的互相渗透。他是药物学家，所著《本草经集注》收药物七百三十种。他是书法家，擅长草隶行书。他还是个诗人。他的《诏问山中何所有》是中国诗歌史上杰出的名篇：

> 山中何所有？
> 岭上多白云。
> 只可自怡悦，
> 不堪持赠君。

这四句诗毫无齐梁诗的绮靡习气，实开初唐五言绝句的先河。一个人一生留下这样四句诗，也就可以不朽了。

陶公洞是个可以引人低徊向往的地方。陶弘景是值得纪念的人物，陶公洞内部应该收拾得更像样一些。现在洞里的情形实在不大好，有点乌烟瘴气。

永恒的船桅

石桅岩在鹤盛乡下岙村北。

下汽车，沿卵石路往下，上船。水不深，很平静，很清，而颜色绿如碧玉。夹岸皆削壁，回环曲折。群峰倒影映入水中，毫发不爽。船行影上，倒影稍稍晃动。船过后，即又平静无痕。是为"小三峡"。有人以为"小三峡"这个名字不好，叫做"小三峡"的地方太多了，而且也不像三峡。提出改一个名字。中国的"小三峡"确实不少，都不怎么像。"小三峡"嘛，哪能跟三峡一样呢,有那么一点三峡的意思就行了。一定要改一个名字,可以叫做"三峡小样"。但我看可以不必费那个事。"小三峡",挺好,大家已经叫惯了。

小三峡两边山上树木葱茏,无隙处。偶见红树,鲜红鲜红,不是枫树,也不是乌桕,问之本地人,说这是野漆树。

我们坐的船,轻轻巧巧,一头尖翘。问林斤澜:"这也是蚱蜢舟么?"斤澜说:"也算。"幼年读李清照词:"闻说双溪春尚好,也拟泛轻舟。只恐双溪蚱蜢舟,载不动许多愁",以为"蚱蜢"只是个比喻。斤澜小说中也提到蚱蜢舟,我以为是承袭了李清照的词句。没想到这是一个实体,永嘉把这种船就叫做蚱蜢舟。一般的蚱蜢舟比我们所坐的要小得多,只能容三四人(我们的船能坐二十人),样子很像蚱蜢。永嘉人所说的蚱蜢是尖头,绿色鞘翅,鞘翅下有桃红色膜翅的那一种,北京人把这种蚱蜢叫做"挂大扁儿"。我以为可以选一处蚱蜢舟较多的水边立一块不很大的石碑,把李清照的这首《武陵春》刻在上面(李清照曾流寓永嘉,这首词很可能是在永嘉做的)。字最好请一个女书法家来写,能填词的更好。

出小三峡,走一段卵石纵横的路(实是在卵石滩上踏出一条似有若无的路),又遇一片水,渡水至岸,有钢梯,蹑梯而上,至水仙洞。稍憩,出洞沿石级至峰顶。峰顶有野树一株,向内欹偃,极似盆景。树干不粗,而甚遒劲,树根深深扎进岩石中,真可谓"咬定青山"。迈过这棵大盆景,抚树一望,对面诸峰,争先恐后,奔奔沓沓,皆来相就。

首当其冲的山峰，犹如巨兽，曰"麒麟送子"。或以为"麒麟送子"，名不雅驯，拟改之为"驼峰"，以其形状更像一头奔跑而来的骆驼。我觉得也不必。天下山峰似骆驼而名为驼峰者多矣。山名与其求其形似，不如求其神似。"麒麟送子"好处在一"送"字。

沿石级而下，复至水仙洞略坐。洞不很大，可容二三十人。洞之末端渐狭小，有一个歪歪斜斜的铁烛架，算是敬奉水仙之处了。

据传，水仙是一少女，生前为人施药治病，后仙去，乡人为纪念她，名此洞曰水仙洞。水仙洞不在水边，却在山顶。既在山顶，仍叫水仙，这是很有意思的。

我建议把水仙洞稍稍整治一下，在洞之末端凿出一个拱顶的小龛，内供水仙像。水仙像可向福建德化订制，白瓷，如"滴水观音"瓷像那样，形貌亦可略似观音，亦可持瓶滴水，但宜风鬟雾鬓，萧萧飒飒，不似观音那样庄肃。像不必大，二三尺即可。

作水仙洞歌：

> 往寻水仙洞，
> 却在山之巅。
> 想是仙人慕虚静，
> 幽居不欲近人寰。
> 朝出白云漫浩浩，

  暮归星月已皎然。
  不识仙人真面目，
  只闻轻唱秋水篇。

  在水仙洞口待渡（船工回家吃饭去了），至对岸，稍左，即石桅岩。"石"与"桅"本不相干，但据说多年来就是这样叫的，是老百姓起的名字。起名字的百姓，有点禅机。听说从某一角度看，是像船桅的，但从我们立足处，看不出，只觉得一尊巨岩，拔地而起。岩是火成花岗岩，岩面浅红色，正似中国山水画里的"浅绛"。岩净高306米，巍然独立。四面诸峰不敢与之比高（诸峰皆只200米左右），只能退避，但于远处遥望，尽其仰慕惶恐之忱。石桅岩通体皆石，岩顶、石缝，亦生草木，远视之，但如毛发瘩痣而已。曾经有小伙子攀到山顶，伐倒几棵大树，没法运下岩，就心生一计，把树解为几段，用力推下。下岩一看，都已摔成碎片。

  石桅岩之南，有一片很大的草坪，地极平，草很干净。在高岩乱石之间有这么一片天然草坪，也很奇怪。我们几个上了岁数的，在草坪上野餐了一次（年轻人都爬过后山到农民家吃饭去了）。煮芋头，炖番薯，炒米粉，红烧山鸡（山里养的鸡），饮农家自制的老酒，陶然醉饱。

  作石桅铭：

  石桅停泊，

历千万载。

阅几沧桑，

青颜不改。

传家耕读古村庄

参观苍坡村。楠溪多古村，苍坡是其一。这是一个"宋村"，原名苍墩，绍熙间为避光宗赵惇之讳而改。现在的木结构的寨门建于建炎二年，有志可查。国师李时日题寨门的对联"四壁青山藏虎豹，双池碧水贮蛟龙"至今犹在。苍坡建村，是有一个总体设计的，其构思是：文房四宝。村中有长方形的水池，是砚。池边有长石条，是墨（石条想是为了便于村民憩歇）。石条外有一条横贯全村的笔直的砖街，是笔——一个村里有这样一条笔直笔直的街，我还从未见过。可以说，这是我所见过的最直的街。整个村子是方的，是为纸。这样的设计，关涉到"风水"，无非是希望村里多出达官文人。红卫兵小将如果知道，一定会大骂一声："封建！"但是整个村却因此而变得整齐爽朗，使人眼目明快。这个村没有遭到红卫兵的破坏，也许就因为风水好。

我见过一些古村民居，比如皖南的黟县。这里的民居设计和黟县大不相同。黟县古民居多是连院、高墙、小天井、小房间、小窗。窗槅雕刻精细，涂朱漆，勾金边，但采光很不好，卧房里黑洞洞的。所有建筑显得很拘谨，很局促。苍坡村的民居多木石结构，木构暴露，多为本色，薄墙充填，屋顶出檐大，显得很自由，很开阔，很豁达。这反映出两种不同的文化心理。黟县民居反映了商业社会文化。我在黟县一家的堂屋里看到一副木制朱地金字对联，上联是"为官好做商好能守业便好"（下联已忘），黟县民居格局，正与此种守成思想一致。苍坡民居则表现出一种耕读社会的文化。楠溪江畔一些村落宗谱族规都有类似词句："读可荣身，耕可致富。勿游手好闲，自弃取辱。少壮荡废，老悔莫及。"永嘉文风极盛，志称"王右军导以文教，谢康乐继之，乃知向方"。因为长时期的熏陶，永嘉人的文化素质是比较高的。"人生其地者皆慧中而秀外，温文而尔雅"。这种秀外慧中、温文尔雅的风度，到今天，我们还能在楠溪江人身上感受得到。想要了解中国耕读社会文化形态，楠溪江古村，是仍然具有生命力的标本。

楠溪江村外多有路亭。路亭是村民歇脚、纳凉、闲谈、听剧曲道情的地方，形制各异，而皆幽雅舒畅。路亭是楠溪江沿岸风光的很有特点的点缀。

楠溪村头常有一两棵木芙蓉。永嘉土壤气候于木芙蓉也许特别适宜。我在上塘街边看到一棵芙蓉，主干有大碗口粗，有二层楼高，满树繁花，浅白殷红，衬着巴掌大的绿叶，十分热闹。芙蓉是灌木，永嘉的芙蓉却长成了大树，真是岂有此理！听永嘉人说，永嘉过去种芙蓉，是为了取其树皮打草鞋，现在穿草鞋的少了，芙蓉也种得少了。应该多种。我向永嘉县领导建议，可考虑以芙蓉为永嘉县花。听说温州已定芙蓉为市花，不禁怃然。后到温州，闻温州市花是茶花，不是芙蓉，那么芙蓉定为永嘉县花还是有希望的。但愿我的希望能成为现实。

赞苍坡村：

村古民朴，
天然不俗。
秀外慧中，
渔樵耕读。

清清楠溪水

嘉陵江被污染了，漓江被污染了，即武夷山九曲溪也不能幸免，全国唯一的一条真正没有被污染的江，只有楠溪江了。永嘉人呀，你们千万要把楠溪江保护好，为了全国人民的眼睛，拜托了！

楠溪江水质纯净，经化验，符合国家一级水标准。无论在哪里，舀起一杯楠溪水，你可以放心地喝下去，绝不会闹肚子。水是透明的。水中含沙量很少，即使是下了暴雨，江水微浑，过两三天，又复透明如初。透明到一眼可以看到江底。江底卵石，历历可数。江宽而浅。浅处只有一米。偶有深潭，也只有几米。江水平静，流速不大，但很活泼，不呆板。江水下滩，也有浪花，但不汹涌。过滩时竹筏工并不警告乘客"小心"。偶有大块卵石阻碍航路，筏工卷裤过膝，跳进水中，搬开石头，水既畅流,他即一步上筏,继续撑篙,若无其事。他很泰然,你也不必紧张,尽管踏踏实实地在竹椅上坐着。

乘坐竹筏,在楠溪江上漂上个把小时,真是绝妙的享受。我在武夷山九曲溪坐过竹筏。一来,九曲溪和武夷山互为宾主,人在竹筏上,注意力常在岸上的景点,仙人晒布、石虾蟆……左顾右盼,应接不暇,不能全心感受九曲溪。二来,九曲溪航程太短,有点像南宋瓦子里的"唱赚",正堪美听,已到煞尾,不过瘾。楠溪江两岸都是滩林。滩林很美,但很谦虚,但将一片绿,迎送往来人,甘心作为楠溪江的陪衬,绝不突出自己。似乎总在对人说:"别看我,看江!"楠溪水程很长,可一百多公里。我们在江上漂了三个小时,如果不是因天黑了,还能再漂一个多小时。真是尽兴。在楠溪竹筏上漂着,你会觉得非常轻松,无忧无虑,一切烦恼委屈,油盐柴米,全都抛得远远的。你会不大感觉到自己的体重。大胖子也会感到自己不胖。来吧,到楠溪江上来漂一漂,把你的全身、全心都交给这条温柔美丽的江。来吧,来解脱一次,溶化一次,当一回神仙。来吧!来!

作楠溪之水清:

> 楠溪之水清,
> 欲濯我无缨。
> 虽则我无缨,
> 亦不负尔清。

手持碧玉杓,
分江入夜瓶。
三年开瓶看,
化作青水晶。

一九九一年十一月二十日

草木春秋[①]

木芙蓉

浙江永嘉多木芙蓉。市内一条街边有一棵,干粗如电线杆,高近二层楼,花多而大,他处少见。楠溪江边的村落,村外、路边的茶亭(永嘉多茶亭,供人休息、喝茶、聊天)檐下,到处可以看见芙蓉。芙蓉有一特别处,红白相间。初开白色,渐渐一边变红,终至整个的花都是桃红的。花期长,掩映于手掌大的浓绿的叶丛中,欣然有生意。

我曾向永嘉市领导建议,以芙蓉为永嘉市花,市领导说永嘉已有市花,是茶花。后来听说温州选定茶花为温州市花,那么永嘉恐怕得让一让。永嘉让出茶花,永嘉市花当另选。那么,芙蓉被选中,还是有可能的。

永嘉为什么种那么多木芙蓉呢?问人,说是为了打草鞋。

---

① 本篇原载《收获》1997年第一期。

芙蓉的树皮很柔韧结实，剥下来撕成细条，打成草鞋，穿起来很舒服，且耐走长路，不易磨通。

现在穿树皮编的草鞋的人很少了，大家都穿塑料凉鞋、旅游鞋。但是到处都还在种木芙蓉，这是一种习惯。于是芙蓉就成了永嘉城乡一景。

南瓜子豆腐和皂角仁甜菜

在云南腾冲吃了一道很特别的菜。说豆腐脑不是豆腐脑，说鸡蛋羹不是鸡蛋羹。滑、嫩、鲜，色白而微微带点浅绿，入口清香。这是豆腐吗？是的，但是用鲜南瓜子去壳磨细"点"出来的。很好吃。中国人吃菜真能别出心裁，南瓜子做成豆腐，不知是什么朝代，哪一位美食家想出来的！

席间还有一道甜菜，冰糖皂角米。皂角我的家乡颇多。一般都用来泡水，洗脸洗头，代替肥皂。皂角仁蒸熟，妇女绣花，把线在皂仁上"光"一下，绒不散，且光滑，便于入针。没有吃它的。到了昆明，才知道这东西可以吃。昆明过去有专卖蒸菜的饭馆，蒸鸡、蒸排骨，都放小笼里蒸，小笼垫底的是皂角仁，蒸得了晶莹透亮，嚼起来有韧劲，好吃。比用红薯、土豆衬底更有风味。但知道可以做甜菜，却是在腾冲。这东西很滑，进口略不停留，即入肠胃。我知道皂角仁的"物性"，警告大家不可多吃。一位老兄吃得口爽，弄了一饭碗，几口就喝了。未及终席，他就奔赴厕所，飞流直下起来。

皂角仁卖得很贵，比莲子、桂圆、西米都贵，只有卖干果、山珍的大食品店才有得卖，普通的副食店里是买不到的。

近几年时兴"皂角洗发膏"，皂角恢复了原来的功能，这也算是"以故为新"吧。

车前子

车前子的样子很有趣。叶贴地而长，近卵形，有长柄。在自由伸向四面的叶丛中央抽出细长的花梗，顶端有穗形花序，直立着。穗不多，少的只有一穗。画家常画之为点缀。程十发即喜画。动画片中好像少不了它。不知道为什么，这东西有一种童话情趣。

车前子可利小便，这是很多农民都知道的。

张家口的山西梆子剧团有一个唱"红"（老生）的演员，经常在几县的"堡"（张家口人称镇为"堡"）演唱，不受欢迎，农民给他起了个外号："车前子"。怎么给他起了这么个外号呢？因为他一出台，农民观众即纷纷起身上厕所，这位"红"利小便。

这位唱"红"的唱得起劲，观众就大声喊叫："快去，快，赶紧拿咸菜！"这又是怎么回事呢？吃白薯吃得太多了，烧心反胃，嚼一块咸菜就好了。这位演员的嗓音叫人听起来烧心。

农民有时是很幽默的。

搞艺术的人千万不能当"车前子"，不能叫人烧心反胃。

紫穗槐

在戴了"右派分子"的帽子以后,我曾经被发到西山种树。在石多土少的山头用镢头刨坑。实际上是在石头上硬凿出一个一个的树坑来,再把凿碎的砂石填入,用九齿耙搂平。山上寸土寸金,树坑就山势而凿,大小形状不拘。这是个非常重的活。我成了"右派"后所从事的劳动,以修十三陵水库和这次西山种树的活最重。那真是玩了命。

一早,就上山,带两个干馒头、一块大腌萝卜。顿顿吃大腌萝卜,这不是个事。已经是秋天了,山上的酸枣熟了,我们摘酸枣吃。草里有蝈蝈,烧蝈蝈吃!蝈蝈得是三尾的,腹大,多子。一会儿就能捉半土筐。点一把火,把蝈蝈往火里一倒,劈劈剥剥,熟了。咬一口大腌萝卜,嚼半个烧蝈蝈,就馒头,香啊。人不管走到哪一步,总得找点乐子,想一点办法,老是愁眉苦脸的,干吗呢!

我们刨了坑,放着,当时不种,得到明年开了春,再种。据说要种的是紫穗槐。

紫穗槐我认识,枝叶近似槐树,抽条甚长,初夏开紫花,花似紫藤而颜色较紫藤深,花穗较小,瓣亦稍小。风摇紫穗,姗姗可爱。

紫穗槐的枝叶皆可为饲料,牲口爱吃,上膘。条可编筐。

刨了约二十多天树坑,我就告别西山八大处回原单位等候处理,从此再也没有上过山。不知道我们刨的那些坑里种上紫穗槐了没有。再见,紫穗槐!再见,大腌萝卜!再见,蝈蝈!

阿格头子灰背青

> 敕勒川,
> 阴山下。
> 天似穹庐,
> 笼盖四野。
> 天苍苍,
> 野茫茫,
> 风吹草低见牛羊。

北齐斛律金这首用鲜卑语唱的歌公认是北朝乐府的杰作,写草原诗的压卷之作,苍茫雄浑,前无古人,后无来者。一千多年以来,不知道有多少"南人",都从"风吹草低见牛羊"一句诗里感受到草原景色,向往不置。

但是这句诗有夸张成分,是想象之词。真到草原去,是看不到这样的景色的。我曾四下内蒙,到过呼伦贝尔草原、达茂旗的草原、伊克昭盟的草原,还到过新疆的唐巴拉牧场,都不曾见过"风吹草低见牛羊"。张家口坝上沽源的草原的草,倒是比较高,但也藏不住牛羊。论好看,要数沽源的草原好看。

草很整齐，叶细长，好像梳过一样，风吹过，起伏摇摆如碧浪。这种草是什么草？问之当地人，说是"碱草"，我怀疑这可能是"草菅人命"的"菅"。"碱草"的营养价值不是很高。

营养价值高的牧草有阿格头子、灰背青。

陪同我们的老曹唱他的爬山调：

阿格头子灰背青，
四十五天到新城。

他说灰背青叶子青绿而背面是灰色的。"阿格头子"是蒙古话。他拔起两把草叫我们看，且问一个牧民：

"这是阿格头子吗？"

"阿格！阿格！"

这两种草都不高，也就三四寸，几乎是贴地而长。叶片肥厚而多汁。

"阿格头子灰背青，四十五天到新城。"老曹年轻时拉过骆驼，从呼和浩特驮货到新疆新城，一趟得走四十五天。那么来回就得三个月。在多见牛羊少见人的大草原上拉着骆驼一步一步地走，这滋味真难以想象。

老曹是个有趣的人。他的生活知识非常丰富，大青山的药材、草原上的草，他没有不认识的。他知道很多故事，很会说故事。单是狼，他就能说一整天。都是实在经验过的，并非道听途说。狼怎样逗小羊玩，小羊高了兴，跳起来，过了圈羊的荆笆，狼一口就把小羊叼走了；狼会出痘，老狼把出痘子的小狼用沙埋起来，只露出几个小脑袋；有一个小号兵掏了三只小狼羔子，带着走，母狼每晚上跟着部队，哭，后来怕暴露部队目标，队长说服小号兵把小狼放了……老曹好说，能吃，善饮，喜交游。他在大青山打过游击，山里的堡垒户都跟他很熟，我们的吉普车上下山，他常在路口叫司机停一下，找熟人聊两句，帮他们买拖拉机，解决孩子入学……。我们后来拜访了布赫同志，提起老曹，布赫同志说："他是个红火人。""红火人"这样的说法，我在别处没有听见过。但是用之于老曹身上，很合适。

老曹后来在呼市负责林业工作。他曾到大兴安岭调查，购买树种，吃过犴鼻子（他说犴鼻子黏性极大，吃下一块，上下牙粘在一起，得使劲张嘴，才能张开。他做了一个当时使劲张嘴的样子，很滑稽）、飞龙。他负责林业时主要的业绩是在大青山山脚至市中心的大路两侧种了杨树，长得很整齐健旺。但是他最喜爱的是紫穗槐，是个紫穗槐迷，到处宣传紫穗槐的好处。

"文化大革命"，内蒙大搞"内人党"问题，手段极其野蛮残酷，是全国少有的重灾区。老曹在劫难逃。他被捆押吊打，打断了踝骨。后经打了石膏，幸未致残，但是走起路来一拐一拐的。他还是那么"红火"，健谈豪饮。

老曹从小家贫，"成份"不高。他拉过骆驼，吃过很多苦。他在大青山打过游击，无历史问题，为什么要整他，要打断他的踝骨？为什么？

阿格头子灰背青，

四十五天到新城。

花和金鱼

从东珠市口经三里河、河舶厂，过马路一直往东，是一条横街。这是北京的一条老街了。也说不上有什么特点，只是有那么一种老北京的味儿。有些店铺是别的街上没有的。有一个每天卖豆汁儿的摊子，卖焦圈儿、马蹄烧饼，水疙瘩丝切得细得像头发。这一带的居民好像特别爱喝豆汁儿，每天晌午，有一个人推车来卖，车上搁一个可容一担水的木桶，木桶里有多半桶豆汁儿。也不吆喝，到时候就来了，老太太们准备好了坛坛罐罐等着。马路东有一家卖鞭哨、皮条、网绳等等骡车马车上用的各种配件。北京现在大车少了，来买的多是河北人。看了店堂里挂着的挺老长的白色的皮条、两股坚挺的竹子拧成的鞭哨，叫人有点说不出来的感动。有一家铺子在一个高台阶上，门外有一块小匾，写着"惜阴斋"。这是卖什么的呢？我特意上了台阶走进去看了看：是专卖老式木壳自鸣钟、怀表的，兼营擦洗钟表油泥、修配发条、油丝。"惜阴"用之于钟表店，挺有意思，不知是哪位一方名士给写的匾。有一个茶叶店，也有一块匾："今雨茶庄"（好几个人问过我这是什么意思）。其实这是一家夫妻店，什么"茶庄"！

两口子，有五十好几了，经营了这么个"茶庄"。他们每天的生活极其清简。大妈早起撅炉子、升火、坐水、出去买菜。老爷子扫地，擦试柜台，端正盆花金鱼。老两口都爱养花、养鱼。鱼是龙睛，两条大红的，两条蓝的（他们不爱什么红帽子、绒球……）。鱼缸不大，飘着苲草。花四季更换。夏天，茉莉、珠兰（熟人来买茶叶，掌柜的会摘几朵鲜茉莉花或一小串珠兰和茶叶包在一起）；秋天，九花（老北京人管菊花叫"九花"）；冬天，水仙、天竺果。我买茶叶都到"今雨茶庄"买，近。我住河舶厂，出胡同口就是。我每次买茶叶，总爱跟掌柜的聊聊，看看他的花。花并不名贵，但养得很有精神。他说："我不瞧戏，不看电影，就是这点爱好。"

我被打成了"右派"，就离开了河舶厂。过了十几年，偶尔到三里河去，想看"今雨茶庄"还在不在，没找到。问问老住户，说："早没有了！"——"茶叶店掌柜的呢？"——"死了！叫红卫兵打死了！"——"干吗打他？"——"说他是小业主；养花养鱼是'四旧'。老伴没几天也死了，吓死的！——这他妈的'文化大革命'！这叫什么事儿！"

一九九六年十月二十八日

出关散记

香港的鸟[1]

早晨九点钟,在跑马地一带闲走。香港人起得晚,商店要到十一点才开门,这时街上人少,车也少,比较清静。看见一个人,大概五十来岁,手里托着一只鸟笼。这只鸟笼的底盘只有一本大三十二开的书那样大,两层,做得很精致。这种双层的鸟笼,我还是头一次见到。楼上楼下,各有一只绣眼。香港的绣眼似乎比内地的更为小巧。他走得比较慢,近乎是在散步。——香港人走路都很快,总是匆匆忙忙,好像都在赶着去办一件什么事。在香港,看见这样一个遛鸟的闲人,我觉得很新鲜,至少他这会儿还是清闲的,——也许过一个小时他就要忙碌起来了。他这也算是遛鸟了,虽然在林立的高楼之间,在狭窄的人行道上遛鸟,不免有点滑稽。而且这时候遛鸟,也太晚了一点。——北京的遛鸟的这时候早遛完了,回家了。莫非香港的鸟也醒得晚?

在香港的街上遛鸟,大概只能用这样精致的双层小鸟笼。

---

[1] 本篇原载 1986 年 3 月 30 日《光明日报》。

像徐州人那样可不行。——我忽然想起徐州人遛鸟。徐州人养百灵，笼极高大，高三四尺（笼里的"台"也比北京的高得多），无法手提，只能用一根打磨得极光滑的枣木杆子作扁担，把鸟笼担着。或两笼，或三笼、四笼。这样的遛鸟，只能在旧黄河岸，慢慢地走。如果在香港，担着这样高大的鸟笼，用这样的慢步遛鸟，是绝对不行的。

我告诉张辛欣，我看见一个香港遛鸟的人，她说："你就注意这样的事情！"我也不禁自笑。

在隔海的大屿山，晨起，听见斑鸠叫。艾芜同志正在散步，驻足而听，说："斑鸠。"意态悠远，似乎有所感触，又似乎没有。

宿大屿山，夜间听见蟋蟀叫。

临离香港，被一个记者拉住，问我对于香港的观感。匆促之间，不暇细谈，我只说："眼花缭乱，应接不暇"，并说我在香港听到了斑鸠和蟋蟀，觉得很亲切。她问我斑鸠是什么，我只好摹仿斑鸠的叫声，她连连点头。也许她听不懂我的普通话，也许她真的对斑鸠不大熟悉。

香港鸟很少，天空几乎见不到一只飞着的鸟，鸦鸣鹊噪都听不见。但是酒席上几乎都有焗禾花雀和焗乳鸽。香港有那么多餐馆，每天要消耗多少禾花雀和乳鸽呀？这些禾花雀和乳鸽是哪里来的呢？对于某些香港人来说，鸟是可吃的，不是看的，听的。

城市发达了，鸟就会减少。北京太庙的灰鹤和宣武门城楼的雨燕现在都没有了。但是我希望有关领导在从事城市建设时，能注意多留住一些鸟。

香港的高楼和北京的大树[1]

香港多高楼，无大树。

中环一带，高楼林立，车如流水。楼多在五六十层以上。因为都很高，所以也显不出哪一座特别突出。建筑材料钢筋水泥已经少见了。飞机钢、合金铝、透亮的玻璃，纯黑的大理石。香港马路窄，无林荫树。寸土如金，无隙地可种树也。

这个城市，五光十色，只是缺少必要的、足够的绿。

半山有树。

山顶有树。

只是似乎没有人注意这些树，欣赏这些树。树被人忽略了。

海洋公园有树，都修剪得很整洁。这里有从世界各地移植来的植物。扶桑花皆如碗大，有深红、浅红、白色的，内地少见。但是游人极少在这些过于鲜明的花木之间流连。到这里来

---

[1] 本篇原载 1986 年 2 月 23 日《光明日报》。

的目的是乘坐"疯狂飞天车"、浪船、"八脚鱼"之类的富于刺激性的、使人晕眩的游乐玩意。

我对这些玩意全都不敢领教，只是吮吸着可口可乐，看看年轻人乘坐这些玩意的兴奋紧张的神情，听他们在危险的瞬间发出的惊呼。我老了。

我坐在酒店的房间里（我在香港极少逛街，张辛欣说我从北京到香港就是换一个地方坐着），想起北京的大树，中山公园、劳动人民文化宫、天坛的柏树，北海的白皮松。

渡海到大屿岛梅窝参加大陆和香港作家的交流营，住了两天。这是香港人度假的地方，很安静。海、沙滩、礁石。错错落落，不很高的建筑。上山的小道。我现在明白了，为什么居住在高度现代化的城市的人需要度假。他们需要暂时离开紧张的生活节奏，需要安静，需要清闲。

古华看看大屿山，两次提出疑问："为什么山上没有大树？"他说："如果有十棵大松树，不要多，有十棵，就大不一样了！"山上是有树的。台湾相思树，枝叶都很美。只是大树确实是没有。

没有古华家乡的大松树。

也没有北京的大柏树、白皮松。

"所谓故国者非有乔木之谓也。"然而没有乔木，是不成其为故国的。《金瓶梅》潘金莲有言："南京的沈万山，北京的大树，人的名儿，树的影儿。"至少在明朝的时候，北京的大树就有了名了。北京有大树，北京才成其为北京。

回北京，下了飞机，坐在"的士"里，与同车作家谈起香港的速度。司机在前面搭话："北京将来也会有那样的速度的！"他的话不错。北京也是要高度现代化的，会有高速度的。现代化、高速度以后的北京会是什么样子呢？想起那些大树，我就觉得安心了。现代化之后的北京，还会是北京。

林肯的鼻子[1]
——美国家书

我们到伊里诺明州斯泼凌菲尔德市参观林肯故居。林肯居住过的房子正在修复。街道和几家邻居的住宅倒都已经修好了。街道上铺的是木板。几家邻居的房子也是木结构，样子差不多。一位穿了林肯时代服装（白洋布印黑色小碎花的膨起的长裙，同样颜色短袄，戴无指手套，手上还套一个线结的钱袋）的中年女士给我们作介绍。她的声音有点尖厉，话说得比较快，说得很多，滔滔不绝。也许林肯时代的妇女就是这样说话的。她说了一些与林肯无关的话，老是说她们姊妹的事。有一个林肯旧邻的后代也出来作了介绍。他也穿了林肯时代的服装，本色毛布的长过膝盖的外套，皮靴也是牛皮本色的，不上油。领口系了一条绿色的丝带。此人的话也很多，一边说，一边老是向右侧扬起脑袋，有点兴奋，又像有点愤世嫉俗。他说了一气，最后说："我是学过心理学的，我一看你的眼睛，就知道你说

---

[1] 本篇原载《散文世界》1988年第四期。

的是不是真话！——日安！"用一句北京话来说：这是哪儿跟哪儿呀？此人道罢日安，翩然而去，由印花布女士继续介绍。她最后说："林肯是伟大的政治家，但在生活上是个无赖。"我真有点怀疑我的耳朵。

第二天上午，参观林肯墓，墓的地点很好，很空旷，墓前是一片草坪，更前是很多高大的树。

这天步兵114旅特地给国际写作计划的作家们表演了升旗仪式。两个穿了当年的蓝色薄呢制服的队长模样的军人在旗杆前等着。其中一个挎了红缎子的值星带，佩指挥刀。在军鼓和小号声中走来一队士兵，也都穿蓝呢子制服。所谓一队，其实只有七个人。前面两个，一个打着美国国旗，一个打着州旗。当中三个背着长枪。最后两个，一个打鼓，一个吹号。走得很有节拍，但是轻轻松松的。立定之后，向左转，架好长枪。喊口令的就是那个吹小号的，他的军帽后边露着雪白的头发，大概岁数不小了。口令声音很轻，并不大声怒喝。——中国军队大声喊口令，大概是受了日本或德国的影响。口令是要练的。我在昆明时，每天清晨听见第五军校的学生练口令，那么多人一同怒吼，真是惊天动地。一声"升旗"后，老兵自己吹了号，号音有点像中国的"三环号"。那两个队长举手敬礼，国旗和州旗升上去。一会儿工夫，仪式就完了，士兵列队走去，小号吹起来，吹的是"咭里鲁亚"。打鼓的这回不是打的鼓面，只是用两根鼓棒敲着鼓边。这个升旗仪式既不威武雄壮，也并不怎么庄严肃穆。说是形同儿戏，那倒也不是。只能说这是美国式的仪式，比较随便。

林肯墓是一座白花岗石的方塔形的建筑，墓前有林肯的立像。两侧各有一组内战英雄的群像。一组在举旗挺进；一组有扬蹄的战马。墓基前数步，石座上还有一个很大的林肯的铜铸的头像。

我觉林肯墓是好看的，清清爽爽，干干净净。一位法国作家说他到过南京，看过中山陵，说林肯墓和中山陵不能相比。——中山陵有气魄。我说："不同的风格。"——"对，完全不同的风格！"他不知道林肯墓是"墓"，中山陵是"陵"呀。

我们到墓里看了一圈。这里葬着林肯，林肯的夫人，还有他的三个儿子。正中还有一个林肯坐在椅子里的铜像。他的三个儿子都有一个铜像，但较小。林肯的儿子极像林肯。纪念林肯，同时纪念他的家属，这也是一种美国式的思想。——这里倒没有林肯的"亲密战友"的任何名字和形象。

走出墓道，看到好些人去摸林肯的鼻子——头像的鼻子。有带着孩子的，把孩子举起来，孩子就高高兴兴的去摸。林肯的头像外面原来是镀了一层黑颜色的，他的鼻子被摸得多了，露出里面的黄铜，锃亮锃亮的。为什么要去摸林肯的鼻子？我想原来只是因为林肯的鼻子很突出，后来就成了一种迷信，说是摸了会有好运气。好几位作家握着林肯的鼻子照了像。他们叫我也照一张，我笑了笑，摇摇头。

归途中路过诗人艾德加·李·马斯特的故居。马斯特对林肯的一些观点是不同意的。我问接待我们的一位女士：马斯特究竟不同意林肯的哪些观点，她说她也不清楚，只知道他们关系不好。我说："你们不管他们观点有什么分歧，都一样地纪念，是不是？"她说："只要是对人类文化有过贡献的，我们都纪念，不管他们的关系好不好。"我说："这大概就是美国的民主。"她说："你说的很好。"我说："我不赞成大家去摸林肯的鼻子。"她说："我也不赞成！"

途次又经桑德堡故居。对桑德堡，中国的读者比较熟悉，他的短诗《雾》是传诵很广的。桑德堡写过长诗《林肯——在战争年代》。他是赞成林肯观点的。

回到住处，我想：摸林肯的鼻子，到底要得要不得？最后的结论是：这还是要得的。谁的鼻子都可以摸，林肯的鼻子也可以摸。没有一个人的鼻子是神圣的。林肯有一句名言："All men are created equal."（所有的人生来都是平等的）我还想到，自由、平等、博爱，是不可分割的概念。自由，是以平等为前提的。在中国，现在，很需要倡导这种"Created equal"的精神。

让我们平等地摸别人的鼻子，也让别人摸。

一九八七年十月一日爱荷华

野鸭子是候鸟吗?[①]
——美国家书

爱荷华河里常年有不少野鸭子,游来游去,自在得很。听在这个城市里住了二十多年的老住户说,这些野鸭子原来也是候鸟,冬天要飞走的(爱荷华气候跟北京差不多,冬天也颇冷,下大雪),近二三年,它们不走了,因为吃得太好了。你拿面包扔在它们的身上,它们都不屑一顾。到冬天,爱荷华大学的学生用棉花给它们在大树下絮了窝,它们就很舒服地躲在里面。它们不但是"寓公",简直像要永久定居了。动物的生活习性也是可以改变的。这些野鸭都长得极肥大,看起来和家鸭差不多。

在美国,汽车压死一只野鸭子是要罚钱的。高速公路上有一只野鸭子,汽车就得停下来,等它不慌不忙地横穿过去。

诗人保罗·安格尔的家(他家的门上钉了一块铜牌,下面一行是安格尔的姓,上面一行是两个隶书的中国字"安

[①] 本篇原载 1988 年 11 月 20 日《经济日报》。

寓",这一定是夫人聂华苓的主意)在一个小山坡上,下面即是公路。由公路到安寓也就是二百米。他家后面有一小块略为倾斜的空地。每天都有一些浣熊来拜访。给这些浣熊投放面包,成了安格尔的日课。安格尔七十九岁生日,我写了一首打油诗送给他,中有句云:

> 心闲如静水,
> 无事亦匆匆。
> 弯腰拾山果,
> 投食食浣熊。

聂华苓说:"他就是这样,一天为这样的事忙忙叨叨。"浣熊有点像小熊猫,尾巴有节,但较短,颜色则有点像大熊猫,黑白相间,胖乎乎的,样子很滑稽。它们用前爪捧着面包片,忙忙地嚼啮,有时停下来,向屋里看两眼。我们和它们只隔了一扇安了玻璃的门,真是近在咫尺。除了浣熊,还有鹿。有时三只,四只,多的时候会有七只。安格尔喂它们玉米粒,它们的"餐厅"地势较浣熊的略高,玉米粒均匀地撒在草地上。一般情况下,它们大都在下午光临。隔着窗户,可以静静地看它们半天。它们吃玉米粒,安格尔和我喝"波尔本",彼此相安无事。离开汽车不断奔驰的公路只有两百米的地方有浣熊,有鹿,这在中国是不可想象的事。乌热尔图①曾和安格尔开玩笑,说:"我要是有一支枪,就可以打下一只鹿",安格尔说:"你拿枪打它,我就拿枪打你!"

美国的动物不知道怕人。我在爱荷华大学校园里看见一只野兔悠闲地穿过花圃,旁若无人。它不时还要停下来,四边看看。它是在看风景,不是看有没有"敌情"。

在斯勃凌菲尔德的林肯故居前草地看见一只松鼠走过。我在中国看到的松鼠总是窜来窜去,惊惊慌慌,随时作逃走的准备,像这样在平地上"走"着的松鼠,还是头一次见到。

白宫前面草坪上有很多松鼠,有人用面包喂它们,松鼠即于人的手掌中就食,自来自去,对人了无猜疑。

在保护动物这一点上,我觉得美国人比咱们文明。他们是绝对不会用枪打死白天鹅的。

一九八八年十一月七日

---

① 乌热尔图:我国鄂温克族小说家。

美国短简[1]

美国旗

美国人很爱插国旗。爱荷华市不少人家门外的草地上立着一根不高的旗杆,上面是一面星条旗。人家关着门,星条旗安安静静的,轻轻地飘动着。应该说这也表现了一点爱国情绪,但更多的似是当作装饰。国旗每天都可以挂,不像中国要到五一、十一才挂,显得过于隆重。大抵中国人对于国旗有一种崇拜心理,美国人则更多的是亲切。美国可以把星条图案印在体操女运动员的紧身露腿的运动衣上,这在中国大概不行,一定会有人认为这是对于国旗的亵渎。

美国各州都有州旗,州旗大都是白地子,上面画(印)了花里胡哨的图案,照中国人看,简直是儿童趣味。国旗、州旗升在州政府的金色圆顶的旗杆上,国旗在上,州旗在下。——

---

[1] 本篇原载《上海文学》1988年第八期。

美国州政府的建筑大都是一个金色的圆顶，上面矗立着旗杆。衣阿华州治已经移到邻近一个市，但爱荷华市还保留着老州政府，每天也都升旗。爱荷华市有一个人死了，那天就要下半旗，不论死的是什么人，一视同仁，不像中国要死了大人物才下半旗！这一点看出美国和中国的价值观念很不一样。别的州、市有没有这样的风俗，就不知道了。

夜光马杆

美国也有马杆。我在爱荷华街头看到一个盲人。是个年轻人，穿得很干净，白运动衫裤，白运动鞋。步履轻松，走得和平常人一样的快。他手执一根马杆探路。这根马杆是铝制的，很轻便，样子也很好看。马杆着地的一端有一个小轮子。马杆左右移动，轮子灵活地转动着。马杆不离地面，不像中国盲人的竹马杆，得不停地戳戳戳戳点在地上。因此，这个青年给人的印象是很健康，不像中国盲人总让人觉得有些悲惨。后来我又看到一个岁数大的盲人，用的也是这种马杆。据台湾诗人蒋勋告诉我，这种马杆是夜光的，——夜晚发光。这样在黑地里走，别人会给盲人让路。这种马杆，中国似可引进，造价我想不会很贵。

美国对残疾人是很尊重的。到处是画了白色简笔轮椅图案的蓝色的长方形的牌子。有这种蓝牌子的门，是专供残疾人进出的；有这种蓝牌子的停车场，非残疾人停车，要罚款。很多有台阶的商店,都在台阶边另铺设了一道斜坡,供残疾人的轮椅上下。爱荷华大学有专供残疾人连同轮椅上楼下楼的铁笼子。街上常见到残疾人,他们的神态都很开朗,毫不压抑。博物馆里总有一些残疾人坐着轮椅,悠然地观赏伦布朗的画,亨利·摩尔的雕塑。

中国近年也颇重视对残疾人的工作。但我觉得中国人对残疾人的态度总带有怜悯色彩,"恻隐之心"。这跟儒家思想有些关系。美国人对残疾人则是尊重。这是不同的态度。怜悯在某种意义上是侮辱。

花草树

美国真花像假花,假花像真花。看见一丛花,常常要用手摸摸叶子,才能断定是真花,是假花。旅美多年的美籍华人也是这样,摸摸,凭手感,说是"真的!真的!"美国人家大都种花。美国的私人住宅是没有围墙的,一家一家也不挨着,彼此有一段距离,门外有空地,空地多栽花。常见的是黄色的延寿菊。美国的延寿菊和中国的没有两样。还有一种通红的,不知是什么花。我在诗人桑德堡故居外小花圃中发现两棵凤仙花,觉得很亲切,问一位美国女士:"这是什么花?"她不知道。美国人家种花大都是随便撒一点花籽,不甚设计。有一种设计则不敢领教:在草地上划出一个正圆的圆圈,沿着圆圈等距离地栽了一撮一撮鲜艳的花。这种布置实在是滑稽。美国人家室内大都有绿色植物，如中国的天门冬、吊兰之类，栽在一个锃亮的黄铜的半球里，挂着。这种趣味我也不敢领教。美国人家多插花，常见的是菊花，短瓣，紫红的、白的。我在美国没有见过管瓣、卷瓣、长瓣的菊花。即使有，也不会有"麒麟角"、"狮子头"、"懒梳妆"之类的名目。美国人插花只是取其多，有颜色，一大把，插在一个玻璃瓶子里。美国人不懂中国插花讲究姿态，要高低映照，欹侧横斜，瓶和花要相称。美国静物画里的花也是这样，乱烘烘的一瓶。美国人不会理解中国画的折枝花卉。美国画里没有墨竹，没有兰草。中国各项艺术都与书法相通。要一个美国人学会欣赏王献之的"鸭头丸帖"，是永远办不到的。美国也有荷花，但未见入画，美国人不会用宣纸、毛笔、水墨。即便画，也绝不可能有石涛、八大那样的效果。有荷花，当然有莲蓬。美国人大概不会吃冰糖莲子。他们让莲蓬结老了，晒得干干的，插瓶，这倒也别致，大概他们认为这种东西形状很怪，有的人家插的莲蓬是染得通红的，这简直是恶作剧，不敢领教！美国人用芦花插瓶，这颇可取。在德国移民村阿玛纳看见一个铺子里有芦花卖，50美分一把。

  美国年轻，树也年轻。自爱荷华至斯泼凌菲尔德高速公路两旁的树看起来像灌木。阿玛纳有一棵橡树，大概是当初移民来的德国人种的，有上百年的历史了，用木栅围着，是罕见的老树了。像北京中山公园、天坛那样的五百年以上的柏树，是找不出来的。美国多阔叶树，少针叶树。最常见的是橡树。松树也有，少。林肯墓前、马克·吐温家乡有几棵松树。美国松树也像美国人一样，非常健康，很高，很直，很绿。美国没有苏州"清、奇、古、怪"那样松树，没有黄山松，没有泰山的五大夫松。中国松树多姿态，这种姿态往往是灾难造成的，风、雪、雷、火。松之奇者，大都伤痕累累。中国松是中国的历史，中国的文化和中国人的性格所形成的。中国松是按照中国画的样子长起来的。

美国草和中国草差不多。狗尾巴草的穗子比中国的小，颜色发红。"五月花"公寓对面有一片很大的草地。蒲公英吐絮时，如一片银色的薄雾。羊胡子草之间长了很多草苜蓿。这种草的嫩头是可以炒了吃的，上海人叫作"草头"或"金花菜"，多放油，武火急炒，少滴一点高粱酒，很好吃。美国人不知道这能吃。知道了，也没用，美国人不会炒菜。

Graffiti

这是一个意大利字，意思是在墙上乱画。台湾翻成"涂鸦"，我看不如干脆翻成"鬼画符"。纽约，芝加哥，很多城市地下铁的墙上，比较破旧的建筑物的墙上，桥洞里，画得一塌胡涂。这是青少年干的。他们不是用笔画，而是用喷枪喷，滋——一会儿就喷一大片。照美国的法律，这不犯法，无法禁止。有一些，有一点意思。我在爱荷华大学附近的桥下，看到："中央情报局=谋杀"，这可以说是一条政治标语。有的是一些字母，不知是什么意思。还有些则是莫名其妙的圆圈、曲线、弧线。为什么美国的青少年要干这种事呢？——据说他们还有一个松散的组织，类似协会什么的。听说美国有心理学家专门研究这问题，大体认为这是青少年对现状不满的表现。这样到处乱画，我觉得总不大好，希望中国不发生这种事。

怀　旧

　　正因为美国历史短，美国人特别爱怀旧。

　　爱荷华市的河边有一家饭馆，菜很好，星期天的自助餐尤其好，有多种沙拉、水果，各种味道调料。这原是一个老机器厂，停业了，饭馆老板买了下来，不加改造，房顶、墙壁上保留了漆成暗红色的拐来拐去的粗大的铁管道，很粗的铁链。顾客就在这样的环境里，临窗而坐，喝加了苏打的金酒，吃烤牛肉，炸土豆条，觉得别有情调。

　　阿玛纳原来是一个德国移民村。据说这个村原来是保留老的生活习惯的：不用汽车，用马车。现在不得不改变了，村里办了很大的制冷机厂和微波炉厂。不过因为曾是古村，每逢假日，还是有不少人来参观。"古"在哪里呢？不大看得出来。我们在一个饭店吃饭，饭店门外悬着一副牛轭，作为标志，唔，这有点古。饭店的墙上挂着一排长长短短的老式的木匠工具，也许这原是一个木匠作坊。这也古。点的灯是有玻璃罩子煤油灯。我问接待我们的小姐："这是煤油灯？"她笑了："假的。"是做成煤油灯状的电灯。这位小姐不是德国血统，祖上是英国人，一听她的姓就不禁叫人肃然起敬：莎士比亚。她承认是莎士比亚的后代。她和我聊了几句，不知道为什么说起她不打算结婚，认为女人结婚不好。这是不是也是古风？阿玛纳有一个博物馆，陈列着当年的摇床、木椅。有一个"文物店"。卖的东西的"年份"都是百年以内的，但标价颇昂，一个祖母用过的极其一般的铜碟子，50美金。这样的村子在中国到处都可以找得出来，这样的"文物"嘛，中国的废品收购站里多的是。阿玛纳卖"农民"自酿的葡萄酒，有好几家。买酒之前每种可以尝一小杯。我尝了两三杯，没有买，因为我对葡萄酒实在是外行，喝不出所以然。

江·迪尔是一家很现代化的大农机厂，厂部大楼是有名的建筑，全都用钢材和玻璃建成，利用钢材的天然锈色和透亮的玻璃的对比造成极稳定坚实而又明净疏朗的效果。在一口小湖的中心小岛上安置了亨利·摩尔的青铜的抽象化的雕塑。但是在另一侧，完好地保存了曾祖父老迪尔的作坊。这是江·迪尔厂史的第一页。

全美保险公司是一个很大的企业。我们参观了衣阿华州的分公司。大办公室上百张桌子，每个桌上一架电脑。这家公司收藏了很多现代艺术作品，接待室里，走廊上，到处都是。每个单人办公的小办公室里也有好几件抽象派的绘画和雕塑。我很奇怪：这家公司的经理这样喜欢现代艺术？后来知道，原来美国政府有规定，凡企业购买当代艺术作品的，所付的钱可于应付税款中扣除，免缴一部分税。那么，这些艺术品等于是白得的。用企业养艺术，这政策不错！

上午参观了一个现代化的大公司，看了数不清的现代派的艺术作品，下午参观了一个截然不同的地方："活历史农庄"。这里保持着一百年前的样子。我们坐了用老式拖拉机拉着的有几排座位的大车逛了一圈，看了原来印第安人住的小窝棚，在橡树林里的坎坷起伏的小路上钻了半天。有一家打铁的作坊，一位铁匠在打铁。他这打铁完全是表演，烧烟煤碎块，拉着皮老虎似的老式风箱。有一家杂货店，卖的都是旧货。一个店主用老式的办法介绍一些货品的特点，口若悬河。他介绍的货品中竟有一件是中国的笙。他介绍得很准确："这是一件中国的乐器，叫作'笙'。"这家杂货店卖一百年前美国人戴的黑色的粗呢帽（是新制的），卖本地传统制法的果子露饮料。

我们各处转了一圈，回来看看那位铁匠，他已经用熟铁打出了一件艺术品，一条可以插蜡烛的小蛇，头在下，尾在上，蛇身盘扭。

参观了林肯年轻时居住过的镇。这个镇尽量保持当年模样。土路、木屋。林肯旧居犹在，他曾经在那里工作过的邮局也在。有一个老妈妈在光线很不充足的木屋里用不同颜色的碎布拼缀一条百衲被。一个师傅在露地里用棉线心醮蜡烛，一排一排晾在木架上（这种蜡烛北京现在还有，叫作"洋蜡"）。林肯故居檐下有一位很肥白壮硕的少妇在编篮子。她穿着林肯时代的白色衣裙，赤着林肯时代的大白脚，一边编篮子，一边与过路人应答。老妈妈、蜡烛师傅、赤着白脚的壮硕妇人，当然都是演员。他们是领工资的。白天在这里表演，下班驾车回家，吃饭，喝可口可乐，看电视。

公　园

美国的公园和中国的公园完全不同，这是两个概念。美国公园只是一大片草地，很多树，不像北京的北海公园、中山公园、颐和园，也不像苏州园林。没有亭台楼阁，回廊幽径，曲沿流泉，兰畦药圃。中国的造园讲究隔断、曲折、借景，在不大的天地中布置成各种情趣的小环境，美国公园没有这一套，一览无余。我在美国没有见过假山，没有扬州平山堂那样人造削壁似的假山，也没有苏州狮子林那样人造峰峦似的假山。美国人不懂欣赏石头。对美国人讲石头要瘦、绉、透，他一定莫名其妙。颐和园一进门的两块高大而玲珑的太湖石，花很多银子从米万锺的勺园移来的一块横卧的大石头，以及开封相国寺传为艮岳遗石的石头，美国人都绝不会对之下拜。美国有风景画，但没有中国的"山水画"。公园，在中国是供人休息、漫步、啜茗、闲谈、沉思、觅句的地方。美国人在公园里扔橄榄球，掷飞碟，男人脱了上衣、女人穿了比基尼晒太阳。美国公园大都有一些铁架子，是供野餐的人烤肉用的。

编后记

近些年来,汪曾祺很"火"。去世二十多年了,他的书不断出版,而且越出越多。这让我们做子女的感到不大可解。假如他自己得知,一定也有点困惑。

我父亲在谈到读者对散文感兴趣时说:"这大概有很深刻、很复杂的社会原因和文学原因。生活的不安定是一个原因。喧嚣扰攘的生活让大家的心情变得很浮躁,很疲劳,活得很累,他们需要休息,'民亦劳止,汔可小休',需要安慰,需要一点清凉,一点宁静,或者像我以前说过的那样,需要'滋润'。"

比起父亲在世时,现在的生活节奏真不知加快了多少倍。原以为,汪曾祺作品的读者主要是大学中文系的学生,他们一届一届地读,书不徐不疾地出就是了。现在才知道他的读者群远远不限于这个范围,各个年龄、各个行业都有他的读者,说明全民的文化素养真是提高了。

在他的著作品种里,散文集出得最多,分类又以饮食文化、草木虫鱼出得最多,可能因为这几类趣味性、可读性比较强吧。

不过出得太多，就容易雷同，让人有点"烦"。

  我选编这本书，想与那些书有点区别，父亲生活过的地方是：江苏高邮、昆明、北京、张家口。此外，也曾游历过一些地方，还到过香港和美国，我就按这个顺序分成各部分，让读者有所依循，对汪曾祺有另一侧面的了解，当然内容也脱不开风土人情、习俗节令、饮食文化、草木虫鱼等等。书名即是他的一篇文章的标题。

汪朝
2019 年 6 月 18 日

图书在版编目（CIP）数据

觅我游踪五十年 / 汪曾祺著；汪朝编. —— 北京：华文出版社，2020.3

ISBN 978-7-5075-5276-8

Ⅰ．①觅… Ⅱ．①汪… ②汪… Ⅲ．①散文集－中国－当代 Ⅳ．①I267

中国版本图书馆CIP数据核字(2020)第028929号

觅我游踪五十年
MI WO YOUZONG WUSHI NIAN

著　　者：汪曾祺
编　　者：汪　朝
责任编辑：张明华
出版发行：华文出版社
地　　址：北京市西城区广外大街 305 号 8 区 2 号楼
邮政编码：100055
网　　址：http://www.hwcbs.com.cn
电　　话：总 编 室 010-58336239　发 行 部 010-58336267
责任编辑 010-63421256
经　　销：新华书店
印　　刷：三河市燕春印务有限公司
开　　本：880mm×1230mm　1/32
印　　张：14
字　　数：270 千字
版　　次：2020 年 3 月第 1 版
印　　次：2020 年 3 月第 1 次印刷
标准书号：ISBN 978-7-5075-5276-8
定　　价：58.00 元

本书若有印装质量问题，请与发行部联系调换